攻略乐师的那些年

且墨 著

百花洲文艺出版社
BAIHUAZHOU LITERATURE AND ART PRESS

图书在版编目（CIP）数据

攻略乐师的那些年 / 且墨著 . — 南昌 : 百花洲文艺出版社 , 2023.5
ISBN 978-7-5500-5013-6

Ⅰ . ①攻… Ⅱ . ①且… Ⅲ . ①长篇小说－中国－当代
Ⅳ . ① I247.5

中国国家版本馆 CIP 数据核字（2023）第 032758 号

攻略乐师的那些年
GONGLÜE YUESHI DE NAXIE NIAN

且墨　著

出 版 人	陈　波	
出 品 人	李国靖	
特约监制	夏　童	
责任编辑	黄文尹　程昌敏	
特约策划	夏　童　甜木酒	
特约编辑	甜木酒	
营销编辑	王亚青	
封面设计	小茜设计	Minqian Designstudio QQ:310094911
版式设计	彭　娟	
封面绘图	鹿夕子	
赠品绘图	泡　泡　绯月之狼	
出版发行	百花洲文艺出版社	
社　　址	南昌市红谷滩区世贸路 898 号博能中心 Ⅰ 期 A 座 20 楼	
邮　　编	330038	
经　　销	全国新华书店	
印　　刷	三河市金元印装有限公司	
开　　本	880mm × 1230mm　　1/32	
印　　张	10.25	
字　　数	303 千字	
版　　次	2023 年 5 月第 1 版	
印　　次	2023 年 5 月第 1 次印刷	
书　　号	ISBN 978-7-5500-5013-6	
定　　价	45.00 元	

赣版权登字：05-2023-53

发行电话　0791-86895108　　　　　网　址　http://www.bhzwy.com
图书若有印装错误，影响阅读，可向承印厂联系调换。

目录

I

细数从前

第一曲

每晚吃完饭，我就蹲在竹屋前数天上的星子，这是我以前在云安街头流浪时留下的毛病。

那个时候的我，每天除了要饭就是吃饭，不是在睡觉就是在找地方睡觉，饿得睡不着就躺着数天上的星星。云安的星星多得数都数不清，我总是数一会儿就能睡着。

我是被本朝文学大家容青野先生从云安捡回柳州的，如今已经在柳州住了六年，还是不能适应这边的星星。

有时候我也会想，我睡不着究竟是因为适应不了星星，还是适应不了没有那个人。

我悠悠地叹了口气，蹲得太久觉得腿有些发麻，想要起身，张嘴唤了句"阿笙"，往常都是她坐在小板凳上陪我一起数。我喊出声后又想起她早在几日前就离开了柳州，去往繁华的皇城。

想到这里，我又蹲了下来，打算再给自己小半个时辰回忆并惆怅一会儿，概因距离皇城最近的地方就是云安。那个我生活了将近十七年的地方。整整十七年里，我有七年都在喜欢那个人。

我十岁时在云安遇见他，十七岁离开他来到柳州，自此阔别六年。如今，我已二十又三。

他是个青楼乐师，长得白净好看，身材高挑修长，手指纤细匀净。这是与他分别六年后，我对他印象最深的特点。仔细一想，这三个特点就足以将他整个人说得明明白白了。

可见，分别六年，我还是忘不了他。关于他，我记得一清二楚。

我爱慕青楼乐师的事情整个青楼都知道，也没人敢和我争，不是因为我太厉害，也不是因为他不出众，而是因为和我这样身份的人争男人，未免辱没她们云安名伶的名声。

风尘女子对我大谈"名声"二字，彼时兼乞丐一职的我觉得很有道理，也庆幸她们从来不和我争，让我一直觉得自己是最近水楼台的，也一直觉得自己还有机会。

后来，我管当时的这些想法叫作"人生十大错觉"。

这"人生十大错觉"里，还有一大错觉就是我总认为攻略他的难度忽低忽高，导致我追了七年才晓得人家是真的不喜欢我。这难度不是什么忽低忽高，就是高。

真正认清这件事的时候，我的内心并不崩溃，反倒很平静，平静得甚至琢磨过要给他留张字条说两句诸如"各自珍重，后会有期"之类的话。

但是在我花光身上所有积蓄——五个铜板，买来纸笔之后才发现"珍重"的"重"和"有期"的"期"这两个字我压根儿不会写。叹了口气之后，我觉得自己还是不要丢人现眼了。

倘若我还有机会见到他，一定要做作地给他显摆一下自己现在写得了的那一手好字。

有阿笙在的每一年七夕，我都会和她说这么一句：离开他的第多少个年头了，我早已把他忘得一干二净。

每次说完之后，阿笙总会一边啃着玉米一边摇晃着小脑袋跟着说一句：离开他的第多少个年头了，你终究还是没能把他忘得一干二净。

阿笙小妹妹说我什么时候能不在七夕节想到他，那才是忘得一干二净。

她说得很有道理，但其实我不光在七夕想到他。至今，他在我的生活中依旧无处不在。

如今的我望着天边的星子，想的都是他当年弹琴拨弦的样子，那一颗颗星星活生生被我牵强附会地连成了他的模样，望着望着就入了神。

天上的星子好像在转，把我拉扯回了许多年前，我的耳边渐渐传来解语楼里年轻有钱的客人们的阵阵喝彩声……

我究竟是怎么看上他的呢？

就是觉得他弹琴吹笛的样子真的惊为天人。

他比我年长两岁，跟着他的师父坐在鼓台边的帘子后面，为上面跳舞的伶人奏乐。

我混迹大小秦楼楚馆也有些年头了，头一回见到比跳舞的花魁生得还要好看的男孩子。他穿着一件不大合身的素衫，眉清目秀，极认真地盯着手里的弦，生怕弹错音。

而我就跪趴在鼓台下面，满嘴都是别人吃剩的糕点，眼巴巴地望着他。

"好！"一声齐整的满堂彩，吓掉了我刚从地上摸起来的糕，也把我拉回了神，赶忙摸索我掉落的枣泥糕。

只见我前边坐着的那个富得流油的公子哥儿毫不犹豫地甩出了一沓银票，几乎是砸在老鸨的脸上："上边跳舞那个，爷包了！"

彼时我十岁，正是机敏好学的年纪。

我毫不犹豫地掏出口袋里仅有的两个冷馒头——那却是我未来五天的口粮。我几乎是跪在那个老鸨面前，急切地说："旁边弹琴那个，我也包了。"

那是我自不与狗争食以来，第二次被毒打。

不给包就算了，可他们也没有打算把冷馒头还给我。

小小年纪竟然为了个男人把自己搞得倾家荡产，我坐在漏风漏雨的花神庙里唉声叹气。我的乞友小春燕一边帮我用不知从哪里偷来的鸡蛋敷瘀青，一边嘲笑我癞蛤蟆想吃天鹅肉。

小春燕是个硬邦邦的男孩子，之所以说他硬邦邦的，是因为他在我们这一届乞丐里格外身强体壮，我从来不觉得他这样体魄的男孩子也会是个乞丐。

以至于我后来得知他的真实身份的时候，也没觉得奇怪。

他那个身板儿比天桥底下靠着说书为生的那个酸秀才好了不知多少。

我知道的酸秀才，虽然是个落魄的读书人，但总还有个好人家的姑娘敏敏接济着。敏敏姑娘通常会送一些鸡蛋给他补身子。

起先，我以为敏敏姑娘给酸秀才送鸡蛋是为了奖励酸秀才说书说得好，然而仔细一想，小春燕和我什么都没干，却也总会从敏敏姑娘那里得到珍贵的鸡蛋。

敏敏姑娘说给我和小春燕送鸡蛋，是因为喜欢我们。

情窦初开之后我就知道了，喜欢谁，就要想方设法送谁鸡蛋。那么敏敏姑娘给酸秀才送了这么多年的鸡蛋，也是因为喜欢。

可从我认识敏敏姑娘和酸秀才开始，到我离开云安，他们都一直维持着送鸡蛋和被送鸡蛋的关系，没有半点儿实质性的进展。

我到柳州的第二年，敏敏给我寄了一封信，说她要嫁去遥远的金岭。

这鸡蛋送着送着，就无疾而终了。

其实在我离开云安之前，小春燕就告诉过我，酸秀才并不喜欢敏敏，每次收到敏敏的鸡蛋，酸秀才推拒不了，都偷偷地塞给了他这个臭小子。

那时候我满心想的都是小春燕竟然比我多吃了那么多鸡蛋，如今他还好意思跟我讲得明明白白。

等我不再缺鸡蛋吃的时候，我才领悟了这件事的本真。

敏敏姑娘让我知道，就算你喜欢的人不喜欢你，你也不要跟他生气。虽然你在一厢情愿地喜欢他，他却也是在一厢情愿地不喜欢你，你们彼此都因为达不到目的而十分痛苦。

酸秀才痛苦了这么多年，我很同情他。

彼时刚被解语楼的打手胖揍了一顿的我根本没有意识到，我也即将让另一个男人陷入"一厢情愿地不喜欢我"的痛苦中许多年。

敷过瘀青的鸡蛋被小春燕一口一口地吃掉，他一边吃一边说："明天是祭拜花神娘娘的日子，淳府那边新盖的花神庙里一定会有很多祭品。我们起早些摸过去，能顺走很多好吃的。"

我欣然答应。

起早贪黑一向是我的专长，我爬起来的时候星子都没散完，小春燕还睡在我身侧打着小小的呼噜。万籁俱寂，我只好与星辰对坐，等着朝阳升起。

小春燕醒来的时候怨我没有趁黑叫醒他，我懒得和他争论，他实在不清楚自己睡死之后根本谁都叫不醒。

于是我们赶到花神庙之时天已经大亮了，好在我们穿的是"只被允许从后院狗洞里钻进去"的破烂衣服，不必和那群穿得光鲜靓丽的人争那道神光照耀的正门。

人多眼杂，我告诉小春燕拼死也要护好口粮，不能被别人觊觎，毕竟我相信不是只有我们两人是冲着祭品里的瓜果点心来的。

小春燕告诉我，八成就只有我们。

当时的情形实在太混乱，庙外的人都像是打了鸡血一样往里冲，庙里的人则都像是打了鸡血一样往外冲，我瘦小的身躯夹在中间被挤来挤去，没有任何大人因为我年纪小就对我施以援手。其实我估摸着他们本想伸手，但被我一身不辨颜色的丐帮扮相劝退。

这个现象过于真实引起了我的强烈不适，最后我拼死也只救出了一块精致的玫瑰糕。

我觉得拿着这么一块玫瑰糕去找小春燕毫无意义，于是在跨出庙门的那一刻，毅然将那块玫瑰糕喂进了自己的肚子。

或许连花神娘娘都觉得我来这么一趟委实不容易，想着我一定得带走点儿什么才值得。她派了庙里的本土弟子从身后推了我一把，那道我将要跨过的门槛恰好绊住了我的脚，我朝前扑去，撞到了人，那人将我推开，我栽下去的时候不知道拉住了什么东西——

再抬眼时，入目的便是两条白花花的少年好腿。

握在手里的东西被人使劲一拽，我才回过神低头去看：花神娘娘厚爱，我长这么大第一次摸到少年的裤腰带。

"放手！"

这是他对我说的第一句话，也是后来我们重逢之时他对我说的第一句话。

莽撞如我，总是喜欢一头扎进他的怀里；冷漠如他，总是喜欢一把将我推开。

可是重逢后的他变得不一样了，彼时他将我推开后许是又认出了我，忽然拽紧我的手臂，纵使我呼痛出声他也没有再放开。他盯着我，省去了千言万语，咬牙喊出我的名字："花官！"

没错，我叫花官。

这个名字是小春燕给我取的，他说我住在花神娘娘的庙里，姑且就当个花神娘娘的座前小官，既能得娘娘庇佑，又能心安理得地吃恩客们献给娘娘的祭品。

能不能得娘娘庇佑我不太清楚，但我确实心安理得地吃了很多年恩客们献给娘娘的祭品。所以我也觉得这个名字取得甚妙。

不知不觉中，我已在竹舍前蹲了许久，腿脚有些酸麻。我望着水中倒映出的竹梢上的月亮叹了口气，耳畔传来容先生的声音："花官，快进屋来，我有差事要吩咐你。"

容青野先生一直是我很尊敬的妇人，她天资聪颖，蕙质兰心，刚学语时听人念《将进酒》便能吟诵，年少成名，浮华看尽，之后便隐居于柳州竹舍至今。

她路过云安时遇见了落魄潦倒的我，将我捡走，带来这竹舍。说是做她的婢女，可她供我吃穿，教我识文断字，让我彻底告别了过去流浪的生活，于我有再造之恩。

所以我一听她召唤，也顾不得再怀念和那个人的初遇，忙不迭地起身。这么一动弹，我的腿脚禁不住麻得发痒，致使我一步一跳哭笑不得。仔细想想，我如今走过的岁月，从来都让人哭笑不得，从来都是我苦中作乐。

灯火荧荧，点亮簌簌竹林。房中，容先生和她的另一个婢女蕊官正在为我打点行装。

我的眼皮跳得不太吉利，预感这是个一别两宽、欢不欢喜还有点儿难说的差事。

"先生吩咐我什么事?"

"我在云安那处有一位故人,姓陈,是个大户人家。他前几年生了一双儿女,如今那双儿女年满五周岁,也到了要请先生教习的年纪。他前段时间给我来了一封信,希望我能为他的儿女引荐一位教习先生。我思来想去多时,今日才敲定。花官,你最合适不过了。"

云安,光是这两个字就足够让我私心忒忒。

但是容先生的吩咐,我从来不会拒绝。

我也不明白我不拒绝究竟是因为这是容先生的吩咐,还是因为我的心早已把云安那个花神庙前的烂泥巴路走了千百遍。

大户人家的子女才五周岁就要请教习先生,而我五岁的时候还在和小春燕玩路上的烂泥巴。可是我这样玩泥巴过来的人,却要去教大户人家的少爷、小姐。这么一想,我心里就平衡多了。

"明日就起程吗?"我看见蕊官将一小撮叠好的衣物放进一个碎花包袱里,就晓得自己已经被安排得明明白白了。

容先生颔首,温柔地抚摩我的头:"明日一早陈府的人就会来接你,我应该早些和你说的,可我思虑太久耽搁了时日,今日才敲定……花官,你明白我为何思虑。"

是的,我明白。容先生心细如发,早发现我对过去、对云安、对那个人的留恋。阿笙那个小姑娘也喜欢拿我的这些事去问容先生,并和容先生探讨爱的真谛。我过去那些事和如今这些留恋根本藏不住。

所以容先生有顾虑,她担心我故地重游会触景伤怀,甚至会和那个人重逢。她担心的这些事情不是没有道理的,后来事实证明,我确实和他重逢了,重逢得猝不及防。

我问容先生为何又想通了要让我去,容先生回答:"有些事情,总要自己去了断。你每夜望着星星,是不能了断的。"我料想容先生也是个有故事的人,才能把一切看得这么通透。于是我加入了收拾包袱的阵营。

一整晚的辗转反侧后,我于次日清晨踏上了了断前缘的路。

来接我的人拢共有五个，其中三个是府卫打手，一个是跑腿小厮，还有一个是随侍婢女。我和容先生及蕊官道别之后，受宠若惊地被小厮和婢女扶上马车，压着那颗忐忑的心稳稳坐好。

马车外观并不华丽，但车内装饰琳琅，应有尽有，这样刻意安排许是为了不遭歹人觊觎。

然而刚出柳州，上天就极力向我们证明了"有钱人始终是有钱人，不论如何尊崇低调中的奢华，该被打劫的一个都跑不了"这个真理。

从柳州到云安，快的话也要小半个月的路程，我们大风大浪都过了，却很不幸地在即将踏入云安地界时于山林小道遇上了一票绑匪。

我曾经流浪街头的时候也寻思过，长大以后或许该随职业大溜入个土匪流氓的行当。天可怜见，幸好我当时因为身板瘦小被劝退，否则不知道我站在路中央打劫别人的时候，究竟是我提刀还是刀提我。

面前这些人实在凶神恶煞，我掂量着自己的短胳膊、短腿儿，暗自下定决心，逃脱此劫后一定要把晚饭过后想他的时间用来锻炼。

绑匪以压倒性的优势战胜了陈府派给我的护卫。

护卫是忠心的护卫，尽管被制服，也仍旧站在我和婢女的身前。虽说我被拎出去的时候他们这个行为并没有起到什么实质性的作用，但好歹也能为我们挡个冬日里的太阳，让我们拔凉的心更拔凉。

那名小厮阵亡之前想要弃我而去，但他明显对匪徒的理解过于幼稚。跑是不可能让你跑的，不然你让大冷天等了我们好一阵的一车匪徒的面子往哪儿搁？

果然，小厮拔腿要跑的那一刻直接被歹徒用长刀一击毙命，那血飞溅到我的脸上，还是热乎乎的，护卫身后蹲着的婢女已经被吓破了胆。

匪徒将我单独拎出来，用绳子把我的膝、肘等活动关节捆起来，我成了一个不能为所欲为的粽子。

他们还算有人性，觉得我那婢女生得不太标致，于是给了她几个耳光之后就将她给放了。

原来我在歹徒的眼里还算是一个生得标致的美人，这么多年我对自己的认知都源于那个人。他曾说我肮脏丑陋，从小被他羞辱到大的我信以为真许多年，如今才晓得自己是个美人。

容先生第一次见我的时候似乎也曾随意赞过我一句貌美，我彼时以为她在同我说客套话，赶忙回了一句"您真是太客气了"。如今想来，我竟因为那个人，妄自菲薄了这么多年。

好吧，既然我是个美人，那么被绑一绑就权当是回馈花神娘娘给了我一副好皮囊。这般安慰了自己一会儿，我竟觉得心里勉强好受了些。而且我现在迫切地想要一面镜子瞧一瞧自己这张好看的脸，想一想为何他当年就是瞧不上。

就在我愣神之际，歹徒已将陈府的马车洗劫一空，然后把三名护卫绑成和我同款的粽子，丢进陈府的马车里，挥鞭打马，任由马儿在无人驾驶的情况下狂奔，朝崖边飞驰而去。

我清楚地知道，如果路上没有好心人将他们拦截下来，他们的下场也是个"死"字。

匪徒没有给我唉声叹气的时间，把我丢上他们的马车。我不敢出声，脑子里想的竟是幼时从酸秀才那里听来的英雄救美的话本情节。与其说我想的是英雄救美，不如说我想的是那个人来救我。

话本就是话本，我被兜头一闷棍打回现实，自觉险些被他们打傻，身后是匪徒的催促："快点儿！磨蹭什么?！"

我赶忙要往里钻，抬眸定睛一看才知道，原来因为貌美被他们绑的不止我一个人。

我的心理竟诡异地有点儿不平衡。就像当年那个人夸过我可爱，我后来才知他也夸过别的小妹妹可爱。

"各位小哥，不是我想磨蹭，实在是马车里的人有点儿多，我又被捆得太紧，不太好进。"我一边随意地回着，一边团着身子往里拱，不消片刻，就在黑漆漆的马车角落占到了一席之地。

面前的女子个个貌美如花，我蜷缩在角落，因为刚接受美人这个身份还不太适应，于是低调得不敢说话。

姑娘们都怕极了，双眼红通通、湿漉漉的。匪徒们有的骑着马，有的坐在外边驾车，时不时发出如同深山野人般的欢呼。

毫无疑问，他们要把我们卖去青楼。

匪徒当然要从被劫的人身上榨出最后一点儿价值，卖给大户人家做丫鬟一定不会比卖给青楼更值钱，我如是想着。

果然，经验十足的匪徒顺利将我们拉入云安，送到了青楼。

可惜我只料准了一半。我万万没有想到，这座青楼会是他所在的解语楼，会是当年我和他初遇并发生了很多故事的地方。我很想笑着叹一句"缘，妙不可言"，但当下被老鸨摸来摸去的情形使我压根儿笑不出来。

这里的老鸨换人了，我不认识她，她自然也不认识我。

"是个好颜色的。"老鸨只丢下这么一句，便从匪徒的手中买下了我并让人为我松绑。站在老鸨身边的打手们紧盯着我，摩拳擦掌跃跃欲试。

我没有想要哭喊、逃跑的意思。他们根本不明白，曾经被他们打了无数回的我已经学聪明了，压根儿不会不知好歹。

我们所在之处是一间琴房，房间一角放了一架古琴。

此时我已经忘了要近乡情怯，只想去那古琴前弹一首他当年手把手教我的曲子。我料想他的房间离这里并不远。

拨响琴弦的那一刻，我的心也被拨响了。

他弹得最好却总是故意错几个音的那首《离亭宴》，从我的指尖缓缓流泻而出。

花神庙里袅袅的烟雾缭绕在我眼前，指尖的琴音与献祭的钟声重叠在了一起，一切恍如昨日。

我趴在地上望着他，手中还拽着他雪白的裤腰带。

"放手"两个字好像是从他的牙缝里挤出来的，那种咬牙切齿的感觉我一辈子都记得，因为我猜他当时八成想打我，还有两成或许在想如何能直接打"死"我。

可惜他的两只手都用来提裤子了，抽不出空。

我因捡回一条小命长舒了一口气，但我岂是那种让放手就放手的人。

这是我凭本事拽下来的裤腰带，上面沾了我黑黢黢的手印，我也不知道该不该递还给他。毕竟我一方面觉得他维持这个提裤子的动作有失体统且行动艰难，一方面又觉得这条雪白的裤腰带理应由我洗干净了再归还，这样才算有礼貌。

少年不如我这个少女心思细致，他好像没有考虑到我所思考的礼貌问题。他手里的裤子已经快要提不住了，一心只希望我快点儿归还裤腰带。

我考虑到他的情况似乎比我的礼貌问题更迫切一些，于是颤巍巍地伸出手，预备把裤腰带递上。

就在他也抽出一只手想接过的时候，人流中突然冲出来一个小春燕，也不管我是不是还趴在地上，更不管我手里是不是还拿着什么，一把拽起我伸出去的手飞快地将我拖走了："快跑！有人拿着棍子出来了！"

握着裤腰带被拖走的那瞬间，我看到了他濒临窒息的神情，周围的人越来越多，他被人群淹没的时候连条裤腰带都不配有。我一边向花神娘娘忏悔，一边祈祷花神娘娘救救这个可怜、弱小又无助的孩子吧……

他恨上我了，一定是恨上我了。

我从来没有被男孩子刻骨铭心地惦记过，如今因一条裤腰带被记恨上，这个开端很不寻常，意味着我将和他展开一段不寻常的故事，我竟该死地十分期待。

在那天美好的下午时光里，我脑中和他的故事已经走到了相夫教子这一步。我已经给孩子取好了名，就差知道少年的姓，孩子的姓名便明明白白了。

为此，我激动得一整晚都没睡着，次日天都没亮就跑到春风阁后面的湖边洗他的裤腰带，并哼着不知从哪里听来的小曲。

借着萤囊的光，我看那裤腰带又恢复了雪白，心情大好，盘腿坐下，等天亮之后去解语楼找他。坐了一会儿，我被蚊子越咬越精神，恍然反应过来，解语楼是个青楼，一般来说晚上才营业。

尽管白被蚊子咬了十多个包，但是一想到能立即见到他了，我的心依旧轻飘飘的，没个着落。

解语楼内笙歌曼舞，我趁着外面挥舞红袖的姑娘们不注意溜了进去，勾着腰找寻他的身影，耳畔轻缠着的是如潺潺流水般的琴声。

那琴声戛然而止。

一片花红柳绿中，他那身素白衣衫十分打眼，我庆幸自己脏兮兮的一身黑也十分打眼。我看到他的时候，他也看到了我，我们的视线毫不意外地相接。

他面前站着一个手持戒尺的男人，一把将他拎了起来，不知因为什么，对他劈头一顿痛骂。我仿佛隔着一层楼都感觉到了那个男人四处飞溅的唾沫星子。

他听着骂语不为所动，只和我对视着，紧接着，又冷漠且嫌恶地错开了眼。我没有气馁，朝他所在的楼上跑去。

等我到的时候，他已不在那里，只在座位前面留下了一把普通的古琴。

我的耳边传来戒尺"啪"地落入掌中的脆响，就在不远处，伴随着男人的谩骂声："这么简单的音都能弹错？！我看你这双手是不想要了！有那个闲空去庙会不如多弹几首曲子！你以为你来这里是当少爷的不成？！"

我偷摸着潜伏到门边去，从半开着的门缝中窥看。他紧抿着唇，眼眶微红，但神色倔强且冷淡，不像是会哭出来的样子。我松了一口气。不哭就好，毕竟一般来说，哭了之后只会被打得更惨。

那个男人足足教训了他小半个时辰才作罢，我专注地盯着他的掌心，没有留意到男人正朝自己走来。男人猛地推开门，我摔了个狗啃泥，险些磕掉我刚长出来的门牙。

"哪儿来的乞丐？！给我滚出去！"男人凶神恶煞的模样吓坏了我，我拔腿就往楼下跑。男人在我身后啐了一口，冷嗤一声后往另一个方向离开了。

我停在拐角处，伸出一颗脑袋偷瞄，没再发现男人的身影。

房间里，他正盘腿坐在地上盯着自己的掌心，万万没有想到我会再回来，抬眸看到我的那一刻，他的眸中露出了惊讶，紧接着就是嫌恶。但他也没有像方才那个男人那样对我说什么。

我从男人的谩骂中听明白了事情的原委。这是他不知第多少次弹错了《离亭宴》里的一个音，害得跳舞的花魁踩错了拍子，这才挨了手板。

他盯着红肿的手心一动不动，我料想我若不开口说话，他会将自己的手心看到地老天荒，这样的话他能活活尴尬死我。

于是我在他身旁坐下，从怀里慢吞吞地摸出藏着裤腰带的萤囊，原先装着的萤火虫已经死了，我在湖边将它们都倒进了水里，留下锦囊专门放他的裤腰带，免得好不容易恢复雪白颜色的带子又沾惹到我身上的脏污。

我解开锦囊，将他的裤腰带拿出来，虔诚地放在他的手心里。他微蹙起眉，稍觑起眸子不想看我。

其实我刚才根本就没听出来他哪个音弹错了，但我还是轻声细语地安慰他说："那个音错得刚刚好，错了那个音之后，曲子的格调都上去不少。"

苍天啊，我竟连"格调"这么难的词语都会用了。我露出为自己感到欣慰的笑容，在他身旁挺直了腰板。

他的眉皱得更紧了些，好在他终于愿意转过头看向我。

"对不起，裤腰带我帮你洗干净了，专门给你送过来。"我认真地对他说，"虽然你刚才弹错了一个音，但是这个音弹成这样的话，的确别有一番风味。"我试着用专业的语言和他探讨。

在他炯炯的目光下，我险些就要编不下去了，只好硬着头皮总结道："就……错得很好听，比正确的更好听。"虽然我压根儿没听过正确的《离亭宴》是怎么弹的。

他看我的眼神微微讶异，眸光清亮。

我估摸着他会因为我过于真诚的态度以及独特的眼光将我引为知己，私心里还为此沾沾自喜。

显然，我估摸出来的事情都不大可靠，因为他下一刻就向我证明了前面的沾沾自喜纯粹是一种自我膨胀。

他漠然地收回视线，起身去将他遗落在走廊上的古琴抱了回来，置在矮桌上，拿帕子轻轻擦拭。

就在我以为他完全不想理会我并希望我赶快离开的时候，他开口验证了我的想法："你可以走了。"

我却还想留下来为他做点儿什么，比如跟他说说话，为他排解一下刚被打之后心里的郁结与忧愁。因为我每次被人揍，都想拉着小春燕说说话的。

"我可以留下来吗？"我凑过去，他却好像突然被吓到了似的退了一步，表情有些难看。

他刚被凶悍的大人打骂完，心情本就不好，被我一吓，心里起了些火："不可以。你在这里会弄脏我的房间。"

他竟说得如此直白，丝毫不给我这个才十岁大的小甜心留个面子。我被他一说，顿时嗫嚅着红了脸。

"我……我洗过澡的……我常常会去敏敏姐姐家里洗澡，五天就会洗一次，啊不，四天，或者三……三天……春风阁后面的湖水也可以洗澡，只是没有干净衣服换……"

看来他对我们乞丐这一行的误会有点儿深，我撸起袖子极力证明给他看，一本正经地跟他说："他们也管我这个叫细皮嫩肉，也有过那么一两个人说我长得还可以，以后能来解语楼做营生。"

那时候的我天真地以为解语楼的营生就是长得好看的女子给有钱的客人弹琴跳舞，兴浓时就去房间深入探讨一下精髓。

为了求得他的共识，我睁大眼睛问他："你觉得呢？"

他似乎愣怔了下，皱紧眉，而后露出生怕我看不明白的嫌恶眼神。他盯着我黑黢黢且有无数破洞的衣物，逐字逐句地对我说："解语楼不会要你这样肮脏丑陋的乞丐帮他们做营生，不要再来解语楼，也不要靠近我。"

他说的话过于直白真实，引起了我的强烈不适，为了找回面子我险些要和他打一架。但我一想到他才刚被打骂过，我这样和他打一定胜之不武，这才作罢。

但我还是想为自己的面子辩解一下："我现在还没有长开，以后应该会好看些的。"

"和我没有关系。"十二岁的他紧皱着眉，看也不看我一眼，低头仔细地擦拭他的琴。

好吧，他冷漠的态度和出挑的长相引起了我的注意。那天是四月初七，十岁的我开始了单相思。

我在回去的路上还惦记着他手心的伤，特意把我过去三天要饭得到的银钱给了药铺的老板，从他那里换了一小包消肿的伤药。

今日再去解语楼必然会惹他不快，我缓了一天，于次日傍晚把伤药给他送过去。

他坐在鼓台侧边的珠帘后面，默默抚琴。

当他弹到某个音时，花魁滞了一下，很快又随律而动。我料他又弹错了那个音，但花魁已会变通，早有防备。

花魁一边扭动她曼妙的身姿，挥舞长长的水袖，一边用温柔婉转的嗓音轻唱着缠绵的曲：

"长河夕山偎霞。黄昏柳岸渡鸦。朝风夜雨何时断，琴音箫声相伴。冷窗凄雪飞，墙角绿蜡红梅。云外青鸟①未达，经年离燕还家。多少浩渺相思事，尽入书中闲话。②喝声木惊堂，折扇轻合泪下。"

当时的我并不知道这首词是他亲手写的，只觉得好听便记下了，且这一记就记到了十三年后的现在，在他的房间隔壁轻唱了出来。

一曲毕，老鸨觉得我是个可造之才。已经被造过两次的我料想她说的是于花楼卖笑这方面，也可造一造。

距离我被老鸨挑中已经过去了五天，这短短的五天内，我了断了我的尘缘。

那日我抚了一曲《离亭宴》后，老鸨看中我乐理了得，打算让我以弹琴为突破口，进入妓子这个行当。我当然知道自己只是被通知的，而非有的选的，为了不挨打，我只能乖顺地应允。

碰巧，我的房间就被安排在他的房间隔壁，但很不巧他并不在房间里。准确地说，他并不在云安。

我端着盘子低着头囫囵吃菜，心不在焉地听着老鸨絮叨，想的却是他的

---

① "云外青鸟"取自李璟《摊破浣溪沙·手卷真珠上玉钩》。
② 化用自张昇《离亭燕》。

去处，最终忍不住问了出来。

老鸨告诉我，那位叫作"景弦"的乐师早在六年前就离开了解语楼，去往皇城汜阳，听说他在朝中谋了个官职，还是正三品。

有传言说他每年都会回来几次，不知道回来做什么，也很少有人看见他。听说他来的时候，都由云安的勋贵世家亲自接待。

景弦，我已有六年没有从旁人的口中听到这个名字，午夜梦回，我倒是不知将他念了多少遍。再次听到这两个字，心里早已熄灭的那团火，好像又燃起了星子。

彼时我愣愣地沉默了许久，画面仿佛静止。最后，我问出了脑海里蹦出的一堆问题中最想要知道的那一个："他娶妻了吗？"

老鸨打着扇子，慢悠悠地说："这我如何得知？算来他也有二十五了，应该早已成家了吧。在朝为官又不比寻常百姓，他只要稍微出色一些，皇帝啊同僚啊也会给他塞人的。就算没成家，房里也一定有妾室，没准儿孩子都几岁大了。"

我心里那一点儿固执的火苗子熄得悄无声息。

他竟在六年前就离开解语楼去了汜阳。原来我一离开他，他就官运亨通发了大财，不知道去做了什么官，连云安的世家都要敬他几分。倘若他已经娶妻生子了，人生肯定比我手里的盘子还要圆满。

看来这么多年是我压了他的福气，想到这里我感到有些抱歉。

那么，时隔六年，我爱慕青楼乐师这件事终于完美地以无疾而终落幕。我早该知道这是一场遥不可及的美梦，我整整荒唐了十三年。

后来的五日里，我因弹得一手好琴被老鸨安排暂替了乐师的位置，为跳舞的花魁娘子奏乐。我穿着一身透薄得不如不穿的淡青色衣裙，坐在鼓台侧边的珠帘后抚琴。这是多年以前他常坐的位置。

他曾说坐在这个位置能将世间丑恶肮脏的一面一览无余，坐久了之后，就会越发珍惜身边纯真美好的东西。他的琴声被丑恶和美好渲染出了颜色。

如今我坐在这里，将嫖客的嘴脸尽收眼底。

从他们的脸上，我深切明白了有钱人是多么快乐，但我实在体会不到有钱人具体有多快乐。我能从他们的脸上看到极致的丑恶肮脏，却并不能在自己的身边看到任何纯真美好。

不知他当年眼中的美好，说的是什么。我已不敢再妄自揣度那是我。

一曲罢，我起身回房休息，心里琢磨着陈府的人什么时候能去报案并救出我，毕竟早已不再天真的我并不打算在青楼里做营生。

老鸨责怨我这一曲弹得没有那晚在琴房中走心。

虽然我很怀疑在青楼卖笑的妓子走不走心是否真的重要，但我回过头还是反思了，最后总结出了我不走心的原因。那就是我的表现欲始终取决于他是否在场，这么多年从未变过。

那晚我误会他就在隔壁，弹得过于投入与做作。如今让大家见笑了，不好意思。

"明晚驿站的张大人会带几位贵客至此，已经定下了二楼香字号雅间，歌舞我都安排好了，打算让你去弹琴奏乐，这可是个露脸的好机会。"老鸨戳着我的脑袋说，"就用你那天弹的曲子，给我弹出那晚的劲儿来。你若没本事，妈妈我只得狠下心把你当寻常姑娘贱卖给那些臭男人。"

我听出了她的言外之意，她是在勉励我：我若有本事，试着努把力，就能逃脱被贱卖的命运，转而卖个不贱的价钱。这个条件真是相当诱人，我一时竟不知道该不该努力一把。

毕竟就算是块猪肉，卖出去的时候也是称过斤两的，何况我这一身细皮嫩肉。倘若卖得价格高一点儿，我躺在床上任人鱼肉的时候心里也能勉强好受一些。

我这个思考角度不可谓不刁钻，却也有一定的逻辑。这么想着，我谨慎地点了下头。

次日傍晚，老鸨专门吩咐了几位有经验的姐姐为我梳妆打扮。她们说我本可不施粉黛，媚气、俏色都有，只是眉眼间看着有些傻，勾不起男子的兴趣。

这么多年过去了，他拒绝我的求爱这件事又有了一个新鲜的解释。这个解释我有点儿不愿意认同。

那位为我描画花钿的姐姐抬起我的下巴时，竟笑出了声："妹妹，你莫要这般傻乎乎地看着我。"

我想我是上了一点儿年纪了，换作十年前有人这么说我的话，我一定会和她打一架，再不济也会吐她口水，教她知道究竟谁更傻。如今我没有当年鲜活了，我的心已沉静许多年。

为了用娇媚遮掩我的傻气，几位姐姐淘汰了我那身青色衣裙，重新为我选了一件嫣红色的纱衣。上一回穿成这样，我还是个不需要遮羞布的两岁奶娃。

纱衣前后兜风，我的肩背都露在空气中，感受着夜晚的丝丝凉意，姑且能为我挡一挡冷风的头发也被层层叠叠的金枝芙蓉花绾起，再别了一支精致的青叶玉簪。

香字号雅间在二楼走廊尽头，我抱着琴往那处走去，忽然鬼使神差地停下脚步，倚着栏杆远远瞧见正门外恰好停下一辆马车。

不知为何，我心颠颠的，视线凝在了那处。

有小厮走上前，站在外侧撩起车帘，又有婢女站在内侧伸手恭候着。那男式马车的四角拴着银铃粉带，随风摆弄出温柔多情的弧度，惹不惹别人心悸我不知道，但我心悸了，概因多年前我送给他的萤囊也是用银铃粉带系上的，只可惜他的审美与我的有一定出入。

他是个体面人，那颜色确实不太体面，于是我的好意被拒绝得很是利落。我料想马车上的那位公子就不如他那般体面，甚至有些招摇。

公子露出玄色衣角，我的心就要原地旋转当场坍缩；公子再露出青玉发冠，我的心就提到了嗓子眼儿；公子钻出马车，我的心就又稳稳落了回去。

那公子唇红齿白，眉如远黛，鬓若刀裁，可惜我们并不认识。

七年又六年，我究竟还在期待些什么天桥底下的话本情节？古人诚不欺我，话本害人不浅，听酸秀才说书那些年着实将我荼毒至深。

身后的姑娘催促我走快些，我敛回视线应了声"好"。

门口那位公子紧接着走向后面那辆马车，站定后对刚从马车上下来的男子行礼笑道："坐你的马车当真要有些胆量才行，你来救济难民的事情这么快就传遍了大街小巷。这些乞丐认准了你马车四角的铃铛，扑过来也不怕被马撞死。我算是怕了。"

"我已提醒过你。"那人拂了拂素白的衣袖，眉眼清浅。

公子摆了摆手，笑道："我爹让我好生接待你，我被撞、被惊吓都无所谓，你可不能出什么事儿。近日云安涌现了不少难民，若是有什么歹人趁机作乱，我也能替你挡一挡。来来来，不说了，我已定好了房间，你今日就玩个尽兴。"

后来知道了马车后续的我又一次相信了那些年酸秀才荼毒我的话本。

如今的我一无所知，堪堪在香字号雅间内盘腿入座，一只手静放在古琴上，另一只手在香炉升腾的烟雾上拂着。我面前有一道珠帘、两道纱幔，好像要把我和世间所有人、事都隔开，只需一心弹琴。

隔着两道嫣红纱幔，我瞧外面只剩一片朦胧，料外面瞧我应如是。

我随意拨弄了两下琴弦，门刚好开了，笑闹起哄的声音充入耳中。我下意识回过头去看，只看到随着昏黄的烛光在纱幔上摇曳的虚影。

有一人被众星拱月般簇拥着，那人身形高挑修长，透过纱幔，隐约看到他着的是一身浅色衣衫，而他的身旁就站着方才我看见的那位公子。

许是哪些富贵府中的纨绔公子哥儿约好来此处嬉戏。

他们一踏进门，姑娘们便拥了上去，投怀送抱的香艳场面我见过不少，此时只觉得自己的存在有些耽误人家情浓意浓的尴尬。

直到我发现那位被众星拱月的公子也远离了大型调情现场，和我陷入了同样的窘境，我才心理平衡了一些。那些姑娘都不敢近他的身，似是知道他不喜。

服侍公子哥儿们坐下后，舞姬们自觉散开成排，舞出青色水袖的那一刻，编钟声响起。我将视线从那浅衣公子身上移开，低头拨弦。

"听这起调，似是解语楼多年前的那首曲子？"一位蓝袍公子笑道，"是《离亭宴》啊。"

门口下马车的那位紫衣公子颔首浅笑，转头看了我一眼："我听大人说过，这首曲子要弹好并不容易。我看这位姑娘弹得倒是不错，大人觉得如何？"

想必方才被簇拥入门的那位公子就是他们口中的"大人"，我一心两用，留意那位大人的评价。

好半晌，得来一句"尚可"。

"铮——"

一根弦断，我已分不清是琴弦断，还是我的心弦断，直到痛意传来，原来是自己的手指弹破了。红色的血汩汩冒出来，落了两三滴在素白的弦上，我才知道，是心弦和琴弦一起断了。

他的声音仿佛在回溯多年前的那一幕，重叠之后才又入我耳中，他微抿一口茶，轻描淡写地说："方才是尚可，如今是糟糕至极。"

萤火幽微

　　"方才是尚可，如今是糟糕至极。"他按住琴弦，被我拨得乱作一团的杂音停下。他沉声道："我已按你所说教你弹了一曲，报答了你为我送药的恩情，现在我们互不相欠了。"

　　他说"尚可"的时候，我的手刚有模有样地放在琴弦上，他说"糟糕至极"的时候，我正式弹了三个音。

　　"你虽然教了，但我还没有学会。"我厚着脸皮凑过去，"就好比我给了你药，你的手却没有消肿那般。可现在你的手已经消肿了，是不是也应该把我教会才作数？"

　　我可真是个小机灵鬼儿，想我和小春燕抢鸡蛋的时候都没有这么聪明。

　　他的脸色因我的机智聪慧变得不太好看。

　　我也不是什么不讲道理的女人，我只是个不需要讲道理的十岁小孩子。他不把我教会，我就有借口天天来、夜夜来，慢慢学着话本磋磨，和他日久生情……

　　"你给我送药的那日只说让我教你，并未说一定要教会。何况我已教了你三天了，你连前奏都学不会……"他抿着泛白的唇，声音有一丝颤抖。

　　我料他一想到接下来要和我朝夕相处，就好像在回味一场噩梦。

　　"我虽然没有天赋，但还是想要努力一下。"我只好尝试从态度上徐徐打动他，"你相信我，我是个不愿意轻易放弃的姑娘。"

他的脸色更难看了。我猜测他其实更愿意我是个轻易放弃的姑娘。

好半晌，我看着他，他看着琴，嘴唇抿得越来越紧。

我知道他内心挣扎了很久，最后终于大发慈悲地对我说："今日我乏了，你明日再来。"

我露出笑容，问："那我明日具体什么时候来？"

"寅时。"他转头平静地看着我，"倘若你有心，寅时就来，我会在琴房等你。若寅时你没有来，明日就不必来了。"

我看他就是要刁难我。公鸡一般是卯时打鸣，寅时在卯时之前，那会儿公鸡也才刚醒过来而已。

"那你要等着我，我会来的。"我笃定地对他说。

他微皱起眉，起身朝床边的柜子走去，拿出柜子里的锦囊——那是我还裤腰带的时候，顺带一起拿给他的。

他将锦囊丢到我的怀里，说："把这个也带走。"

我举起手想要再递给他，说："这个我洗得很干净，你可以拿来放些小玩意儿。"

"不需要。"他拿出抹布开始擦他的琴，"而且里面有虫。"

我睁大双眼，低头翻开锦囊，果然倒出一个干瘪的、不会再有光芒的萤火虫。

"我给你洗裤腰带的那天晚上黑漆漆的，只好借萤火虫的光照明。我把虫子装在里面，不小心没有倒干净。"我解释着，见他露出狐疑又不好意思向博学多识的我开口请教的神情，思忖了片刻，体贴地问，"你……不知道什么是萤火虫吗？"

他收回目光，擦琴的动作迟缓了些。

"它们会发光，一闪一闪……"我睁大双眼，故作神奇，"春风阁后面的小树林里有好多，你想不想和我一起去看？"

他擦琴的动作又利索起来，企图用缄默来使我尴尬，并以此表达他不愿意和我一起玩儿。我走出解语楼的时候才想明白，倘若不问最后一句话，他应该很愿意去了解一下这种虫子。

夜风打在身上，我冷得发抖，忽而想起小春燕和我说的话。他说其实在更遥远的一些地方，四季如夏，热得让人每日挥汗如雨。

每每他和我说起这些，我都十分愿意捐出我的寒冷救济一下那边的朋友，但求他们也捐出太阳温暖我一下。

我都不敢相信这是阳春四月，它仿佛是个假四月，只有秋冬寒冷之时才恢复真身。我险些就要想不起去年我是怎么活过来的。

这么冷的天里，我却硬要揣着锦囊往临水的春风阁跑，只为给他抓几只萤火虫。也不知届时会不会感动到他，自己倒是已经被感动得心口热乎乎的。

很多年后我才明白，喜欢一个人的时候就想对他好，对他好的时候以为会感动到他，结果往往只是感动了自己。殊不知感动了他又能如何，感动也不是喜欢。

这个道理我用了七年才明白，这世间大概不会有比我还要蠢笨的人了吧。

就连小春燕后来都劝我说，我做的这一切还不如存点儿钱买包药将他迷晕了之后为所欲为一番来得实际。彼时堕落的我竟觉得这话有些道理，后来得知那种药不便宜才作罢。

现在瘦小的我在树林里穿梭，顺着河流走，惊扰了不少夜半休憩在矮木丛中的萤火虫。

平日里这些萤火虫并不如我聪明，我来的时候它们都乖乖地等着被我抓。今日它们却有自己的想法，我往前走，它们也往前走，或许求生欲这个东西也是吃一堑长一智后有的。

我紧盯着它们，走着走着，没留意这群小机灵鬼儿已越溪而去。我一脚踩空落进水中，整个小树林都回荡着我那声脆脆的"哎哟"。

对，我前面说今晚的风很凉，是为了突出如今落水的我更冷。

幸好这河水已到了源头，只是溪流而已，我顺势洗了把脸，蹬着水底的沙石爬上岸。

这些萤火虫真嚣张，竟还耀武扬威地在我面前胡乱晃悠。

我抓了好几年的虫子，已练就了一身本事，只要它们在我周身，我脱掉外衣往地上一扑就能兜倒一片。

那些虫子在我的衣服里乱撞，我睁大双眼，小心翼翼地伸出一只手，拿起锦囊迅速钻入衣下，将萤火虫装入其中。

行动还算顺利，我将锦囊系紧，盘腿坐在溪边，打算先歇息一会儿。

借着月光和萤火，我拎起锦囊在眼前晃悠，下意识地偏头，耳边传来了丁零的清脆声音，我才想起昨日敏敏姐姐送给我的银铃发绳。

发绳是粉色的绸带，上面挂着一串银面铜质的小铃铛。我很喜欢这个东西，戴在头上到处跑的时候听到它响，就感觉自己也像普通人家的小孩子一样。因为我听说普通人家的小孩子戴着铃铛就是他们的爹爹、娘亲怕他们走丢。

我将精致的发绳取下来，转而用衣服上的破烂布条系好头发，然后将银铃粉带系在锦囊上，想着一起送给他。

我的想法很简单，首先他们搞礼乐的，一定很喜欢这样叮叮当当的东西，其次我也不想他走丢。

因为害怕自己会错过时辰，我放弃了宝贵的睡眠时间，拖着一身水跑到解语楼，在门边缩成一团生熬到寅时。这次我已顾不得门口的姑娘们有没有注意到我，一心只想冲进门赶到琴房。以至于在我前脚踏入琴房的那刻，解语楼的打手后脚就跟了进来。

我很后悔没有制订一套周密的计划潜入楼中，方才实在太心急，害怕他久等，更害怕他这个小机灵鬼儿将我超时的几个弹指也算作迟到。

可问题是他并没有在琴房里等我，我回过头时，等着我的只有棍棒。

那是我自不与狗争食以来第三次被毒打，我拼命强调不能打我的脸，却被嘲笑长得砢碜。他们根本不明白我年纪小以后还可以再长长的道理，也不想明白。他们一心只想将我打到跪地求饶。

我难以忘记他赶到琴房时看我的眼神。

琴弦上刺眼的血色将我拉回神。

他的声音还是这般美妙，神情还是那般冷傲。

我含住被断弦割破的手指，吮着鲜血，腥甜的味道在我的嘴里蔓延开来，就像一张被墨水晕染的宣纸，一如我此时泛滥的思绪，绵绵不可止。

在柳州的六年里我的的确确设想过无数种与他重逢的情形，每一种情形里，我都将自己的人设想象得过于华丽丰满。

我知书达理、博学多识，我深沉内敛、文静娴熟，我琴棋双绝、精通书画。我膨胀得一塌糊涂，旁人羡慕得不知所措。

我可真是太优秀了。

可现实是，我与他重逢在正月十八的这一晚，冷风刺骨，我穿着一身艳色裙裳，干着我前半辈子没干过的孬事儿。

我饥寒交迫、瑟瑟发抖，我风尘落魄、颠沛流离，我身份卑微、抬不起头。我跌落在尘埃里不知所措，旁人将我轻贱得一塌糊涂。

我可真是太悲催了。

我拿出抿在口中的手指——毕竟我年纪不小了，就算手指再好吃也须得学会克制。

我垂眸看向那纤细的伤口，鲜血就像吃人的妖怪一样畸形多变。我宁愿看妖怪多端的变化，也不愿意抬头仔细看一看他。

其实我还是很愿意看他的，但我知道他并不想看见我。倘若让他认出我来，问我为什么会出现在这里，我怎么好意思说自己是因为貌美才被劫匪卖到青楼，我不好意思的。

思及此，我将头埋得更低，不敢说话。我想我在他身边絮絮叨叨了这么多年，就算他不喜欢我，应该也难以忘记我的声音。

我们沉默着，场面一度十分尴尬。

沉默了片刻，领头的舞姬先跪下来致歉，我也与桌案拉开一点儿距离，朝向他跪下。

舞姬用娇娇软软的声音说："大人恕罪，这是前几日新来的姑娘，不太懂规矩，也没什么见识。她被大人的气场威望折了腰，一时失误，扰了几位爷的兴致，是我们姑娘的不对，回去我们就发落她。"

他没有说话，开口的是穿紫衣的公子："还愣着干什么？让她重新弹过。"

舞姬应"是"，不消片刻，她就从侧旁撩起了纱幔低声呵斥："你怎么回事？这几日不是都弹得好好的吗？今日座上的是太常寺少卿，若是得罪了他咱们都没好果子吃，你小心着点儿。"

语毕，身后有丫鬟递进来一把琴，将断弦的琴换走了。

我始终低着头将自己掩在纱幔下，这朦胧的一隅天地逼仄得我快要窒息，胸腔里的忐忑声也险些将我淹没。

舞姬放下纱幔，不再占用我稀薄的空气，我才觉得心口好受了些，逐渐抬起头来。

红绡之外，他侧坐于窗边，夜风入室，无故拨乱他的青丝。橘色的灯火勾勒出他的轮廓，映着朦胧的纱幔，令他有了少许的温柔与谦和。事实上，他通身的清贵冷傲压不住，与这群风流纨绔子弟格格不入。

不像我，常常因为贫穷和傻乎乎跟别人格格不入。

我长叹一口气，重新拨弦，换了一曲。刚起调，他便打断了我："不必换，就弹《离亭宴》。"

我的指尖微滞，随即依言拨弦。我也分不清楚自己是害怕得罪他，还是情愿如此，愿意弹一曲他最喜欢的、我亦弹过千百遍的《离亭宴》。

舞姬们再次翩然起舞，粉袖招摇间，只有我沉浸在乐声之中，在寻欢作乐的青楼里找到了烧香拜佛般的虔诚。

雅至中途，一位公子说："听苏兄说，大人此次来云安是为了救济乞丐、难民？真是宅心仁厚，我辈实当效仿。"

我指尖的琴声脉脉，舒缓而流畅。

被称作"苏兄"的便是那位紫衣公子，他一笑，道："大人是主动请旨前来为难民解忧的。"

"哦？"那人惊喜地一笑，随即打趣道，"大人难得来一趟，我们也应当有所表示才对。前几日我爹买下了几个舞姬。明日宴罢后，诸位不如来在下府中品赏一番，若哪个舞姬得了大人青眼，在下也好做个顺水人情，送与大人带回皇城去。"

我的琴声由缓转急，心气也浮了。

紫衣公子把玩着折扇，敲了方才说话的那人一下，笑道："大人洁身自好，你可莫要胡言乱语。"

我真是个善变的女人，方才浮起的心气沉得比扔进池塘的石子还快。

"哈哈，大人是有妻室之人，洁身自好多年。我等今日将大人带来解语楼已是罪无可恕，实在对不起嫂子。"

我的琴声忽而转急，狠重嘈杂，银瓶乍破，水浆迸发，如滔滔江河奔腾不休。我的心也跟着江河狂滚而下，不死不休。

一首绵软惆怅的曲子愣是被我弹出了奋起激进的意思，我以后也当是个传奇。

眼看着再弹下去我将创下"一刻钟弄断两把琴并赔不起"的历史纪录，我刹住滔滔不绝的心绪，手中的琴声也猛地停下。

这首曲子今日怕是弹不完整了，他们在我面前说得起劲儿，可能是想要我立即死去。

他们没有发现我的琴声停了，或许他们是以为这一曲理应完毕。

只有他，唯有他，隔着纱幔我也看清了他皱起的眉头。他转头看了我一眼，带着疑惑和微愠，这一次我没有错开视线。不是我胆大，而是我知道有纱幔在他根本看不清我。

是的，他看不清我。他转过头，回答方才一位公子问的问题。

那公子笑着问道："苏兄曾说大人书房里挂着一幅貌美女子的画像，不知是谁？"

他微笑答道："是你们的嫂子。"

紫衣公子便惊呼："竟是嫂子，大人可从来没给我介绍过，改日去汜阳拜访时定要见一见！难怪大人专门在府中修了座傍水的木屋，原来是用来藏嫂子？"

他的笑滞了一瞬，答道："不是，她出远门了。等她回来便为你们引见。"

另一位公子好奇地凑过去问道："那苏兄说的木屋里又有什么？"

他沉默了许久，轻抿了口茶，才答："日复一日死去的光。"

这么多年过去了，我好歹也成长为了半个文学家，思想却依旧跟不上他这个搞礼乐的文人。他这句"日复一日死去的光"听得我云里雾里。

我拿容先生教过我的知识套用了一番，猜想他说的光应当有两层意思，其中一层我琢磨了个大概：约莫是说他妻子出远门，他忧心如焚、思念成疾，等待他的妻子归来。光即希望，希望日复一日地破灭，也就是说，他的妻子至今还没有回来。

另外一层意思我暂且捉摸不透，因为我实在想不出来有什么"光"会"死去"。

好在我还能听得懂他话里透漏出的别的信息：初步鉴定，他的妻子身娇体软，貌美如花。

有人撩起纱幔，我吓了一跳，下意识抬头看去，是方才那位舞姬姐姐。

她凑到我耳边轻声对我说："澄娘唤你，跟我来。"

澄娘，便是解语楼如今的老鸨。我不敢耽搁，也无法留恋，拂衣起身，从侧旁撩起帘子悄然退下。

我将头压得很低，甚至屏住了呼吸，只为减少存在感，不让已成家立业幸福美满的他发现我，那个傻乎乎追求了他七年如今流落风尘的我。

转身出门的那一刻，我还听见身后那群纨绔公子哥儿在议论我："我看今日这些舞姬都不如一个弹琴的窈窕，瞧那腰肢，一绝啊。"

我丝毫没有因为言语上的轻薄而产生任何羞耻感，甚至想听一听他会怎么说。

结果是他什么都没说。或许他根本就没有因为那位公子的话转头看我。想来他极爱他的妻子，我是掺和不上了，貌美无用，腰细也罢。

算了，他妻子的腰大概比我还细吧。这么一想我的心理平衡了一些，腰细不细的都是自己随便长的，我怪不了任何人。

来时的走廊很长，越来越长，我分明觉得自己已经走出很远了，回头望时，那扇门却还是近在眼前。我都分不清是自己太过留恋，所以刻意驱使自己走得慢些，还是因为我一步三回头频率太高导致每次回头时都感觉那距离没什么变化。

好像不管是哪个原因，我都挺尿的。

我听见自己叹了口气，随后加快了脚步不再回头。

澄娘在她的房间里等着我，她的房间在四楼，我许久不曾运动，拖着累赘的裙子爬到她房门口时已气喘吁吁，问道："澄娘……找我何事？"

她让人给我看茶，又招呼我在茶桌边坐下。我端起茶杯，象征性地喝了一口。

分明是与以往别无二致的茶，我却觉得今日它有自己的想法，苦巴巴的，不太愿意让我这个已经不再年轻的小甜心喝。

我顾不得苦，也从来不怕苦，此时口干，我一饮而尽。

当我放下杯子时才发现，澄娘已在我对面拂着衣摆落座，我顿时正襟危坐，预感不太美妙。

果不其然，她拈着茶杯，对我微微一笑，道："你在我这里待了五六天了，我们解语楼没有一直白养着闲人的道理。明日，你须得正式挂牌接客。和你一起进来的那些姑娘也是如此，你们须得同时坐上鼓台，供人挑选卖价。"

我的心怦怦跳，脑门儿上的汗发了又被擦……倘若我现在回香字号雅间去禀告太常寺少卿大人我是被劫匪拐卖至此的，他看在往日的情面上，会不会救下我这个受苦受难的小倒霉蛋？

若我开口求他救我，他或许会碍于面子意思意思，以免被旁人站在道德制高点戳他脊梁骨。

就像彼时他赶到琴房看见我挨打那样，我的眼神过于卑微无助，周围除开打手也没别人了，他想要装作看不见都不成。

因为在看到他推门而入的那一刻，恬不知耻的我几乎是跳起来挂在了他的身上。

他被我撞了个满怀。我到现在都还记得他身上淡淡的竹香味儿，料想三天没有洗澡的我身上的味道也令他难以忘怀。

反正当时他的脸色和眼神好像就是在咬牙切齿地说会记我一辈子。

真好，我只不过三天没有洗澡，就能让他记一辈子，要知道这世间不知有多少姑娘穷其半生也无法让心爱的男子将她们放在心上。

他低头看了我一眼，依旧是那种怜悯和愧疚的眼神，带着点儿愤懑。

我有些受宠若惊，赶忙擦了一把鼻血，慢吞吞地和他说道："你别这么凶地看着我……我的鼻血都被你吓退了。"

他的怜悯与愧疚硬生生地被我煞风景的话逼得荡然无存："你傻吗？我说在琴房等你就真的会等吗？我故意约在寅时便是看准了太早你不会来，又怎么可能等你？"

我不傻，世上没有比我更机灵的人了，我被打成了猪头模样还晓得要趁这种时候多揩些他的油。

"你看准我不会来？"我摇头，双手搂紧他的脖颈，"你没有看准。"

"你们两个聊完了没有？！没被打够是不是？还不滚？！"领头的打手大哥一定还没娶上媳妇，一定。

他们挥起棍棒，我连忙转过头摆手，道："还……还有两句，再说两句就滚了……"我摸出怀里的萤囊，塞到他的手里，急急道，"景弦，你看，萤火虫还活着！"

趁他垂眸看着萤囊愣神之际，我凑到他耳边轻声补了一句："我晚些还会再来的！"说完这两句，强烈的求生欲使我抱着脑袋蹿没影儿了。

几天的时间里，我因为不够机灵挨了两顿毒打，这是我短暂人生中耻辱的一笔。因为除了与狗争食那会儿，过去的十年里我也只挨过一顿打而已。

我暂且不好意思回破败的花神庙里接受小春燕的嘲笑，只好去找酸秀才，同他说说我为了男人倾家荡产还被挥棍暴打这档子事，看我近期的经历能不能给他提供一些编话本的思路，有利于他以后说书。

酸秀才勉强算是生得一表人才，但更让我关注的还是他那穷酸的迂腐相。我印象最深的是他那一年四季变化不大的粗布麻衣。

我实在想不通敏敏姐姐看上了他什么，样貌和钱都没有，总不可能是才华吧。要知道大多数他用来维持生计的话本故事都来源于我闲时的鬼扯。

"你这个人，也不知看上了我什么。"酸秀才也常唉声叹气地对敏敏姐姐这样说，"我除了会说书和讲两句文绉绉的话以外，别的才华就没有了。"
我做证，是真的没有了。

可敏敏姐姐还是喜欢他喜欢得死心塌地，我不明白。当然，等我明白的
时候，也是个悲伤的故事。幸好，我是个乞丐，我的故事一文不值。

酸秀才一如既往地在天桥底下摆弄说书摊子，他抬眼看见我来了，笑着
招呼我坐："小花又这么早起来，快坐，我还得收拾一会儿才得空。"

我十分痛恨这个名字，概因敏敏姐姐家里以前养了条大黄狗也叫小花。
每每酸秀才这样叫我，我总觉得他是在招呼敏敏姐姐家里那条大黄狗。

说起小花，我常常在它嘴下抢夺食物，抢不赢没有胜利感。但说实话，
和一条狗抢赢了我也不会有任何胜利感。

我就径自坐在矮板凳上捧着脸望着他，他借着烛火才看清我脸上挂了
彩："你这是在哪儿弄的？来来，我这里还剩些药，自己抹着。"

接过酸秀才不知哪个年头买的药膏，我一边往脸上抹，一边跟他叙述我
这几天发生的事和看上的人。

听完了我的故事，酸秀才说他一个编话本的都不敢这么写："屁大点儿
孩子，晓得什么情情爱爱？"

"我也觉得，所以你也认为我还有机会？"我的脑回路有点儿跳脱，也
不知他跟没跟上。

"什么有机会？"他果然没有跟上。

我解释道："他屁大点儿的孩子，不晓得情情爱爱。他家老鸨又不让我
和他玩儿，所以其实他不是在拒绝我，只是还不明白我的心意。等他大一点
儿了，他家的老鸨允许他和我玩儿了，他就会知道我是多么喜欢他，然后接
受我的心意。"

酸秀才决定将我这番话写进本子里，提前祭奠这段早熟且失败的
感情。

朝阳升起，我倚在天桥脚下打了个盹儿，醒来的时候，刚巧瞧见敏敏姐
姐拎着一篮子鸡蛋走过来。

敏敏是个美人，就算只穿着碎花布裙，也好看得让人挪不开眼。今天她

编了个辫子，别着朵鹅黄色的迎春花。我站起来拍拍屁股上的灰，喊道："敏敏姐姐！"

敏敏闻声看过来，我已经跑到了她面前，她一把抱起我，我晓得我轻得都不需要她放下鸡蛋篮子，单手就能端起来。

"瘦巴巴的。"敏敏摸着我的骨头，皱起眉，"来，给你拿两个鸡蛋，再给小春燕带两个回去。"

"谢谢姐姐。"我抱着鸡蛋低头一瞧那篮子，"剩下的就都是陆大哥的了吗？一、二、三……还有七个，敏敏姐姐，你们家的鸡真能生。"

我管酸秀才叫陆大哥。因为敏敏姐姐也这么叫他，只是我没敏敏叫得那么甜、那么好听。但我今天叫景弦的时候，是故意叫得很好听的，就是不知道他有没有这样觉得。

敏敏姐姐将鸡蛋篮子往酸秀才的手里送，他却背过手退了一步，低头道："你……别再给我送了，上次送的我还没有吃完。"

"你先放在那里，现在还不热，又不会坏掉。"敏敏红着脸，又将篮子往前递了些，"你就收下吧，是我情愿送的。"

两人推拒来推拒去，那鸡蛋终究是被敏敏执拗地推到了酸秀才的怀里。酸秀才窘迫地抱着篮子不知所措，好半晌才憋出一句："你等我一会儿，我给你银子……"

敏敏拦住他，道："银子太俗了，我不要银子，你若是觉得心里有愧，那就给我画一幅画像。我长这么大还没有人给我画过，我要你画，拿回去挂着。"

我料敏敏是有备而来，将酸秀才套得死死的。

"……好吧。"我感受到了酸秀才的无奈，可能是因为他没有彩色的颜料。他一般是下午开始说书，这会儿还早，不耽搁。

我搬着板凳坐在酸秀才旁边，亲眼见证敏敏落在画中，虽只有黑白二色，她却依旧娇妍如花。酸秀才的才华中竟还有这一项，简直是深藏不露。

想到这里，我忽然觉得景弦也一定多才又多艺，弹琴、作画自古没有分家的道理。那我是不是也可以去套他，问他要一幅我的画像？

在酸秀才这里听说书磋磨到了午时，我揣着四枚鸡蛋往解语楼跑，这一回我看准时机躲过了姑娘和打手的视线，一头扎进他的琴房。

这套动作我做得行云流水，以后每天我都将这样行云流水地过着，日子越往后，身手就越矫捷，长大以后可以去做个劫匪，为我的小乐师抢玉劫簪。

他正在弹琴，听见有人闯门而入，下意识惊讶地抬起头，发现是我之后嘴角就耷拉了下来。

打扰他弹琴非我本意，我只是想每天都和他待在一块儿罢了。我有些抱歉地跪坐在他身旁，轻声问："我这样每天都来，甚至一天来好几次，你烦吗？"

他睨了我一眼，坚持将这一曲弹完了才回道："你心里没数吗？"

我被噎了一下，低下头讪讪道："其实我就是客气地问问……对了，我这次不是空手来的，我给你带了鸡蛋，我送你鸡蛋吃的话，你留我在这里待一会儿可以吗？况且，我的琴还没有学完……今早我也没有迟到。"

他看了一眼我捧起的鸡蛋，明显露出了"我不喜欢吃鸡蛋""我不缺鸡蛋"的表情。

这样我们的对话就要结束了，我根本没办法像敏敏一样理所当然地让他为我画像。他不缺鸡蛋，这可怎么办。

我硬是将鸡蛋放到他的怀里，学着敏敏的腔调："你就收下吧，不用和我客气，这是我自己情愿送的。我听说，食物这一块儿都是吃什么补什么的……"

他转过头，诡异地看了我一眼。

我继续说："鸡蛋很有营养，你还是比较瘦，得多吃点儿蛋补一补。"

他想说什么却好半晌没有说出口。

我不能错过这时机，追问道："那你收了我的鸡蛋，能不能为我画一幅画像呢？"

他皱眉说道："我不会画画。何况，你这头发，瘦胳膊瘦腿儿，这样的腰……我为何要画你？"

我再一次被噎住，但想到我是小孩子身材，又释怀了，同他道："我的腰身确实没什么好画的。重点是脸，画得像我就可以了。"我不相信他不会画画。

"脸……"他冷漠地低头抚琴，教养很好地没有继续说下去。

他丝毫不按酸秀才的套路来，我被他这一个字撑得一时无言，想了一下才正经回他："虽然我生得不怎么好看，但我可以拿回去挂在花神庙里为我家娘娘辟邪。"

他漠然道："我不会画画，也永远不可能画你。"

那好吧。

这一段就整个垮掉了，我心里想着有点儿对不起小春燕，因为送景弦的四个鸡蛋里有两个是敏敏姐姐让我拿给他吃的。如今鸡蛋没了，画像也没捞到。

我坐在他身旁没话找话，开始了一场尴尬的聊天："你今早来得及时，也算救了我，我还是很感激的。"

他没有说话。

我好奇地问："如果以后我遇到什么难处，你会看在现在的情面上救我吗？"

他斩钉截铁地说："不会。"

那好吧。

他说不会，那我也就没有再去香字号见他一面让自己丢人现眼的必要了。

我以后须得时刻提醒自己，他是一个有妇之夫，应该敬而远之，绝不能趁他妻子出远门的时候和他胡来。生出什么瓜葛倒是其次，生出什么孩子那就完了。

我笑自己究竟在想些什么蹩脚的话本。他为妻子画像，为她洁身自好，为她搭建傍水的木屋，又怎会愿与他曾经嫌恶至极的人有什么瓜葛？

澄娘显然没有在意我的神色，只摩挲着指甲冲我说道："自己取个花名，我着人去刻牌子。"

我默然，又给自己倒了一杯茶，明日应该如何逃脱我还未想到办法，暂且没有给自己取个好听艺名的雅兴，只好拿出本名垫上："花官就挺好的。"

于是，刻有"花官"二字的玉牌于次日清晨被放在了我的梳妆镜前。

今日为我梳妆的依旧是昨晚的舞姬姐姐，她一边帮我编着好看的辫子，一边教导我说："过了今晚这一遭，你就和我们没什么不同了，以后绾发、上妆这样的事也须得自己动手。我一会儿要和另外两位姐姐出门采买胭脂水粉，你有什么要我们帮忙带的吗？"

我如今身无分文，吃穿用度都是澄娘管着，唯有头上一根玉簪是六年前去柳州时小春燕送我的，还值些银钱。

我拔下来，拿在手里摩挲着，想到我走时小春燕对我说过的话，顿觉手中这根玉簪将是我最后的救命稻草。

不枉我被他一手欺负到大，如今是时候该还我了。

我将玉簪推到舞姬手里，抬眸问她："你们会路过花神庙吗？"

舞姬迟疑着点头，随即又问："你说的是哪一个花神庙？云安可是有两座花神庙的。"

我讶然睁大了双眼：怎么，这么多年过去了，我和小春燕以前住的那座旧庙竟还没拆？花神娘娘与我比起来，坚强得不止一丁点儿。

"七年前盖好的那座新庙。"我急切地追问道，"淳府还在那里吗？"

"妹妹说笑了，那样大的一座府宅，怎么可能说不在就不在了？"舞姬笑道，"前几日淳府还大开粮仓救济难民。那头繁华，脂粉铺子也多，我们肯定会路过。"

总算在物是人非中找到些不那么非的，我松了口气，握住她的手："姐姐，那你能帮我将这根玉簪交给淳府的管家吗？"

听我说完，她迟疑了一瞬，讶异地看着我，最后还是答应了。大概她觉得我傻乎乎的，没有什么心眼儿。我为我的傻乎乎感到十分庆幸。

她为我上妆时，我忍不住和她搭话询问那座旧庙的情况。

她正要同我解释，忽然有一位姐姐走进门，目露诡异，道："我正想和你们说，昨晚那座旧庙像是闹鬼了。"

我胆子不算大，但鬼我是不怕的。我幼时听多了酸秀才讲的奇闻异志，晚上就躺在破庙里，这么多年也没遇见个什么鬼不鬼的。小春燕那个人鬼话连篇都没能唬住我。

于是我好奇地问她究竟是怎么个闹鬼法。

她细致说来，神神秘秘地："有打更的亲眼瞧见庙里忽然生出许多星星点点的光，跟起了鬼火似的。"

舞姬姐姐悬着的心落下来，松了口气，接过话道："这有什么，许是又有乞丐住进去了，点了几根蜡烛罢了。"

"起先打更的也以为是有难民住在里面，毕竟那种破庙经常会有乞丐钻进去。"讲故事的姐姐摇头，压低声音道，"可当他凑到门缝一看，却见一道虚晃而过的白影——是个穿白衣服的鬼！"

我撑着下巴望着她，问："就像你背后站着的那只一样吗？"

她吓得惊呼一声，跳到我的怀中，吓倒在我身上，转头却什么也没瞧见，只听见我吃吃地笑。

她有些恼怒，站起身来拍了下我的脑袋，道："你这傻姑娘，还开这种玩笑，鬼神之事怎可胡说？我与你们说的都是我亲耳听来的真事。"

"你接着说，看到穿白衣服的之后呢？"舞姬问。

她回道："打更的还说他听到破庙里传出了琴声，那种很凄惨的琴声，听得人抓心挠肝，若多待片刻便能活生生听断肠。"

他曾对我说过，能将琴弹到闻者断肠不是件容易事，要做到声声裂心，抚琴者自己必先饱受肝肠寸断、撕心裂肺之苦。

料想这只鬼是个有故事的鬼，我倒是很想见一见这只琴艺了得的鬼并交流一番，毕竟我觉得学术研讨之类的大事，理应不分域界。想到这里，我又好奇地问道："那只'白鬼'弹的是什么曲子？"

两位姐姐都像瞧傻子一样瞧着我，以为我在说笑，自然也就没有搭理我。

好吧。其实我私心猜测，那只鬼应该是在弹琴等别的鬼。

景弦曾经教过我"欲将心事付瑶琴"[①]，弹琴长啸，是在思人。

---

① 出自岳飞《小重山·昨夜寒蛩不住鸣》。

我还记得我问他日后会不会弹琴思我，他说永远不会，就像我挨打那日一样，他想都不想一下就那样激动地对我说他怎么可能真的在琴房等我。

我猜，彼时我若说不相信，他肯定要跟我急，没准儿还要同我发誓证明他真的不会等我。为了不让他着急，我赶忙说我相信。

这只"白鬼"就灵性许多了，还晓得等别的鬼。想到这里我不免叹了口气，我竟活得连只鬼都不如。

虽然我很好奇那只"白鬼"为何在破庙中弹琴，他在等什么人，也好奇那好似鬼火的星子究竟为何物，但我还清醒地知道自己目前身陷囹圄，并不应该有这个闲情雅致去想这档子事。

上好妆、绾好发，我依旧被指派去香字号为几位客人弹琴，好打发了这青天白日。

这回没有人为我带路提裙了，我须得自己抱着琴赶往香字号，也就是说，我这样一副青楼妓子的媚俗模样就要明明白白地落在他的眼中，让他晓得我这么多年确实没什么出息可言。

我一时踌躇，只好停下脚步，倚着栏杆眺望。

忽然，一袭白衣撞入我眼角的余光，我的第一反应便是他就是姐姐说的"白鬼"，稍抬起眼瞧过去——却是他！

我睁大眼睛。

他一身白裳，月华流云纹中渲了几笔墨竹，越发衬得他芝兰玉树。他那长眉如墨，因垂眸眼尾向上勾着，只是不知为何他面色白皙如纸，抿紧的薄唇也缺些血色。

大概是因为这些年他成熟稳重了些，眉色与眸光都深了。

我想到容先生说"人的感情越重，五官就越发鲜活"这话，此时形容他恰到好处。他这些年与妻子伉俪情深，年幼时的眉清目秀都不复存在。

此时他正抱着一把琴，不晓得是从哪儿来的，头上的玉簪微歪了些，腰畔的青丝也有点儿凌乱。

不过上苍保佑，我终于瞧清了他那张令我朝思暮想的脸。因昨晚朦胧的纱幔阻隔，我辗转反侧了一整宿，没有一窥究竟，便没有喜悦感。

他依旧被簇拥入堂，周围笑闹的声音都能传到我的耳中来。当然也是因为现下是清晨，正堂里只有零星几人的缘故。

"大人昨晚一声不吭地离开了解语楼，我们可吓坏了！"一位仁兄笑道，"大人昨晚去哪儿了？还以为大人不回来了呢！"

他道："春风阁。"

我如今对春风阁的印象只有它后面那个致使我摔了一跤的小树林，以及小树林里嚣张的萤火虫。

"怎么可能不回来？今晚的解语楼热闹着呢，我和大人说好了要观赏新来的姑娘们弹琴作画。"苏兄笑道，"若有姑娘称了大人的心，便带回家去，在大人作画时磨个墨递个茶也好。"

他淡笑了下，只象征性地挪了挪唇角。

我瞧不出他在笑，原来入了官场的人都是这样不快乐。我记得他以前虽也不爱笑，但笑的时候却是真心实意的。可如今，从昨晚到现在，他就没有像以前那样笑过。

"说起作画，大人在这上头也是一绝。"苏兄又笑，"但你们肯定猜不到大人是何时开始学的。"

"既是一绝，必然得从小练起了？"

苏兄摇头，看向他。

他像是在讲一件如吃饭喝茶般寻常的事："六年前学的。"

"六年前？！竟这样晚！那时大人已入官场，想必每日忙得焦头烂额，何必要去学？"

他沉默了片刻，回道："你们嫂子要我画她，我便学了。"

我暗戳戳地为嫂子写好了获奖感言，她可真是个人生赢家，若我十三年前遇到了她，一定要向她请教一下如何将景弦这个磨人的小妖精骗到手。

好吧，都是胡话。我的故事全作笑谈说。不得不承认，我朝思暮想的白月光，心里还住着一个白月光。

我当年用四枚鸡蛋诓骗他为我画像，彼时他说的话我昨夜才回忆过，心还皱巴巴的，已不想再复述。

　　既然他们在外，我便可以先一步入房中坐好。机会正好，我不再停留，转头往香字号走。

　　那门也不知被谁落了锁，老天非要在这个当口刁难于我，我抱紧琴转身欲回，心想这不是我避而不见，是这门它有自己的想法。

　　直到我转身撞到人的那一瞬，我才晓得，这门想的竟与我不一样。

　　撞上去时我的下巴磕在了一把琴上，我确信那不是我的琴，我的琴已被来人撞落在地。

　　我被撞得退了一步，踉跄中踩在了自己的长裙上，快要跌倒在地时，机智的我一只手抓住了来人的手臂，另一只手抓在了来人抱着的琴上，险些就要一举绷断两根弦。

　　"放手！"

　　这声音太熟悉，我还没有想好重逢说辞以作迎接的准备，便下意识地抬起了头。

　　撞入我眼中的是他愠怒之后震惊、激动、狂喜甚至病态的复杂眼神，我始终没有看懂，却听明白了他在喊我，他的声音怎么好好的就哑了："花官？花官！！"咬牙切齿。

掷银十两　第三曲

在我的印象中，他真的很喜欢咬牙切齿地跟我说话，从教我弹琴的那段时间开始。

那时候我每天都致力于囤鸡蛋送给他补身体，他每每看到我将煮熟的鸡蛋捧到他眼前，就会咬牙切齿地对我说："我不喜欢吃鸡蛋。"

我知道，但我给他送东西，无法盘算他喜欢什么，得先看我有什么。

他不愿意吃我不会强迫他，当然，也强迫不了他。我那些贴心地剥了壳的鸡蛋往往都入了我自己的肚子。

所以上天他老人家还是看得很清楚的。鸡蛋我虽然送了，却没有落到他的肚子里，那是我占尽了便宜，我的付出作不得数。既然如此，按照因果循环的条条框框来说，上天没有将他的姻缘安排给我也是有一定道理的。

过了整整一个月，那首曲子我仍没学会。

我起先觉得这是我实在没有天赋的缘故，但就在他隐隐欣喜地对我的天赋表示遗憾并劝我不必再来的时候，我隐约觉得这应该不全是我的原因。他不太愿意花费精力教我，这我也是知道的。

好歹我也在人间生活了十年了，深知"人生不如意之事十之八、九、十、十一、十二……处处皆是"的道理。他不愿意教我，我也没有气馁，看谁拗得过谁。

　　我还是坚持不懈地来学琴，并在早晨带一枚鸡蛋给他，风雨无阻。

　　这样一个才十岁大的小可爱日日为他奔波，传出去大家会觉得我的精神也算可歌可泣。

　　向来只晓得睡觉抢饭的小春燕都察觉出了我不对劲，要我坦白交代近期去哪里撒野了，我跟他说是解语楼。

　　他点头认可了我的行为："那里的剩菜确实比别家的好吃。"

　　我懒得同他说清楚，以他目前的心智，根本理解不了我深沉的爱。

　　"解语楼的首席乐师要去淳府一段时间，给淳府二小姐任教习先生。明晚楼中会选出继任乐师，你知道这件事吗？"小春燕啃着不知从哪里得来的饼，含混不清地说。

　　我讶然摇头，问："那首席乐师多久能回来？解语楼里有好多学徒，他们要怎么选？"

　　其实我关心的只有景弦而已，他那样好，理应继任首席乐师之位。

　　"淳府家大业大，或许一去就走了门路，不一定能回来。至于怎么选，那和我们有什么关系？我是想说，明晚你和我一起溜进解语楼，看看热闹要要饭，囤些糕点回来。"小春燕掰了一半饼给我，"喏，快吃吧，今天没有了。"

　　我接过他啃了一半的饼，不太明白他说的走了门路具体指什么，心里只琢磨着明晚去解语楼要怎样给我的小乐师捧场。

　　第二日天还没有亮，我就特意跑到解语楼去找他，想问清楚选拔首席乐师的事情，但是遍地寻他不见，最后在解语楼不常有人经过的后院看见了他。

　　他面前站着一个身形高挑的男子，我只瞧得见背影。

　　男子背着琴，将一枚玉佩交给了他，道："以后有什么事，就来淳府找我。我不在，你须得刻苦练琴，莫要荒废了天赋，也莫要让解语楼容不下你。"

　　我看到景弦握紧了玉佩，朝男子拱手作揖，道："师父，我会勤加练习，绝不给您丢人。"

　　男子将手搭在景弦的肩膀上，拍了拍，道："我带的学徒虽多，却只认你一个徒弟。你天资聪颖，以后定有一番作为，不必只拘泥于这一方天地。"

　　"是。"

"那首《离亭宴》妙极，你谱得很好，师父是不配为这首曲子署名的，若非你当时求我，我也不会答应将这曲冠上我的名。等你日后飞黄腾达了，定要从我手中拿回这曲。那几个音你后来改得甚好，只是日后还须按未改时那样弹，免得挨打。"

"是。"

男子点头，又嘱咐："今晚的选拔须得舞姬配合得好才行，本就是看运气的事。况且你年纪小，资历尚轻，争不过他们也不必气馁。"

"是。"

男子提了提肩带，背稳琴，道："师父走了，有空再回来看你。"

我坐在墙角边听得清清楚楚。我觉得他现在很孤独，需要人陪，所以我决定在他身边磨叨一会儿再走。

等了片刻，他往我这头走来，大概是要回房间。他路过我时看都没看我一眼，我跟在他身后，道："原来首席乐师就是你的师父，难怪你的琴弹得那么好。"

他没有理我。

"为什么要对别人说那首曲子是你师父谱的？"

他依旧没有理我并加快了步伐。我小跑起来才勉强跟得上。

上楼，入琴房，关门，他一气呵成，幸好我与他的距离不算远，硬是三两步上前，从门没关紧的缝隙中挤了进去。

他不管我，兀自走到书桌前，拉开柜子，将玉佩放好，转过身时扔给我一样物事。

我就盘腿坐在他的琴边，那东西径直落入我的怀中，是我一个月前送给他的萤囊，里面的萤火虫不再发光，小小的身躯也都干瘪了。

我将它收好，打算今晚再去一趟小树林，为他捕捉充满希望的萤火之光，日复一日，上天一定能看到我的诚心。

"上面的铃铛和粉带好看吗？我觉得和这个锦囊很配。"

我疯狂搭话，以缓解气氛的尴尬。

他用沉默回应，让气氛更尴尬。

他在古琴前坐下，翻了一页琴谱，似乎是在想弹什么比较好。

"这是送给你的，不用还我。"我将铃铛粉带取下来，放到他的桌上。

他看了一眼，神色上压根儿没有收到礼物时应有的愉快，又看了我一眼，也没有对待送礼人应有的友好。

我觉得他八成不是很喜欢我的礼物和我，还有两成是希望我带着礼物滚。

我有自知之明，决定立刻就走，但还是想问清楚选拔乐师的事情。

他弹琴时我不敢搭话扰他。好像就是为了防止我开口说话，在我张嘴要问时，他迫不及待地弹响了第一个音，紧接着悠扬悦耳的曲子从他的指尖流淌出。

我被这琴声劝退，只好屏住呼吸等待一个适当的时机。

约莫半刻钟我就屏不住了，好在他也不打算让我活活憋死，琴声稍停，我趁机问道："我听说了今晚选拔的事，你说我要怎样做才能帮你争过他们？"

他终于被我缠得烦了，收回抚琴的手，转头瞧着我冷声道："银子，要银子，难道你有吗？"他料准了我只有一身白花花的肉，没有一锭白花花的银子。

"……那你好好弹琴，晚上我会来为你捧场的。"别的话我也接不上，灰头土脸地被银子劝退，让我感到有些耻辱。

随即想到和我一块儿乞讨的小春燕也穷得不遑多让，我才勉强得到了一点儿安慰。

走出解语楼时已近中午，回花神庙的路上有不少酒楼，我一边眼巴巴地望着，一边摸着肚子想，刚才应该把桌上那个鸡蛋带走的，反正他也不会吃。我带走吃掉，也不至于最后被他丢了浪费。

有一家酒楼像是刚开张，外头的人格外多，我凑过去看热闹。

和我一样看热闹的人不少，他们指着门口的告示评头论足。我抬头望去，这样多的字里头，我只能挑出"十两白银"这四个字说我认识。

身旁的人避我不及，我想问一问上面写了些什么都不行。

趁人不备，我偷摸进酒楼，却只看到七八个人坐在不同的桌上卖力吃饭。

吃饭有什么好围观的……好吧，似乎我和小春燕也很喜欢看别人吃饭，一边看一边吞口水，权当是自己在吃。这样一想我就释怀了，他们和我有相同的爱好。

围观久了，我也瞧出了门道，原来他们在比谁能更快地撑死自己。那一桌酒菜佳肴谁吃得最多，就能不付饭钱，还格外多得十两银子。

这真是个千载难逢的、能为我的小乐师一掷十两的好机会，我欣然报名。那小二打量了我几眼后叫人轰我出去，说什么恕不接待乞丐。

我的辫子扎得这样规矩，他们竟也能一眼看穿我的身份。

"我不是乞丐，我的爹娘出门做工了，阿婆生病了没空看顾我才脏成这样。"我说得还挺像那么回事儿，他们生出动容之色，我接着说，"阿婆生病需要银子买药，你们就发发慈悲，让我试一试吧。"

我这个有孝心的可怜孩子坐在桌前，望着满满一桌子酒菜，顿觉迎来了人生巅峰。

这一轮和我比试吃饭的有五六个成年人，我的危机感很强烈，唯一的办法就是埋头吃饭，拿出风卷残云的架势。

时间过得很快，我也不知道他们是什么时候放弃的，反正我是撑得不行了，但旁边还有一人同我一样执着，我不能放弃。

我晓得那些放弃的人并不是吃不下了，而是知道身体更重要，且那十两银子对他们来说本就可要可不要。

周围的人看我就像在看玩杂耍的猴子。

我也顾不得那么多，一心扑在吃上。我能明显感觉到自己的肚子鼓起来了，我敢发誓，过去的十年我从来没有吃过这样多，每每多吃一口，都觉得肚子要炸开，但总是吃了一口还能再吃下一口。

此时此刻，围观的人已经开始惊叹于我的食量。

我想，我十岁的身子有三十岁的食量这件事，一定会在这家酒楼里成为一个传奇。

身旁那人仰头休憩，我也趁机停下，那人恶狠狠地瞧着我，然后狂灌一口酒，又扑上饭桌。我被他的架势吓到，暗暗起了认输的心思。

还没有开口，那人便转过身哗啦啦地吐了。

我觉得他一定又给肚子腾出不少位置，我已没有本事和他继续比下去。

"小姑娘，你赢了。"老板对我说，"吐出来的自然就不作数了。"

老板这样一说，我强忍下想吐的冲动，直到将十两银子揣进荷包，才在酒楼拐角处足足吐了半刻钟。

夜晚，我和小春燕一起摸进热闹不已的解语楼，一进去我就寻不见小春燕的人影了。我只身抱紧怀里的银子凑到鼓台下面，心里想着待会儿一喊砸银子，我一定要第一个把银子放到鼓台上，让他看到我。

舞姬上台，乐师抱琴入座，今日帘后坐了不少人，他在头排，我一眼就看到了他，朝他挥了挥手。

他露出极度厌恶的眼神，没有搭理我。我想有一部分原因是他不方便回应我。

他第一个上场，为与他搭档的舞姬伴乐时，我拿出吃奶的劲喝彩鼓掌，惹来一片哄笑。他的脸色不太好看，端着矜持的姿态从容起奏。

一曲毕，我又带头鼓掌喝彩，纵然我被嘲笑得颇没面子，但他这一场得来的掌声最为响亮，我觉得还是很值得。

十二位乐师轮番上阵，轮到砸银子的时候，我已被人群淹没，只能死抠着鼓台不敢放手。

台上那老鸨说了什么我也听不清楚，只看准景弦伴乐的那位舞姬重新上台，便将手里的十两银子砸了出去。我想我这番举动定被他瞧得清清楚楚，我的感情线就要趋于明朗了。

可我万万没想到，紧接着我那十两，不知有多少人为舞姬的舞和他的琴声一掷千金。大把的银票和白花花的银子从我头顶掠过，我这才明白我的十大两银子在有钱人眼里根本不值一提。

上天，我也想当个为所欲为的有钱人，为他一掷千金，只想换他冲我笑一笑。

这里人山人海，我想捡地上的银子都弯不下腰。那些大人比我会抢多了，我一蹲下伸出手便被踩了好几脚。我被踩痛了，只好若无其事地站起来，心里头甘拜下风。

他毫无悬念地夺魁，成为解语楼里年纪最小的一任首席乐师。

一想到这个成果里有我出的一份力，我就觉得自己应该去他面前邀一邀功。这样的话，他以后就会对我这个恩人好那么一星半点儿。

也不知这场闹剧持续了多久，人散场时地上的钱也被卷了个干干净净。

我厚着脸皮去琴房找他，他正在擦拭琴，背对着我。不知为何，我觉得他很生气，情绪不是太好。

我缓缓挪过去，轻声问："刚才你看到我了吗？我第一个给你砸银子的。"

他似是忍无可忍，将手里的抹布丢在桌上，转头将我的手腕握得紧紧的，用不应该出现在他脸上的凶狠神色逼问道："十两，你哪儿来的那么多银子？！"

"多吗？"我想他定是没有看见后头那些险些要将我砸死在前面的万两白银。

我叹了口气，很肯定地对他说："我银子的来处其实不值当说，但你既然问了……"

"不值当说来处？"他捏得更狠，"我原以为你只是有些讨人厌，心地总该是好的，没想到你竟去做这种鸡鸣狗盗之事！"

我的手腕被他抓得很疼，印象中，他咄咄逼人且死抓着我不放的样子我也就只见过这么一回。在我同他解释清楚后，许是对我心存愧疚，他再也没有这样对过我。

有幸，时隔十三年的今天我又见到了他，他紧紧抓着我不放，咄咄逼人的样子比当年更甚："这六年你去哪儿了……去哪儿了？！"

我拧紧眉头，望着他的眸子，心被酸水填得满满当当。我知道我完了。

是星火燎原那种绝顶的覆灭。可我已没有那么多鲜活的七年可以再为他挥霍。

此时他掐着我的手腕，我没有摔倒在地，但手腕痛得不比摔倒在地差多少。我更情愿摔倒在地，因为他这样掐着我，我人挣脱不得。心也挣脱不得。

我要如何回答他我这些年去了哪里？难道说我在柳州求学，现在其实已经大有出息？

然而如今的我和过去的我分明穷得不相上下，仅有的进步便是从一个身无分文的乞丐变成了一个卖身卖艺的妓子。耻辱，都是耻辱，在他眼里必定都是耻辱。

我没有勇气与他对视，只能垂下脑袋，窃窃抿掉唇上艳俗的口脂，再一字一字地回他："好久不见，听说你这些年过得很好……"

"我过得不好。"他这样说，但是他为何在说第二句时哽咽了，"花官，我过得不好。"

我木讷地抬起头，想要教导他寒暄就寒暄，顺着话说就好了，哪里需要转折？他这样是在逼我追问一句"为何"，可我不想听他讲妻子出远门的故事。

静默片刻，我见他的朋友们都纳闷地瞧着我。他一人独秀，眼神炯炯地瞧着我，像是迫不及待地要同我这个沦落人分享他贤良淑德的夫人。

"……我倒是还可以。"我尝试一边挣脱他的手，一边将滑下肩膀的宽衣往上提了提，轻声说，"那……你们慢慢聊。"

我这样说的意思是想让他放手，可他没有。我很好奇他一双弹琴的手，哪儿来的那么大劲，为何我弹琴的手就没有这个劲。而且这劲使得越来越大。

我望向他，面露难色，道："我得走了。有机会再听你讲你的故事。"他不放手，我没办法离开。

"去哪儿？"倘若我昨晚没听过他清澈朗润的声音，我会怀疑他这些年是不是吞煤核儿哑了嗓子，他沉默了片刻，接着问，"去多久？"

他的眼神炯亮，逼视着我，不容我撒谎。

我没有犹豫："澄娘安排我为几位公子弹琴，我的琴摔坏了，要拿去修一修。修好就回来。"

知识果然使人进步，容先生诚不欺我。六年私学，我可算出息了些，竟能若无其事地同他聊这么多闲话。

好吧，我欺一欺他还可以，自欺欺人就不行了。我的心口胀鼓鼓的，好像生病了一样，苦得厉害。我好想和他说一声："景弦，我也过得不好。我常常梦到你。"

可他的名字咬在我口中就是说不出来，我怕唤出声之后，眼泪也跟着掉下来。

"既然相识，姑娘不如进去同坐一叙。"他那位苏兄和善地瞧着我，"一把普通的琴而已，我们帮你赔了便是，我这就唤人再给你拿一把。"

"不必那么麻烦。"他猩红的双眸盯着我，吩咐别人，"开门。"

我瞧见了他怀中抱着的琴，已无反驳的理由。

门被打开，他不由分说地把我拽了进去，将琴递给我。我想我一只手大概抱不住，但他还是没有放开我的意思。

我被迫接住他的琴，抱得不太稳当，有些窘迫地抬头看他，眼角的余光瞥见他的好友露出惊讶的神色。

还没有想明白为何，琴弦"铮"的一声断得突然，若不是瞧他这把琴像是有些年头的样子，我险些以为自己命中克琴。

以前我常帮他擦拭琴，他嫌我擦不干净，又说我袖口的泥土全蹭在了他的琴上，不如不擦。所以，往往都是我擦过一遍后，他还会再默默地擦拭两遍。

我到现在都还记得他那把琴上的花纹，是青云出岫、灵鹤栖息。思及此，我愣怔着垂眸看去，后知后觉地发现，琴上的花纹正是青云、灵鹤。

这把琴是他的命。

我猛地抬头，知道自己此时的神色定然慌张又滑稽，道："我今晚就有银子了，会把琴赔给你的。或者，你若舍不得这把琴，我出钱帮你重新接弦也行的。你……你觉得呢？"

"我觉得不妥。"他布满血丝的眼睛里隐约有笑意，我看不明白。

我的心如嘈嘈急弦，慄慄难止："……那该怎么办？"

"明日我告诉你该怎么办。"他咬重字音，"你若信守承诺，明日就不要让我寻不见你。"

我觉得他的话别有深意，可惜我参不透，只能点点头，佯装自己听懂了。

像是有什么东西替代他的手成了我的枷锁，他松开我的手腕，道："你住哪儿，带我去。"

他怕是个清官吧，身无分文，才这样怕我赖账跑了。

"……嗯。"我迟疑了下才点头，将琴递还给他，又低头去捡我那把。

苏兄说："大人，张大人马上就要到了。"

他将自己的琴随意放在地上倚住门，接过我手里的琴："我来。"顿了下，又对苏兄说道，"让他等着。"

我两手空空，只好抱着手腕窝在心口，压下快要溢出的满腔酸涩。同他一路无话。

这段路不算长，我们走了好久，不知为何，我总觉得他的步子慢得出奇，我不得不慢下脚步等他。

我在房间门口停下，转身要我的琴。

他拂开我的手，问道："昨晚在香字号弹琴的是你……为什么不唤我？"

我若说没有认出他，会不会糊弄得太明显？可我实在不知道要怎么回答。

他似乎看出了我的困窘，没有为难我，只是将琴递给我，还有一袋沉甸甸的银子。在我诧异的眼神下，他轻声道："今晚我要来找你，你不许接客。"

我愣怔了一瞬，大概反应过来他给我的是什么钱——对我今晚不接客的一种补偿。其实他不知道，他这样做是在羞辱我。但我也不好意思跟他解释说自己还是清白之身。

因为我若说了，他大概会笑话我。毕竟我今年已二十三岁，依旧孑然一身不晓得在等谁，或是执念未脱，抽身不得。总之，落在他眼中都是笑话。

"倘若要叙旧，明日也可以。"我想起一桩事，将银子还给他，指着栏杆外的鼓台道，"今晚我要去那里弹琴，澄娘吩咐的。"

我抱稳琴，没等他回答便一头扎进房间，动作利索得像回到了当年为躲避打手钻进他的琴房。

房间空旷，我不敢再去叨扰房间外的热闹，那与我格格不入。我就在床边静坐到了酉时。

舞姬前来唤我，见我还坐在床上，说道："傻愣着做什么？快跟我走。"她拉起我，我随她走。

热闹的欢场内，琴声吟吟，玉笛悠悠，我坐在鼓台上面靠前的位置，目光在台下不断逡巡着，没有瞧见我的救命稻草小春燕，却一眼瞧见了景弦。

他坐在二楼的雅座上，正对着鼓台的位置。我想不是我眼光太独到，而是他一身皎皎白衣、与世隔绝的模样，实在不像来狎妓的，更像是被狎的。

他悄声对身边的侍从吩咐了几句，那侍从颔首，撩起珠帘，走下楼梯，朝鼓台这边疾步而来。

侍从手中拿着什么东西，我瞧不清楚，但瞧见他走至鼓台后，将那东西落在了我的座位前，不顾底下的闲言碎语，逐字对我说道："太常寺少卿景大人，为花官姑娘掷银十两。"

我好像许多年未曾见过这样多的钱了。容先生是个视钱财为粪土的妙人，我跟了容先生这么多年也视不了。我看那银子还是白花花的银子。

想来我肚子里虽有了墨水，却也还是个俗人，不似容先生和他那般真正有文人的气节。倘若别人送银子给我，我会拿着，捧在心口焐得好好的。

当这十两银子出现在我眼前时，我脑海中自然浮现的便是他当年对我说的那些话。

"他们砸银子是为听琴看舞，你花银子是为给我一人捧场，虽然最后都不会进我的腰包，但区别甚大。这十两银子，我会尽快还给你的。"彼时他知道自己误会了我，松开我的手腕后说"绝不拖欠"。

可我并不希望他将银子还给我，我希望他能给我个机会去感动一下总是不爱眷顾我的上天。

"银子你不用还我，如果不是为了帮你，我也不会在醉香楼吃到那么多好东西。我这辈子都没吃得那么好过。"好吧，我承认，我这辈子再也不想一口气吃下那么多好东西了，相比吃到吐，我更情愿饿着。

他坐下继续擦琴，没有再搭理我，只是轻蔑地瞧了我一眼。我明白他是看不惯我八辈子没吃过饱饭的德行。

好吧，我心里安慰自己说他这个年纪的男孩子其实都有一点儿叛逆，小春燕也经常因为偷来瓜果糕点后与我分赃不均而看不惯我。

我想教我的小乐师知道，我并非因为没吃过饱饭才一去就夺得魁首的，那一顿饱饭也是我生生吃到吐才罢休的。倘若他知道了真相，我就能挽回我饿死鬼投胎的形象。

但转念一想，他要是知道我吃到吐了，脸色也一定不会比前边更好看，我便觉得还是就这样吧，等他不叛逆了就知道我的好了。

我挨过去跪坐在他身旁，自觉没有凑得太近，学着敏敏姐姐的语气同他说道："银子太俗了，你若真想报答我，不如就继续教我弹琴，直到我学会《离亭宴》为止。"

为防止他拒绝，我忙补了一句："反正……反正，你要是给我银子，我是不会收的。"因为心虚，吐字有些许磕绊。

他转过头来瞧了我一眼，仿佛是在说他从未见过像我这般厚颜无耻之人。我的脸皮确实厚，但我不仅不觉得可耻，甚至还扬起嘴角对他笑。

我看他愣了一下，又厌恶地埋下头擦琴，声音沉沉的："知道了，你先出去。"

他忍我忍得真的很辛苦，脑门儿上突起的每一根青筋都将我撑得清清楚楚。

为了安抚他，我临走时为他倒了杯热茶，道："景弦，我以后每天都会给你捉萤火虫来的。"

为践此一诺，我在他这里蹭学两年，每日都会去春风阁后的小树林，不论春冬。

那一年我十二岁，第一次完整地将《离亭宴》弹得明明白白。

彼时我坐在他身旁，怀着澎湃的心情转头看去，以为会看到满脸的欣慰，结果撞入眼帘的却是他极难得上扬的嘴角和揣满喜悦的眼神。

我觉得他好歹作一场戏夸我两句，方能给我留些许面子。但他没有，他将这层解脱的欣喜流露得太明显，丝毫不关心我脆弱的心灵有没有深受打击。

其实我早该想到的，他近期的心情逐日趋于明朗，每天都过得很开心，越来越开心，对我也越来越和气。我险些就以为是自己投注在《离亭宴》中的情意感化了他。

趁他没有开口赶我走之前，我抢先一步说道："……这两年委屈你和你的琴了。我晓得这把琴是你师父送给你的，珍贵得很。为了补偿它，从明天开始，我会日日来擦洗它一遍。你觉得呢？"

现在轮到我十二岁，轮到他觉得我这个人是不是有点儿叛逆了。他明摆着不想让我再靠近他和他的琴，我还非要来个学后服务，将流程走得整整齐齐，就是不如他的意。

"我觉得没有那个必要。"他的嘴角耷拉，和往日一样冷漠，"等你走后，我会重新为这把琴换弦。"

我这两年将小树林后的萤火虫捉得都快要灭绝了，他对我还是没有一丝改观。我还是有点儿沮丧的，但也不敢沮丧太多，免得教他觉得我性子不好。

"那我明天来了之后做些什么呢？"我坐在蒲团上抱着腿，用充满希冀的眼神望着他。

他转头看着我说道："《离亭宴》你已经学会了，不必再来了。"

"但我觉得，你可能缺个端茶倒水的，碰巧我在这方面还比较擅长……"我死乞白赖的样子真丑，但一想到他也没觉得我好看过，也就释怀了。

"不用。"他皱起眉，"我寻常看书、写字、弹琴，都不想被人打扰。"

拒绝到这个地步，我再找什么理由出来就是刁难他了，本来他这个人就不如我擅长找借口。

我慢吞吞地从他的蒲团上挪开，又慢吞吞地站起来，依依不舍的模样在他的冷漠面前显得滑稽可笑。

我敛起自己一文不值的神情同他道别，眼角的余光却瞥见蒲团上留有一抹红影。我晃神看回去，大惊："血……我流血了！景弦，你快看！"

上天，你也快看看吧，我竟被他的决绝气到出血。

他清秀的眉皱得颜色都深了几分，听我叫唤才看了一眼。这一眼让他万年不变的脸出现了窘迫与讶然两种神色，来回变幻之后就移开了视线。

我瞧他耳根渐红，料想他以为自己摊上了什么麻烦，可能会觉得方才那样薄情害我出血有点儿对不起我。

这个时候为了体现自己善解人意的一面，我赶忙拉着他的手安慰道："没事的，景弦，我不疼的，这血出得我都没什么感觉。你放心，我不会报官，这件事跟你没关系。"

"这是来癸水，不是出血！本就跟我没关系！"他抽回手，一脸仿佛我占了他天大便宜的模样。好吧，我确实就是趁机占他天大的便宜。

我一怔，跪坐在蒲团边，埋头去看，问："什么是癸水？"

"问你敏敏姐姐去！"他红着脸的样子真好看。

"那我去问敏敏姐姐。"我倒要看看是什么东西让他羞成这样，从地上爬起来，我抱起他的蒲团，"这个我也会帮你洗干净，挂在庙里晾干了再拿过来。"

应该这样的，我总不好意思让他一个十四岁的男孩子去洗这些。当然，最主要的是他也不会帮我洗。

"……不必了。"他的脸更红了，"不必拿回来了，我这里多得是。你就自己留着用吧。"

他嫌弃我，一切我沾过手的东西他都一并嫌弃了。我不怪他，倘若我是个大家闺秀，也不至于会这样。

我抱着蒲团往门口挪了两步，又转过头问："我裤子上的血需要遮一遮吗？如果遇到官差问我这血是怎么来的，我要怎么回答？"

他红着脸咬牙说道："你觉得官差会注意到你吗？……我换洗的衣服昨日被拿去洗了你又不是不知道。"

我盯着他身上仅有的那件雪白素衣，料想就算今日不冷他也不会给我，且我的裤子脏兮兮的，本就分辨不出什么血迹。更何况，我认为他说得很有道理，官差只关心百姓，乞丐算不得百姓。

于是我就抱着蒲团穿着带血的裤子跑出了解语楼。因为跑得太疾，等我到了敏敏姐姐那里时，小腹一抽一抽地绞痛起来。

那种感觉就和坐在鼓台上的我所体会到的别无二致，我额间发了些虚汗，心中顿时生出不好的预感。

那侍从唤我："花官姑娘？可是有哪里不舒服？"

倘若站在我面前的是个丫鬟，我便可以直言不讳，可站在我面前的偏是个七尺男儿，我自然羞于启齿。

且因他报响的是太常寺少卿的名号，鼓台上的姑娘们无一不用艳羡与震惊的眼神瞧着我。纵然只是区区十两，但落在她们心目中，太常寺少卿送出手的便是泼天的光荣。

若我此时扰乱氛围说自己来了月事，场面将会十分尴尬。

我摇头说道："多谢你家大人的好意。"我指的是他给我捧场的这十两白银。

不了解他的女子拎不清他为我掷银的原因，我却门儿清。当初我不要他还我那十两银子，他欠债至今，与我纠缠必定教他耿耿于怀。

如今借此既可以为我捧场，算是看在当年的情分上，又可以将十两银子还给我，不再欠着我什么。我想，八成就是我揣测的这个样子。

侍从犹豫了一瞬，向我颔首致意，随后便退了下去。

我发誓，从我不知在哪个犄角旮旯儿出生起，就没有被人这般尊敬过。其实说到底我也只是个妓子，比侍从还要轻贱，何必对我颔首弯腰。少卿大人他给足了我面子。

当官真体面，我也想当一天官体验体验被人捧在高处的感觉。

侍从疾步上楼，在他耳边说了些什么，我瞧着他像是蹙起了眉，随即熠熠地看向我。

我迅速垂眸低下头，并不想让他发现我在偷看他。

恰好此时澄娘走上鼓台，站在我身侧朝我挤眉弄眼。我料想她误会我和这位少卿大人有什么情天休。我回她一笑。其实有何情未休，只是我一人意难平罢了。

澄娘介绍我的花名，并让我弹一曲《离亭宴》。我指尖微顿，下意识抬起眸，不动声色地掠过他，但仍是拨响了弦。

这一曲缱绻柔情我弹得酣畅淋漓，但后来腹痛如绞，有些力不从心，索性在转音处刹停。

我垂眸不语，台下也跟着我静谧一瞬，霎时又激起雷鸣掌声，满堂喝彩。

喝彩的好像还是那些人，鼓掌的好像也都没变，如今却是我坐在鼓台上，弹着他当年弹的曲子。我就像是条被溺死的鱼，随波而动，贯穿这岁月长流。

我多想同他说一句别来无恙，可已被岁月溺死的我开不得口。

"我出五十两，买花官姑娘为我一笑！"

我耳畔传来那些满脑子龌龊思想的嫖客轻浮的声音。从前我吃到吐才换来十两，如今只需随意笑一笑，便能换来五十两，我从未觉得自己这样值钱过。

别说笑一次，就是让我笑十次我也没什么怨言。

舞姬姐姐还说我傻乎乎的，我觉得台下的那些公子哥儿才是真的人傻钱多。所谓在其位谋其职，我抬眸朝那人颔首一笑。毕竟我也不是什么有骨气的年轻人，好歹攒着这些银子我还能赔他一把崭新又称手的琴。

"我也出五十两，买花官姑娘为我一笑！"

"我出六十两！"

"我出六十五两！"

就在我快要笑不过来的时候，一位年轻人突然喊道："我出八十两，花官姑娘！今晚陪我吧！"

这件事恕我这个没有骨气的年轻人暂时不能答应，倒不是因为别的，只是我觉得自己不是个认命的人，追他追了七年才放弃，今日我好歹也得抗争一番再说。

实不相瞒，我觉得以自己离了他之后的运气来说，还是有希望被拯救的。

就是不知道具体是谁能这么有钱又大发慈悲。想来这个人比在场的所有嫖客合起来还要人傻钱多。

想到这里我又生出那么点儿绝望。

"一百两！花官姑娘！今晚陪我！"

我转头看向那人，许是我孑然多年，看个嫖客也看出真心实意来。这个人竟然会愿意为我出一百两银子，还眼巴巴地要我答应。我很懂这种感觉，曾经我也总这样瞧他。

澄娘在我耳边悄声说："你可看到，这些男人都围着你转了，这就是做姑娘的好处，以后受用不尽。"

我也凑到她的耳畔，很不好意思地跟她说："可是澄娘，我今日来癸水了。现在有些不舒服。"

我瞧她讶然转头瞪我，一副与我急眼的模样。我知道，她很想抽我两个大耳刮子，但考虑到时机场合都不太对，硬生生忍住了。

此时有人跟价："二百两。"

满座哗然。

我讶然，谁？

澄娘和我不约而同地朝声音的来处看去——我听见自己的心在胸腔里乱撞的声音，紧接着倒吸了一口凉气，险些将自己呛着。

是他的侍从。

他的眉眼藏在朦胧的灯火中，我看不太清楚，想来看清楚了也看不懂。

方才他因那把琴与我斤斤计较的模样已让我认定他是个清官。如今他这样，又让我揣测他恐怕是个贪官。

这般为所欲为，是不是因为太有钱了才愿意施舍于我？我不敢揣测他有别的意思，因为他确实没有别的意思。毕竟他是看不上我这身子的。

或许他是可怜我在这破烂窑子里打拼，或者是可怜我这些年混到这个地步竟还在为他守身如玉。

我的不幸就是他的负担，他觉得今日让他给撞上了，怎么着也要花点儿银子消点儿灾，减轻一下自己的负担。

总之，他对我心存愧疚，想要救我出苦海。

我很感谢他，感谢他如今身居高位却还能低下头来看看我这只蝼蚁。

"二百三十两！"

我讶然看去，是名鼻头长满叮包的富家公子哥儿。如此地步竟还为我跟价，这位公子也是个富得流油的性情中人。

"三百两。"我以为他至少会犹豫片刻。但显然，他已经有钱到不需要多想些什么了。

"三百三十两！"那公子也没有犹豫。

我很羡慕他们这样惺惺相惜的有钱人，两个人有钱得势力均敌。我梦寐成为他们这种人。容先生常说我傻且没有出息，我也这样觉得。

"五百两。"

满座再次哗然，随即当堂喝彩。太常寺少卿景大人为某青楼女子掷银五百两，说出去他能坐牢。

我心口巨震，浮动的心绪让我直勾勾地看向他。

他不按常理循序渐进。我猜他是考虑到我后面还有许多姑娘需要竞价，不想再耽搁下去才这样果决。但他此时看我的眼神又是何意？皱起的眉又是何意？

求学六年，我竟还是傻乎乎的。

"花官，那可是少卿大人，你还愣着做什么？"澄娘轻推我，与我低语道，"快答应啊！"

我见她脸上净是喜色，一定与我此时虚白的面庞形成鲜明对比。我痛得额间发汗，她竟还在催我答应接客。

幸好是他。因为是他，我来不来癸水都没什么关系。他压根儿不会动我。可我怎敢答应？五百两我确实还不起他。

我垂眸不语，捂紧小腹，不知怎么办才好，汗水已将我的衣襟微微濡湿。

台下忽然弹起一阵惊呼，我下意识地抬眸看向他，他的位置空空如也，连侍从也不见了。

当我反应过来的时候，他已经走到我的面前，居高临下地睨着我。

我想我此时捂着小腹还惶惑地望着他的模样一定很傻。

可接下来的一幕，我怎么也没有想到。我料想这芸芸满座也都没料到——

他解下素白的外衫披在我身上，我睁大双眼想要推拒时，他已毫无预兆地将我抱了起来。

我知道，我的心在狂跳，可我面上不敢露出丝毫破绽。我不敢让他这个有妇之夫知道我还该死地心悦他，免得惹他生厌。

他将我抱下鼓台，转角上楼时轻声对我说："花官，别来无恙。"

静谧破碎，我被岁月拽了一下，沉入回忆，亦轻声回他："别来无恙。"

我为难民

第四曲

他第一回抱我，可以追溯到十年之前，那时候我方满十三。

那天的雨很大，花神庙终于没能挨过狂风暴雨，一屋绿瓦被打碎。那瓦片比雨点锋利，吭吭哧哧地掉下来，饶是我机灵得在瞧见一点儿苗头时就抱头鼠窜，仍是被砸破了脑袋。

血顺着额头流下来的时候，我反倒木讷地坐在角落不动了。我抱着腿，因鲜血下淌而被焐热的额角在这无尽的黑夜给予我仅有的温暖。我望着庙顶的窟窿出神。

小春燕后来说他回来的时候看见我那个样子，以为我在思考什么人生哲理，譬如涉及哲学之类的东西。

我没有告诉他，其实我想的是：倘若我这时顶着这样悲惨的伤势去找我的小乐师，他会不会因为我过于悲惨的生活和遭遇同情一下可怜、无助但很能吃的我？

想到吃，我的五脏庙也好似破了个窟窿般，急需我的慰藉。可是前几日我没能囤粮，今日并没有粮食可以供我吃。

我的视线下移，瞧那破碎的绿瓦上的青苔倒是厚重异常。

我忍不住抠了一小块绿皮下来，想都没想便轻咬了一点儿，似乎还是能吃的，有泥土的芬芳和雨水的清新。苍天，我竟惨到这个境界。

这已经不是穷不穷的问题了，我认为这是有关天下百姓吃穿冷暖的政治问题。

我们做乞丐的，除非是皇城本地的乞丐，其余的一概不晓得这一届的皇帝是不是明君。只是常听老一辈的乞丐说，不管是不是明君，我们过得都没什么区别。

想到这里，我已忍不生想要去解语楼对着我的小乐师分享我的遭遇。倘若能求得他两三句安慰自是最好不过的，若是求不到，我也须得去见他一面。是，我就只是想去见他一面，别的再没有什么了。

挽起衣角和裤脚，我刻不容缓地冲进雨中，小春燕在我身后追问："这么大的雨，你又跑去解语楼？！我看你对那个姓景的走火入魔啦！"

是，我入魔三年了，连自己都不晓得具体在觊觎他什么。美色的话，我觉得小春燕他也越长越像那么一回事。只是我与小春燕同床共枕多年，从来只对他藏在砖块下面的糕点有兴趣，对他这个人提不起兴趣。

每每和敏敏姐姐交流追求心得的时候，敏敏姐姐总将酸秀才夸得天花乱坠，而我觉得我的小乐师似乎除了美貌和弹琴就没有什么了。

最要命的是，敏敏姐姐总能列出她喜欢酸秀才的数十条理由，说个三天三夜都说不完。而每每轮到我说，我就只能说我对他的美貌从一而终。这显得我傻透了。

踩着雨水的节拍，我朝解语楼跑去，驾轻就熟地摸进他的琴房。

浑身是水的我并不敢离他太近，更不敢坐在他身边沾湿他的蒲团，只能站在门边，怯声唤他："景弦……我同你说，今夜大雨将我们花神庙里的瓦片砸碎了许多……"

他原本就弹着迅猛的调子，像是心情不太好，听见我的声音后心情许是更加不好了，一把捏紧了琴弦。我瞧那琴弦都快要被绷断了。

为了避免他师父送给他的琴间接毁在我的手里，我赶忙道："今日我不是来缠你的，我被砸伤了，住的地方也快要没有了，我想要你陪我说说话……"

他松开琴弦，不知是不是因为那琴贵重，不值当为了一个我去弄坏。当然，还有一部分原因就是，他应当买不起更好的琴，若是逞一时之气弄坏了的话，他还要自己掏钱重新买。

"你要说什么？"他似是长出了一口气，勉强忍耐道，"说完赶紧走。我今日心情不好。"

他说话时吐字那样狠重，好像我欠了他银子似的。

"……我只是想来告诉你，我以后可能不住在花神庙里了，那里破了。"我抠着他房间的木门，认真地对他说，"其实我还想说，方才花神庙破了一个大窟窿的时候我忽然想到，我长这么大，除了我偷吃东西会被狗撵、被人打之外，就没什么人管过我。那些皇帝都说自己会对百姓好，可是他们从来没有管过我们，你说这是为什么？"

他没有回答我，我已料到，兀自与他说："倘若以后你能见到皇帝，能不能帮我问一问？"

"说完了吗？"当然，他这样冷漠的神情与回答我也料得明明白白。

我把头靠在门上，沉默片刻后才轻声问："……你为什么不回头看一看我？"我现在这样被碎瓦砸得满头是血后还被暴雨淋得满脸鲜红的凄惨模样，是希望给你看一看的。

毕竟，我不指望他记着我对他的好，但好歹还可以用如今这副丑陋骇人的模样给他留下深刻印象。将来我若不在他身旁，他也好记得我。

他低着头没有理我，不知手里正摩挲着什么东西。

我远远地站在门口瞧了一眼，那是他师父留给他的那枚玉佩。我还记得他的师父在我十岁那年离开了解语楼，并对小景弦说，倘若有什么事，就拿着这枚玉佩去淳府找他。

我的心被揪住，忐忑不安地轻声问他："你是不是想念你的师父了？解语楼里的人又打你了吗？"

"花官。"这是他第一次这样正儿八经地唤我的名字。若不是他唤我，以我目前与他的距离和氛围看，我险些想向他做个自我介绍。

"在，我在。"我赶忙回答，信誓旦旦，"景弦，我会一直在。"

他抿唇，握紧拳跟我说："我想自己安静一会儿。"

好吧，我会如你所愿。

我拿衣袖抹去一脑袋本不愿意擦的血，转头往外走，道："那我就站在你门外，你什么时候安静好了就叫我一声，我还有很多话想同你说。"

他没有回应我，我想我这个愿望是要落空了，或许我在门外站到天亮他都不会叫我。

但我不会走，我觉得他今天不对劲，我希望他需要人的时候能有我陪着他。

我背靠着门抱着自己蹲坐在地，缩在墙角的花瓶边上，尽量减小自己的存在感，以免被打手轰出去。

方才见到他的那一刻我整颗心都是热乎乎的，如今被轰到门外，我的心拔凉拔凉的，连带着因穿着被雨水打湿的衣服而冷透了。

不知蹲了多久，忽有两人路过，其中一人指着我笑道："这个不要脸的臭乞丐又来了，你当这里是善堂不成，日日来问景弦索要吃穿？我告诉你，他都快要养不起自己了，你还不如趁早换条腿抱，或许还能有点儿前途。"

我没有听明白他的意思，偏头瞧他，同他认认真真地讲："我不用他养。他为何养不起自己？他有手有脚，会弹琴会作曲，以后定比你们有出息。"

另一人笑道："弹琴作曲？他唯一拿得出手的那曲《离亭宴》前几日被他师父盗用去敬献给了陛下，陛下听后大喜，当场给他师父赐了官衔。如今他师父彻底离开云安，去皇城当官儿去了！"

我怔然望着他，问："你说什么？"

我不知道他的师父后来怎么样了，料想彼时他们在朝中狭路相逢的场面一定很精彩。

只是我想不明白，当年拍着他的肩膀、要他有朝一日出人头地并拿回《离亭宴》的师父，为何会为了区区功名利禄盗用他的曲子。

我对这件事最后的记忆只剩下他的拥抱和我未经润色就脱口而出的傻乎乎的爱意，那是我和他拉近关系的开端，也是我彻底深陷爱河的推手。

不过，这件事得以后再说，当务之急是我要如何面对此时正半跪在我床边认真为我脱鞋的他。

他将我送回房我已经很感激了，别的故事不能再多了。我怕我会带领着他同我一起对不住他的夫人。但料想他固守本心的本事不逊于当年，不然也不会在处处是美人的汜阳只等着他妻子一人。

想到他出远门的妻子，我忽然觉得他帮我脱鞋的手有些烫脚。我赶忙将腿缩了回来，顺势蹬掉了已经摇摇欲坠的鞋子，掀开被子包裹住自己，动作一气呵成。

他还蹲跪在地上，抬眸望着我，迟疑许久才开口同我说道："你分明是几天前才到这里的，今早为何不告诉我？昨晚又为何不向我求救？你觉得我不会救你？"

我直愣愣地低头看着他，没有回答。心里想的却是他竟也会一口气连问我好几个问题。机会难得，可这三个问题该死地难，我一个也回答不上来。

他没有为难我，大概是觉得这些问题也没什么好揪着不放的。

我见他忽然起身，走到茶桌边倒了一杯水，又走回来递给我："热的。我让人给你煮了姜茶，一会儿就端来，先喝口水。"

"谢谢。"我低声回道，浅抿了一口。

当我再抬眸的时候，他已经在我床边坐下，从某种角度来说，我当年想与他同床的愿望在十三年后的今天勉强算是实现了。

"见面时问你的问题，你还没有回答我。"饶是他的声音很轻，也依旧惊扰了烛火，让投在壁上的影子胡乱摇曳。

我盯着那摇曳的影子，愣是想得脑仁儿都疼了才想起他当时问了什么。他问我这些年去了哪里。

"柳州。"我捧着茶杯故作轻松地同他介绍，"那里山清水秀、人杰地灵，我过得很好，还精通了弹琴和下棋。嗯……景弦，我现在会写字了。"

他低头笑了下，我灰暗许多年的世界里顿时生出了璀璨的光。

"那你呢？"我喝了一口水，咽下险些溢出的满腔酸涩，不经意地问道，"我听澄娘说起过你，太常寺少卿是做什么的？"

"弹弹琴，编编曲。"他说着，又起身倒了杯水，一边喝一边朝我走来。

我想他是真的渴了。

"这个官职很适合你。"我顿了顿，为了不让话题间断，致使两人尴尬，又赶忙问道，"你来云安做什么？"

问出口的那一刻我又想起，昨晚他的好友说他是主动请旨来救济云安的乞丐和难民的。

不知为何，我想起了多年前我对他说的话。我说，倘若他以后出息了能见到陛下，就帮忙问问陛下为什么不管乞丐的死活。

我当然不敢妄加揣测他是为了我当年这句话来的，我只当他是个好官，愿意顾及乞丐的死活罢了。

"我奉旨前来救济云安难民。"

我多想说的是"我回来找你"。但我也知道那是话本里才会有的情节。我笑了下。只有我自己知道，我在自嘲。

"那你呢？"他看着我，"你回云安又是为了什么？"

我一板一眼地回道："我奉命前来教书，就在陈府。哪知道半路遇上了劫匪，我便被卖到了这里。"

不知为何他奕奕地瞧着我，一眼不眨，但他听我说完后，怔然了片刻，然后笑了下。

只有他知道，他在笑什么。不过我猜测他八成是在笑我傻。

"你放心，明日我会带你一起离开解语楼。"在我还没有惊讶出声之前，他便解答了我的疑惑，"我那把琴你还未赔给我，方才为救你又花去了五百两，作为债主，将你带在身边慢慢还债，你没有什么意见吧？"

我望着他，一本正经地回："我在有银子之前暂时不敢有什么意见……"

"你要如何有银子？"他凝眸看着我，问道。

我很纳闷，因为这件事我也很想知道。

沉吟片刻后，我慢吞吞地说道："或许……我去陈府教书是有偿的，只是他们不好在给容先生的信里明说。"毕竟容先生是个视钱财如粪土的人，与她谈银子的话，会显得俗气。

"容先生……"他稍抬头顿了顿，微眯起眸。

我望着他，不可否认，他如今微微眯眸思忖的模样撩到了我，我能感觉到自己的耳朵在发烫，为了避免他继续保持这撩人的模样，我主动补充道："容青野先生。"

他恍然，低头看向我，道："原来你是跟着她走了。难怪如今你的琴棋书画技艺齐全。"

我点头。

"你去陈府教什么？"他面无表情地问。

"大概是教读书写字。"我毫无防备地答。

他定定地瞧了我一眼，道："好，那我就教弹琴作画。"

我抬眸看了他一眼，又垂眸，才猛地反应过来，睁大双眼问道："你去陈府？？教书？？"

"嗯，有什么问题吗？"他抿了口茶，神色从容，"难道我不够资格？"

我皱眉摇头："不是……为什么？陈府并未邀请过你。"

"你怎么知道他们没有邀请我？"我瞧他挑眉的样子也挺撩拨人，只是此时我无暇静静观赏了，只听他道，"多年前邀请过，我拒绝了。但我现在又想去了。"

似乎没什么问题。

"可是，你每日不上朝吗？"

"云安与氾阳相隔不远。每日来回便是。"他忽然缓缓凑近我，逼得我在床头一角缩成一团，他才道，"我始终记得，我师父离开云安那年，你安慰我说你会一直在。"

他忽而弯唇一笑，直勾勾地瞧着我。

在我的印象中，他从来没有这般对我笑过。我竟还该死地觉得十分美妙，可以说是很叛逆了。

我也很想回他个直勾勾的眼神以求公平，但我天生的傻气并不允许我的眉眼有一丝媚色，于是看来看去我都是傻兮兮的样子，索性别开了眼。

他敛起笑意，正经说道："花官，你看着我。"

我看着他，傻愣愣地红了脸。

满室静谧，我们两人好似都屏住了呼吸。

不知过了多久，他忽然说道："所以，这五百两我随时盯着，你休想逃债。"

语毕，"扑哧"一声，他勾唇一笑。

大抵是在笑我天真到被他愚弄，其实他这样笑对我造不成多大的伤害，毕竟这么多年我已学会了冷硬如刀，但他竟无耻地笑出了声，这就有点儿驳我的面子了。

我礼貌的浅笑渐渐消失。

我知道自己不该对有妇之夫和爱情还有什么期待，我上年纪了，应该学会用金钱来填补自己内心的空虚。

"重逢必相爱定律"的话本都是酸秀才写来骗人的。我不该相信酸秀才，他都扯不清和敏敏姐姐的那些情爱。

我垂眸以掩饰方才溢些从眼中跑出来的爱慕，淡淡地说道："我不会逃债的。你若是没什么事，就早些回房休息吧。"

他没动，我瞧见他的手指无意识地在敲打杯沿，敲了片刻后，他说道："姜茶还没熬来，我在茶桌边坐着等，你睡吧，一会儿来了我叫你。"

好吧，我也确实困了，顾不得那许多，去浴房换了衣服便睡了。

半梦半醒间，我觉得有人在轻抚我的脸，像是一阵风那样轻，我知道是在做梦，做着这么多年来依旧会翻来覆去做的梦。

我梦见我去柳州的那天，景弦他在雨中追赶我的马车，让我别走。

他喊得那样撕心裂肺，我怎么忍心独留他一人。

提裙下车，我不顾倾盆暴雨，朝他跑去。他轻轻抚去我脸上的雨和泪，我一遍一遍地唤他："景弦……景弦……"

天上一滴热的雨水砸在我的脸上，我来不及在梦中想明白为何雨水会是热的，景弦便温柔地为我抚了去，并在我耳边念道："我在。花官，以后我会一直在。"

那样多好，倘若当年我走时真是那样该有多好。我迷迷糊糊地想。

天大亮时，我的梦醒了。当年该是怎样的，还是怎样的。

我记起昨晚他说要带我离开解语楼，于是穿戴好了从柳州来时的那身衣裙。

茶桌边已没了他的身影，唯留下一张字条和一壶姜茶。字条上说他在香字号，让我趁热喝了姜茶便去找他。

那姜茶还热腾腾的，我琢磨着他刚走，以及解语楼是不是该定期换一批厨子。毕竟景弦说这姜茶他昨晚就帮我吩咐了，却到早晨才送来。

好吧，我也不清楚他昨晚究竟有没有帮我吩咐，反正他因为等姜茶不得不在我这里睡了一宿，我也因不好意思驳他的情面没有赶他出去。

我按照他的吩咐喝了姜茶，朝香字号走去。

"咚咚——"

我听见房间内传来几个人说话的声音，在我敲响房门的那一刻屋里便安静了。

为我开门的是那位苏兄，他愣了下，转头对景弦笑道："大人，是花官姑娘。"又对我笑说，"花官姑娘请进。"

我朝苏兄颔首一笑道："谢谢。"

景弦示意我坐过去，我走到他身边坐下，稍一侧眸，发现他正在剥鸡蛋。

"你……"我迟疑片刻，轻声问道，"不是不喜欢吃鸡蛋吗？"

他定眼瞧我，道："如今喜欢了，已喜欢许多年……这六年我每日都吃。"

我愣怔住，心里觉得他的妻子真是个神人，当年他不喜欢的东西都一并让他喜欢了。我从前日夜兼程地给他送鸡蛋，告诉他鸡蛋如何有营养、如何补身体，他都不曾听我的劝。

每每那些放冷、放坏的鸡蛋都进了我的肚子，不晓得的还以为我有多喜欢吃鸡蛋似的。

至少景弦他就误会我很喜欢吃。其实我哪有很喜欢，我也觉得噎得慌，只是不愿意浪费粮食罢了。

好吧，这或许就是人与人之间的区别吧。他的妻子确实比我会把控他的心。

"给你。"他迅速将手中剥好的鸡蛋放到了我面前的碗里。

我愣了下，转头看他，很想劝他做个人，明晓得我曾经那样爱慕他，曾经那样劝他吃鸡蛋他都不吃，如今还要将他妻子劝他吃的鸡蛋分给我。

若不是人多，我一定会驳他的面子。

好吧，我承认我无法驳他的面子，纵然他让我看到了自己和他妻子的差距，但我仍因为他给我剥了鸡蛋而心中欢喜。

我道过谢才发觉他的两位友人正用异样的目光瞧着我。这让我不明所以，插在筷子上的鸡蛋也不敢啃了。

景弦看了他们一眼，他们才敛起视线。

我这才安心地啃了一口，待要啃第二口时，景弦说道："你想吃些什么茶点？我让后厨做了些枣泥糕和玫瑰糕，还煮了果片茶，可以醒脑。你若是还有什么想吃的，就告诉我。"

"这些就挺好的。"我想到自己还欠着债，又斟酌着加了句，"让你破费了。"

坐在他对面的苏兄没有忍住笑出了声，我慢吞吞地抬头朝他看去。

他拿手指抵唇笑道："花官姑娘，与你的身价比起来，这些茶点已算破费。"

"你说得是，我会还他的。"不知是不是我一板一眼的模样看起来有点儿傻，苏兄又被我逗笑了。

他道："花官姑娘好志气。其实你可知……"

他还未说完，景弦便接过话来打断他道："你可知这不是一件容易的事，你须得多吃些，补补脑子和身子，才有本事早些还清。你也不用太担心，还不清总还有些别的办法。我们来日方长。"

来日方长……他竟将这个词用在劝我天长地久地还债上，我有点儿不能苟同。他可还记得，这是我同他表明爱意时亲口说的话。

那时候我想得很简单，他的师父离他而去，他心里一定很难受，需要人陪，也想要有人能管着他。而我彼时觉得自己就是陪伴在他身边的最好人选，我无比笃定自己会与他天长地久。

那么正好，我就来管着他。

"你以为他能在这里当上继任首席乐师全靠的自己的本事？还不是有他的师父做担保。如今他的师父不管他，以后他指不定要吃什么苦。你看着，解语楼从来不缺会弹琴编曲的，如今他没人管、没人罩，要不了多久就会沦落得和你一样，小乞丐，你来这里攀附一个没前途的乐师？"

我站起来，抹掉下巴上的雨水，这大概是我除了和狗打架最凶的一次："我再说一遍，我不是要攀附他！他也不会去伸手要饭！"

他们的嘴脸那样丑恶，气得我脑袋发晕，忍不住扑过去抓住那人的手腕咬了一口。

我发誓，这一口我用尽了十年来积攒下的所有力气，且任由他们如何揪扯我的头发、拽拉我的肩膀我都没有松口，直到嘴巴里传来令我心头升起快慰的血腥味道。

"吱嘎——"

许是他们的吆喝声太大，惊扰了景弦，他推开门低呵："住手。"

我松开嘴往后退了一步，没承想撞在了他的身上，我抬头看向他，只瞧见他皱起的眉和紧抿的唇。

倘若我料得不差，他应该是在生我的气。

面前两人的消息这样灵通，绝不是寻常人家的公子哥儿，他们有银子，说不定就是景弦的主顾，总之是那种不能得罪的高等人。反观我，但凡能用钱解决的事情，我如今都解决不了，我帮不了他，却还要给他找些麻烦。换作我是他，我也会生气。

但他没有多说什么，只扣着我的肩膀将我拎进房中。

我们在窗边站定，他松开我，随意抚过刚被他揉皱的衣领，想将我的领子拉平，拉扯了两下后发现我的领子本就抚不平而作罢。

好一阵沉默过后，我缓缓地拉住了他的手，一边低头摩挲他指腹上的茧子，一边明明白白地和他说："景弦，你不用担心，你还有我，我会陪在你身边。要是以后解语楼的人打你，我就拦在你前头保护你。"

他漠然地瞧着我，情绪比方才凶狠地瞧着我时平静了不少。半晌，他挑起一边的眉，低声问道："这样就能保护我？"

我望着他点头，一本正经地同他说道："因为只要我站在你前面，他们看见了我，就会先打我，打完我之后就累了，会忘记还要打你。"

他忍俊不禁，低下头时轻笑出声，我听见了，也随之露出笑容。

"那若是打你的时候连着我一块儿打呢？"他像是在逗我，非要拣我话里的漏洞刁难我。

我低下头，情不自禁地将他的手握得更紧，怯声对他说道："我会保护你的，只要你不嫌弃我，我可以抱住你，这样他们就打不着你了。我不与狗争食之后第一次被人打，就是这样保护小春燕的。后来他也这样保护过我，不过他保护我纯粹是因为我答应被打之后分给他一个热腾腾的糖馅儿包子。但是你不一样，景弦，你不必给我什么好处，我就会保护你……"

他微蹙起眉，似轻叹："你这样是在做什么？"

在做什么？我望着他，自觉眸中盈盈，道："我在对你好啊。"我理所当然地说道，"景弦，你感觉不出来吗？我在对你好。至于我为什么对你好，小春燕教我说这个叫作'心悦'。酸秀才教我说'心悦'就是'见之欢喜'的意思。因为我心悦你，见你欢喜，所以对你好。"

"莫要心悦我。"他皱着眉头对我说，"花官，这样会让我对你生厌。"

我望着他，想说一句"我不太明白"。但为了不让他所谓的生厌真的被践行，我选择了闭嘴。

我不明白，难道他寻常冷漠的模样不是在表达对我的厌恶？他不是本就对我生厌吗？

还能再厌到什么程度，我的好奇心竟让我有点儿想要看一看，看一看我究竟能招他讨厌到什么程度。

好吧，我不想看。我的心告诉我，再好奇也不想看。

我只想劝他做个人，好歹考虑一下我的面子问题，这件事他本可以不当着我的面说得这样清楚。

比如说他可以等我走了之后用信纸写下来寄到花神庙给我，就说让我不要心悦他，我若是心情好了还可以找人代笔给他回一封信，就说"好的，我先试试"。

这样大家都保留了面子，我试过之后不成功还有理由可以去找他，也不至于如今让我这样尴尬。

好吧，我不会怪他，因为我方才跟他说了，花神庙破了我应该会搬走。他或许想的是寄过去我也可能收不到才决定当面和我说的。

姑且就当他是这样想的吧，这样的话我心里好受一些。

"我知道我这样每日来缠你很烦人，但我觉得你需要被我缠着，我宁可你觉得我烦，也不愿意你身边一个对你好的人都没有，我宁可你对我生厌，也不想看你孤独。景弦，我们来日方长，以后我还是会……"

我的话还没说完他就抬起了身侧垂着的手，我瞟了一眼被迫闭嘴。

天可怜见，我这番话说得这样肉麻让他受不了吗？他难道想要打我？

我缩了缩脖子，多年与狗争食被街头暴打的经验让我下意识抱住了脑袋，被砸破的地方虽已凝了血，但碰到还是有些疼。我捂着脑袋对他说："不要打我的头……"

他没有打我，而是将我裹在他的怀里，破天荒地抱住了我。

那种拥抱与冬日里我和小春燕依偎取暖的感觉很不相同，我相信，百年过后我还会去回味。

回头我要告诉小春燕，快点儿找个喜欢的人抱一抱吧，那滋味很美妙。

"花官，谢谢。"他在我耳边轻声对我说。

那一瞬间，我的脑中闪过了无数话本里的山盟海誓，倘若我再有文化一点儿就可以润色一下在此时动情地说出来，说不定我俩就成了。但经过一番抵死挣扎后，我仍旧一个屁都憋不出。

最后，我只能认真地回答他："不客气。"

我想，后来我跟随容先生学习得那样刻苦认真也是有一定道理的。我毕竟是吃过没有文化的亏的人。

为了不打草惊蛇，和他安安静静地多抱一会儿，我特意伪装出少有的稳重模样，一动不动，甚至想到可以借着脑袋上的砸伤就这么晕倒在他怀里。

计划似乎是可行的，但我怕就此晕过去会让他觉得我性子有些矫情，所以始终没敢落实。

时间流逝得毫无痕迹，我的拥抱就此结束。

他放开我，对我说道："你回去吧。门后有伞。"

我很聪明地反应过来，他要我拿他的伞回去，就是还有把伞送回来的机会，是在变相地告诉我，我以后还可以来找他。

"是。"我点头，望着他的眼睛里应该有星星，因为我觉得自己此时满眸明媚，"明天见！"

他没有反驳，那就是同意了见我。

我抱着他的伞要跑出门时，又听他喊住我："花官。"

我转过头望着他。

他走到我身前，低声道："你上次说你今年十三？"

我点头，惊讶于他竟然听见了我说的话。

"既然满了十三，就可以做些别的，尝试靠自己的双手养活自己。"他垂眸看向我，难得地认真，"你说我有手有脚，不会没有出息，那么你也一样。"

我睁大双眼，在意的是他竟然听到了我方才在门外说的那些话，以及他竟然会关心我的以后。这一趟没有白来，这一场魔也没有白入。

"好。我会去挣钱，攒好了就都拿来给你捧场。"我点头，别的都顾不上，只因是他说的，我便答应得干脆又爽快。

他却摇头对我说道："我每日须得看书练琴，你也须得学会为自己的事情奔波操劳。你明白我的意思吗？"

我不明白。

"你的事情就是我的事情，我愿意把银子都留给你，这也没什么不对，是不是？"我望着他，"不如这样，我每日挣了银子就拿来给你看，你监督我。这样我既能为了见你努力挣银子，又能见到你，还可以学会为自己的事情奔波操劳。你说好不好？"

我见他沉默良久，以为他不会答应了。

最终他只是勉强点了头，便转过身去不再理会我。

原谅我当时真的不明白他是何意，后来去了柳州别人告诉我，他是想说没事的时候就哪里凉快哪里待着，有事的时候就去忙自己的事，不要来烦他就好。

我竟凭借着无知拒绝了他，并想出了一个能日日见到他的法子，我真是个人才。后来我将这些话笑着说出来，还是觉得很难受。

如今我盯着手里没啃完的鸡蛋，想着那些不着调的过往，鬼使神差地转头看了他一眼，对他道："景弦，你有没有很欣慰，我如今可以靠教书挣银子了。这样算不算是学会了为自己的事情奔波操劳？"

我不晓得他还记不记得这段来自十年前的对话，反正我是记得清清楚楚，以便时常将我做过的蠢事拿出来当作反面例子告诫小阿笙。

小阿笙在我的告诫下出落得聪慧颖悟，作为我一手带大的姑娘，她竟一点儿也没沾惹我的傻气。我很欣慰。

牵强附会地算一算，我也是景弦一手带大的姑娘，如今虽没有出落得聪慧颖悟，也应当称得上蕙质兰心，不晓得他欣不欣慰。

他若是欣慰当然最好不过。他若是不欣慰，我就替他欣慰。

除此之外还能怎么办呢。须知喜欢一个人就是拿他毫无办法。

这个道理我每一年都会不断地翻着花样去明白，如今已过了整整十三年，在他的帮助下，我彻底接受了这个现实。

年复一年，日复一日，我拿他毫无办法。

筷子上的鸡蛋顺着杆子往下滑，我忙回过神咬了一口，却听见他迟疑许久后的回答。

他轻声对我说："你如今挣银子是为了还我的债，一定意义上来说，你的事情也就成了我的事情。你为了我的事情奔波操劳，我自然觉得欣慰。为了让我的欣慰长久一些，你每日挣来的银子都须得拿来给我看，我监督着你。

"花官，你休想逃。"

他对我笑得甚是好看，"花官"两个字咬得那般温柔。我抬手压住怦怦直跳的心口，怔然望着他，嘴里还叼着一个穿在筷子上的鸡蛋。

他如今说话竟这样好听，自昨日重逢开始，句句都说得我心窝甜。不知这么说合不合适，但我就是忍不住想夸他妻子一句调教有方。

这个时候我又该说些什么呢，是否该回答说"区区五百两而已，我绝不会逃"，以表明我这些年在出息方面的确有所长进？

可一想到那是足足五百两银子，我就有点儿不太清楚自己的为人。五百两又不是什么小数目，饶是我将自己卖了都还不起，必要的时候我除了逃债也没别的办法。

当然，逃债这样大的事情我也就只敢胡乱想想，并不敢落实到位。

我会还，一定还，慢慢还，最多也就是倾家荡产，我又不是没为他做过。

想到这里，我觉得似乎哪里不太对，直到啃完整个鸡蛋我才反应过来……五百两不过是他竞得我作陪一晚的银钱。那么，他将我赎出解语楼又用了多少银钱呢？

我不知道他没有提是不是忘记了，反正我是不会提醒他算漏了一项开支的。毕竟五百两已足够我这个教书的辛勤劳动并省吃俭用地还一辈子。

"咚咚——"突如其来的敲门声打断了我的思绪。

当了容先生六年的婢女，我这样有职业操守的本分人下意识就想起身去开门，迷迷糊糊地站起来，却觉得手背传来一阵温暖，在着意的包裹下。我身形滞住，慢吞吞地低下头去看。

我想我是没有睡醒。他那只手是放在了我的手上？是我没有睡醒，还是他没有睡醒？

"只是来送茶点的。"他抬头对我说，手却没有放开。

仿佛是为了应承他的回答，在苏兄唤得"进来"二字后，果然有一名小厮端着食案走进房中："几位爷，这是你们的茶点，刚出炉，小心烫手。"

苏兄挥手吩咐他下去，我险些本能地跟着小厮一起告退，幸好景弦将我拉住。

我在他两位朋友不解的眼神中坐下，偏头低声对景弦道谢。

他的嘴角微挽起些弧度，问我："谢我什么？"

对啊，谢他做什么？我蒙得像条狗。大概我是真的没有睡醒。

他接着笑，将我们交扣的手抬起来，挑眉问道："谢我按住了你的手？"

我不晓得他在皇城时爱不爱笑，只知道如今在云安的少卿大人笑得让我窒息。

坐在对面的两位公子哥儿似乎很乐意看这场我单方面被少卿大人的气场压倒的好戏。他们的神情像是在看稀奇事，也不知是稀奇看到这样的我还是他。

"快吃吧。"他不再为难我，转而将视线落在我另一只手上，同我浅笑道，"一个鸡蛋啃到现在还没有啃完，不似你寻常作风，你何时像猫一样了？"

我就奇了怪了，皱起眉偏头与他正经解释道："如今的我与你印象中的我，已隔了六年鸿沟，你说的寻常作风也已经是我六年前的作风了。"

他脸上的笑随即退得干干净净。我不晓得哪一句话说错了，又像从前那般惹他生了气。

为了哄他，我只好扬起唇角，玩笑说道："景弦，我这些年都是这样吃饭的，没有再像以往那样，总是八辈子吃不饱饭的德行。"

可他似乎觉得并不好笑。

其实我也不觉得好笑，只是我以为他会觉得好笑而已。因为从前我的那副模样，不是很招人笑吗。

那些过往都做了笑谈，我却从来不觉得好笑，可我说出来时总是会笑。而听我说这些事情的人也总是会笑。我以为他也会。

"不会。"他凝视着我，眼神一如我凝视他那般澄澈，"那样很可爱。"

"可爱？"我不解，却已经弯起了嘴角，"哪样？"

他轻声道："哪样都是，以后我慢慢告诉你。"

好吧，少卿大人，你或许永远都不会知道，我此时已对你口中的"以后"无比期待。只为了知道你当年欠我的那个理由，那个我惦记了许多年的理由。

早膳用得很愉快，至少我很愉快。我说不清是因为糕点可口，还是因为他在拉住我后就大意地忘了放开我的手。

我这个人也就很可恨地没有提醒他。

对，我就是这样一个人，习惯了在他不知道的时候偷窃他的温柔。我已偷了许多年，将这些温柔全都积攒起来，他不在的时候就独自回味，下饭佐酒。

我们一行四人走出解语楼大门，苏兄率先转过身与景弦道别，再与我道别。我终于得知了他的姓名，他原是云安苏府公子，名唤苏瑜。

苏瑜走后还专门为景弦和我安排好了马车，便是系有银铃粉带的那一辆。作为公子哥儿，苏瑜这般妥帖细致实在不易，我很感谢他。

他一走，另一位公子哥儿也跟着走了。景弦带着我坐上马车。

"我们现在要去什么地方？"我上马车时见车夫径直打马，似乎已有了方向。

景弦认真说道："我在云安有一处宅子，时常有人清扫，小厮丫鬟也都备着。你在云安教书的这段时间便住在那里。我今晨已为你安排妥当了。"

我讶然问道："我住在你那里？"

倘若我记得不错，澄娘与我说他回云安从来都是世家接待的，又哪儿来的宅邸？或者说，这样一座未曾告知于人的宅邸，让我住进去似乎不太妥帖。

他抿了抿唇，笃定地同我点头，随后便问："有什么问题吗？"

"只是觉得太麻烦你了……"我皱起眉，"其实我可以住在陈府。"

"不会麻烦。"他似是低下头慨叹了口气，又抬眸看着我，"宅子和陈府相距不远，我吩咐人每日清晨驾马车送你过去便是。"

我犹豫不决。饶是我的脸皮再厚，也不敢在欠债五百两巨款之下还白吃白住他的。

他蹙眉，接着与我说道："你在前来教书的途中无缘无故消失，又无缘无故冒出来，总得先给容先生去封书信交代一下这件事，让她帮你向陈府说明你的身份，才好让你任教吧。这书信一来一回，总要花些时间的。"

如此说的话，倒是有些道理。

我斟酌片刻后终是点了头道："谢谢。"

他低头清浅一笑，忽然说道："我记得你从前对我说，'谢'这个字很见外。总是对同一个人说'谢谢'，便是不把对方当自己人的意思。你和小春燕从来不说'谢'，不是吗？"

"是，可那是因为我将抢来的饼送给小春燕的时候，他从来不和我说'谢谢'，我气不过才不和他说的。"我抬眸望着他，狐疑问道，"你不希望我和你说'谢谢'？"

他没有回答。我想我大概是个聊天鬼才，从前和他说话时他便不爱搭理我，我也每每都将话题导向终结，如今还是这样。我捉摸不透他便不再纠结。

那宅子与解语楼相距不远，打个盹儿的工夫便到了。我想不明白他为何将宅子买得和喧闹的解语楼那样近。我记得他不喜欢吵闹，从来都是图清净。

我抱着一个小包袱从马车上下来，他一手握住我的手腕，另一只手接过我的包袱，道："我来。"

故人之间的客气一般是抢不过的，我没打算同他客气，自然也就没打算同他抢，乖乖地将包袱交给了他。

如他所说，这座宅子里小厮丫鬟俱全，来往时井然有序，且四周整洁干净，花草修剪得精巧别致，像是常有人来住。

可他分明住在皇城，每日都需上朝，云安也没什么值得他回来的，为何如此，我不得其解。

景弦领着我去的一处院子名为"瑾瑜轩"。

瑾瑜，美玉也。我自觉当不起美玉，在他心目中也并非美玉，但也不好意思因为我于文思上突然的自我觉醒就麻烦景弦为我换处院子住。

我只想着先住几日，待容先生回信给陈府说明我的身份及遭遇，我再搬到陈府去。

但我不敢将这个想法告诉景弦，我也不晓得为什么。我总觉得他知道后会不高兴，而我并不想他不高兴，仅此而已。

"你的手怎么这么凉？"他的手忽然从我的手腕滑到了掌心。

我一怔，下意识回握以汲取他手心的温暖，我能感觉到他与我同时滞了一下。我心中有鬼，不敢在他手心逗留，只得赶忙松开他的手。

沉默了片刻，我解释道："我身体不好，如今又是一月，在最寒冷的时候手凉很正常。大夫说只能拿热水暖着，喝些能驱寒气的养着身子。我觉得不碍事。"

他没有说话，我望着别处，刚走了两步便觉脚下忽然一空。

我十岁那年，敏敏姐姐可以单手将我抱起来；如今我二十三岁，他也可以单手将我抱起。

我坐在他的手臂上，抱紧他的脖颈，由于身子太高而不知所措："景弦……"

然而接下来更让我不知所措的是，他一路把我抱进屋，将我放在了寻常置放洗脸木盆的雕花架上。我平白地又高出他一截，这般居高临下地瞧着他实在令我窘迫不已。

我颇为不好意思地埋下头，撑着雕花架想要滑下来。

脚尖刚着地，他便又扶着我的腰一把将我举高放了回去。我再尝试滑下去的时候，他已用双手将我抵在墙上，不准我动了。

"花官。"他望着我，像我从前望着他那样，"别下来，等着我。"

他双眸熠熠，犹如璀璨的星子，那一海星辰在他眼中旋转成涡。我敢发誓，我认识他的那七年里，他从未这样瞧过我。因为这样熠熠深情的眸子，我一旦见过，就会毕生难忘。

我垂首看着他，没有反抗之力，于是鬼使神差地点头："好……"

得我一句承诺，他才放心地离开。虽然我并不清楚他为何在意这一个"好"字，难道我在他的府邸里冻成这般模样了还能为逃债跑了不成？

原谅我此时浑身冰冷得不似人样，只得胡思乱想来缓解一番。我一边朝自己的双手哈气，一边摇摆着脚丫子想让四肢都暖和一些。

约莫过了一刻钟，他回来了，手里还端着一碗棕色的汤水，身后跟着一名丫鬟，丫鬟的手里捧了盆热水。

我大概猜到了他的目的，赶忙从雕花架上滑下来去接。然而事态的发展有些出乎预料，这一回我离开雕花架走了两步，他便放下碗，上前将我抱起举高再次放了回去。

他转身从丫鬟捧着的盆中撩起热巾帕敷在我的手上，抬眸望着我，不言，勾唇浅笑。

伴君幽独

第五曲

他浅笑时的眉眼，与当年在府衙大牢中看我时的眉眼蓦然重叠。

那时候我每日需要做的事情就是不停地挣银子，哪怕只有一文钱，但凡能挣到银子，让我有借口亲手捧到他的面前，我就感到无比快活。

这些日子我常常因为深陷繁忙的公务而夜不归宿，害得小春燕不得不独守空庙，这让我十分自责。

须知花神庙如今的破败程度不是他一个十来岁的小脓包能承受的，缺少了我的怀抱他保不准会被冻死。

是的，我们仍住在花神庙。

小春燕说花神庙在拆迁之前勉强还能住下人，角落那处也还可以遮些风雨。于是我俩谁也没有搬出花神庙，仿佛都在等着砖瓦自己修复。主要原因是我俩也没处可去。

但这些日子我都没怎么在晚间回去过，概因我在做一份隐秘的活儿。那小贩与我说，这东西只能在晚上挨家挨户走趟地卖，最好是在青楼附近，那将会卖得又快又好。

事实证明，小贩诚不欺我。有些邪还是需要信一信的。

当然，我宁愿牺牲我的睡眠也要来做这个活儿的原因正在于此。我在青楼附近边游荡边干活儿，总可以在结账的那一刻冲进他的琴房将工钱捧给他看。

那东西被油皮纸包裹得严严实实，裹得连我自己都不晓得卖的是什么，只听小贩称之为《艳册》。

我估摸着是一本书，却不知它为何如此深受嫖客们喜爱。

不过这不重要，重要的是我每晚都有了稳定的收入来源，且有整整二十文，因此我也对它爱不释手。

那小贩与我说，若是外行人问起这是什么，我就须得说这是能够让一双人儿快活的东西。听他这样讲，我也很想买一本送给景弦。但贫穷如我，由于没有足够多的银子，让他快活的愿望自然没能实现。

我希望以后能有机会实现这个愿望。

想到这里，我又忍不住开始构想我与他的以后，上次我已将我们的孩子安排到入学堂。

夜凉如水，我的思绪正不着边际，没注意撞到了一个人身上，随着我"哎哟"一声摔倒在地，手里的书也被撞翻。

"对不起……对不起……"我抬头见与我相撞的人是一名官差，赶忙跪在地上道歉。那小贩教我，若是卖这东西的时候遇见官差，记得伏低做小。

其实这一点他大可不必多加吩咐，毕竟我这样的身份，也没本事在官差面前变出别的花样来。

那官差似乎没想与我计较，或者说，他看都没看我一眼，就跨步从我身旁走过。但他那步子迈得不大，我眼睁睁瞧着他那一步像是要踩在我的书上，便伸手去护了一把。

最后书无事，可怜我右手的五根手指疼得没有一根能动弹。

令人窒息的是，我这样纤细的手指不仅没有被肇事人怜惜，反倒硌了这位差爷的脚底板。料想他是被硌得不太舒服，才转过头来瞧我。

我心里也不太舒服，也抬头瞧他。过了一会儿他便不再瞧我了，将视线向下移，落在我周身散落的油皮纸书上。

或许是这本书的快活已溢出包裹，成功引起了差爷的注意。差爷皱起眉，随意捡了一本拆开。

我不知道自己为何就被绑上了大理寺的老虎凳，听着他们商讨究竟是打我几板子，还是收我银钱了事。

在这里我必须先为自己申明一下：贫穷如我，今晚的工钱还没结算。我身上并没有银钱可以收买他们。

与狗争食那几年我挨过许多打，不与狗争食这几年我也挨过三回，但还是头一回挨官差的板子。这五大板约莫抵得过我活这十三年来挨的所有揍。

他们并没有因为我年纪小而手下留情，也没有因为我是个姑娘家就怜香惜玉。大概是因为我并非什么美玉。幸好我早已习惯世人的这副德行。

在今夜之前，我以为自己是个扛揍的小姑娘，挨打从不落泪，坚强得令人心疼。但今夜的第一板落在我的臀上时，我才知道自己并不坚强，我哭得比谁都响亮。

真疼，我倒吸了好几口凉气才没让鼻涕、口水和着眼泪一起掉下来。

然而我的哭声惊动了狱中所有熟睡着的囚犯。这使我尴尬得不知所措，只能咬住手背将喉咙口的叫唤声硬生生憋回去。

挨五板子的时间那样短暂，却让我觉得漫长得仿佛已走到人生尽头。

我真想让景弦看一看我如今被打得皮开肉绽的模样，证明我三年前与他说自己细皮嫩肉的话是真的。我没有骗他，真的有人夸我细皮嫩肉，我也的确算得上。

我想我是疼到麻木了，此时此刻脑子里想到的竟是这件事。

那狱卒掐住我的下巴，我疼得说不出话，只能抬头望着他。他说："小小年纪好的不学，竟跟着那些下三烂卖这些东西。"

我像是听不见他在说什么那般，心思全落在他要如何才肯放我出狱上。我已经很累了，想好好睡一觉。或许还该去找敏敏姐姐给我上点儿药。

我能感觉到汗水贴着我的脸往下滑落，几日不曾洗的头发也湿漉漉地黏腻在额间。狼狈至此，我竟还记得要去问小贩要今晚的工钱。他应当给我加一两文才作数，我今夜吃了这样多的苦头。

景弦还等我捧着铜板去找他。寻常我都是这个时候去的。

我抿了抿干涩的唇，用我自以为乞怜的神情望着狱卒："官差大哥，我以后再也不敢了……可不可以放我出去？我的朋友还在等着我……"

狱卒却说我这个样子自己一个人怕是回不去，须得找一个可靠的人来接。他们何时这般有良心，饶是我再傻也明白，他们只是想从接我的那个人身上敲上一笔小财罢了。

可谁能来接我？大部分我熟识的人都与我和小春燕一般，穷得不相上下。

稍微有点儿银钱的，譬如酸秀才，自己都快要吃不饱饭了；再稍微有点儿银钱的，譬如敏敏姐姐，她家中的银子她不能做主；再有钱的，我都不认识。

景弦……

我不好意思让他为我破费，但我忽然想到，我可以让他将我前几日挣的铜板带来。反正都在他那里。

只是，我不确定他愿不愿意来。牢狱脏，他很爱干净。或者说，他若不愿意来，无论什么都能成为借口。

活了十三年，我终于意识到了乞丐这个职业的悲哀，那就是需要用银子的时候一个拿得出手的朋友都没有。

可是没有别的办法，我姑且试一试。

将景弦所在的地方告诉狱卒后，我趴在老虎凳上打盹儿。

大概是太累了，我入睡很快，迷迷糊糊间听到狱卒们喝酒划拳的声音，还有一些我似懂非懂的淫词秽语。

不知过了多久，陷入迷梦中的我忽然被铁闸门打开时的嘎吱声惊醒。我望着昏暗的走廊尽头，瞥见白色衣角的那一刹，已忘了去想方才那个梦做了多长。

我的视线和他手中的烛火一起跳跃，直到他在我面前站定，居高临下地看着我。

"景弦……你这样从上面看着我，我有点儿害怕……"我都无法听清自己的声音，不晓得他能不能听得见。

我看见他皱起眉，蹲下身，回应了我一个字："嗯。"

"但是，你愿意来救我，我很高兴。"饶是他蹲着，我依然矮他一截，不得不仰着脖子望他，朝他扬起唇角微笑，"我现在很疼，走不了路……你会不会背我回家？"

大概是我的欢喜表现得太过明显，他没有说话。我俩便这般沉默许久，久到我的笑消失殆尽。他才问道："你知不知道自己被人骗了？"

我一怔。

"花官，你可知道什么是《艳册》？"他的眉头越皱越深，"……你去问你陆大哥，那些混迹三教九流的人，卖一本《艳册》能赚多少。二十文你便心甘情愿地拿你姑娘家的名声卖这种东西？你！你可知道为什么这种书这样好卖？"

我不知道，我若是知道一本《艳册》能赚许多，一定会与那小贩讨价还价，不会让他诓骗我。

"我不怎么识字，连是哪个'艳'哪个'册'都不晓得，怎么晓得它能赚多少……可是，"我低下头，轻声说道，"景弦，我挣银子也不太在乎挣了多少，我只想每天捧给你看。我挣银子只是因为想见你而已。我很高兴，你把我当个姑娘家看。"

他默然。

我料想他此时定然对我很无语，我也挺无语的。身为乞丐，竟同别人说自己不在乎银钱挣了多少。我知道我没资格这样说，我凭什么呢？

好吧，好歹我还有个优点便是知错就改。为了不让他对我失望，我抬起头，虚心地同他说道："那好吧，下回我问问别人都是拿的多少工钱再说。"

"你……"他欲言又止，垂眸叹气。

再抬眸时，他瞧着我浅浅笑了一下，语气似有无奈："还算有些可爱之处。"

倘若我没有看错，他方才是对我展眉笑了？

倘若我没有听错，他方才是在夸我可爱？

"可爱？我可爱？"我抿唇，睁大双眼望着他，"我为什么可爱？"他说出来的话，我以后也好有针对性地展现这一面。

"暂时想不出怎么说，先欠着，以后再说吧。"他敛起笑，背对着我，"上来。我背你回去。"

这个理由一直欠到如今，他依旧没有告诉我。

他这句话我反复回味了许多年，欠我的理由我也一直惦记着，至今十年，我也还想知道。大概是因为，这是我追他的那几年里为数不多的甜头吧。

倘若他当年也似如今这般喜欢同我笑，六年前我走的时候就不至于成那副万念俱灰的死模样。

可是，后来我望着星星的时候就想，这未尝不是一件好事。

他不喜欢对我笑，我便能早些看清我与他之间究竟情意几何，早些脱身于他，免得再搭进去一个七年、两个七年……无休无止。

后来小阿笙挑破我，说不明白我是真的愚笨，还是在诓骗自己。

我不解其意，问她何解。她迟迟未言。

前段时间她临去皇城的时候才告诉我，其实我的心已欺骗自己多时。我哪有早些脱身？我只是脱身云安，却并未脱身于他。

我不过是换了一个没有他的地方，又搭进去一个六年。想清楚阿笙的话后，我整个人都不好了。

所以我清楚地明白，在他面前，我做不到心如止水。但求他不要无意之间撩拨于我。

纵然我知道他是无心的，但在我这个角度看，他这般拿巾帕焐住我的双手抬眸瞧我，就是在撩拨我的命。我的命现在告诉我说它快要把持不住了。我勉强让它再忍忍。

因为我与他的视线相接时在想，倘若我没忍住，下个月一时冲动拿月银买下当年因为穷才没有买的那玩意儿，趁沏茶时给他来上那么一壶……我猜测我届时会连尊夫人那幅画像都对不住，事后也会被他嗜血啖肉，渣都不剩。

所以我得忍忍。

想到这里，我赶忙抽手，道："这种小事，我可以自己来。"

我深知"情不诉于口便溢于眸"的道理，故意没有看他。只盯着那方热巾帕，想知道他什么时候放手。

等了片刻，他那双手仍旧没有动静，我稍抬起眼皮瞧他，却发现他正盯着我，嘴角还噙着笑。

我怀疑早上吃的鸡蛋黄黏在了嘴角，否则不知他为何盯着我这般笑。

"你在笑什么？"我终是忍不住问出了口，同时缩了缩脖子，有点儿局促。

他松开一只手，端起身侧的碗，道："笑你。"身旁的丫鬟将水盆放在一边，退出了房间。

"笑我什么呢？"我当然知道他在笑我。

他将药碗递给我，道："趁热喝，喝完了我就告诉你。"

我接过药，稍低下头，看见他认真地从袖中摸出一个小布包。布包上面的花纹有些像当年我送他的那个锦囊上面的。可我送的锦囊他没要，又怎可能记得上面绣了些什么花纹。

我没再多想这些不切实际的东西。

他打开布包时，我看见几块棕色的麦芽糖堆砌在一起，像是一座小方山，整整齐齐的。

"方才在厨房顺手拿的。"他抬手示意，"喝完药可以吃一块，便不那么苦了。"

原来是糖。

从前喝药时，我掏线央求他帮我去买一块糖，他都不肯。我同他说我怕苦，还同他讲了小春燕喝完药后苦得睡不着觉的故事，他还是没有动容。

在他的帮助下，我算是治好了身为乞丐还矫情得要命的病。所以后来我喝药再也不需要吃糖。

更遑论当下。我身子虚，在柳州那六年常染风寒，早已习惯了喝药且一口闷。我已过了那个需要人用糖哄着喝药的年纪，当然，在那个年纪也没有人拿糖哄我。

景弦大概从来不喜欢事多又矫情的姑娘吧。可我幼时不懂，偏偏就爱在他面前矫情。或者如敏敏姐姐所说，不论是什么样的姑娘，心悦一个人的时候，都会喜欢在他面前拧巴、矫情。

也许正是因为我矫情，他才不喜欢我。

此时此刻，难为他还迁就我，为我拿些糖来。我很感激。

"其实你不用哄我，我也可以乖乖喝药。我在柳州的时候经常喝，已经不觉得苦了。"语毕，我没顾上看他，仰头将药一饮而尽，而后翻过碗示意，"你看。"

只不过，为了不拂他的一片好意，我仍从他的掌心拿了一颗含在口中，点头称赞道："糖也很好吃。"

我自觉做得十分妥帖，在待人接物上和从前那般没心没肺比，已算是大有进步。至少我一没有拂他的面子，二没有让他觉得我矫情。

可我不明白他为何不噙着笑看我了。我瞧他神色中竟有些许落寞，这是以往不常见的。

我不知该和他说些什么才能打破僵局。我早说过，我这些年沉寂了许多，没了追他时死皮赖脸的鲜活劲儿，无法在他身边闹腾。

主要是我知道自己闹起来很烦人。他曾说过的。

仍坐在雕花架上的我心有不安，想要静悄悄地下来。

"好吃便好。"他似乎调整好了心情，一只手迅速压住我的臂弯，让我不要下来。

我稍稍抽出些手臂，轻轻点头回应。与此同时，他转过身将巾帕浸在热水中，又拧干裹住我的双手。

"我喝完了药，你是不是该告诉我，你方才在笑什么？"原谅我好奇又固执，实在想知道他为何会瞧着我这个他曾经厌恶的人笑。

他轻抿薄唇，一只手隔着一张热乎乎的巾帕，搭在我的手背上，另一只手忽然抬了起来。我见他的唇角似乎又要泅开弧度。

空荡的房间里，墙角的寒梅孤幽又盎然。没人回答我的问题。

他指尖渐近。我呼吸渐急，耳尖也烧了起来，还故作淡定地看着他，装出释怀的模样。

"我方才笑你……"最后，他拖长字音，修长如梅枝的手指缓缓落在了我的唇角，随即抬眸瞧我，笑道，"喏，随便一碰，便脸红了。"

"……"

此时我要说些什么才能让自己显得不那么愚蠢。他的指尖未挪开，我也就秉着"敌不动我不动"的原则，保持靠住墙面的姿势不敢有动作。

憋了半晌，我勉强憋出一句："本……本能罢了。这张脸可能有它自己的想法……"我怀疑我这张嘴也有它自己的想法，才能说出如此愚蠢的话。

见他眸中笑意更浓，我揪紧了手中的巾帕，想要低下头找一找有没有地缝。

能不能找到地缝先不谈，好歹让我先低个头。他的食指端住我的下颌，不允许我按照自己的想法行事。我被迫与他视线相接。

"景弦，你在做什么？"我很迷惘。

他神态自若，伸出拇指拂过我的唇角，从容地说道："药渍。我帮你擦掉而已。"他收回手，又勾唇一笑，挑眉调侃道，"你那么期待地看着我，是希望我做什么吗？"

我应当没有半点儿期待之色，因为我有自知之明。

好吧，就算我私心里有，我也告诉过自己要控制好面部表情，绝不会外露。他这般说，是凭空捏造假话来逗弄我的。

"我没有期待……"我小声为自己辩驳了一句。

他斜眼瞧我，声音清澈明朗："你分明就是有。"

"景弦，不要开这种玩笑。"你不知我有多么怕你的夫人突然走进门，届时我要如何辩驳？我只能说是我的心先动的手。

他微眯起眸子，浅笑间伸出一根手指抵住唇，轻声说道："嘘……"

我惶惑不解，他却示意我附耳过去。

待我神秘兮兮地附耳过去后，他凑到我耳畔说："我觉得方才不是在开玩笑。花官，你是不是希望我亲你，嗯？"

天可怜见，他这些年是不是去学了读心术。

是，我希望你亲我，把我摁在墙上狠狠地亲我。

"你须得将他摁在墙上亲，不能等他将你摁在墙上亲。因为以你的条件是等不到的。"

我曾极认真地听小春燕这样同我说，他说得很有道理，我等景弦是等不到的，只能自己主动来。可恨当时我不会写字，否则定然拿个小本子记下来。

我猜他给我分析这个，是因为实在看不下去了。我追个男人追得很窝囊的样子真的很让他看不惯。

半个时辰前，景弦将我背回花神庙时，小春燕嘴里正啃着一只比我的头还大的烧鸡，瞧见我回来，硬是从嘴里掰了只腿留给我。

我竟还天真地以为他少了我的怀抱会过得惨一些，如今看来，倒是我更惨一些，他活得有滋有味。有滋有味具体表现在他那只烧鸡还是五香脆皮的。

因为我们常去解语楼，小春燕见过景弦，景弦也从我口中听过数次小春燕的威名。当然，小春燕本就在这一带混得很有名堂。

"我这里还有点儿散碎银子，给她买些药吧。"景弦环顾四周后发现我无处安放，只得将我放在地上。

小春燕挑起杂乱的眉毛，扫了脚边的我一眼，心安理得地接过了银子。掂量两下后，他接银子的手微微颤抖。

我知道他心里一定乐开了花，但我求他不要在我心上人面前那么丢人。

小春燕十分具备身为主人应有的自觉，他一边揣银子，一边嬉皮笑脸地说："寒舍有些许简陋，你请随意坐。"

似是低估了小春燕的文化水平，我见景弦沉默了片刻回道："不必了，我还有事先走了。"

关键是这座旧庙简陋得不是一丁点儿，他若要随便坐便只能就地坐下。我觉得小春燕客气到这个程度差不多可以了，却没料到他还有话要说。

他十四岁的年纪，正是少年变声的时候，声音难听得要命。我趴在地上默默地望着他，心里希望他赶紧闭嘴。

"哎，景公子留步。"小春燕伸手挽住景弦的手臂，被看了一眼后又自觉地放开，随后笑着说，"夜黑风高，你将小花一个身受重伤的小姑娘家留在此处，与我这样的地痞流氓在一起，孤男寡女二人，你良心何安？"

景弦被他的词汇量惊了下，说实话我也惊了下。

我不知道为什么小春燕能装出这样一副很有文化的样子，但我明白他和景弦的对话已经快用尽他会的所有四字词语了。

景弦有点儿不知所措，勉强回道："你与她不是向来待在此处，孤男寡女二人吗？"

"可她今日受了伤。你又给了我银子。"小春燕皱眉，"万一我卷了你给的银子跑路，跑之前揍她一顿解平日里她与我抢鸡蛋的气，或者我给自己买醉香楼的烧鸡，让她看着我吃。反正我就是不给她买药，你于心何忍？"

景弦不想同他纠缠，只道："这是你的事。但我知道你不会这样做。"

小春燕伸个懒腰，盘腿原地坐下，挥手说道："那你走吧。"

万万没想到，小春燕话锋一转赶人赶得这样干脆。

我急忙拉住景弦的裤脚，道："景弦，他真的做得出来这种事的。你明天会来看我还活着吗？"我望着他，拿出我最可怜的神情。

我眼角的余光里，是小春燕倚在角落轻蔑我的表情。我卖他卖得毫不犹豫，他的确该用这种表情看我。

景弦蹙眉，挪开脚，低声说了一句："我明日无空。"语毕，他径直踏出了门槛。

我失落地望着他的背影，却听小春燕在我身后笑道："他明天肯定会来的。"

"为什么？"我猛地回头，入目的是小春燕狡黠的模样。

"因为……"小春燕挑起眉，两指翻覆间，一枚玉佩在他食指上转得飞起，他得意地懒懒一笑，"我偷了他的玉佩。"那是景弦的师父送给他的玉佩。

原来刚才他和景弦说那样多的话，是为了转移他的注意力，方便偷他的玉佩？

我感动地吸了吸鼻子，道："小春燕……"

他挪动身子坐到我面前，叼着根稻草，问："说说吧，你怎么成这个模样就回来了？你不是去赚银子了吗？"

我把这件事情从头到尾和他说了一遍。

他得知我在大牢里挨了板子，还痛得哭了，便为我用稻草铺好了地铺。我很感动，但我还没有爬过去躺下，就见他利索地躺了上去。我收回我的感动。

"我见他方才背你回来，还以为你们有了什么实质性的进展。"小春燕躺在稻草上，跷起一条腿，啧啧叹我，"看来还是高估了你。三年这么长的时间，你都做了些什么啊。"

我捧着他留给我的鸡腿埋头啃了起来。直到啃完，吮干净手指头，我才想通透我做了什么。

"我做了梦。"

是的，我做了场梦。不知道什么时候梦才醒，反正我现在还深陷梦中。

小春燕拍着我的肩膀对我说，照我现在这个进度追下去，想要将他追到手，确实是在做梦。

我这个人没什么优点，虚心可以算作一个，于是问："那我要怎么做，才能让他像酸秀才的话本里写的那样对我？"

小春燕一边挑眉睨着我，一边将他那一头乱糟糟、油腻腻的头发随意用根稻草扎了起来："比如？"

我很不好意思地抠着手指同他讲："比如，将我摁在墙上亲。"

我听见他笑了一声，紧接着我的脑门儿被弹了下，有点儿疼。

"傻花儿，这就是你追不到他的原因了。"他撑着下巴摇头，"你须得将他摁在墙上亲，不能等他将你摁在墙上亲。因为以你的条件是等不到的。"

他摸出袖中那袋散碎银子，很不要脸地和我说道："我们拿这银子买药迷了他，往他的琴房一扔，到时候你为所欲为，燕爷亲自帮你把风。事成之后，剩下的银子我们一人一半。"

他的方法让我欲言又止。欲言的原因是，他果然不打算拿这银子给我买膏药治伤；又止的原因是，"为所欲为"这四个字令我很心动。

我望着他，满眸期待，问："为所欲为？可以具体一些吗？"

他摸着下巴作思索样子，道："嗯……就是这样，我给你示范一下。"

说完，他俯身下来，两只手捧起我的脸，用他那脏兮兮的额头抵住我的轻轻蹭了蹭。我皱起眉时，他又偏头绕到我的脖子用鼻尖蹭我，顺着我的侧颈向上停在耳边，朝我的耳朵里吹了口气。

好痒。我笑了出来，笑声有点儿傻。

他也跟着笑出了声，转到正面看着我，道："傻子，你这样能学会个啥啊。"

我俩距离不足三寸。这时候我才发现，在我做梦的这三年，小春燕背着我长得越来越人模狗样了。譬如他的眼角，就像是一剪燕尾，比酸秀才的字还要好看。

但他现在的头发乱得像个鸡窝，衣服滚得像个煤球。不知他多久没有洗过澡，身上全是泥巴，脸上还挂着油珠子。

继而我联想到他从前在溪水边洗脚时抠脚丫的样子。

与我抢鸡蛋吃的时候捉住我的手将我剥好的鸡蛋舔一遍的样子。

说好带我睡稻草垛却在我旁边尿裤子的样子。

用手背擦鼻涕后又揩在衣服上的样子。

他打架的时候两个手指头插在别人鼻孔里的样子。

种种情形在我脑海里走马灯一样过了一遍，一言难尽。我还是觉得景弦美好一点儿。

我敛起笑，认真地问他："你是不是趁机把刚刚嘴上没擦的油蹭我脸上了？"

"有点儿见识行不行，这叫耳鬓厮磨。"他支起身子坐好，拿袖子揩了一下嘴角的油，"你到时候就跟他磨，剩下的就是他的事了。到时候他会给你个惊喜。"

我很好奇，想要提前知道惊喜："什么惊喜？这样磨究竟有什么用？"

他并没有告诉我，只说我试了就知道了。可我觉得，他和景弦终究是不一样的两个人，或许他教我的对他来说有用，对景弦却没用。

"大家都是意气风发的好少年，有什么不一样的？"小春燕捋了捋头发，摸下来一手油，"我也很优秀的。在咱们乞丐界，我燕爷抢饭也是一流。"

我再次惊叹于他的词汇量，他竟连"意气风发"这样复杂的词都会用。

同样身为乞丐，这让我怀疑他是不是背着我去上了学堂。

"小春燕，你要是有了喜欢的姑娘追不到手就告诉我，我也可以站在姑娘家的角度帮你分析。"不管怎样，我也应当说句好话感谢他并时刻准备报答他。

"你的诅咒我先收下了。"小春燕躺倒一睡，随口回我，"不过我不喜欢姑娘家，一个你跟在我后头让我罩着就已经很麻烦了。"

我不晓得他是不是真的不喜欢姑娘家，也不知他如今是否还孑然一身。但他身在那样的家族里，婚事也当身不由己。

而今让我惦念的是，为何我送去淳府的玉簪还没有音信。曾经那个说好要罩着我的人，就算不打算罩我了，也好歹来见我一面吧？他出了什么事了，或是已不在云安？

我人生里与我有些像样瓜葛的男子屈指可数。这些年来竹舍里拜访容先生的客人我也跟着见过不少，一来二去附庸风雅过几次便成了文友。

但我心里清楚，我与他们终究是"淡"交。并非君子之交淡如水的淡，而是寡淡无趣的淡。

唯有小春燕和我不同。他送我玉簪时也曾说过，不允许我与他君子之交淡如水，更不允许别的淡。可这六年，我终究没有与他通过音信。

此时我多么希望小春燕在我身边帮我解一解这窘境。

我被景弦戳穿心思，颜面上已有些撑不住，只知道不能自乱阵脚，可具体要如何才能不乱，我不知道。

从前他什么模样我没有见过，什么模样我应付不来？我不大敢想象他这六年经历了些什么，才能一反常态地用这样的语气和我说话。这个模样太陌生，我应付不来。

玩笑也罢，捉弄也罢，我不得不与他拉开一些距离。须知道，若是问心无愧，就不必多此一举。可见，正是因为我没有释怀，所以心里还养着鬼。

他这般同我亲近，大概是释怀了。连同我离开云安前的那晚发生的一切都忘干净了。

如此最好不过。那晚是我平生最丑陋的时候。我倒希望他忘得干干净净。

"我没有。"此时我除了毫无畏惧地与他对视，故作平静地反驳，什么都做不成，"都过去了。"

也不知怎的，这话似乎成效不错。我也听出了自己语气中拒人于千里之外的疏离。

他的眼神忽而落寞，唇角的笑意也收敛起来，静静地瞧着我，像是在瞧一棵不愿意再开花的银树。他怅惘失落的模样叫我于心不忍。

我觉得自己好像在无意中驳了他的面子。他不过是与我开玩笑，我却连玩笑都接不得。可静下来想想，我又不觉得自己哪里有错。

容先生叫我来了断尘缘，我却做不到挥剑斩情丝。

他的神情令我魂牵梦萦多少次，不论多少次，我的心依旧为他悸动。我依旧不愿他皱眉，依旧对他的一举一动都该死地上心。

"对不起。"我轻声道歉，希望他心里可以好受一些。

"你没有任何对不起我的地方。"他答得极快，随即又转了话题，与我商议每日吃穿住行的问题。

我愕然，管吃管住已让我受宠若惊，再管行我亦倍感荣幸，但连穿也要管，我怀疑这一趟来并不是我在还他的债，而是他在还我的。

我思索一阵，确信他当年并未欠下我什么债。若非得说的话，他招惹我这个风流债勉强算作一个吧。

我默然，不再纠结这些徒增烦恼。

他嘱咐我歇息一会儿，等他将我入住的事吩咐下去。现在将近午时，该是吃饭的时候，歇息也歇不出个所以然来，索性在房间中转悠。

瑾瑜轩布置得像个主卧，与他当年住的琴房相似，是清贵雅致的格调，只是今日这些瓷器摆件的清贵，是真的贵。

窗边的琴，帘下的香，都与当年的琴房别无二致。唯有墙角一束开得甚艳的红梅不同，勾我遥思。

我想起那年冬日酸秀才在天桥下讲的红梅的故事，大雪纷飞，红梅绮丽，敏敏姐姐听得最是入迷。那一日酸秀才说书赚了不少银子，请我和小春燕吃了顿好的，敏敏姐姐也来了，炖了一锅排骨汤。

也是那日，敏敏姐姐喝得多了，她抱着我却看着陆大哥，逐字逐句地教我："待浮花、浪蕊都尽，伴君幽独。"①

"伴君幽独……"我自念念，心有戚戚。

敏敏姐姐说这句词的意思是，等到周遭繁华喧嚣都去了，她会独自伴你左右。

可惜，我和敏敏姐姐窝囊得不分伯仲，谁都没能伴君幽独。

自我懂事起，敏敏姐姐就喜欢酸秀才，她足足喜欢了酸秀才十五年，熬干了青春岁月，最终远嫁。我比她好一点儿，我喜欢了景弦十三年而已。这竟让我心里有些安慰，这世上不止我一个痴人。

只是我不明白，她为何没能伴君，又为何唯剩幽独。

后来我在柳州时，容先生才告诉我，这首词的上一句是"石榴半吐红巾蹙"。所以这句话还有另一种解释。那半吐出蕊的石榴花就像折起褶皱的红巾。等浮华都去了，它就来陪伴美人的孤独。

难怪敏敏姐姐最后幽独一人。原来不是美人伴君，是绮丽的石榴花伴了幽独的美人。

彼时我不懂这些，冬月里没有石榴花，我便折了大簇大簇的红梅，也同他念"伴君幽独"四个字。

只可惜……

"咚咚——"敲门声忽响，敲乱我的思绪。

"花官姑娘，奴婢是水房的丫头，奉命来伺候姑娘浴足，给姑娘暖一暖。"那丫鬟生得很是壮实。

我稍稍颔首，道："你放在……"总不好在景弦没回来前就坐在床榻上洗脚，我思忖片刻，指了指书桌后的位置，"放在那里，我自己来就是了。然后你就出去吧。"

那丫鬟很听话，按照我的吩咐放好足盆，退了出去。

———————————
① 出自苏轼《贺新郎·夏景》。

我坐在椅子上，脱去鞋袜，将常年冰冷的双足浸在热水中，轻舒了一口气。

随即房门又被敲响了，我抬眸看去，见仍是那丫鬟。方才她没有关门，应是去拿什么东西，如今又折返。

只见她手中端着另一盆水，走过来与我笑道："姑娘，那水烧开后只搁置了一会儿就给您端来了，还滚烫着呢，这里有冷水，奴婢给您兑一些。"

原来是滚水。我低头看了眼已将我的双足淹没的水，回道："不必了，终归我还没踩下去。我等它凉一会儿再用便是了。"

这样滚烫的水能暖进我的骨子里，让我暂时忘记春风阁后的小树林里刺骨的寒，暂时忘我每日赤足踩水去为他捉萤火虫的傻模样。

是的，我冷的时候经常会想起那些。若我早知道会有今日，彼时就该裹上酸秀才的厚棉衣再去。那棉衣有敏敏姐姐亲手塞的棉花，缝得牢牢的补丁，可暖和了。

我怅惘地叹了口气，随意在书桌上摸了一本书打发时间。

尚未翻开，书面便吸引了我的注意。我微微睁大双眼，摩挲着泛黄的纸——万万没有想到，竟会是这一本。怎么会是这一本？他竟还留着。

书面上歪歪扭扭拢共十个大字，错字便占了六个。几乎每个字的每一笔都有墨水洇开，糊成一团。可见当时写下这字的人实在愚蠢至极。

是我，没错了。送书的人是我，愚蠢至极的也是我。

不知道他为何还留着这本书，他分明说此书对他无用。我彼时还因他说这话心里有些生气。

我正琢磨着，又有敲门声响起。

"请进。"

是景弦，他踏入房间，一眼便看见我手里拿着的书，却只是将视线从书上掠过，什么也没说。

他走到书桌边，在我身侧蹲下，望着我问道："折腾了一上午，你饿了没有？"

其实我还有些饱，毕竟我早膳吃得也不是很早，且还被投食一般喂了许多。但我看他很期待地望着我，便点头说道："有一点儿，是不是在你府中吃？"

"你若想在这里也可以。我本意是想将你带来府中安排好住处后，便放下包袱出去逛一逛，去酒楼用午膳。"他浅笑道，"你不是许久没有回来了吗？"

他这么一说，我想，我可以借着他的身份先去一趟淳府。

我抿唇点头，将我的想法告诉了他。

不知是不是我的错觉，他听到"淳府"二字时，似是迟疑了一下，随即眸中掠过如水中浮影般稍纵即逝的光。他答应了我，并带我坐上马车，往淳府的方向去。

马车逼仄，我撩起帘子，默然看着外面的景致。

"外面变化了很多，没有什么好奇的吗？"他问我。

我回头看他，狐疑道："其实我有些好奇……旧的花神庙，就是我以前住的那里，你知道的，那里早在十年前就该拆了。为何我听解语楼的舞姬姐姐说那处至今仍在？而且，前天晚上还闹了鬼？"

景弦的神情像是没有料到我会问这个，一时错愕。他没有回答闹鬼，而是同我解释起拆庙的事："淳府有人拦着，不准官府拆，说新庙的花神与旧庙的同气连枝，拆了旧庙恐会乱了气数。"

我觉得这种一听便知道是危言耸听的理由，大概就是小春燕这个水平能瞎掰出来的。不，不是大概，我敢肯定是他。

但我不明白地问道："凭这种蹩脚的理由，官府就被说服了？"这一届官府里的人脑子似乎不太好使。

"嗯。"景弦嘴角微弯，浅笑道，"身为官员之一，我觉得淳府说得有点儿道理，便助了他们一臂之力。"

"……"

我觉得你的脑子似乎也不太好使。

我想不明白，他帮我留着这庙做什么。小春燕想留着庙我想得通，他约莫是想为他的丐帮之旅留下个纪念。但景弦为何这样做？

　　似是看出我心中疑问，他解释道："一是为了方便那些无家可归的人能有处可歇；二是为了……"

　　"大人，淳府到了。"

　　我极想听他说完第二点，但他被打断后似乎也不准备同我讲清楚了。

　　我走下马车，望着门匾上偌大的"淳府"二字，仿佛回到了那年冬日。

　　皑皑素雪中，小春燕拉着我的手偷爬入淳府后院，我们走进一大片梅花林。我的眼前，艳红漫天。

啄梅饮雪　第六曲

就是那日，酸秀才站在天桥下说了一个"才子红梅难寄，佳人香消玉殒"的故事。

他讲得绘声绘色，很像那么一回事，若非我当初亲自盯着他写的话本，就会误以为这是发生在他身上的事情。

我被敏敏姐姐抱在怀中，望着木桩上神采飞扬的酸秀才。我发现他讲的时候视线不敢扫向台下，哪怕停留一刻也不敢。我猜他不是不敢看台下，而是不敢看敏敏姐姐。

他就这般望着苍茫的雪，动情地诉说故事，像是将悲剧讲给了那一片冰天雪地。如此怅惘与孤寂的意境，让他的故事愈加动人。

当天傍晚，酸秀才拿说书赚来的银钱买了排骨和卤菜，邀请我和小春燕去天桥下与他吃顿好的。等我们到的时候才发现，敏敏姐姐早在那里帮着做活儿了，冬瓜排骨汤便是敏敏姐姐炖的。

我好些时日没吃到肉了，馋得不行，赶忙帮着洗筷子爬上桌。

纵然我和小春燕平日里都是用我们那双脏兮兮的手直接抓菜来吃，但今日上桌吃饭，面前还是两个体面人，我们也应当讲些规矩。

我和小春燕坐在小桌子的相邻两侧。我转头将筷子递给他一双，却见他抽了一根出来沾面前的酒。

他沾的那一丁点儿顶多尝个味道。我见他表情很是奇妙，便凑过去问他："味道好吗？"

"与我以前喝过的不太一样。"他侧头挑起眉毛瞧了我一眼，得意地说，"稍逊一筹。"

我试着根据他此时不可一世的神情理解了一番什么叫作"稍逊一筹"。只想说，他摆出一副见识很广似的模样实在令人无语。

大家都是混巷子胡同泥巴地的，他能有几个钱吃过好酒？

小春燕抬眸看向酸秀才，问："陆大哥，我能喝吗？"

酸秀才笑道："小春燕长大了，这身子骨瞧着也是个爷们儿了，要喝便喝些吧。本就是买来给我们俩喝的。"

"那我能喝吗？"我不落他后，也问道。

敏敏姐姐抢在酸秀才的前面冲我摇头，说女孩子还是不要喝这东西了，伤身又误事。

我没有将这句话放在心上，但后来每每想起都会后悔没有听她的劝。倘若我当年听了这话，就不会在离开云安前的那夜自取其辱，将我此生最荒唐与疯狂的那一面留给他。

当然，这些都是后话了。现在的我还是个乖巧听话的姑娘。敏敏姐姐说不喝，我便不喝。

但让我想不明白的是，敏敏教导我不要喝，为何她身为姑娘家却喝得酩酊大醉。酸秀才一开头还抢她的杯子劝她别多喝，后来却同她一起醉了。

当小春燕也醉倒在我面前的那一刻，我还在念敏敏姐姐方才教我的"伴君幽独"。他捧着脸撑在桌上，听得笑出了声，随口同我说："燕爷伴你还不够你吹一辈子的吗？别念了，就会四个字，你念得我脑仁儿疼。"

因醉酒，他的眸子清亮，面色酡红，单手捧着腮也不知在看什么。我竟觉得他这模样有些许好看。

"小春燕，我也想像陆大哥故事里的才子一样，送景弦红梅，也想像敏敏姐姐一样，和景弦说'伴君幽独'。"

这样应该能在景弦面前显得我与他相处的三年里长进了许多，受他的影响，我也有些文化。至少让景弦感受到，这三年里整日跑来单方面和他谈情说爱的不是什么破烂玩意儿。

若是方便的话，也请上天通融一下，让他勉强觉得我算是个佳人。

小春燕打了个哈欠，道："你送就是了，我又没拦着你。"

云安哪处种了红梅？不知道。我和他说我不知道。小春燕斜睨了我一眼，这一眼带着醉后的慵懒。他没有多说，抓起我的手将我拽进茫茫大雪中。

冷风好生刺骨，我埋头呼气，腿有些软。他哼哧哼哧地跑在前头，片刻不歇。

也不知在风雪中穿梭了多久，停下脚步的时候，我已冷得说不出话，但小春燕还很精神地指着高墙大院对我说："淳府后院种了一大片红梅，你跟我爬进去，我准你折！"

对我来说，翻墙不是什么难事，对小春燕来说更不是。这件事难就难在，翻进去要如何保证我们最后的下场不是被家丁拿棍子打了轰出来。

"你跟着我走，我知道怎么避开他们。"稍稍一顿，他在我惶惑的眼神下又加了一句，"看什么，我常来淳府偷东西吃，这点儿本事自然是有的。"

难怪他时常能吃到一些我讨饭讨不到的东西。我此时顾不得和他计较为什么这么多年他从来不带我来这里玩儿，一心只想着爬进去折下红梅送给我的小乐师。

那院墙不算高，我和小春燕搭了几块大石头便进去了。其实我有点儿想不通，这么大一座宅邸，都没有府卫看守吗？竟这么容易进去。

漫天的艳红几乎看得我迷了眼，此时此刻我已分不清究竟是小春燕拉着我朝梅花林奔去，还是那片梅花林朝我奔来。

我瞧那片片梅瓣儿皆是鲜艳欲滴，每一朵都艳红得像是要溢出来。

小春燕红通通的脸和梅景连成一片。他攀着一束梅，一边嗅一边同我说道："便宜那小子了，这里一寸土都是金子，更别说红梅了。姬千鸟和乌羽玉皆是上等珍品，前边的白须朱砂更是被一品楼炒成了无价之宝，有些人一辈子也见不到这么好的朱砂梅。"

我这个文化程度根本听不懂他在说些什么，只当他喝醉了后脑袋不清醒，讲了些胡话。

不过我大致能明白，他在夸这些梅花金贵好看。

皑皑白雪被走廊上的昏黄灯笼映得清亮动人，折在红梅上，又映得红梅明艳动人。

倘若小春燕能忍住不拿他那张嘴去咬梅花、喝瑞雪，甚至啃树皮的话，此情此景就更好了。

待我将梅花折满怀，抱着一大簇红梅走到原处要去唤他时，才发现他不知什么时候爬上了树，趴在树干上睡起大觉，嘴角还淌着口水，口水滴落在雪地里。

"小春燕，小春燕……"我压低声音喊他。

他迷迷糊糊睁开眼，翻了个身。和我预想的一样，身还没翻完人已经径直从树上掉了下来。

摔是没有摔着，可他刚喝了不少酒，这么一扑腾，许是晃得他的胃难受，那酒随着他晚上吃过的饭菜一起被吐了出来，发出难闻的异味。紧接着，他用手背抹去了嘴角的腥黄。

"折完了？"小春燕慢吞吞地从地上爬起来，掸掉了身上的雪，"那就快走吧，省得赶不上在丑时之前给你的小乐师送红梅了。"

景弦一般都是丑时坐台弹琴，一直弹到天亮，若是丑时后去找他，他可能没空搭理我。原本，他就已经很没空搭理我了。

翻墙进来，再翻墙出去。小春燕的动作既熟练又矫捷，饶是喝成了醉燕，带着我依然来去自如。

"你那胳膊腿儿，只需顾着跑别摔跤就行了。"他单手接过我手里的红梅，稳稳地抱在怀里，另一只手牵着我，"你要跟着我，一路都得跟着我。"

"好。"我点头，他风似的把我拉走，赶在丑时前到了解语楼。

我看准时机，正要以破风之势冲进去，却被他一把拉了回来，甩给我一个问题："我问你，燕爷对你好不好？"

"好，很好。"我毫不犹豫。

"那你不打算送我一枝吗？"他用下巴指了指我手中的红梅，挑眉问我时还有点儿匪夷所思。

我打算了一下，摇头拒绝："红梅要送给心上人。"

他满不在意地耸肩，偏身在楼角石狮子边坐下，撑着下巴对我说："快点儿啊，我在这里等你。"

景弦正在琴房中看书，摇曳的灯火勾勒出他精致的眉眼，我站在门口看他，只觉得他裹着的那身白衣与窗外的雪快要融为一体，朦胧且虚妄。唯有猎猎入耳的风声有点儿煞风景，我踮起脚帮他关了窗。

他闻到了梅花的味道，转头看我。

我将大簇红梅插在他的花瓶里，站在梅花后面，拿出我自以为娇羞明艳的神情透过梅枝之间的缝隙看他，道："景弦，你觉得这花好不好看？我专门为你折来的。还有一句词，是敏敏姐姐教我的，我背给你听——待浮花、浪蕊都尽，伴君幽……""独"这个字，我还没有说出来。

他神色不变，站起身朝我走来，摩挲着红梅花瓣，看向我时眉眼凉薄，问："你觉得，这束红梅与我房间的风格搭调吗？"

他的房间风格极简，唯有淡淡的竹叶清香。

"我觉得还可以。"我睁着眼睛说瞎话的本事不逊于小春燕，"这个叫相得……相得……"

"相得益彰。"他平静地看着我，我猜他的内心并没有泛起一丝涟漪，"谢谢，不过我无处置放，不大需要。"事实证明我猜得很对。

"不如让它倚在墙角，给你的房间熏一熏味道？"我抱起那束红梅走到门后，指着那块平常会被屏风遮挡住的空地问他。

他重新走到桌前坐下，继续翻阅书籍，道："我不是很喜欢这个味道。你若是喜欢，可以放在花神庙里。"

他的模样像是真的不喜欢。我强加给他那么多年的鸡蛋，他能忍我到现在实属不易，如今再要强加东西给他，确实过分得很。思及此，我抱着红梅赶紧退了。

这件事我后来也反复揣摩过很多次，想要总结些道理，却都总结得不甚到位。唯独想起小春燕彼时说的那句话，慢慢觉得恰到好处。

他扶着红梅枝，故作高深地对我说："世间事都是这样的，起头重，落脚轻。"

我彼时仍以为他喝多了说胡话。毕竟我听不懂他在说什么。现在想来，却觉得很有道理。

就好比我为景弦忙活了一晚上，穿风过雪，爬墙折梅，自以为过尽千山万水，最后却只消他两三句话，不到半刻钟，便为我结束了这个故事。

这种结束方式，叫作无疾而终。或许不会难过，只是会觉得空荡。

"落轿——"

一声长唤，我仍站在淳府门前。

"三……三爷……三爷！我为您效劳这么多年，您不能如此狠心将我逼至绝路啊！"那是个身着深色衣裳的中年人，匍匐似的爬到轿边。

他形容狼狈，约莫是追着轿子跟来的。

"人生在世一场，一生都是生，唯有死那一刻是死。这个道理，陈管家不会不明白吧？"

这慵懒轻佻的声音有些耳熟。

轿中人是谁？

我晓得，我此时一颗心疾然吊起，却更关心轿中人口中这位陈管家应该明白的道理。

"还请三爷指教！"陈管家跪在轿门边，急声问。

一把玄色折扇撩起轿帘，却未见来人下轿，只听那声音张扬桀骜，语气依稀是他，却又不似。

"你为我效劳不假，但这并不代表着关键时刻我就一定要给你活路。陈管家，世间事都是这样的，起头重，落脚轻。你的效劳在我这里，不过一场无疾而终罢了。我淳雁卿要你死，你就算效劳了八辈子，也得死。"

他句句恣睢，语调狂妄，一字一句都在诉说他的跅弛不羁。

我不大敢相信轿子里的这位三爷就是和我一起在泥巴地里抢饼子长大的小春燕，但那种说话时句句都要变出个花样来的调调确实似曾相识。

这种满嘴跑骚话的感觉使我勉强相信了一点儿。

一只着赫金玉靴的脚从轿中踏出，玄色折扇提帘。我静立在偏处，想要瞧瞧他究竟能将出轿这么一步装成什么样子。

无可否认的是，他此时一跨脚、一撩帘间的气度，是我永远也学不来的矜贵雍容。

景弦应当也学不来，他从小就没小春燕这么能摆谱儿。当然，这只是我目前的想法。后来的事情叫我万万想不到。

此时轿中人俯身出轿，陈管家赶忙爬过去趴在地上，我估摸着是意欲为他垫脚，道："三爷……三爷……三爷饶我一命……下不为例。下不为例可好？"

三爷他抻直腰身，目视前方，折扇开合间，不耐烦地蹙起了眉说："滚。"

声音既沉又朗，比之当年他十三四岁变声时期好听别致千百倍。尾调倒是一如既往地喜欢上扬。

我站在偏处，他目中无人的模样想来是瞧不见我，我却将他瞧得清清楚楚。

眼角还似当年那一剪清致的燕尾，眸却已如崖下幽谷深不可测，长眉斜飞入鬓，鼻梁窄挺如悬胆，唇薄而红艳，就像他家后院里种的朱砂梅。束起青丝的玄色细绳绳尾垂坠着几颗碧玺珠子。

他一身幽冥之色，赤金蛟纹盘绕在衣角，襟口大片红墨，似蛟龙扫尾时泼出的血。

这模样既霸道又好看，搞得我有点儿不敢认。

"三爷——"陈管家伏地磕头，我心中却晓得他已经没有活路了。因为小春燕的神情极不耐烦。

他微抬手，示意来人将陈管家拖下去。

陈管家被拖下去的那一刻，他终于眯起眸子朝我这边瞧了一眼。紧接着，他微眯起的眸子便睁开了，眼尾顷刻猩红。

他的神情惶惑一刹后便成了不可置信，振奋与震惊兼并，但我看许是自嘲更多一些。尽管我也不明白他在自嘲什么。

我跑过去，在他面前站定望着他的那一刻我才确定，眼前真真切切是他。

我扬起唇角对他笑道："小春燕……"

愿我的笑中诠释了我而今唯一拿得出手的书卷气。毕竟大家都变了，我也不好意思还像当年那般，除了傻之外一无所有。

小春燕似乎不需要，他不需要我做出改变。因为他压根儿没听我说话，更没有应声于我，只在我冲他笑的那一刻便将我拽入怀中，手臂环住我时压得我的背脊有些痛。

"你知不知道，我好挂念你……"

我这样贴着他，能感觉到他浑身都在颤抖，埋在我颈间的眼眶湿热。我能听到他的心跳声强而有力，怦怦地撞着我的脑袋。这样的拥抱，总觉得与我们同坐在花神庙中依偎取暖时有些不同。

大概是因为他长高了，长得比我高许多。我想我六年前就没怎么长了，但他好像比我离开云安那会儿又高了许多。我真切地认识到，我抱着的不再是一个小伙伴，而是一个男人，所以不同。

他这样揉痛我肩背上的骨头，我连反抗之力都没有，只能拍着他的背轻声安慰他："小春燕，你莫要太激动了。"

我听见他在我颈间闷声笑了下，道："傻子，你这个人真的是……"

他的话没有说完便戛然而止。我能感觉到他用鼻尖和唇顺着我的侧颈向上摩挲，最后面朝向我。

这个情景很熟悉，在花神庙时，他为了教我如何对景弦为所欲为时亲自示范过。他还说过，这个叫作耳鬓厮磨。

如今再来一次，我依旧还是只觉得痒，道："小春燕，好痒。"

"三爷？"有下人在旁边试探性地唤了声。

小春燕没有搭理下人，双手捧着我的脸，猩红的眸子像染了血的匕首，但唇角还勾着无奈的笑，道："他们都管我叫三爷，就你管我叫小春燕，你觉得这合适吗？"

我一怔，下意识地喊他："小春燕……"

他又是低头一笑，抬眸瞧着我哑声道："唉，我在。傻花，小春燕很挂念你啊。"

他好像受了很多的苦，但哽在喉咙里什么都说不出。

我与容先生学了那么些年，也学到几分容先生的善解人意。我能感觉出来，小春燕这六年很苦，景弦也很苦。

不过，若是说苦，我们一起在云安为了有口饭吃低声下气的那七年难道不苦吗？那样的日子我们都挺过来了，这世间难道还有比那更苦的东西吗？

那我呢，我这六年过得苦不苦？望着星星的时候会不会觉得苦？好像是会的。比我流浪的日子还要苦上许多。

我回头想要望一望景弦，却没有看见他的人影。

下人见我疑惑，终于找到适当时机插上话，禀告道："三爷，景大人说他去处理些事，过会儿回来接花官姑娘。"

"去，找人告诉他，过会儿就别来接了。"小春燕扬眉，眸光凛然。我瞧着，如他幼时跟人打架那般，凶巴巴的。

随即他又低头逼视着我，问："你为何会同他在一起？你何时来的云安？为何不先来找我？六年前那晚发生的事还不够你死心的？你去柳州前是如何同我说的？"

这么多年，纵然我会去回忆那夜彻骨的寒冷，却从来没有人在我面前这般直接地谈起过。

陡然听到，我情不自禁地瑟缩了下，沉默了片刻，他牵住我的手往府中走时，我才回过神同他解释起来。当然，避开了最后两个问题。

"玉簪？我没有收到过。"小春燕喊来淳府的管家询问，得到的答案与他一致。

可我告诉他，我明明白白地将玉簪交到了舞姬手中，求她帮我带到淳府。她当着我的面，也答应得好好的。

"我送你的那支玉簪，整个梁朝都找不出第二支，若真递到了淳府，我怎会不知？"小春燕一顿，忽然用折扇敲了下我的脑袋，"更何况，那上面还刻着我的名字，独一无二。烙上我名字的东西，不会有哪个下人以为是什么便宜货便随意扔在一边。想来，更有可能是那个舞姬顺走了。"

上面有他的名字？我这个玉簪主人竟该死地完全不清楚这件事。

"你将'小春燕'刻在玉簪哪里了？"我十分诚实地扎他的心，"我怎么全然没有看到过。"

我的话音尚未落下，他忽地拉着我站定。这是他家后院，我认识这里，前面不远便是红梅林了。

便瞧他眯着眸子捏住了我的下巴，咬牙切齿地说："爷刻的是'淳雁卿'，不是'小春燕'。刻在哪里了，等找回来之后自己看。"我能清楚地看出来，他很生气。

我的本意也不是要他一与我重逢就生气，于是我拉住他的衣角，哄他道："等找回来我会认真看的。你不要生气，气坏了身子算我的，我却没有钱可以赔给你。"

"气坏了身子算你的，没有钱便把你自己赔给我。"他没有松开我的下巴，郑重地与我说，"或者，你离景弦远一些，搬出他的府邸，我便不气了。"

"可我今日才搬进去。若这么快就搬走，他面子上过不去的话，也会生气的。"我实打实地与他解释。

他很有办法堵我的话，挑起眉，理所当然地说道："他生气与你何干？我气坏了才算你的，他气坏了算他的。"

这件事是这样的，我幼时和小春燕吵架斗气就从来没有说赢过他，概因他的角度每一回都甚是刁钻。

包括这一回。我同他讲人情世故，他同我讲气坏了算谁的。

我竟然还被莫名其妙地说服了。

听闻容先生当年舌战群儒、以一敌百，作为她教过的三位学生之一，我还是给她磕个头吧。不好意思，给您丢脸了。

这样也好。我知道小春燕是为了我好。离景弦远一些，不要再去打扰他是其次，不要让他扰乱我的心才是最重要的。

景弦将我送来淳府后跑得这样快，至少说明他公务繁忙，我若住在他那里，实在不太方便。

我正在慎重考虑之际，小春燕用折扇敲着我的下巴，顺便端起我的脸，让我看向他。

他说道："至于那五百两，我帮你还给他。他在云安与皇城之间来往，你难得才见到他一面，倒不如每日来见我，还给我。方便太多，不是吗？"

我觉得他的逻辑很好，一切都甚是有理。

似乎这件事就这么敲定了，但景弦还什么都不知道。他去做什么事了，什么时候回来接我？我又要如何与他开口说这件事，才能让彼此都不那么尴尬？

小春燕握着我的手，吩咐手下的人去为我安排房间，就在他住的那间院子里。房间临着梅花林，开窗开门都能看见。那年的朱砂梅还在，一年一度盛开，只是换了新骨。被风一拂，梅花摇曳生姿，像是在对我笑。

我能感觉到，它们再次见到我是充满了喜悦的。

我转头看向小春燕，他也正望着梅花笑。

"你这么喜欢梅花吗？"我试着在回忆中寻找出他当年爱极了梅花的蛛丝马迹，"我还记得，十年前那天晚上，你从我手里要走了那一大簇红梅。我递给你的时候，你也是这么笑的。"

梅花气寒，暗香浮动。我盯着怀里那一大簇红梅，问小春燕什么叫作"起头重，落脚轻"。

小春燕故作深沉通透，对我说道："等你心灰意冷的时候就知道了。"我料想那将是个悲伤的故事。后来的事实证明的确如此。

而今我只是拼命抑制住了自己问"什么叫作'心灰意冷'"的冲动。

他还坐在石狮子旁的台阶上，手臂撑在身后，一条修长的腿耷拉在另一条腿的膝盖上，跷得活脱脱像个纨绔子弟。

我低头看了他一眼，他没有要起来的意思，我便也在他身边坐了下来。

正是解语楼的嫖客往来最多的时候，我抱着一大簇红梅，与他同坐在街边望着过往的行人。他们的身上像揣着灯火，走来走去时一闪一闪的，背景也是明明灭灭的虚影。

我们年纪更小些的时候常这样一起放空自己望着别人。那时是因为每日除了要饭之外，实在闲来无事。如今则是因为心里有事，放空自己会让心里好受些。

"小姑娘，你这朱砂梅怎么卖？"

有些突然。不，实在太突然。

我深切明白，上天这是断了我的情路之后给了我一条财路，不似往常将两条路都断得干干净净，今日它公平得令我惊喜。

我慢吞吞地抬起头，脸上还挂着一行鼻涕。有一只手从侧旁伸过来，将我的鼻涕抹了去。

我顺着那只退回的手移动视线，看见小春燕正朝我笑，他眼角一剪燕尾上挑着，是眉眼弯弯的模样。

我瞧他将我的鼻涕随意地揩在他的衣角，然后对我说道："傻愣着做什么，人家问你梅花怎么卖。"

眼前是一位妇人，举手投足都显出清贵从容的气度。此时她正浅笑着瞧我，模样与花神娘娘瞧我时像极了。

她手里牵着一个与我年纪相仿的小姑娘。小姑娘生得玉雪可爱，反正我只在画中见过这样的。

我盯着小姑娘发间精致的玉簪，随即又摸了摸自己脑袋上的布条，心生艳羡。

信誓旦旦地说"红梅要送给心上人"的是我，我本想硬气一些说不卖，可没钱这个事实使我压根儿硬气不起来。更何况，心上人他不要我的红梅。

这是我偷来的，我也不好意思卖她太贵。

一文钱一枝应当差不多，可一文钱只够买一个小烧饼，只够一个人吃，小春燕陪我忙了一晚上，我总不好意思用半个烧饼就打发了他。

磨蹭了好半晌，我伸出两根手指，缩着脑袋等妇人回答。

"只要二两银子吗？"妇人浅笑着反问。

我微微睁大双眼，开合双唇望着她们。我口中什么都没有，却委实被噎了一下。上天，以后有什么事您只需要吱一声，我一定给您办得妥妥当当。

"您是说全都要吗？"我不太确定地问道。

"我是说一枝。"那妇人浅笑道，"我只要一枝足矣。"

这年头是不是除了我和小春燕，大家都很有钱？

我咽了下口水，老实回道："要不，我把手里的红梅都给您吧……二两银子您让我搬棵梅树来都没问题了。"

那位玉雪可爱的小姑娘"扑哧"轻笑了一声，笑得我有些尴尬。

妇人也被我傻乎乎的模样逗笑，对我解释道："幽香过盛便不稀罕了。这世间之事，恰如其分最好。"

她这句话文绉绉的，我不太懂。但她给了我足足二两银子，她说什么就是什么吧。我就是这么肤浅的一个人。

"那您挑一枝。"我将那一大簇红梅捧到妇人的面前，要她亲自挑选。

妇人示意身边的小姑娘替她挑选，自己却与我闲聊起来："这么冷的天，你们坐在门前做什么？"

我很耿直地答道："发呆。"

小春燕悠悠地看我一眼，回答道："陪她发呆。"

"倒是有趣。"妇人轻笑，"你们可方便将姓名告知于我？作为交换，我也将姓名告诉你们。"

"我叫花官，小花的花，大官的官。"我解释得生动形象。

小春燕在我身侧笑了声，敛起笑，对妇人说："她的名字是我取的。"却没说他的名字。

"你与我的小侍女倒是有缘。她叫蕊官。"妇人的眉眼清亮，瞧了一眼仍在挑选梅花的姑娘，又对我说，"我姓容，表字青野。旁人唤我容先生，你若觉得顺口，便也这般唤我吧。"

我瞧小春燕脸上的笑意尽数收敛，陡然拉住我的胳膊，望着面前的妇人愣怔住。

我撇开小春燕的手，好奇地凑近脑袋："表字是什么？我有没有这玩意儿？嗯……我的表字是'官'吗？"

小春燕很无语。后来他对我说，彼时我做到了将自己的丢人现眼淋漓尽致地发挥出来。很少人能做到这点，我很了不起。

容青野先生笑道："小姑娘当真好生有趣。你我有缘，往后兴许还会再见。"

那位蕊官小姑娘挑好一枝红梅递给容先生，又回头看了我一眼，抿唇浅浅一笑。

她们转身上了马车，很快驶离此处。我的视线却黏在蕊官的玉簪上，望着渐行渐远的马车，久久不能挪开。

"想要？"小春燕随口问我。我回头看他时，他才挑起了眉，一副看破我心思的模样。

我毫不犹豫地点头，然后摇头道："算了，你不用想方设法为我破费了。"

他嗤笑一声："谁要给你破费了。我就问问，你别太当真。"

他将我撑得哑口无言，我无力反驳，也懒得反驳。

"哎，剩下的红梅，你打算怎么办？"他问得漫不经心，我却看出他很想要。因为小春燕这个人，不想理会的东西根本不会过问。他若过问了，必定是"纡尊降贵"。

前头我进解语楼之前他已与我直白地"纡尊降贵"过一番，我也不好让燕爷再直白开口。

我时常想不通他一个小地痞，如何有这满身傲骨，活出富家少爷的做派。

我见他很想要的样子，便将梅花递给了他，道："还是要谢谢你带我去淳府折梅花。虽然梅花不是我家的，但好歹也是我辛苦折的，就当是谢礼了。"

他捧过大簇红梅，果然喜欢得不行，笑得嘴角都快咧到耳根去了。

"你若想让那梅花变成你家的，燕爷我也是有办法的。"他朝我挑眉一笑，说不清楚是不是眼角抽搐，反正我瞧着很硌硬。

他却还要继续硌硬我："还有，别跟我说什么'谢谢'了，见外。那二两银子同我四六分就可以了。"

我一怔，作为一个老实人，我不愿意占他半分便宜，道："梅花是你找的，好歹也得一人一半对你才公平。"

他正低头闻着梅花，听及此抬起头，理所当然地道："对啊，所以是我六你四啊。你还想一人一半？"

我再次对他欲言又止，好半晌憋出一句："我没有想过。"

他从来都是这样，欺负我欺负得不露任何痕迹。

可每回被他一欺负，我被景弦割过的心就好受些。大概是因为我的心也懂得两害相权取其轻的道理。

"小春燕，你说他为什么不要我的红梅？"我托着下巴，问了个苦了吧唧的问题，"我送的东西，他就没有一样是收下了的。"

"因为你不够好。你送的东西也不够得他欢心。"小春燕折下半截梅，簪在我的头发上。

我皱起眉问道："那你又为什么会收下我送的东西？梅花很得你欢心？"

"还可以。"小春燕笑着说，"我重新说，他不收，是因为你在他心目中不够好。我收是因为你在我心目中还过得去。"

他是真的瞧得起我，概因我长这么大，就没在谁的心目中过得去过。我分析过他瞧得起我的原因，最后得出的结论是：每回我跟人跟狗抢包子的时候，颇有几分他的风采。

"那我要怎么做才能得他的欢心？我送什么他才会收下？"我将脑袋上的红梅拿下来在手中把玩，怅然问道。

不知他为何不理会我了。

我俩静默了许久，他才说："投他所好。他想要什么，你就送他什么。"

这让我想到方才进他房间时，在他桌案上看到的书。

八成就是我猜的那样，他看了这么多年的书，是有要考功名的想法。如果我送他书，他大概就会收下。

"三爷，景大人来了。"

我恍惚间听见这么一句，瞬间从回忆中剥离，抬头望向小春燕。

小春燕低头看我，却对那下人说道："当年我府中的红梅他看不上，如今我连府门都不想让他进了。他想要什么，我偏不给他。去告诉他，花官不会回去了。"

说来可能有些自我作践，我还是很想再见他一面，亲自和他说清楚不回去叨扰他的原因。解释得明明白白，免得他心里不舒坦。

　　但小春燕的眼神将我劝退。我晓得，我若是跑去和景弦解释，小春燕就会心里不舒坦。

　　如今他比当年威风太多。淳雁卿是个好名字，人还是不是当年那个好人我就不知道了。

　　"可是……"那下人皱起眉，话锋一转，又说了句，"景大人是带着官兵来的。"

　　我见小春燕的嘴角耷拉下来，神色不豫。

　　趁此时机，我提议道："不如我们一起出去看一看，无事再言其他……"我想见他和他解释清楚的心思已快要溢出双目了，再明显不过。我希望小春燕能成全我。

　　许是因为我的眼神过于渴盼，小春燕拗我不过。

　　当我站在淳府门前时，我清楚地看见景弦原本皱起的眉头舒展了。他望着我的眼神，就与我当年望着他的那般，眼巴巴地。

　　好吧，这话说出来我自己都不相信。换作前几日，我想都不敢想。应当是我看错了。

　　"景大人，你这是什么意思？"小春燕的视线扫过景弦身后一片官兵，折扇一敲手心，挑眉冷笑着问道。

　　他都琢磨不明白，我这个没有见过世面的老姑娘更加捉摸不透。

　　但我看出来了，他们之间似乎有些过节儿，不晓得是怎么起的。我敢确定的是，这个过节儿至少是在我走了之后发生的。

　　毕竟，当时大家都懂事了，再如何阶级不同、沟通不了，表面朋友还是可以维持一下的。

　　也许是后来小春燕气不过我当年在景弦手下太过窝囊，先与他交恶。我此时如此想着，觉得逻辑全通。

　　景弦凝视着我，却对小春燕说道："例行督察。"

　　"督察？"小春燕笑出了滑天下之大稽之感，"却不该归你这个太常寺少卿来管吧？"

我隐约反应过来，像淳府这样的家族，虽抽身皇城，但在梁朝也当属勋贵势力。为防止异心异动难以掌控，朝廷每隔一定的时日便会派遣官兵督察半月。

可是，景弦上回与我说，他身为太常寺少卿的职责主要是弹弹琴、编编曲。和督察有什么关系？

景弦不紧不慢地捋了捋袖口，神色冷淡地回道："我有必要与你解释吗？总之，官兵我带来了，从此刻起，你府中上下理应欣然接受被监视督察半月，否则，便是抗旨不遵。"

这个噩耗来得太突然，我尚未替淳府上下消化干净，又听景弦补充道："至于花官，我想，三爷应当不忍心她跟着淳府一同被监视吧。"

倘若我没有猜错，景弦这一句的意思是实打实地要接我走。

我回头望向小春燕，他正盯着景弦，眸中露出了我许久不曾见的嗜血锋芒。

这种眼神，在他生生掰断咬我的那只恶犬的腿时我见过一次，我离开云安前的那一晚见过一次，其他时候便不曾见过。

向来很了解小春燕的我清楚地知道，这是他发狠的前兆。

我生怕小春燕当真被激怒，赶忙对景弦表态："我愿意留下，和小春燕一起被监视。"

究竟是不是我看错，我话音落下的那一瞬间，景弦的双眸颤了颤。以及他握紧的右手，究竟是一早便握紧了，还是方才为我握紧的？

反正对于我的答案，他没有给予答复。倒像是只等着小春燕答复。

小春燕深吸了一口气，随意一勾手指，拂开我额前被冷风吹乱的一缕青丝，而后伸手将下人递上来的手炉放在了我的掌心，笑道："你愿意，我却不舍得你被监视。跟他走吧，我会来接你。"

话锋一转，他又对景弦浅笑道："我倒是小看你了。我就说，以你当年处决你师父时的凌厉来看，区区太常寺怎会容得下你这尊佛。这笔账我会同你算回来。"

情况就是这么个情况，我被景弦紧握住手离开的时候还有些不明所以，冷风吹得我脑仁儿疼，我索性不再去想事情的来龙去脉，钻进来时的那辆马车。

倚着车壁，我依旧只敢看窗外的风景，不敢看景弦。

他与我搭话："饿了吗？"

我转过头望向他，不禁咽了口唾沫，轻点了下头。

他扬起唇角对我笑，与方才在淳府判若两人。

料想我此时问他一些正经事，他应当不会对我太凶。我抿了抿唇，望着他问道："……督察的话，小春燕会有麻烦吗？"

他垂眸看见我的衣角微皱，抬手想为我抚平。我下意识缩了下身子，没让他碰着，随即自己迅速伸手抚平了。

我看见他的手略僵硬地滞住片刻才又放了回去，抬眸对我道："不会。他若无愧朝廷，便只是走个过场。"

"那被监视的话，会很不方便吗？"我又追问。并非我好奇，只是方才景弦带着一众官兵来势汹汹的模样，让我放心不下向来桀骜不驯没准招惹了不少祸患的小春燕。

他点头道："嗯。不过你不必担忧，他已应付多次。"

我稍微放心了些，思忖片刻后决定："那我过两日来看他。"

"恐怕不行。"这回景弦倒是回答得很干脆，"督察期间，所有接近淳府的人都会被扣留，搜身严查。"

我蹙起眉问道："可是，方才小春燕与我说好了会来接我。难道他说的是半月后？"

"你若是想要住在淳府，待半月搜查结束，我便将你送回去。"他虽答应得十分干脆，但我分明从他眼中看出了"没可能"三个字。

我没可能再被送过来住。他这话说来很敷衍我。然而我竟厚颜无耻地觉得一颗心甜得疾跳。

我捏着手指，别过眼看向窗外。

"再过两个月是我的生辰。"

我记得，不可能会忘。因为自我十四岁知道他的生辰起，每年我都会为他祈福，每年都会为他挑选寿礼，不论在不在他身边。

"你不是……不喜欢过生辰吗？"我迟疑了片刻，仍是嗫嚅问出口。

他桌案上至今放着的那本书，正是我在他生辰之时送给他的。彼时他说不喜欢过生辰，苦口婆心地劝我不要再为他费心备礼。

"如今我喜欢了。"他凝视着我，声音有些暗哑，像刻意压低过的，"你……还会送我寿礼吗？"

明人不说暗话，他如今身份不同了，我却身无分文，倒是想送，只是买不起什么他能瞧得上眼的。

不似在柳州的时候，与他隔着千山万水，又不会当面真的送他。因此编个蚱蜢、抄本经书都是自己的心意。如今不同了，我想他也瞧不起我送的那些东西，我还是不要再丢人现眼了吧。

我摇头道："不了。我瞧你什么也不缺啊。"

他凝视着我，欲言又止，像一条忽然溺水的鱼。

我无法揣测他此时心里在想些什么，只看见他端起案几上的茶杯，抿了口茶水，才继续与我交流："我想吃长寿面，你给我做一碗好不好？"

"不瞒你说，我这些年厨艺没什么长进。倘若又把握不好盐的分量……"我想起他寿辰那晚，我煮的长寿面因放多了盐而被他嫌弃，最后只能自己默默吃掉，忽觉嗓子有些涩。

抬眸见他仍以询问的目光凝视着我，我皱起眉回他："我也不想再吃那样难吃的面了。你让后厨的……"

"我吃。"他果断地回我，直接制止了我将"厨娘"两个字说出口，"你煮便是，煮成什么样我都吃。"

我觉得他的话八成不可信。毕竟当年在我煮之前，小春燕也是这么跟我说的。可在尝了一口之后，他便一心教唆我赶紧倒掉。

我倒也不是怪他，毕竟真的很难吃。若不是谁说长寿面不吃完便不能让被祝福的人长寿，我也不会傻到吃得干干净净的。

"你让后厨的厨娘给你煮，稳妥一些。"我执意将方才的话讲完。忽觉自己有些过分，他不过是想吃一碗故人做的面罢了。

背井离乡在朝堂混迹了这么些年，他大概很想念家乡的味道。于是我又补了一句："若是有需要，我可以帮忙打下手。"

他的神情并没有因为我补的这一句有任何变化。我看见他的喉结微微滚动，紧接着他又抿了口茶，回了我一个字："好。"

随后，我与他相对无言。

多年以前我也曾遥想过，会不会有朝一日与他无话可说。那时我喜欢他喜欢得已私自定下他的余生，不允许自己与他无话。

现在想来甚是可笑，他的余生我这样的人怎配得上。他值得最好的。

马车行驶不久，车夫勒马，禀道："大人，醉香楼到了。"

我一愣，转头看向景弦，他也正凝视着我。不为别的，醉香楼正是当年我为换十两银子给他捧场，生生与别人吃到吐的那家酒楼。

他先下的马车，转过身伸手接我。我却不敢搭他的手，只扶着门自己走下来。他的手在半空中微滞，随即僵硬地放下。

我实在无意让他尴尬："我……"

"如今我在你心目中……已经不重要了是吗？"

他垂着眸，声音轻哑，像溺在海里、浮在半空，统统是脱不得身的地方。

听得我心尖一颤。

雀走萤落

第七曲

如今你在我心目中，还如当年一样。

当年我能为你做的，而今也依然想为你做。可我心中似有一把野火，已将我的热血燎烧得干干净净。我只是没了当年一往无前的一腔孤勇罢了。

大概是因为上了年纪，就吃不得孤独的苦了。

每每想起那些年里自己厮守着情意与寒冷、悲怆、凄惨、无望，我就不愿意再去付出那许多。

那些年的夜真的很冷。

云安的风雪来得早、去得晚。春寒料峭，我就坐在解语楼后门处，眼巴巴地瞧着对面小馆里的人手里端着的热腾腾的汤面。那一年我十四岁，仍然很没有出息地在云安街头流浪。

经过我整整四年的不懈努力，如今整个解语楼的人都知道我与景弦之间不得不说的二三事了。我努力得让他不仅没能喜欢上我，而且成了解语楼的笑柄。我亦如是。

小春燕安慰我说，同样是被嘲笑，但我作为小乞丐跟景弦作为乐师比起来，大概还是景弦这个被喜欢上的人更惨一点儿。

我心里希望他闭上他那张嘴，概因他这么安慰之后我心里更难过了。

倘若我有出息一些，穿得光鲜靓丽一些，就不会让景弦觉得丢脸。可我偏生是个什么都不会的乞丐。

我很想为景弦做些什么有用的事情。

这四年我也看得出来，上天还是很愿意帮我的，只是我每次总因为欠缺些技能而抓不住机会。

幸好这回我早有准备。前日我无意从解语楼的老鸨那里得知景弦将在后日请半天的假，去后山祭拜他的父母。因为那日是他的生辰。

小春燕说了，要投其所好。景弦想要考取功名，我若赠他一本书，就叫作投其所好。我实心眼地觉得，他肯定会收下。

解语楼的老鸨听说了我的想法后很支持我，愿意让我这般容貌、气质统统没有的人去当几日舞姬陪酒，挣些银子去书斋为景弦买寿礼。

吃过上回的亏，我也长了心眼子，问过老鸨我能挣得的银钱。她开出二十两的价钱，我想都没想，就很没有骨气地跪下来给她磕了个响头。

老鸨同我商量好，让我今日戌时来解语楼后门，她会找人接应，领我避开熟人去更衣。

彼时我看她实在是个好人，已欣然将她列入了我和景弦大婚的请客名单之中。

这件事我没有告诉小春燕，只和他说自己找了一份可靠的短工，不日便能赚上许多。

此时我坐在后门，一腔热血翻涌着，捏紧手臂，仿佛已经看见二十两银子在冲我招手。随后我眼前一黑，被扔上了贼房。

我心惶惶，睁眼看见老鸨后才松了口气。她笑盈盈地递给我一张淡黄色的纸契，道："这是契约，按下你的掌印，便成了。"

倘若我那时有点儿文化，还能学话本里的矜贵小姐将契约从头到尾地看一遍，逐字逐句斟酌出个差错。可惜通篇看完，我能认出的字没几个。

唯独"二十两"三个字，我认得明明白白。老鸨笑得那般和蔼，想必是被我这四年的赤诚打动，应当不会害我。

我伸出脏兮兮的手掌，淌过红泥，在黄页右角处印下。

老鸨看我的眼神就像是看进入狼窝的兔崽。我心底隐约觉得发慌，不等我有任何疑问，便被带去换了一身舞姬的衣裙。

我发誓，活了十四年，我头一回洗得这样细致干净，穿上这样光鲜的衣裳。我已顾不得去想老鸨究竟是不是不怀好意。我很感谢她。

但我不会跳舞，更不会如她们一般扭着纤细的腰肢。她们替我出了个主意，便是坐在客人身旁，陪他们喝酒。

这个主意还可以，我能接受，虽然我不会喝酒，但坐在那里看着他们喝是我力所能及的。

只是我万万没有想到，不是客人喝，而是我喂客人喝；不是看他们喝，而是他们劝我喝。

我解释说敏敏姐姐叮嘱过我，姑娘家不能喝酒，他们便笑得十分响亮。

许是我一本正经的模样在这解语楼中难得一见，他们对我倒是有几分耐心，可我执意不喝终是惹恼了他们。

有人掐着我的腰肢将我压在桌上，另有一人揪住我的头发逼我仰头，他们将那浓烈的酒灌入我的口中，看我被呛出眼泪便笑得甚是猖狂。

我望着他们放肆的笑容，心底发怵，浑身都颤抖起来。许愿花神娘娘让我赶快离开，再也不要来做这种活儿。

花神娘娘果然十分照应她座下的小官。那些客人似是嫌弃我年纪太小没有意思，着人将我轰出了房间。

我不晓得自己做错了什么，那对我笑得和蔼可亲的老鸨着她的打手们将我揍了一顿。我觉得莫名其妙，抱着脑袋心想着过几日让小春燕帮我报这档子事的仇才没那么痛。

我感受到了这世间对我满满的恶意。

但幸好老鸨给了我一两银子，作为今晚的工钱。纵然我傻，这个账我也还是会算的，两个晚上二十两，今晚她应当给我十两银子才对。

管不了那么多了，我没蠢到回去找老鸨理论，只揣着这一两银子往书斋跑，心里发誓绝不再来当舞姬。

我不识字，不晓得要买什么书才合景弦的心意，问了书斋的伙计："就是那种……要做大官看的书。很大很大的官。"

伙计看我带着伤滑稽地比画着，冷不防"扑哧"一声笑了出来，兴许是察觉到他这样很没礼貌，他敛起笑，递给我一本手掌大小的书籍。

"在你做大官之前，先学学这个吧。"他对我说道。

这本书只花去了我一钱银子。我抱着那本书一瘸一拐地跑回花神庙。

我思来想去，总觉得一本书单调了些。看那书封上空空的好清冷，我想到可以用酸秀才上回留给我玩的笔墨题些字。

小春燕不在，我题什么字、题不题得对，就真的只能全靠缘分。

"望你功成名就，花官赠上。"十个字，就没一个让我省心的。我勉强确信是对的字，也被墨水糊成一片。

没事的，寿礼看的是心意。景弦不是那么肤浅的人，我这般安慰自己。

好吧，我也看不过去。为了弥补我的失误，我决定亲手为我的小乐师煮上一碗热腾腾的长寿面。

打定主意后，景弦生辰的那天夜里，我买了上等的面条，摸到酸秀才那里，借用他的锅下面。

面是正经面，锅也是正经锅，唯有我的手不正经，放盐时抖腕太松，那盐巴白花花地落进锅里，像飘雪一样好看。

酸秀才一巴掌打在我的脑门儿上，哭笑不得道："你这样是要药死谁？浪费啊，浪费。盐是金子晓得不？"

我心里愧疚，赔了酸秀才一点儿钱，便抱着面碗往解语楼去了。

隔被揍那晚已过去两天，小春燕嘱咐我近期不要靠解语楼太近，以免被他们的人看见。他猜我是被老鸨给骗了，签的不是什么两天的短工契，而是卖身契。

他担心我总被这种艳事骗去，顺便就同我普及了一番青楼究竟做的是什么营生。他说得我面红耳赤，心里也很害怕。

然而我还是觉得，今日一概不管，给我的小乐师过好生辰最重要，所以我还是来了。我抱着一碗热腾腾的汤面，揣着一本题了烂字却可以功成名就的书。

琴房空旷，他还没有回来。

我刚将面碗放在他的桌上，他便推门而入，我背过身将书藏到身后，扬起唇角朝他笑道："景弦，你猜我给你带了什么东西？不是红梅、鸡蛋，是你会喜欢的！"

他抬眸看了我一眼，轻轻摇头："不猜。你身上的伤是怎么回事？"他问得很随意，像是没想真的知道答案。随即他鼻尖轻嗅，似闻到了我煮的面的味道，略带疑惑地看着我。

我先将那本书拿出来，挡住自己的脸，故作惊喜地说道："你看！"

我遮住脸好半晌，他都没有说话。

待我将书从脸上拿下来，才发现他正疑惑地看着我，低声反问了一句："你送我《千字文》？"

我从他的口中了解到，这本书叫《千字文》，是那些年纪尚幼的孩子的识字启蒙书。原来那书斋的伙计是在嘲笑我不识字，让我夸口做大官之前先认一认。

"此书于我无用。你拿走无事时看一看，的确很合适。"我知道，他其实没有嘲讽我的意思，可他这么说我心里还是有些难过。

这种难过，为我那六年的刻苦学习奠定了扎实的基础。等我再回过神时，他已经走到桌前，看见了那碗面。

春寒未退，饶是我端在手里时它还是一碗热腾腾的正经汤面，此时被窗外的冷风一吹，也凉了不少。面糊在一起，与我的脸色同样惨淡。

我嗫嚅着与他说道："我说这是我方才刚做好的长寿面，你相信吗？"我生怕他觉得我是拿别人吃剩下的来哄骗他。

"长寿面？你怎么知道今日是我生辰？我其实不太喜欢过生辰。"他抿唇，低头看着碗，"但是，谢谢。"

他没有对我方才问的话表态，但拿起筷子挑起一小撮，似是要吃。

我欣喜地睁大眼，又与他说道："你和我之间不用说'谢谢'了，我和小春燕就不常说的，总说多见外啊。我是从老鸨那里知道的，她告诉我你请了半天假去后山……"

祭拜父母这件事，在他的寿辰说出来似乎不太好，我适时止住。正好瞧见他将嘴里那口面艰难地咽了下去。然后，他便落了筷。

"好咸。"他拿起茶杯，抿了口茶后评价道。

我知道盐放得有些多，但后来已剔除不少，长寿面连成一根，我总不好先咬断帮他试味道，没想到会让他如此难以下咽。

"以后别费心为我备礼了，我不喜欢过生辰。"他拿过我紧紧捏在手心里的书，似乎怅然地叹了一口气，对我说，"你哪里来的银子买书？和你的伤有关？"

我一手抱着臂膀，正想和他说清楚，琴房的门忽然被撞开，两三个打手退到两边让出一条道，老鸨从中间走了出来。

景弦站起身挡在我面前，声音清冷："何意？"

"这件事和你没什么关系，小丫头片子跟解语楼签下卖身契，已经是解语楼的姑娘。昨天跑了算我送她的，今儿个既然回来了，就得继续接受调教。"老鸨随意摆手，"把她带走。"

景弦反手将我的手握紧，避开打手的棍棒，我看见他回过头凝视着我，沉声问道："她说的是真的？你签了卖身契？"

我望着他，头一回在他眼中看到了惊慌。他为我感到惊慌。

我也十分惊慌，拧眉点头，又急忙摇头，解释道："她跟我不是这么说的……她说给我二十两银子，让我给她当两天舞姬，只需要陪那些客人喝酒就可以了。而且她也没有给我二十两，她只给了我一两银子。"

景弦皱紧眉头，道："区区二十两，让你陪客人喝酒你就愿意了？你！"

"如果我早知道是他们灌我喝酒，而不是他们喝，我是不会愿意的。"我捏紧他的衣角，"但是只要陪他们喝几杯酒，就可以拿到银子给你买书，我当然愿意。"

"别废话了，还不赶紧带走？"老鸨听完我说的话，冷笑了一声，催促道。

景弦将我护在身后，沉声道："不行。她不识字，是被你骗进来的，按照梁朝律法来说，你若是执意履行契约，讨不到半分好处。更何况你只给了她一两银子，倘若我将此事闹大，待上了公堂，你就不怕被人说闲话？"

老鸨一怔，随即又笑了，那笑十分尖酸。

"哟，景弦，你向来冷傲，解语楼将你俩的事传得风风雨雨，我权当笑谈。没想到你真这么没眼光，看上了一个小乞丐？"她的视线掠至我，眉梢眼角净是冷嘲，"你是非要护着她不可了？"

"我并非护着她。她是为了给我备生辰礼才被你骗去的，实在冤枉。"景弦否认了老鸨的说法，随即又随她讥讽我，"她这般容貌与才情也值得你亲自诓骗，你最近的要求可是越来越低了。照这般趋势下去，解语楼的姑娘莫非只要是个女的就可以？"

好吧，虽说我也知道他是故意这般说来救我，但这真实的内容实在引起我的极度不适，我恐怕没办法完全不把他说的话放在心上。

但他为了我与老鸨周旋的模样，甜得我心眼子都冒出泡来，也顾不得计较他说我生得丑了。和他比起来，我确实丑，这我认得心甘情愿。

我始终躲在他身后，也不知他们争执了多久，最后景弦转过身来垂眸看着我，轻声对我说："没事了……你的银子不必花在我身上，你终究没有明白我那日与你说的话。罢了，以后不要再自作主张为我做这些。我不喜欢过生辰。"

我分不清他说的是真是假，毕竟我难以相信他真的不喜欢过生辰这件事。他不知道，我有多么羡慕他们这些有生辰可过的人。

"很晚了，快回去吧。"他与我说这句话的时候，将面碗和书一并捧起来，递到了我的手上。

面条已经冷凝在一起，我不知所措地抱着碗，执意要他收下那本书。

"好歹是我的心意。"我埋下头嗫嚅道，"我对你的心意。"

他深深地凝视着我。我俩之间的静默犹如碎冰入骨，凉透吾心。良久，他终是怅然地叹了口气，蹙眉轻声问我："花官，你一身清白，何苦蹚我这摊浑水？"

原来在他眼里自己是浑水？我却觉得他明媚得早已浸透了我的昏暗与浑浊。

"不苦啊。"我抬起头望向他，满腔热意迫切地涌出，"有你在，我不苦啊。"

他随意落在桌角处的指尖微颤了下，却没有再回复我，只是勉强将书收下放在书架上，一个隐蔽到我一眼望不见的地方。

我离开了繁华的花街，去花神庙的那条长长的烂泥巴路很暗，唯有一盏淡黄色的灯笼挂在别人家的后门上。

我抱着碗，走着走着就累了，蹲坐在墙边打算歇一会儿。

隐约记得有个人说过，长寿面是一定要吃完的，否则神灵不会让被祝福的人长寿。我挑起面尝了一口。

说来大家可能不大相信，其实我觉得味道还可以。或许是我没见过什么世面，向来是能管饱就行，所以能咽得下去。

我忽然想起小春燕在我煮面之前同我说的话，他让我有空也煮碗面给他吃一吃，不论煮成什么样，只要我煮他就一定吃。他与我同是没见过世面的人，应当不会嫌弃。

这让我的心得到些许慰藉。我抱起碗就往花神庙冲。

小春燕正跷着腿翻看一本书，我捧着面碗走过去，问他有没有吃晚饭，他看了一眼我手里被糊住的面，沉默了片刻后，告诉我已经吃过了。

我觉得他八成没有吃。

我将在解语楼中发生的事坦白地告诉他，直言这碗面和那本书都被景弦嫌弃得明明白白。小春燕说他听着觉得我实在可怜，才大发慈悲地接过碗，挑起来尝了一根。

若非有我在旁边看着，他险些连碗带面整个儿扔出去。

小春燕艰难地咽下面条，激动地教唆我："别吃了，倒了吧！这也太难吃了！我长这么大就没吃过这么难吃的面！"

不行，我想让我的小乐师长命百岁。

我没有听他的话，只将碗接了回来蹲去墙角，大口大口地往嘴里塞。

好吧，三口过后，我决定收回觉得味道还可以的话。真的好咸。面又冷又硬又糊，像是抹了盐巴的冰碴子。

冰碴子吃得我好生难受，那一根根冷冷地黏在我的喉咙里，搅得满口干涩。

小春燕坐在一边瞅我的眼神越发深沉，伸出手来想抢我的碗帮我分担些，被我避开了。他既然觉得难以下咽，我也不好意思再让他帮我。

最后他从外面找来热水灌进我的碗里，我才稍微觉得面能下咽些。

我庆幸煮面的时候没想不开煮成大碗的，否则不知道我今晚还能不能挺过这一劫。

后来我才渐渐明白，并没有什么吃干净一碗长寿面就真能保佑被祝福的人长命百岁的传说。

我想得很明白，便是这些令人一步步绝望的细枝末节充当了与我缠绵的风雪，陪伴我的是它，击溃我的也是它。

风雪好大，一路走来，逐渐封住了我淌不出也消不掉的情意，也凝固了我徒步挣扎的热血与孤勇。

以至于而今我看着他，情意虽还被封存在心，无畏付出的孤勇却殆尽了。

我记得容先生教导过我：不想知道答案的问题，便不要问出口。

"如今我在你的心目中已不重要了，是吗？"他此时如同溺死般的模样，是不是意味着他真的很想知道答案？

我望着景弦，他的眸色很深，迷了我的眼。

"咕噜……"

我知道有些失礼与抱歉，但此时我肚子的咕噜声的确适时地拯救了我。我窘迫得恨不得随意指认过路的行人，但料想行人定然会对自己没做过的事拒不承认。

好吧，我承认。

我挽了下耳边的头发，故作自在地说："抱歉……我饿了。"

他抿紧唇，凝神盯着我，片刻后忽地低头轻笑了声。他很无奈啊。

醉香楼没怎么变化，还是那个能让小春燕与我流连忘返的醉香楼。纵然那时候我们不过是趁小二收拾桌子前捡些剩菜来吃。

他领我坐进雅间，与我说起醉香楼的趣事和他们六年来换过的招牌菜。

片刻后，醉香楼的老板进来了，亲自为景弦看茶："景大人赏脸，年年来我醉香楼照顾我的生意。您每来一回，都跟请了一桌的客似的。"

他说着看了我一眼，似有疑惑，问："这位姑娘瞧着有些面熟。可是醉香楼的常客？"

"嗯……勉强算，以前我常来你们酒楼。"我捧着茶杯笑道，"不过，吃不起你们的饭菜。曾吃过一次，教我毕生难忘。"

老板有些不解，但终是会照顾情面的人精，赶忙拱手笑道："想来今日是景大人做东，姑娘可以吃得尽兴了。景大人每回来咱们酒楼，都点好大一桌子饭菜，您有口福了。"

我托着下巴看向景弦，问："你平日很喜欢做东请客吃饭吗？"

景弦也看向我逐字说道："我平日是一个人来的。"

我狐疑地问道："那你为何吃那么多？不怕撑坏了吗？"

景弦嘴角弯着，忽地问我："那你呢？你当年为了十两银子，不怕撑坏了吗？"

往事重提，我心怯怯，叹了口气后解释道："我拿到银子之后就吐出来了。"说完我看了老板一眼，生怕他知晓之后让我将十两银子还回去。

见老板默然不语，我才稍微放心了些，抬眸看向景弦。

不知道是不是我看错了，他唇边的笑中有惨色，转瞬即逝后又浅笑着回我："一样。我也吐出来了。我现在不是好好的吗？"

我私心里觉得，他似在暗示我些什么。可心里不太愿意再去揣测了，那些年我揣测来揣测去，不也只是一场笑谈吗？

"来，景大人，这是我们近日上新的菜品。"老板从身旁小二手里接过一本《珍馐录》，翻到第一页后递与景弦。

景弦却放到我面前，示意我来点。

我这个隐居在竹舍中消息闭塞的老姑娘早已跟不上大流，瞧着这些菜名觉得既新鲜又好听。我欣喜地搓了下手，下意识地咽了口唾沫，还没认真开始琢磨选哪一道，《珍馐录》便被人合上了。

我转头看向合上书的那个人。他对老板说道："时新的菜，都上一遍吧。"

我也好想像他一样有钱。我怀疑是我方才没见过世面的模样太过明显，才招惹了他这个有钱人为我开一开眼界。

"吃不下那么多的。"我赶忙说道。

景弦说："我方才看见外面楼角边有些流浪的孩子。吃不完的便带去给他们分食。"

他这六年是到朝廷修身养性去了吗？善良了许多。当然，这是我现在的想法，不久后他让我晓得，这只是我的错觉。他与我想的恰恰相反。

老板带着小二离开了雅间。

分明已不在马车中，但我仍觉得逼仄。约莫是为缓解我们之间的窘迫，景弦和我聊起他这些年在皇城汜阳遇见的一些事和物。

我对他口中所说的小玩意儿感到好奇，比如真的会传云外信的青鸟，据说那其实是一只精致巧妙的机关鸟，外面用琉璃烧制成青鸟的模样。

用午膳时，他与我聊了许多，唯独没有提起过他的妻子。我也不好专门询问惹他心伤。但说到妻子，我想到了敏敏姐姐。

如今她也嫁为人妻，远去金岭。

"我只知道她离开了云安，并不知道是去嫁人的。至于你陆大哥，我也不知道他去了什么地方。"景弦眉眼微垂，喃喃道，"当年我撞破他们在……以为他们会在一起。"

"撞破他们……什么？"我微微睁大眼睛，并不知道他们之间除了送鸡蛋与收鸡蛋之外，还有些别的什么关系进展。

景弦垂眸看我，许久没有回应。我眼巴巴地望着他，渴求一个答案。这样眼巴巴地乞怜模样，让我想到自己从前看他时的样子。

对视半晌，他忽然俯身垂首，凑到了我的面前，与我仅有寸余之隔时停住。

我慌张地退开些许，双手抵住他的胸口："景弦……"

他伸手一把按住了我的后颈，强迫我与他鼻尖相抵。我能感受到自己的两颊烧得滚烫。

他呼出的热气就喷洒在我的脸上，好闻的竹香绕鼻。我顿时屏住呼吸不敢再闻，抬眸对上他一双炯亮的眼睛。突然，他的指尖拂过了我的唇，眸中似有隐忍。

我猛地瑟缩疾退，他却强势地摁住我的后颈不准我动。

"景弦？"揪扯的心扰得我此时什么都说不出口，只敢唤他的名字，推他的胸膛，急切摆脱。

"便是撞破他们这般……"他忽道，稍回身与我拉开距离，举起茶杯定定地看着我，从容抿茶道，"撞破他们如我们方才那般。不太好描述，于是亲自为你演示一番。没有吓着你吧？"

他的眉梢眼角分明露着淡淡的戏谑。

"……没有。"我羞耻得险些掀桌，顾不得继续追问下去，闷声不吭地刨了一大口饭，将自己的脸埋在碗里。

这顿饭我没有吃好，满心里想的都是当年敏敏姐姐和酸秀才之间的事。

好吧，我重新说。这顿饭我没有吃好，我开头满心里想的都是当年敏敏姐姐和酸秀才之间的事，后来满心里想的都是景弦方才捉弄我的事。

他兴之所至来捉弄我，却要我为他心乱如麻。但我方才的临时反应还不错，我推拒了他。这值得表扬。我在心中自我肯定了一番后才勉强觉得好过些。

一整个下午，他都只顾着与我蹉跎时光了。我们穿街过巷，无处不去。

破旧的花神庙，庙前的烂泥巴路，一切如旧。我险些以为自己还与他漫步在许多年前的街头。那一年七夕之夜，我和他也如此刻这般穿街过巷。

那些往事冗杂烦乱，我若不回想，便只会被岁月消磨干净，没有人记得。

我询问他是否有公务在身，怎可与我虚度光阴，他本来待在云安的时日就不多。

"没什么要紧事，已交给下面的人去办了。"景弦指着前面布满花灯的长街对我说道，"不去逛一逛吗？我记得你很喜欢那里的小玩意儿……六年前很喜欢。"

如今，我好像还觉得很有趣。

华灯初上，冷风愈凉。他的下属拿来一件银狐大氅，他披在我身上，足以将我整个人裹起来。我的确很冷，手足冰凉一片，便没有推托。

云安的长街与柳州的不同，倘若比作女子，柳州的街道就像玲珑娇俏的小家碧玉，云安的长街则是端庄秀丽的大家闺秀。

街道宽敞，景弦走在我身侧，与我说起这条街的变化。我只点头附和，也不知该与他说什么，听着便好。这里的变化我一无所知，他若不提，我也不敢主动问他，免得惹他心烦。他并不喜欢我闹腾的模样。

但此时此刻，我竟觉得他这样喋喋不休地同我讲话，有点儿像他当年不喜欢的那种闹腾模样。不过他总是从容的，纵然闹起来，气度也清贵无双。

不知走了多久，他忽然驻足停下。我以为是我太过沉默，没有回应他，多少惹他心里有些许不快。

没承想他拉住我的袖子，视线直至街边。那里站着一个衣衫褴褛的少年，十二三岁的模样。他的手中抱着一大簇红梅，艳得惹眼。

待我看过去时，景弦才与我说道："买几枝赠你，插在你房间窗台上的花瓶里，好不好？"

我一怔，抬眸望他。那是我从未见过的满目柔情，如水一般流淌着。许是花灯太多迷了我的眼，否则我怎会在他的眸中看到自己。

当年我信誓旦旦地说出的那句"红梅要送给心上人"还回荡在脑海里，我却不是他的心上人。他有妻室，我俩不该如此。

我低下头摒灭痴妄，生怕再多看几眼，又沦陷多年。

"不用了。"我解释道，"出来前我看到墙角的红梅开得很好。再多插几枝，许会与你的房间不搭调。"

他默然，没有回答。

那少年拉住了我的衣角，用乞怜的表情望着我，道："姐姐，买一枝吧……很便宜的。你就当是在打发我……"

我垂下头看他，恍惚回到多年前，我抱着《艳册》在青楼附近四处询问客人要不要买一本。

"买一本吧，很便宜的，能不能就当作是打发我？"我清楚地记得，我曾说过同样的话。

"怎么卖的？"在我愣神之际，景弦已经蹲下身询问银钱。

少年眸光微亮，道："一文钱一枝，您要多少？"

景弦给了他一锭银子，道："这个，换你手中所有的，送给她。"他指了指我。

少年毫不犹豫地将红梅递给了我，然后伸出双手去虔诚地接那一锭银子。我被迫抱住红梅，嗅那芳香。

少年紧捏着银子又啃又咬，我忍不住低声提点道："他穿成这个模样，像是会给假银子的人吗？别咬了，当心把牙齿咬坏了。"

少年笑得眉眼弯弯，将银子揣进怀里，道："谢谢姐姐！谢谢哥哥！祝你们白头到老，早生贵子！"

我感到十分惊讶，脸颊好一阵发烫，下意识睁大双眼反驳："我和他不是……"

"借你吉言，天黑了，快回住处去吧。"景弦打断我的话，又抛出一锭银子给他。

我亲眼盯着那银子呈弧线形去了少年那边，少年身手倒是矫捷，先跳起来稳稳接住银子，又跪下来给景弦磕了个响头，随即拔腿便跑。

我皱紧眉，心里觉得不妥。但景弦解释说："他不过是个孩子，既然没有恶意，便没必要与他计较一句讨巧话的对错。"

他这么解释我觉得有道理。

容先生也教过我，何必与无关的人辩是非，自己心中清明便是了。

只是他作为有妇之夫，倒是一点儿不介怀被人误解。想来心中是比我要坦荡些。

经那少年一番话，我这般抱着红梅，忽觉有点儿不知所措。

景弦似是担忧我这么抱着红梅看不清路会摔跤，伸出手握住我的手腕，在我身旁问道："当年那簇红梅，最后如何了？"

他是在问我红梅的去处。我坦白说道："小春燕很喜欢，我在卖了一枝后，就把剩下的送给小春燕了。"

我的手腕被握得紧了些，有点儿疼，但稍纵即逝。

"花官，"他的声音轻了些许，唯恐惊扰长街的繁华，"如今我什么都有了，却再也没有人送我当年的那枝红梅了。我终是明白，错过了便通通没有了。"

许是我不明白他这些年究竟经受了多少苦楚。我不懂他想要对我说什么。不过他有一句说得极好：错过了便统统没有了。

"那时明月尚且不在，又如何会有当年红梅尚在？"我停下脚步望着他，"景弦，以后会有人送你红梅的。就像我，我也料不到，你今日兴之所至，便送了我一束红梅。"

"兴之所至……"他扬起唇角，似乎很想对我扯出一个由衷的笑，终是不得。

"前面的都避开！逃犯持刀！"

喧嚣中，我似乎听见有人在疾呼，且那匆忙的脚步声越拉越近，仿佛就在身后。我下意识先看了景弦一眼，他的反应比我快些，微抬起眸，一把将我拉住护在怀中，往两边避退。

眼角的余光里，我瞥见寒芒闪动，有些刺眼，那人竟是冲着景弦和我来的。

刀锋当头，景弦将我推开，抬手握住那歹徒的手腕，反手夺下匕首，一脚踢在他腹部。那一脚极重，歹徒摔在地上打滚。紧接着，景弦蹲下身，果决地将匕首插在了歹徒的肩膀上，辖制他的动作。

我刚舒一口气，还没顾得上疑惑景弦何时从一个手无缚鸡之力的乐师变得如此杀伐果断，就见斜巷中忽地冲出来一人，手持匕首朝景弦刺去！

那人穿的是粗布麻衣，蒙着面，眸中带有狠戾与仇恨。

景弦有危险……这不是逃犯，是刺杀！

我顾不上别的，想也来不及想，冲过去抬手接下那一刀寒锋，顷刻间便有血水顺着我的手臂流下来。与此同时，我抱着景弦扑倒在地，想要避开歹徒的袭击。

我并不觉得那割伤痛，唯有一颗心为他疾跳，忙从他身上坐起来，翻找他身上有无受伤："景弦，你没事吧？你有没有受伤？"我晓得，此时自己已为他急得泪水打转。

　　他咬牙握住我在他身上乱翻的手，不顾血水淌在他的衣袖上，深切地凝望着我，哑声说道："花官……你还喜欢我。"

　　瞧瞧我这个人，嘴上说着一腔孤勇尽数消亡，但看到他深陷危机时，我依旧该死地奋不顾身，一如当年。

　　手臂上汩汩冒出的血就像流淌的岁月，纵然风雪经年，尚有余温。

　　银汉迢迢，渡我情思。

　　"纤云弄巧，飞星传恨，银汉迢迢暗度。"①酸秀才站在云台上声情并茂地讲着牛郎织女。

　　今天是七夕，这样好的日子里，我不晓得酸秀才为何偏爱讲些两情相悦却不得厮守的话本，惹来敏敏姐姐在我身旁哭得不成样子。

　　我拿袖子给敏敏姐姐擦那成串儿的泪珠。

　　小春燕安慰敏敏姐姐说："大概是因为陆大哥自己没有娶妻，所以见不得别人好才讲这样悲伤的故事。敏敏姐姐，你就别难过了。"

　　我劝小春燕闭嘴。他可真是个聊天鬼才。每每安慰人总安慰到点子上，继而让人心里更不舒服。

　　敏敏姐姐却不似我这般认为，她竟被小春燕的话给逗笑了，望着云台上的酸秀才说道："是，不难过。他还没有娶妻呢。"她眼里全都是星星。

　　我不明白敏敏姐姐和小春燕之间达成的共识是什么，只觉得敏敏姐姐的眼中充满了希望。

　　很久以后我才晓得，那就是支撑着敏敏姐姐一腔孤勇的东西。他未娶，她未嫁，有什么是不能等的呢。

　　我不明白支撑我一腔孤勇的是什么。我还没到那么悲伤的时刻，我现在满脑子想的都是如何跟景弦一起过好七夕。

　　虽然我想不明白他为何会答应我出来逛灯会，但好歹是答应了。此时此刻他就同我站在云台下，听周遭一片喝彩声。

　　我的本意是让小春燕与我们同行，小春燕却说他不喜欢看灯会，来云台

① 出自秦观《鹊桥仙·纤云弄巧》。

听说书只是给陆大哥捧场的。既然如此，那就怪不得我将他落在一边了。

敏敏姐姐很不好意思，似乎也有将我们落下独自去找酸秀才的意思。既然如此，那就怪不得我和景弦单独相处了。

街道宽敞，我却愣要挤着他走。

其实我没太注意，只是想说话的时候能跟他离得近一点儿。不知怎的，说着说着，待我反应过来时，就已将他挤到路边去了。

"你能不能走直线。"他神色极淡，停下脚步对我说道。

我很抱歉地点点头，视线却被路边的陶瓷花鸟吸引住。我赶忙拍了拍景弦的肩膀，道："你看那个陶瓷的鸟，烧得真好看。"

景弦顺着我手指的方向看去，就在不远处有不少人在玩套圈。地摊上摆着形形色色的小玩意儿，其中有一只陶瓷麻雀，我瞧着很有意思。

有意思倒是有意思，不好意思的是我身上只有几个铜板，还是近日给人洗衣服换来的，心里想留着一会儿给景弦买样小东西，实在没有多余的银子去买套圈。

不过一想到他们那些人就算买得起也套不中，我心里就好意思多了。

景弦看了我一眼朝地摊走去，我赶忙跟上。就见他掏出了一个铜板，向小贩买了一个圈。

他都穷成这个模样了还想为我试着玩一把，我很感动。他却说道："一个圈就够了。哪个？"

我睁大眼睛，指着地摊最远处的陶瓷麻雀说："那一个。"

他左侧站着一个四五岁的小姑娘，正拽着她的娘亲撒娇，同样指向了那只陶瓷麻雀。

我的心里有些不安，生怕景弦套不中那只陶瓷麻雀，会被别人拿走。景弦看了那小姑娘一眼，我估摸着他应当与我是同一个想法。

我盯着那只竹圈，眼睛都不敢眨一下。景弦的手腕微动，将竹圈飞了出去。

正中。

我惊讶地睁大双眼怔了一下，立即带头鼓掌叫好。那老板倒是挺爽快的，取了陶瓷麻雀递给景弦。

这个时候，我已经伸出了手准备接住他平生送我的第一件礼物。我想着回去一定要拿绳子将它穿起来，挂在我的脖子上，走到哪里就带到哪里。

可那陶瓷麻雀却没有落到我的手上。

他身旁站着的小姑娘在陶瓷麻雀被取走的一瞬间哇哇大哭，声音比我方才在景弦耳边闹腾时还要响亮许多。

小姑娘哭得满眼泪花儿，拉住景弦"大哥哥、大哥哥"一声声地叫。她的娘亲哄也哄不住，摸出几个铜板来想要买走。

"不必。"我看见景弦似是叹了口气，推拒掉妇人拿出的银子，随即蹲下身，温柔地为那小姑娘擦干泪水，将陶瓷麻雀放在她的手心，柔声安慰道，"拿去吧，别哭了。"

我想我此时还朝他伸着手的模样应当很傻，暗暗地将手背在身后去了。

"不好意思，这几个铜板你拿着，她不懂事……"那妇人将银子推到景弦的怀里，面露尴尬。

我心里想她尴尬什么呢，她的尴尬还稍逊我一筹吧。我似乎才是最尴尬的。

"没有，她很可爱。这东西也不值几个钱。"景弦依旧推拒掉了银子，揉了揉小姑娘的头，"她年纪这么小，难得出来玩，尽兴就好。"

这不值几个钱的东西，我却该死地想要，也该死地买不起。

他蹲在花灯下，揉着小姑娘的脑袋温柔说话的样子，是我从没见过的。我与他认识这么多年，从来没有见过。

他只夸过我一次"可爱"。如今我晓得了，原来在他眼里可爱的不止我一个。这个夸奖我用大牢里的板子才换来，小姑娘只需要撒娇哭一哭便换来了。

早知道我就在他面前多哭哭，兴许还更惹他同情一些。

景弦站起身转头对我说道："走吧。"

他无知无觉，不是有意。我想我应该原谅他，免得让他觉得我小家子气。可我心里偏生堵得不行。我也不是什么名门闺秀，我就是小家子气。

走了不知多久，他似乎察觉到没人在挤他的路了才回过头来看我。

我的难受再明显不过，他停下脚步与我并肩，沉默了一会儿后才和我说："你比她大十岁，还同她赌这种气？她是个小姑娘，你也是？"

我不是，但我想做你心中的小姑娘。所以如此矫情倔强。若今日换作小春燕，我便也不会想那么多。

可他能转过头来解释，我竟还不要脸地觉得不应该同他生气。

"我不是赌气。"我嗫嚅道，"……对不起，我好像是吃醋了。"

他的身形微滞了下，我很不好意思地低下头，堪堪瞧见他微握起来的手。

这句话被我这样身份的人说出口，不需要他多说什么，我先自己别扭一下。

他的手掌松开，我才抬眸看向他。

"陶瓷的麻雀而已。以后我送你更好的。"景弦这样对我说。这是一个承诺。

虽然他至今没有告诉我，当时在大牢里为什么夸我可爱，但我还是对他的承诺充满了期待。

可惜至今我还不知道他说的比陶瓷麻雀更好的东西是什么，自他承诺起到我离开云安，他始终没有兑现他的诺言，我一直都没有看见。

大概是因为他没有那么多银子，买不起更好的给我吧。

"这是你说的，那……那……"我捏住他的衣角，安抚他道，"那我不吃醋了，你记得以后送我。等你有钱了送我，我不急的。"

他"嗯"了一声，我就姑且当他是暗自在心里记得清清楚楚了。

"景弦，你站在这里等我一会儿。"我也想送他一个小玩意儿，趁我现在手里还有几个铜板。

他有些不解，但我知道他从来不会多问我的事情。

果然如此，他点了点头，站在那里等我。

我朝巷子深处跑去，那边有个小贩摊子，我清楚地记得摊子上有卖萤石的。那个东西像萤火虫一样好看，我料想他会喜欢。

买它花了五个铜板，已经是我这两天的所有家当。我们乞丐这行，家当都是按天来算的。

我兴冲冲地捂着萤石跑向景弦，瞧他那白衣飘飘的模样，心里欢喜得紧。但我还没瞧两眼，便见一匹马疯了似的朝他冲去。

"景弦！"我惊呼出声，同时拿出我平生最快的速度跑过去，想将他从疯马下抢救出来。

却不承想，他的反应比我快上许多，听见马蹄声时已经机敏地退开了。

他避开了，我这么冲过去却摔了个狗啃泥。

手臂擦着地面滑过，疼得我眼泪都快要淌出来。幸好那疯马没有撞到景弦，我望着绝尘而去的马儿心里松了口气。我坐起来才发现，捂在手心的萤石不知飞到哪里去了。

这回，我的眼泪确确实实淌了出来。

"萤石……我的萤石……"我皱紧眉，顾不得手臂疼痛，趴在地上四处探看。

没有，没有。

景弦一把握住我的手腕，问："你找什么?！手流血了！"

"我的萤石，我刚买的……是我要送给你的！"我望着他，这才看到手臂上冒出的血珠子。本以为只是蹭破点皮，没承想流了血。

他皱着眉一边将我扶起来，一边告诉我："我不喜欢萤石，别找了。你先去包扎。"

他都还没看过萤石是什么模样，就将我拒绝得干脆。

我有时候真的很不明白他。

就像现在，他为何紧拽着我的手，对我说出我还喜欢他这样的话。

是啊，可那又能怎么样呢。你的妻子没有教过你，不要和别的姑娘探讨这些喜不喜欢之类的话吗？

许多人会对自己没有做过的事情拒不承认，这是常理。殊不知还有许多人会对自己做过的事拒不承认，这也是常理。

我摇了摇头，没有看他，道："我只是不希望你出事而已，方才太危险了。"

待我反应过来时，身后的歹徒已被官兵制住，我后知后觉地从他身上爬起来，去拾那散落一地的红梅。

"大人可有受惊？"是方才喊人避让的那名官兵，他带着一众捕快俯首问道。

景弦在他白色的褒衣上撕下一截，将我拉到面前，把我手里的红梅抱给旁边的侍从，随即一边皱着眉为我包扎，一边对官兵说道："先带回去。"

官兵又问："大人要亲自来审吗？刑……"

官兵的声音戛然而止，我忍不住抬头，疑惑地看了景弦一眼。只见他正侧眸睨向那官兵，眸底阴寒森冷。纵然我不常见他温柔的模样，却也没有见过他用这个眼神看人。

我瞧着都觉得有点儿发怵，更遑论被盯着的人。我不敢与他多说些什么。

"带回去关押起来，找个可靠的人审着。"景弦的声音还如以往那般朗润，仿佛方才用那般凌厉眼神看人的不是他。

没等那官兵回答，景弦已一把将我抱起来，我惊呼道："景弦？！"

"我们回家去，给你上药包扎。"景弦垂眸看我的眼神，如他当年看那四五岁小姑娘时那样温柔，"我怀里有个哨子。"

"只是划伤手臂，没有摔着腿，我能走。"我嗫嚅道。

他没有放下我，只是挑起眉认真地重复道："哨子。"

好吧，我妥协了，他的怀里极暖和，其实我也十分厚颜无耻地不想下来。就趁我受伤了多赖一会儿吧。

我将手伸进他的衣襟，忽觉不妥，又拿了出来，抬眸看向景弦，他竟浅浅地勾着唇角望着前路，假装不知道我在看他。

我低下头，再次将手伸进去，认认真真地摸他怀中的哨子。我摸到一个物事时，心中松了口气，连忙拿出来，省得在他的衣襟中逗留。

哨子本身是一只云雀，一等白瓷质地，上釉彩绘，栩栩如生。雀尾开了个浅口，作呼吹用。

纵然我在竹舍见过不少容先生珍藏的稀罕小玩意儿，也禁不住惊叹于这只雀尾哨的巧夺天工。

我看了景弦一眼，他低声说道："寻常我用它唤坐骑。"

这么说我大概明白他的意思了，他让我吹响它，是为了唤他的坐骑来，好让我们快些回府去，给我包扎。

我低头含住雀尾轻轻吹响后才反应过来，他说自己寻常用它唤坐骑……那我方才吹，岂不是与他……

想明白这一点后，我感觉到自己的脸正在徐徐发烫，烧得脑子也有些不清明。

场面一度十分尴尬，我赶忙将哨子放回他的怀里。

"放在你那里替我保管吧。"他开口制止我的动作，垂眸看我，"行吗？"

"……嗯。"天可怜见，这么多年过去了，我依旧很难拒绝他。

那哨声唤来的是一匹黑棕色的骏马，景弦先将我抱上去，让我侧身坐好，又翻身上马坐在我身后，绕过我的两臂将我抱紧，道："抱住我，我骑马很快的。"

我犹豫了下，拉住了他腰侧的衣服。

"你这样不怕摔下来？"他低头看我，顺势将从我肩上滑落的银狐大氅捞起来，继而包裹住我整个人，柔声道，"犹豫什么，手臂难道不疼吗？我们得快些回府。"

疼的。我不再犹豫，双手环住他的腰。然而……人这种动物，手臂都不太长。我这般环住他的腰，就注定我的脸会靠在他的胸膛上。这让我觉得极为不妥，不晓得他是怎么觉得的。

我正打算松开手问一问。

"驾——"

他猝然纵马狂奔，我被骇得心惊，登时不敢再乱动，紧紧抱住他的腰，连人带氅窝在他的怀里。

的确如他所言，不消片刻我们便回到府中。

他径直将我抱进房间，放在床榻上，我赶忙说自己还不困，景弦却让我别动。他服侍得太过周到，若不是我清楚自己受的伤，险些以为自己得了什么不治之症。

景弦唤来大夫为我调药，那大夫是个正当壮龄的，手劲儿十分大，为我抹药包扎时八成不懂什么叫作细皮嫩肉，下手略重。

"你下去吧，把药留下。"我见景弦皱起了眉，不悦地将大夫打发走。

大夫走出门后，我才低声对景弦说道："他包扎得我有点儿疼。"

景弦坐在我床边，蹙着眉，轻柔地抬起我的手臂，道："所以我来给你包。"

他不愧是有妻室的人，照顾起人来格外体贴温柔。

室内灯火昏黄，我与他对坐。

墙角的红梅不时散发出迷人的暗香，萦绕在我俩之间，勾得人心绪浮动。我忽然想起他方才送我的那一簇红梅，却不敢问他红梅的去处。以免叫他知道，我心底有多在意他送我的东西。

过了多时，我还恍惚地挂念着那簇红梅被他的侍从带到哪里去了，便听到有人叩门询问："大人，您交给属下的红梅带回来了，不知要放在何处？"

我抬头看向景弦，他也正瞧着我，道："拿进来吧。"

我从侍从的手里接过红梅，却不知该放在何处，低头自话道："倘若小春燕在，就可以把红梅插在土里，他有办法将断了枝的红梅救活。"

"断枝的红梅，救活？"景弦在我的伤处系上结，挑眉反问。

我点头说："小春燕跟我说的。"顿了顿，我又欣喜地说道，"那我把这簇红梅拿去送给小春燕？"

景弦低头瞧着我，眸底漾起不豫的颜色，好一会儿才轻声问道："你要将我送你的红梅，拿去送给小春燕？"

我想起他方才看那官兵的眼神，心底发怵，不禁挪身往后缩了缩，问："景弦，你怎么这样看我？"

暗香叩我心门，脉脉流淌在我与他之间，牵怀缠绕。静默深处，他似低下头叹了口气，又像是在笑。只不过那笑听起来竟觉得苦巴巴的，不似这红梅甘甜。

好半晌后，我才瞧他抚着额角，掩住皱起的眉，与我说道："对不起，我好像……有些吃醋。"

我以为是我听错了。但他此时的神情分明真诚无比。就像他当年四处找我，向我道歉一样，看我的眼神可以焐热我的心。

那是我寥寥几次由衷地觉得他在乎我。

只是后来小春燕告诉我，说不定是因为我执拗地顶着冷风找萤石的模样实在太惨，他觉得因为这个和我怄气心里过意不去，愧疚使然，才来和我道歉。

我后来仔细一琢磨，觉得小春燕说得很有道理。

七夕那夜，我执意要找萤石，他执意要拉我去处理伤口。

说实在的，他如今拖着我想将我从地上拎起来的模样太过蛮横，不晓得的一定会揣测这个年纪轻轻丰神俊朗的少年郎怎么就去做人贩子了。

为了不让他被过路的行人误会，我一手抱住他的腿，一手拉着他的手腕，希望他能停一下。

"我担心这会儿找不到，待会儿再来的话，它就会被路人捡走。"

那么个破萤石，谁会捡走？我估量他心里是这么想的。因为我其实也是这么想的，偏生就是怕。

贫穷如我，买不起第二块，谨慎一点儿怎么了？

他却不似我这般认为，眉头紧拧对我说："你能否分得清轻重缓急，何必为了块石头耽搁伤势？"

我正儿八经地望着他，道："轻重缓急我分过，所以才趴在地上。"

他握在我手腕上的指尖微颤，我料想他好歹还是有点儿感动。

"今夜是七夕，正是人多的时候，你这样趴在地上……"他低头瞧我，眼神是我看不懂的，"是在遭人践踏。"

我一时语塞，心底却升起一种浓浓的羞耻感，这种感觉不禁引得我双颊发烫。

大致上来说，我明白他在说什么。他是想告诉我，不要作践自己。

我没有回答，改趴为蹲，抬头望他："这样是不是会好一点儿？"

他欲言又止的样子就好像在说我真是个傻子。

他这样一个十六七岁的俊俏少年，我也不好意思要他趴下来陪我一起找。但要我趴在地上，他就在一旁看着，似乎也不太合乎常理。

"要不你先回去练琴看书，等我找到了，就来解语楼找你。"我专注地看着地面，没有回头。

我听到他在我身后幽幽地说："你若找到了，以后就都不要来找我了。"

我能想象他站在我身后，居高临下看着我的模样。我被人居高临下地看惯了，从前他们打我的时候也喜欢这样看。我很害怕，但好歹习惯了。

可我唯独不喜欢被他居高临下地看着，所以我没有回头。

当我回过头的时候，他留给我的只剩下背影。

这个桥段在我的记忆中很模糊，许是因为我没有看到他说这句话时的神情，所以一切都显得空无。我只晓得他说过这句话，但不明白他为什么这样说。

七夕这夜，我仍旧固执地在地上找那块除了会散发幽光之外别无用处的石头。结果没有找到。

我到现在都分不清，我找不到石头，究竟是因为石头真的被人捡走了，还是我因他一句话心生怯懦，所以没有用心去找。

我唯一记得清清楚楚的是，那天晚上有无数佳偶从我身边走过。他们的衣角被风翻起，打在我脸上。冷风如刀，衣角也如刀，我痛得厉害。

或许这就是一个人的感觉。

当我抬头坐起来的时候，天边已经泛起鱼肚白。

我翻过手臂，擦伤的血已经凝固，被地面削成花的皮也都掉落了。我很想兴冲冲地去告诉景弦：你看，不处理也没什么关系。

只是心里空荡荡的。

他叫我若是找到了萤石就别去找他，我如今没有找到，也还是想要缓一缓。

这四年来，我每日都会去解语楼找他，由于太过频繁，已稳居老鸨黑名单之首。老鸨放言见我一次打我一次，搞得好像我不会走后门以及翻窗似的。

可我已经很累了。走后门和翻窗都很累，因为后门有条大黑狗总是喜欢凶巴巴地看着我。我生怕哪天一个恍神没注意，就沦为它的口中食。

主要是它嘴巴里掉的哈喇子太恶心，我不愿意被它咬。它没有洗过澡，我可是洗过的。

我熬过无数通宵，只有这次让我觉得脑仁儿生疼。我打算找个暖和的地方先睡上一觉，等醒了就去找小春燕，和他分饼子吃。

旧花神庙漏风漏雨，我料想此时回去也睡不好觉。兴许新花神庙会收留我几个时辰，容我小睡一会儿。

此时天刚放亮，我从上回那个没被堵上的狗洞钻过去，应当不会有人发现。

果然如此，花神娘娘真仗义，纵然搬了家还是很照应她的座前小官。

我倚靠在花神娘娘的背后，拿垂挂在天花板上的一截黄布当被子舒舒服服地盖在身上，还没合上眼，就见一名庙里的本土弟子拿着棍棒出来了。

天可怜见，我不过是来睡个觉，不需要动用棍棒吧。趁我睡着了将我扔出去，动作轻点儿的话我也不会说什么的，好歹让我先闭个眼。

好吧，我也不怪他们。大约也不是我作的孽，从前来庙里偷吃瓜果点心的同行太多，他们防着点儿也没什么错。

我扯开黄布，趁那棍子实打实落在我身上之前撒腿跑了。

游荡，游荡。我脑子犯晕，眼皮也开始打架，一边打瞌睡一边走，忽而想到了敏敏姐姐。

她作为正经人家的姑娘，家里不算太富裕，但家教甚严，如果不是必要的情况，我不想去打扰她。这四年我太累了，今日只想睡得好一点儿。

"你跟我来，悄悄地。"纵然我已十四岁，敏敏姐姐跟我说话时仍然像哄小孩子一般。她牵着我的手，轻合上后门，将我带到了她的小房间。

"我给你打热水来，你洗暖和了再睡。"

不知道为什么，我忽然眼泛泪花儿，可怜巴巴地望着她。

敏敏姐姐告诉了我为什么："喜欢一个人，就是要受尽天大的委屈。你这四年就受了天大的委屈，如今想好好睡一觉而已。"

外面下着小雨，我听着淅淅沥沥的雨声入眠，心里还牵挂着即将被雨水淋湿的那块石头。

这一觉睡得格外沉，一梦恍惚经年。我是被争吵声惊醒的，是敏敏姐姐和她父母的争吵声，就在房门外。

我以为是敏敏姐姐又私自接济我的缘故，赶忙翻身下床，赤足跑到门口，但还没推开，我就听到了一个中年男人的怒吼。

"你以为你这个岁数还能嫁什么好人家吗?! 现在街坊四邻谁不知道你看上一个穷酸秀才?! 大家对你知根知底，这里谁还瞧得上你? 你若不嫁到外地去，便是给别人做妾的命!"

一位妇人劝着她的郎君消气，又苦口婆心地说道: "敏敏，你要知道，你都二十出头了，这个年岁还没嫁出去，岂能再等? 早些嫁到外地去，断得干净。"

我开门的手滞住，望着门上的三道人影，听到敏敏姐姐的哭声，心底也跟着抽噎，喉头哽咽。

"我不嫁。"敏敏姐姐哭得响亮，说得平静，"我说过了，我三年前就说过了。"

这件事除了敏敏姐姐的家里人，谁也不知道。酸秀才知不知道? 有一个很可爱的姑娘，已经等了他很多年。

"嘎吱——砰!"

门被推开又合上，敏敏姐姐蹲在门后放声大哭，我就站在她面前她都没有看见。

门外的夫妇跺脚走开，我轻声走过去蹲下，抱住敏敏姐姐。

她对我说，这件事不要告诉陆大哥。那是我长那么大做过最难的选择，我不知道该不该答应她。

"你还小，不明白的。我若嫁给别人，他会吃醋。"敏敏姐姐轻声说，"他也不能因为可怜我就来娶我。"

"好。"我彼时很讨厌敏敏姐姐的父母。我觉得他们是在拿刀子捅姐姐的心。

可后来敏敏姐姐走投无路，亲口将这件事告诉了酸秀才，酸秀才很可怜她，却依旧没有娶她……

我若早知道这些，一定会同敏敏姐姐的父母一样，劝她早些嫁出去，离开这个令她伤心多年的地方。

我抱着浑身冰冷的敏敏姐姐，恍惚明白"伴君幽独"那晚，她为什么喝那么多酒。后来的我很想问她一句，那晚灌下喉头的酒，解愁否？

反正我后面喝着，是不解愁的。

她哭了很久，我蹲得脚有些麻了她才缓过气来。外边天都暗下来了，像是傍晚。

随后她便冒雨跑了出去，留我在这里睡觉。说实在的，我哪里还睡得着？我觉得这会儿我要是睡着了未免也太没有人性了。

我穿上鞋子，在敏敏的床上坐了许久也没等到她回来，有些担心，想去找她。

方走出房门，我就听见后门被敲响了。我一惊，生怕被敏敏的父母发现，跑过去开了门，轻声唤："敏……"

我还没喊出口，就急刹车拐了个弯："景弦？"

他素白的衣衫被雨水沾湿，青丝长眉坠着水珠子，满眼通红地盯着我，模样有点儿凶。

"谁啊？"妇人的声音从隔壁房传来。我一怔，立马跳出门，抓住景弦的手往拐角跑。

停在墙边，我抹了一把脑门儿上的雨，皱眉望着他："你……你是来找我的？你怎么知道我在这里？你怎么这样看着我？"

他默然好半晌，才无奈地闭上眼，截断凶巴巴的眼神。我看着他蹙起的眉，很想伸手帮他抚平。

"我在找你……找了很久了。"景弦睁开眼，凝视着我说道，"你今日没来找我，我以为你决定……我以为你出了什么事。"

我惊讶地睁大眼睛，怀疑自己还置身梦中。他的意思是说，他担心我的安危？

"没有，我只是在敏敏姐姐家里睡着了。"我摇头，然后伸出手示意他看，"刮破的地方我都洗干净了，什么事都没有。"

他捉住我的手臂，默然看了很久，才与我解释道："我方才在巷口撞见你敏敏姐姐和陆大哥了。"

"他们在那里做什么？"我想起刚刚发生的事，心里有点儿不安。

"他们在……"景弦一默，顿了顿才说道，"也没什么，站在那里说话而已，是你敏敏姐姐告诉我你在这里的。"

我点头，告诉他我现在应该要回去找小春燕了。他也点头，没有询问我昨晚那块萤石的事情。

"景弦，雨下大了，你快回去换衣服吧，别着凉了。"我叮嘱他，自己也挽起袖子准备冲回花神庙。

他却将外衫脱下来罩在我的脑袋上，道："明日将我的衣服还来。"

幽幽的竹香沁着我的心，他这一句话险些推着我原地旋转飞起来，我重重地点头："嗯！"

我转头将要飞奔出去，他又拉住我的手，补充道："还有……抱歉。"

我的心被重重地撼动了，抬头望向他。他也正看着我，用那种可以焐热我的眼神，无奈、懊悔、愧疚，还有些很浓稠的东西，都将他的眸子衬得清亮。

在这灰暗的天地里，我只看得到他。

就像此时，我在满室的昏黄中看着他一人，也只想看他一人。

他看我的眼神越发浓稠，险些就要将我的心都搅和了去。绵密的温柔勾动烛火，使满室的昏黄摇曳了下，我才蓦地被惊回了神。

须知这世上最可悲的事情便是自以为，敏敏姐姐当年以为酸秀才最终会因为可怜她而娶她，我当年也以为景弦会对那样奋不顾身的我心动，可最终没有，都没有。

"吃醋"二字，从前小春燕因我日日去找景弦，见天儿地和我说；敏敏姐姐也会因为我常去找酸秀才，酸巴巴地说我似乎更喜欢陆大哥一些；哪怕是酸秀才，也因为我常笑着去找敏敏姐姐，同我说过。

更何况，敏敏姐姐当年笃定地跟我讲，她若是嫁给别人，酸秀才会吃醋。

最后酸秀才也没说喜欢敏敏姐姐，更没有说要娶她。

我不知景弦如今说出口的，是关乎哪门子情意的醋。

倘若换作六年前，我定然毫不犹豫地觉得，他是喜欢我才会吃其他男人的醋。自从我学了"自作多情"这个词之后，就不这么想了，却没出息地心怀期待。

我一边很清楚地告诉自己那是不可能的，一边又控制不住地期待是我想要的那个样子。喜欢一个人大抵就是如此，翻来覆去。

"那不如插在你的书房里，写字、弹琴的时候可以闻到梅香，提神醒脑。"我由衷地建议道。

景弦的眉眼这才舒展了些，扬起唇角对我笑道："嗯，听你的。那你明日可否帮我剪枝？"

他的意思是说让我帮他修剪梅枝，然后再插到他的书房里去。

我很果决地摇头，道："我不知道你喜欢修剪成什么样子的，自己剪。自己的事情要自己做。"这是容先生对我的教诲。

"我不会。"他眼都不眨地同我说瞎话。

我指着墙角那束红梅，毫不留情地拆穿他："我看那束红梅就修剪得很好。"

他丝毫没有被拆穿的窘迫，反倒同我笑道："我偏要你帮我剪。"

我望着他，张了张口，一时语塞。沉默了许久，他还在等待着我的回答。

我低下头，捂着嘴打了个很假的哈欠，道："我困了，明日要早起给容先生写信，还要去陈府一趟。若是明日回来还有些闲空，再帮你剪吧。"

我没有听见回复，抬眸看了他一眼。他堪堪起身，走到了这间房的书桌前。

他从抽屉里拿出了个什么东西，又朝我走来。

在我床边重新坐好后，他才将五指展开，轻声同我说道："如果是这样的话，能否答应得爽快些了？"

我盯着他掌心的萤石，久久不能言语。

倘若我没有猜错，这块萤石应当是我当年遗失在街头的那块。它上面缺了一个角，是被我摔出去时磕下来的。

它像我的心一样，被磕下一角，残缺不全却始终散发着微弱的光。

"以后我会好好保管它。"

因他一句话，我又辗转反侧整夜不能眠。我难以想象他一个十六七岁的俊俏少年蹲在地上遭人践踏的模样。

身份使然，那几年我丢脸没什么关系，他这样丢脸的话，就是真的丢脸。

次日清晨我起得很早，自觉也没弄出什么动静，刚起床便立即有丫鬟进来，为我打热水梳洗。

我让她再倒一盆滚烫的热水来，她应允后我就坐在书桌边，一边等热水一边提笔给容先生写信。

信将要写成之时，有人敲响门。

我以为是送热水的婢女，即刻唤道："请进。"

我还埋头书写最后几句，只知道来人将水盆放在我身旁，随即站在我身侧不动了。待我闻到一股子清冷的竹香时，才忽觉不对，转头看去，景弦正垂眸瞧着我。

我下意识挡住信的内容，解释道："我写得太认真了，没注意到是你。"

他颔首，道："认真的模样很好看，我便看了一会儿，没注意到信上写的是什么。"

我登时像被水蒸气拂面，满脸都烧起来，道："莫要打趣我。"

他勾唇浅笑，见我将手挪开，才低头看了眼我的信纸，道："字也很好看。"

我微颔首，对他的话表示赞同。不是我自夸，容先生常说我的字有种别人没有的恬淡，光是瞧着便让人觉得岁月静好。

容先生对我施行的一直是鼓励式教育。每当她这么夸我，我就知道，今天又得练字两个时辰。

"这么烫的水，你要来做什么？"他许是见我出神，不禁在水盆边蹲下身来望着我，轻声问道。

我指了指我的脚，道："太凉了，我暖一暖。"

他垂下头，把手指伸进水里过了一遍，轻声呢喃道："春风阁后面真冷。"

原来他也知道。其实还好，至少和六年前那晚比起来，那里也还好。

"景弦，我昨晚想了很久，有件事想和你说。"我抠着指甲，待他抬头后我说道，"你还是不要每日都去陈府教琴了。你有公务在身，这样两头跑，不嫌麻烦吗？你要跑多久？"

他的指尖在盆沿上点了两下，浅笑道："快马加鞭，两个时辰而已。"

我皱起眉，一板一眼地说道："那还是很久的。以前容先生让我练字，一练就是两个时辰，我觉得很煎熬。"

"曾经我也觉得很煎熬，但如今有了奔头，便觉得好一点儿了。"他回答得极快。

整整两个时辰，每日来回便是四个时辰，怎么会好？我想起那些年被容先生鼓励式教育支配的恐惧，顿觉不敢苟同，道："那样很苦。"

他似是轻笑了一声，笑中带着些难以言喻的辛酸。

"不苦啊。"他偏头看我，压着本就有些喑哑的声音，直到无声，才将剩下的话逐字说出口，"花官，有你在，不苦啊。"

他竟借鉴我的台词，这句话，分明是当年我说给他听的。

不明白，我看不明白，他说这句话是为了打趣我当年也说过类似的话，还是为了别的。

僵持好半晌，我嗫嚅道："别取笑我了。我收回当年说过的这句话。"

"我不准你收回。"他微挑起左眉，浅笑着。那笑中带着一把小钩子，惹得我心神微荡。

我一怔。烦请他现在回话的思路走个直线。我想不通，他这六年究竟是怎么从通身高贵冷艳成长为如今这般闷骚性子的。他怎么不按常理来。

我告诉我的心，我的脑子似乎不够用，根本应对不来这副模样的他，我求求我的心教一教我该怎么办。

可我的心似乎沉溺在他满目的温柔中，只告诉我：如今你已经是个成熟的乞丐了，希望你能自己解决问题。

你看，我一面对他，就喜欢想些乱七八糟的东西。

手里这封信由他帮我寄出，我坐上去陈府的马车，并推辞了他的陪同。但我身旁多了五六个一等侍卫。

这辆马车还是苏瑜的那辆，四角系着粉带银铃，随着双辕滚走，风起铃动，十分打眼。

如他所言，他的宅邸距离陈府不远，到的时候还能赶上一顿午膳。

我未给陈府下拜访帖，门口自然也没人迎接我，只是瞧着将我拖来的马车实在金贵，尚未停住便有门口的府卫进去通报了。

待我下马车时，正赶上一名身着锦衣的中年人走出来，向我拱手问道："今日不巧，我家老爷、夫人出府上香去了。这位姑娘，可是景大人府上女客？"

我颔首，略有疑惑，问道："先生如何知道的？"

中年男子一笑，随意指了指我身后，道："这是景大人的马车，一看便知。"

"这个？"我讶然失声。这马车竟然是景弦的？他何时喜欢粉色的少女物件了？这些年他究竟经历了些什么，欣赏水平才能如此刁钻地契合我当年的品位？

这个真相令我匪夷所思。

我还来不及将此事想得通透，男子又笑道："我是陈府新来的管家，姑娘有什么事可以直接告知于我。"

仿佛被一线灵光穿透，我反应过来，昨日在淳府门前被小春燕处置的人也是陈府管家。

"原来那位管家，可是因得罪了淳府的人才被辞退？"我急忙问道。

他稍一愣，随即点头，压低了声音说："姑娘莫问缘由，此事三爷特意叮嘱过的。"他许是猜到我即刻想要问原来的陈管家为何被辞退，才赶在我出声之前就制止了我。

被容先生教养多年，我也不是什么不守规矩的人，随即不再追问。待过几日我亲自去问小春燕，他应当不会瞒我。

管家将我领去偏堂议事。

穿堂而过时，我隐约看见月亮门后有个佝偻的身影匆匆而过。他应当是个上了年纪的人，我恍惚看见那人抱着一摞书本和一把算盘。

不知为何，我看着月亮门久久挪不开眼。那里分明早已空无一人。

我的视线被管家截断："姑娘请。"

我将自己来陈府的目的告知于他，并说明容先生交给我的举荐信被那窝劫匪连着包袱掳走，如今已给容先生写信说明此事，不日后待她回复，便可交与他们确认身份。

兴许是景弦的缘故，管家对我和颜悦色，对我说的话也深信不疑。但作为大户人家的管家，谨慎一些总是好的，于是他与我约定好，容先生回信那时，我进府教习。

陈管家留我用午膳，我这样贫穷的小衰蛋自然欣然应允。这么多年了，我能蹭饭则蹭饭的习惯还是改不过来。

好在容先生说我是个有福相的，以后不愁吃穿。我料想她的意思应该是说，蹭饭这个技能得留着，以后走到哪里终归不会把自己饿死。容先生总是将我看得很明白。

"姑娘慢用。"

小厮端上饭菜，我下意识嗅那菜香，张口一句"谢谢"还没说完，口水已经掉下来了。

我顿觉大窘，两颊烧得滚烫，待那小厮退下，我的窘迫感才消减一些，但颊边的热意我仍感觉得到。

拾起木筷，我将许多肉挑到碗里，和米饭堆在一起，用筷子压了压，张大嘴巴一口包住。

鼓着腮帮子嚼一大口饭的感觉甚是美妙。

这让我埋着头吃得极为认真。

"扑哧。"我先听见脚步声，而后听见笑声，紧接着清幽的竹香逐渐萦绕在鼻尖。

我迟钝地停下嘴里的咀嚼，稍抬眼用眼角的余光瞄桌前停住的人。

此时此刻，我的腮帮子还鼓着，口中的饭菜我嚼了许久也咽不下。

"吃饭便吃饭，为何也要脸红？"景弦向来清冷的声音中酝酿着笑意，"好吃吗？"

听他说话，我忍不住缓缓抬起头，木讷地望向景弦那含笑的眉眼。我此时满嘴的油光和鼓起的腮帮让我只想立刻原地去世。

好吧，我重新说，鼓着腮帮子嚼一大口的感觉甚是丢脸。我恨。

由于被饭菜堵塞而说不出话，我将头埋得很低，一边拿左手抠茶杯杯沿，一边快速嚼烂米饭。

始料未及的是，他忽然蹲下身来，以略仰望的姿势瞧着我。

我的脸颊更烫，侧过身去不想让他看见我八辈子没吃过饱饭的模样。

他却又追着到我的正面，蹲身看我。

我不禁怀疑他在故意戏弄我，想看我在他面前出糗的模样。我伸出手臂遮住半张脸，只露出一双眼睛看他。

他轻拽下我的手臂，用拇指为我擦去唇边的饭粒，道："我来接你回去用膳，却不想管家说你已经打算在这里吃了。"

就差那么一点儿，我就能咽下嘴里的东西，因着他的触碰，没咽下的全都哽在了我的喉咙里。我也不晓得此时脸颊发烫究竟是因为喉头被哽，还是因为他毫不避讳的接触。

我求求你了，避讳点儿吧。我和容先生学了六年的客套话，除了"谢谢"和"对不起"之外，如今一句也没同他用上。

纵然再不把我当个姑娘家看，也没有这般亲近的道理。

好吧，其实我和小春燕也常常这样亲近，有时还会更亲近。

但分明是同样的事情，一换作景弦，我的一切问心无愧都成了问心有愧。

或许不是他做得逾越了，而是我，是我问心有愧，心里住着鬼，才会觉得他的一切触碰都十分灼手。

他握住我的手腕，将茶杯推到我唇边，示意我喝茶："喝点儿水，没人和你抢。"

我下意识缩回手避开他。

舒缓片刻，我轻声对他说道："谢谢。"遂拿起筷子想要继续吃，我看了他一眼，斟酌着问他，"你吃了吗？"

"没有。"他看了一眼我的碗，挑眉问道，"你有什么想法吗？"浅笑中别有深意。

我摇头说："没有。"遂埋头吃饭。

"……"

他远比我从前臆想中我俩的孩子要听话些。自己规规矩矩地拿了个板凳坐在我身边，不吵也不闹，就这么托着下巴看我吃完了一碗白米饭。

不，一碗白米饭、一钵红烧肉、一盘脆皮鸭、一只香酥鸡、一碟玉色糕，都是他眼睁睁地看着我吃完的。我竟真的无情地一点儿都没分给他，难免生出愧疚。

好在我瞧他看着我吃的眼神也同我这个吃饱喝足的一般十分满足，我心里才好受了些。

比起十三年前醉香楼那一场，这些菜都不算什么。只是在别人府上吃这么多，让人看到了的话，面子上难免会有些磨不开。距离不当乞丐有些年头了，我慢慢学着还是要一些面子的。

临着小厮来收拾碗筷时，我正想着怎样才能避开异样的眼光，景弦先我一步，对小厮说道："你们府中做的红烧肉，十分合我口味。"

小厮一笑道："大人喜欢就好！"

这个围解得不露痕迹，又契合我的心意。他不愧是真真正正饿了之后认认真真看我吃完了的，那红烧肉确实很合我的口味。

他将我接回去时也是用的那辆粉带银铃的马车。我撩起帘子看着四角的银铃，很想问一问他关于"如何在短时间内性情大变"的事，但其实这些又与我有什么关系。不如不问，留他些清净。

我远远地瞧见府邸门前有小厮候着，穿着不像是景弦府内的，倒和淳府的小厮打扮得极像。

"你走后不久，淳府就派人来了，说要亲自把东西递到你的手上。于是便从早晨等到了现在。"景弦十分利落地从马车上下来，对着正认认真真扶着门边下来的我说。

我觉得自己和他比起来，像是个行动不便的老太太。羸弱、怯懦、颤巍巍的，不似当年活泼。

是否因为这样更惹人怜爱些，他如今对我才比当年好？我不清楚。可记忆里那个从他手中拿到陶瓷麻雀的小姑娘就哭得那么惹人怜爱。

这么多年，我终于有一点儿琢磨明白他了，他不喜欢活泼的姑娘。想来他的妻子应该是娴静温婉的。

我从小厮手中接过一个方形匣子，打开看到是我的玉簪。匣底附了一封信，写着"傻花亲启"。

我大概想了想，小春燕这么写应当是还我大庭广众之下唤他"小春燕"那一报。

不过，他特意叮嘱将东西亲自交到我手上，不过景弦府邸上的人之手，是在防着景弦什么？

我不明白一封信件，究竟须得防着景弦什么呢？难道交到景弦手中，他还能不给我不成？或者，还能先我一步拆开不成？景弦不是这么无聊的人。

我想，他们之间大概真的吵过架，结下了什么梁子，让一向很能与人做狐朋狗友的小春燕实在与景弦不对盘，也让一向孤高冷傲不屑与人交恶的景弦实在看不惯小春燕。

这个揣测使我该死地兴奋，竟然有种想看他们打一架的冲动。我想起当年和小春燕斗嘴时说过的话，沉静多年的心忽然就变成魔鬼了。

回到房间我才将玉簪拿出来，反复察看上面刻字的痕迹。最终在簪杆和簪首相接之处找到了"淳雁卿"三个字。

玉簪通体艳红，制成梅花的样式，梅心一点儿白，似是缀雪，晶莹剔透。

令我惊叹的是，在被督察期间，小春燕只用了半天不到的时间便为我将玉簪找回来了。三爷如今是真威风。

不，他当年也一样威风。

他挡在我身前，面露狠戾徒手掰断那只恶犬的腿时，威风极了。

我印象中的那几日都是灰色的，阴雨连绵，好在我的心情因手里抱着的香香的衣服而十分美妙。

到了我这个应当花枝招展的年纪，出门见心上人是需要打扮打扮的。

别人家的姑娘与我一般岁数时已如酸秀才话本里说的那样——娉娉婷婷胭脂色，窈窕伊人十四初。[①]放在我身上，大概只有"十四初"三个字和我沾得上关系。

我想来想去，这首诗距离我来说差的无非就是个"胭脂"而已。胭脂无非就是红白粉末。我也无非就是买不起而已。

这么些年，贫穷已劝退过我太多东西。我有时候也会想，在将每日挣来的几个铜板捧给景弦的时候，是否也应当自己留下一些，好好收拾打扮下自己，追他的事业就能事半功倍。

反正以后我和他在一起了，也是会藏些私房钱的。这样同他吵架之后，我随手砸出一包铜板，不怕没有底气。

小春燕平静地听完我的想法后，扔出一句："您真是深谋远虑。"

好吧，私房钱可以暂时不想，但是胭脂不能不想。没钱有没钱的办法，尽管我一丁点儿也想不出来，都没钱了还能有什么办法。

望着昏暗的花神庙，我惆怅地叹了口气。然后，我就发现花神庙的墙壁上全都是红白粉末，似是因破败多年而落下的墙漆。

它们出现在这里不是没有道理的。冥冥之中，我相信花神娘娘依旧没有放弃她的座前小官。从小到大，我需要的所有东西她都给我准备得整整齐齐。

我忽然有一个大胆的想法。这个想法被小春燕制止过，不过我没有让他成功。

对水自照，虽然说出来有点儿不好意思，但我当真觉得自己抹了红白粉末的模样还是有些许好看的。

小春燕在墙角四仰八叉地躺着，我瞌了他一眼，哼起小调来。他嗤笑一声，拢紧了身上那件皱巴巴的烂布衫。

"外面下着雨，你是打算带着他的衣裳一块儿淋过去，然后再自己淋回来？"他懒洋洋地斜睨我，"那你忙活这大半天抹的粉有什么用。"

---

① 化用自杜牧《赠别·其一》。

他说得有道理。我好不容易打扮一回，好歹要撑到见上景弦一面。

伞是不可能安排的，身为乞丐，我们不应当活得那样精致。

最后，小春燕大发慈悲地放弃了午睡的时间，决定亲自送我过去。我只需要裹紧怀里的景弦的衣裳，他负责拿他那件烂布衫裹紧怀里的我。

可是他身上只有那么一件衣裳。我料想他光着膀子与我一同奔跑在雨中的模样一定十分别致。

万万没有想到的是，当他脱下衣衫将我拢进怀里的时候，寻常瞧着清瘦的小春燕竟然健壮得出奇。

不知不觉他也是个十五六岁的少年了，身形修长。比起我来，生生高出一个脑袋，以及——

请问上天，他究竟背着我吃得多好才能练出腹肌来。我掂量着自己胳膊腿儿上的半两肉，有时候真的很想不通。

他就这么穿着一条肥大的黑色长裤，上半身遭受着风雨的摧打，一只手臂还护在我的头顶，用他的外衫遮住我。

我心生感动，郑重承诺他："等景弦娶我的时候，我一定让你坐在首客席。"

"首客席你就将我打发了？"小春燕睨了我一眼，呢喃道，"还不如说，让我代替他入洞房。"

"……"

经他上回的悉心灌输式教导，我是明白什么叫入洞房的。他常与我开这般玩笑，我都习惯了，也没太在意。

解语楼后门的那条恶犬今日似是不见了踪影，反正我没有听到犬吠声。我抱着景弦的衣服冲进巷子，让小春燕在巷口的房檐下面边避雨边等我。

没承想，等我跑到后门的时候，看到恶犬瞪着一双眼睛，挂着哈喇子瞧我。也不晓得它是不是被谁打了一顿，今日竟晓得不狂吠了。

我与它四目相对时，心里发怵，将景弦的衣裳紧紧揣在怀里埋头就跑。就在我从它身旁跑过的时候，它忽然咬紧后牙朝我狂吠了一声。我晓得那是它发狠的前兆。

天可怜见，我俩明明算是同行，虽不是同类，却也不至于如此看我不顺眼吧。

难道它坐在后门是为了打劫过路的客人，其实这扇后门是需要给它投食才可以进？我每每空手进来，犯了它的忌讳？可我原本以为自己穿得这般破烂，它应当能体谅一二的。

其实我在街头流浪这么多年，已经明白了一个道理：世上有太多的人、事、物都如恶犬一般，你未招惹它，它却喜欢跳起来欺负你。

就像此时，我才跑了两步，它便撒腿疾跳而起，疯了一般朝我奔过来。是，我寻常与狗争食是有些可恶，但我从来没咬过它们，它为什么要咬我？

我也记不清被咬住脚踝时究竟是怎样绝望的心情，只隐约记得我那几声惨叫响亮得几乎要穿破云霄。惨叫声和犬吠声在巷间此起彼伏。

景弦的衣裳被我紧紧地裹在怀里，此时应当皱了，皱了便皱了吧，希望不要沾上我的血。我在被咬住的那一瞬，想到的东西也没别的了。

好痛。我这条腿是不是今天就要断在这儿了？

任凭我拿石头怎么砸这条恶犬，它都不松口，反而咬得更紧。我眼睁睁地看着脚腕流出血，和着它的口水一起淌下来。我很害怕，急切地想要有人来救救我。

从巷口路过的那些人，就不能把我当人看一回，还是他们觉得避雨更重要一些？我不清楚，也不愿意想得太清楚。

可为什么景弦也听不到我的声音？为什么小春燕也不在巷口？恍惚中，我以为那些会陪伴我一生的人都离我远去了。

就和我趴在大牢的老虎凳上做的那场梦一样。那场梦很长很长，我想它那样长不是没有道理的，我大概是梦到了多年后的事情了。

几年后，身边的人会离我远去，或者说我会离他们远去。我当时怎么会梦到这些东西？事后又为何想不起？只在此时此刻，我绝望时想起。

但愿我不要在绝望时真的实践我的梦。因为我已感受到了梦中的我独自望着星星时有多孤独，那样真孤独。

"花官！"

我听见有人疾呼我的名字。那声音像是一把匕首，凌厉地刺穿了阴霾。我还没来得及转头，便有人影晃至身前。

我印象中的小春燕从来没有这么慌张过。说实话，我觉得他比我这个被咬的人还要慌张几分。

他没有任何迟疑，直接将手卡进恶犬的血盆大口中。我料他是打算徒手将死扣在我脚腕的牙齿掰开。我看到他的手比接银子时颤抖得厉害太多。

他来那一刻我才晓得，我其实也早已怕得发抖。

可我见他实在慌张得不得了，忍不住反过来安慰他："小……小春燕……你……你别害怕，我其实现在感觉还可以。"

"你闭嘴！省点儿力气！不知道疼吗?！"他咬牙切齿地回我，凶巴巴的模样活像我欠了他千儿八百两银子。因为我看他沿街收保护费的时候，好像就是这个态度。

"好吧……"我从来都可听他的话了。

因他施力狠绝，恶犬的嘴脸陡然狰狞，让我想起方才从巷口匆匆走过的路人。

小春燕脖颈和额间的青筋毕露，几乎在我皱起眉忍不住要再次惨叫出声时，他撕裂了恶犬的嘴角，将我的脚解救出来。

血水满口，应当不是我脚腕的血，是恶犬的。

它大概也痛得不轻，顿时像打了鸡血一般疯吼，声音由尖细到粗犷，比之方才的我不逊多少。

恶犬疾跳不止，朝小春燕扑过去，又恶狠狠地盯着我。

小春燕挡在我身前，一脚踩在它的头上，整个人跪在恶犬身上将它压制得死死的。他一只手握住它的前爪，另一只手掰住它的后腿，指甲全数抠进恶犬的生肉里。

听着恶犬惊慌的呜咽声，我仿佛感同身受地明白，它遇上了一个魔鬼。

利落又干脆，随着恶犬示弱般的惊叫，我看见它的后腿耷拉下来，尽管还连着皮肉，它的腿却已被折断。

小春燕生生掰断了恶犬的腿，这个事实让我觉得他不像是他。但他转过头跪在我面前抬起我的腿，急切地为我吸出脚腕血水的模样，又让我觉得他还是他。

燕爷彼时威风得让我这个与他同届的乞丐自愧不如。他让我觉得自己仿佛看了一场梨园里的武生戏，浑然忘了自己的脚腕刚从恶犬口中拿出来，又入了他的口。

我望着他心里想着：又不是中了毒，为何要这样？

他像是看穿了我心中的疑惑，一边吐出血水一边解释："如果它本就是只疯犬，你就等着害病吧！"

什么病？见识浅薄的我的确被他吓住了，不敢乱动，任他吸出血水。

雨水倾盆倒在他身上，我这才注意到，他还没有穿衣裳，双手也因方才卡在恶犬口中而破皮出血。

"小春燕，那你的手呢？你会生病吗？"我紧张地盯着他。

他抹了抹嘴角的血渍，直起上身来看我，沉默了一下后抬手凑到我嘴边："很有可能。来，给我吸出来。"

我愣了下，听话且认真地帮他吸血水。不知道这么说算不算没有良心，但其实我吸了一会儿后发现，他这破皮的口子实在太浅，吸了好半天也吸不出个什么来。

待我涨红了腮帮子才好不容易吸出一丁点儿时，才反应过来：我伤的是脚，自己吸不到是正常的；他伤的是手，自己吸不是很方便吗。

我松开嘴，稍一抬眸，正想和他说这件事，眼角的余光里竟瞥到景弦的身影。

他打着一把青色的伞，像是刚从外边回来，此时正站在巷口看着我。准确来说，他是看着我的嘴和小春燕的手，继而目光又挪到了我的脚上，才皱紧眉疾步走来。

"景弦，我方才被狗……"

"上来。"没等我说完话，也没等景弦碰到我，小春燕背过身蹲在我面前，"背你回去了。"

我将怀里的衣服递给景弦，一边趴上小春燕光溜溜的背，一边对景弦说："我是来还衣服的，你看。只是衣服有些湿皱了，须得洗一洗。"

景弦看我的眼神有些疑惑，但他还是迅速地从身上摸出他仅有的一小袋银子，逮住我的手，声音略急："拿着。"

以我"只占他身上的便宜，不占他身外之物的便宜"这一条原则来说，我本来是想推托一下的。小春燕却并未同景弦客气，嬉皮笑脸地帮我道了谢，背上我就走。

"景弦，我会还给你的！"我转头朝他喊。

他望着我，默然不语。我好似看见他的眉皱得更紧了。

"景弦！这几天我可能没办法来找你了，我现在脚腕痛得厉害，不知道什么时候能好！"

"景弦！"

我们走出巷子很远了，景弦还能听到我喊他的声音。我也还能从巷口看见，他望着我一动不动，脸上是我看不明白的复杂神情。

小春燕停住脚步，将我往上颠了颠，道："你再喊一句'景弦'，你就给我下来。"

我被噎了一下。小春燕是个说到勉强都会做到的人，我讪讪地闭嘴了。

回到花神庙时，我瞥见地上水里的自己，讶然发现，脸上的红白粉末已将我糊成了花猫。尤其倒霉的是，被红白粉末抹过的地方有些痒。我只不过用手挠了挠，就冒出些红色的斑点来。

完了，我完了。

"哈哈哈哈……"小春燕指着我放声大笑，那副嘴脸简直猖狂至极。

我捂着脸蛋，心也皱巴巴的，转到一边去不想看他，委屈地说道："我本就不好看，这下景弦更不会要我了。"

小春燕很耿直地笑着说："是啊，你本就不好看，他要不要你，自己心里没数吗？"

我捂住心口，冷不防地被他的耿直伤到了。昨天晚上他蹭我饼子吃的时候可不是这么说的。

好吧，不得不承认，他说的是实话。我在景弦眼中确实丑得扎扎实实，四年了，他从不肯改变一下观念。

上回我给他削苹果时，问他我认真的模样好不好看。他转过头就把苹果还给了我，太伤人了。

可我心里该死地不甘心。毕竟我觉得今年比去年来说，景弦好相处了许多。按照这个良好趋势发展下去，没准明年我们就能成亲，后年就能生子。

他若是喜欢，我大后年给他生两个也是可以的。

我听敏敏姐姐说，女人生孩子很痛苦，轻易不愿意多生。上天你可有看到，我喜欢他喜欢到愿意为他生两个孩子。

但是现在……我捂着脸转到一边去，心里难受得紧。

"哎，别生气啊，我要我要……"他凑过来，嬉皮笑脸地说，"燕爷要你还不行吗？"

我吸了吸鼻子，道："别和我开玩笑，我真的觉得有些生气。"

不晓得这句话又戳着了他哪门子笑穴，他拿拳头抵住唇，笑得愈渐猖狂，道："你一本正经的样子怎么这么傻。"

只不过他的笑声伴我入了好眠，我的心里也不那么发紧了。那夜，景弦又一次入我梦来。

许是他入我梦，我的心抑制不住地膨胀，膨胀着、膨胀着，浑身发热。

我迷迷糊糊中，听见小春燕正焦急地喊我，一声催着一声，像是生怕我从此以后人事不省。

"傻花！傻花！你醒醒！你怎么这么烫？有没有哪里觉得不舒服？！你是不是害病了？！"

我并非不想搭理他，只是不好意思告诉他我好像做了个关于景弦的温柔绵密的梦，缠绵得不想起来。

他却觉得我有病。

好吧。当我身上开始冷热交替、额间发出虚汗、即将晕过去的那一刻，我终于发现，我是真的害病了。不知道我们做乞丐的怎么这般不经事。

无知无觉地晕过去。

恍恍惚惚地醒过来。

我睁不开沉重的眼，只感受到自己躺在柔软的褥子上，脚边搁着的是热热的暖壶，额间搭着的是微润的帕子，鼻尖萦绕着的是淡淡的檀香。

周遭一切都舒适得令我惬意，险些想要一觉不醒。这个时候我才真切地认识到，人只有在经历了凄惨与痛苦时，才会有片刻的安稳。否则会一直修行，不知疲惫。

"她如何了？"

我隐约听到小春燕的声音放得很轻。

另有一个人不知说了些什么，我听得模糊，约莫是在分析我的病情。

而后小春燕似乎笑了声，我感觉有人拂过我耳边的头发："没事就好……别的我也不求什么了。"最后那句，近似呢喃。

我不知为何，竟将他的呢喃听得清清楚楚。

后来容先生教导我时曾说过这样一番话：当一个人在用真心与你说话时，你想要听不见是很难的。

经年过去，容先生这番话还在我脑海中，小春燕那句呢喃我也放在心头。明明白白地，我与他青梅竹马的情谊，自然真心。

我放下红玉梅簪，收回遥思，打开他附上的信，细细读起来。

一眼可见，信纸的底纹是红梅映雪，拓上两句清隽的字：*愿你一生清澈明朗*[①]*，无忧无虑。别无所求。*

小春燕十分刁钻地在这行清隽的字下加了一句，仿佛是与它比谁的字迹更加俊美。那字遒劲有力，墨透纸背：*从前别无所求，而今势在必得。*

---

① 出自丰子恺《愿你一生清澈明朗》。

梅雪祭拜

第八曲

我尚且来不及思考小春燕强行添笔的这句话有何深意，目光已被另一行文字吸引了去。

他说："听闻你昨夜遇害负伤，我辗转难眠。思来想去，心觉景弦招致此祸必有内情。太常寺不过掌管宫廷礼乐祭祀，无权无势，如何引祸？恍惚间，当年解语楼首席乐师献曲后平步青云一事浮上心头，而今细想来，此事也绝非偶然。言尽于此，十日后晤面细解。"

他将此言置于信首，想来是想要突显这个消息格外重要。我翻了翻余下的两页，便都只是些琐碎家常，没再提及此事了。

绝非偶然？怎么个绝非偶然法？

我忆起当年景弦坐在琴房背对着我摩挲他师父留给他的玉佩的模样，无法将小春燕的绝非偶然和当时落寞的他联系起来。

可《离亭宴》里景弦刻意弹错的那个音，以及他将此曲献给他师父署名的事实，隐隐让我有些惶惑。仿佛我认定多年的事情，在一瞬间裂开了蛛纹，让我勉强窥见一角。

昔日我作为景弦的追随者，自当留意他的一切消息，尽管是道听途说，也不无可信之处。况且与我从别人口中听来的事实大致无差。

唯有第一版要夸张些，也就是我从那两位公子哥儿口中听来的那版。他师父荣见圣颜，一曲敬献毕，陛下大喜，当场赐了他官衔。

后来我仔细想过，若真的这么容易在云安见到陛下，那我在云安这许多年，也不至于衰到回回都刁钻地错过。

想必我这样有毅力的一个人，要真见得到陛下，也能被封个官当一当。

好吧，我开玩笑的。纵然我再有毅力，没有做出该有的成果，也不值当提。

但他师父阴错阳差地去往皇城当官是不争的事实。

只是不知道他师父究竟在云安遇上了什么人，又为什么会遇见，我不清楚。

此时此刻，我只能想到他对我说"你一身清白，何苦蹚我这摊浑水"时的神情，心念微动。

彼时我不懂他为何自比为浑水，如今竟似能意会一些了。

幸好，我是个傻子，不需要明白太多。有些东西似懂非懂就好了。

我放好信件，将玉簪插在头上，左右闲来无事，打算去找府中下人拿一把剪子修理红梅枝。

我抱着红梅，刚推开门便看到一名婢女正引着一位紫衣公子走过长廊。我瞧那高挑修长的背影甚是眼熟，心底稍作思忖才想起来是谁。他是景弦的好友，苏府二公子苏瑜。

没来得及和他打上一声招呼，他已匆忙拐过了回廊，没看见我。想来他是有要紧事去找景弦了。

丫鬟为我拿来剪子，我寻了个勉强能晒到太阳的地方，静坐着剪了小半个时辰。

当我抱着修剪好的红梅去找花瓶的时候，忽听见回廊角落的那间房里传来了景弦和苏瑜交谈的声音。

"大人，昨夜那两名刺客的身份已调查清楚了。"我听着觉得苏瑜刻意将声音压低了些。

想到小春燕信中所言，我慢吞吞地挪动身子，在窗外停下脚步。我从缝隙中看进去，景弦正端起一盏茶，眉梢眼角有无尽的冷意。

那是我许多年前常常会见到的神色，也是我梦中他惯有的模样。

"他们是曾被大人亲自处以极刑的逃犯的家属，寻仇而来。与他们住在一处的，还有十余人，不知要如何处置？"

景弦浅抿了口茶，漠然说道："一个也别留，更不要让他们死得太好看。"

我讶然掩住口，生怕抑制不住惊呼出声。

"可是……"苏瑜神色中难掩垂怜，"其中许有无辜之人。"

我瞧见景弦从容地将茶杯搁置在一旁的桌上，他眸光未敛，锋芒毕露。

"你听不懂什么叫'一个也别留'吗？"他的手指点在桌上，偏头看向苏瑜，咬字极缓极重。

我怔然望进窗缝，恍惚以为自己看见了当年那条我不犯它、它却犯我的恶犬。

我原以为只有小春燕才会用这般花腔的调调，没有料到景弦也会，还会得很娴熟。大梁朝堂果然是个教做人的地方。

苏瑜一愣，皱眉叹了声："大人有所不知，这十余人中不知情者占近一半。若赶尽杀绝，未免太过心狠手辣。"

"心狠手辣……"景弦垂眸咀嚼这四个字，复又抬眸说道，"两个月前我放过了他们，两个月后的昨夜我便被刺杀。世上哪有那么多的公平事，可以说服我不要心狠手辣？"

他向后倚着座椅，一条腿跷在另一条腿的膝上，目光幽深。我大概明白，他这些年的眉眼为何不再清浅。他此时咬牙冷笑的模样，竟有那么点儿风华绝代。

是，世上没有那么多的公平事，足够说服人要善良。这一点我深有体会，好在像我这般微不足道的人善不善良也没什么太大的关系。

对此小春燕也深有体会，不承想景弦一样。他们这样的人，善不善良就决定了无数人的生死。

"我心不狠、手不辣，怎么保护我心爱的人。"景弦满眸溢彩，像是陷入了某种回忆之中，良久才继续说，只不过他的声音已低沉了些许，"这个道理，是我从一个人身上学来的。我有多感激他，就有多嫉妒他。"

我不知他说的心爱的人，具体除了他的妻子还能指谁。我好期望那是我。少卿大人，你不知道的是，将你变得如此体贴温柔的妻子，也让我既感激又嫉妒。

万幸昨晚是我同他走在一起的，我在心底勉强装作他就是在说要保护好我。

"花官姑娘？"

我望着窗缝里的景弦太过入神，没注意到有人走近，待丫鬟唤我出声，我才猛然回头，霎时羞愧得红了脸，脸颊发烫。

是这样的，被人撞破偷听后的尴尬还是要表现出来一点儿的，否则这位拿着扫把专门跑过来扰我的丫鬟岂不是很没有面子。

她唤我不过几个弹指，景弦和苏瑜便走了出来。我顿时局促得不知所措，捧着一大簇红梅傻愣愣地站在原地，透过梅枝缝隙去看他。

为了缓解尴尬，我愣是拿出了自以为明艳大方的笑容来。

这一幕，经年如故。

我瞧他愣住了，自己也愣了下。记忆里我送他红梅，同他念"伴君幽独"的那一晚，便是这般笑着并透过梅枝缝隙望他的。

至今已过了快十年。唯差我一句"伴君幽独"，那晚的一切便能再现得明明白白。只可惜，那句话我再也不会说出口了。

不知为何，我的心底蓦然有些湿润，涌出一股酸暖的热意来。

有风拂过，他许是被迷住了眼，眼角微微发红，伸出的手也有些颤抖。他从我手中接过那簇红梅时，唯道四字"相得益彰"。

我想起昨晚对他说过的话。那时明月尚且不在，又如何会有当年红梅尚在。此时的相得益彰，与我当年想要的，终究不一样。

我只能故作不知，望着他解释道："方才无意间听到你们的对话，抱歉。"其实我心里想的是，我本人有意的成分较多些。

苏瑜看了景弦一眼，皱起眉低声唤道："大人……"

景弦摇头道："无事。"他稍作一顿，看我的眼神深了几许。

"你对我没有成见就好。若是有，你一定要说出来。"

我亦摇头。他说的成见，是哪门子的成见？我对他说的心爱之人成见很大，能不能说出来？

静默半晌，我俩之间的沉闷已经成功地劝退了苏瑜。他站在一旁百无聊赖的模样似是待不下去，最终拱了拱手，示意自己先离开。

我也不知道自己和景弦如今究竟怎么相处的，竟能相对无言地站这么久。

我要是苏瑜，就会笑着对景弦说些"这位姑娘笑起来真好看"之类的客套话，打破这该死的僵局。想来他年纪还太小，不会做人。

待苏瑜走后，景弦仍扶着梅枝不愿意起个话头，恍若沉浸在岁月的长河中，一边挣扎，一边下落。我已经救不起他了，也不敢救他。因为我曾经伸出去的一双手，他从来都没有拉住过，我却栽下了河。这么多年了，谁来救过我啊。

他站着不说话，我也不好意思同他说我其实想回去睡个午觉之类的。

"花官。"他忽然唤我。

我回神看他，颔首说道："在的，景弦。"

倘若他不能说出个让我觉得我站这么久很值得的话来，我一定扭头回房睡觉。

"这么多年我变了许多，是不是？"我猜测他还记挂着方才被我听去的内容。果然他稍顿后，又紧接着问我，"会怕我吗？"

"还好。"我点着头对他玩笑道，"……与我当年对你如狼似虎的模样比起来，好太多了。"

世事真不是个好东西，又在骗人。说什么过往那些能再笑着讲出来的，都已经被释怀了。这么多年我心性果真坚韧了许多，释怀不了的我还是可以笑着说出来。

我见他喉头微动，好半晌才无声地一笑，说道："你也晓得你那样叫如狼似虎。"

我们没再多说什么。如今，我与他的对话就像是在过年的时候问候对方的亲戚一般。寡淡得我都替自己尴尬。

不，说起过年问候亲戚，我倒是还有些能说的地方。

我十四岁的最后一天下大雪。临近过年，我想和其他小孩子一样得到压岁钱的欲望越来越强烈。

这使我看别人手里银子时的感觉，和我看着景弦弹琴时的感觉是一模一样的。

"如狼似虎，饥渴难耐。"小春燕这样评价我。他说得完全正确，我一点儿也不想反驳。我决定趁机去找景弦抚慰一下我因拿不到压岁钱而空虚寂寞的心。

他于丑时弹琴，辰时才结束，怎么着也得给他留一些休息调整的时间以备应付我。

于是，我在花神庙里生生挨到将近午时才去找他。我心里帮他感慨着如我这般贴心的追随者当真不多了。

解语楼因被白茫茫的大雪覆盖而显得有些萧索，但其实我私心里觉得萧索的具体原因是那些往日里光顾的嫖客都回家过年去了。这样说的话更真实一点儿。

姑娘们的生意惨淡到看见我这样黑不溜秋的乞丐摸进来都十分愿意寒暄几句。诸如"大过年的又来找景弦啊""我看你们这个样子下去是要成啊""到时候请我们吃喜酒啊""恭喜恭喜啊"云云。

不愧是能陪客人的小甜心，都是有灵性的人，说的话太好听了。

我往常是不会和她们多说的，生怕多说一句她们又招打手来轰我，但今日实在没有忍住，拱着手回了一句："同喜，同喜……"

今日与我说了好话的我都记在心上了，回去我就添刻在花神庙墙角那处宾客名单里。尽管小春燕一直说看不懂那块乌七八糟的东西上究竟写着些什么鬼画符。

此刻我奔楼而上，迫不及待地想和我的小景弦道一声"新年好"。只可惜我临门一脚那步起得太低，门槛为了挽留我，使我摔了个狗啃泥："新……嘤。"我捂着鼻头险些哭出声。

"新年好。"景弦平静地接过我的话，然后蹲在我面前，面无表情地看着我，沉默了片刻说道，"礼大了。"

我赶忙从地上爬起来，捂着鼻子望着他，苦巴巴地说道："新年好。"

我抬眼才发现他肩上背着一个青色的小包袱。他竟没有练琴、看书。

"你要出门？"我微微睁大双眼，指着他的包袱。

他点头，站起身来，又俯身拉我。我捂着红通通的鼻头没有说话，他补了一句："我去祭拜我的父母。"

这种事情定要赶在午时之前才好的。我皱起眉催他："那你还在等什么？怎么也不早些出门？"

他凝视着我好半晌没有说话，继而露出困扰的神情，道："我还缺个会生火的人。"

"我，我，我！"顾不得自己鼻头红肿的滑稽模样，更顾不得去想他这么大一个人竟然连火都不会生，我渴盼地望着他，希望他能大发慈悲，"我最会生火了！"

"好，走吧。"他竟也无片刻犹豫，回应得极其爽快。

料想他已将东西准备得妥妥当当，我搓了搓微微刺痛的鼻头，欣然跟在他身后。

他的父母合葬在一座无名后山上，那里遍地是坟。无论生死之物，但凡是在这片领域内，都被沉重的杀气笼罩着。

好在近日素雪连绵，杀气被没有尽头的银白截断。

原来他的父母就长眠在这荒芜寂寥之地，年复一年，只有一块冰冷的墓碑和一树的红梅看守家门。你看他们睡在冰冷的棺材里，紧紧依偎在一起，却谁也不理谁。

唯有那红梅散发着幽幽暗香，与他们无声交流。

我想起重阳登高时，酸秀才文绉绉地同我感慨人世无常时说过的话。

"你瞧这大好河山，鲜活又明快。可谁能想到，如今尽收眼底的一切，最终都不过是一抔黄土，尽入那渔樵闲话。世事无常，唯有珍惜眼前人，眼前人……"

他的眼前人是谁我不知道，反正我的眼前人是正蹲着擦拭烛台的景弦。

景弦垂眸，将原来只剩芯子的白烛换下，嵌上崭新的。我想到我来此处的作用，赶忙挽起袖子，想从他的包袱里找出打火石，却见他拿了一根火折子出来。

我顿觉自己来此一趟着实毫无用处。

瞧了眼我木讷的模样，他问道："饿了吗？我这里有吃的。"语毕，他递给我一块热乎乎的糖饼。

紧接着，他从包袱里拿出一小袋糕点，整整齐齐地置于碟中后，才摆放在墓碑前。

我想他那些糕点都是冷物，没有我手里的糖饼热乎。于是我立即将糖饼分了分，将大半搁在碟中。

景弦转头瞧我，神情有些许疑惑。

我认真地同他解释道："从前我挨冻的时候都想吃热乎的东西。地下那么冷，有一点儿热乎乎的糖饼会好许多。"

他凝视着我，久久未言。寒风凛冽，他的眼角被风雪晕得通红。

我赶忙再从手中掰下一半递给他，问："你要不要也吃一点儿？"

他摇了摇头，盘腿坐在雪地里，拿起墓前的酒杯。细雪倾满杯，他伸出手指，将它们挖出去再斟上烈酒，先递与我一杯，又斟满另一杯。

我见他俯身，无声地将酒杯放在墓前一边，便也学着他的样子虔诚地将我的酒杯放在另一边。

我俩几乎同时直起背来。这让我想到了成亲时傧相高喊的那声"二拜高堂"。

我侧眸看去，瞧他伸出手轻轻拂过墓碑上的字。显然这又到了体现我文化水平低的时候，这么些字，我几乎一个也认不出，只好埋着头默默啃饼。

我的耳畔只传来猎猎风声，风声穿过山间，打向红梅。

"能孕育新生的黄泥，却一寸寸销着他们的骨头，也不知是什么滋味。"他神色悲悯，声如吞炭，尾音渐消。

我不知他此时是什么滋味，只觉得心里也跟着他不好受，不好受到手里的糖饼都不能使我好一些。

我搁下糖饼，拿手指轻轻碰了下他的臂膀，待他转过头来看我时，我才慢吞吞地捧起地上的细雪掩住自己的脸，又一头扎进雪地里。

他一把揪起我，我抬眼时还可以看见他皱起的眉："你做什么？"

我抹开糊了我一脸的雪，急急地对他说："你不是想知道是什么滋味吗？"我捧起雪，凑到他面前，"你看，这雪下面就是黄泥了。"

说完，我跪在地上，撅着屁股把脸钻到雪地里，任由黄泥和细雪凝住我的脸。我恍惚闻到周遭一片清香。雪下黄泥，是新生的味道。

当我直起身想要告诉景弦时，却见他也正捧起雪掩住了自己的脸。他的喉结微微滑动，我便也跟着喉头一哽。

我陪他一起，再次扎进雪地中。那冰雪沁得我原本磕破的鼻尖也没有那么疼了。

茫茫大雪，落红满头。不管是白首、红首，我俩都有了。

不知过了多久，他忽地将我拎出来。我估摸他是觉得我比他扎得还要投入，再不拎出来怕是要睡过去了。

我捂住快要冻僵的脸，一边哈气一边对他说道："景弦，我料想你的父母都睡得很安稳，只是有些冷。你放心，等春天来了就好了。"

他凝视着我，双眸愈渐猩红。我猜他是有些想哭，但碍于在我面前，不好意思哭出声。

就在我打算背过身去给他点儿缓冲时间的时候，他转过了头。哭是不可能在我面前哭的。

摸到没啃完的糖饼，我拿起来，拍掉上边的红梅和细雪，抱着膝盖慢慢咬着。

待风声渐诡，才听他徐徐与我说道："我生于氾阳富商之家，年少得意。然家道中落，辗转云安，节俭度日。后父母双亡，孤身一人，卖艺为生。"

我啃糖饼的动作稍滞，缓缓抬起头来望他。

酸秀才曾对我说，他读书时最恨看书中所写的名人生平简介，概因那么寥寥几字，看似轻描淡写地一笔带过，却诉尽一生，满溢辛酸。

当时我正坐在小板凳上吃李子，不懂他在唉声叹气些什么。而今我明白了，何为"寥寥几字，满溢辛酸"。

我很心疼他。好在我这些年过得也不是很好，姑且与他打个平手。

"他们去世多年，我印象最深的是我父亲永远挺拔的脊梁。他说他只弯腰，从不折腰。"

"五岁那年，他带我上街玩耍，我看中小贩手里的一串糖葫芦。可那时我们已不再如从前一般能够任意挥霍钱财。我看那糖葫芦看了许久，因实在想要才向我父亲边哭边讨。小贩不忍，拿了要送我。我刚伸手去接，父亲便给了我一记耳光。"

他吐字清晰平淡，仿佛在说别人的事。我却听得心头一紧，问："为什么要打你？"

"因为他说我那样是在作践自己。"他抿了抿唇，又继续说道，"我性子闷，他们又将我看得紧，好不容易才出来玩一趟，不仅没有尽兴，还因讨不到想要的东西被责骂、挨了打，心里很难过。"

我听他讲这些，心里也很难过。须知我们做乞丐的，日日出来玩，若不能尽兴，岂不是日日难过？

"后来呢？"我此时心里难受得连糖饼都啃不下去。

"几年后，父亲去世。他临终前便对我说：'永远不要仰望别人，除非是你的心上人。做一个有骨气的男人，莫要别人轻贱你，你也莫要轻贱了自己。想要的就亲手去夺，哪怕不择手段，也不要等着别人来施舍。'"

他说这话的时候，眼神虽犀利深邃，语气却很温柔，也不知是怕这么说会伤着谁。

我默默埋下头，啃了一口糖饼。

"花官，你看清楚，若你有一日窥得我心，发现我并非如你初想时那样不染尘埃，你也许会心有成见，不再爱慕于我。"他转头凝视着我，又是我看不懂的复杂眼神。

我才懒得猜，咬着糖饼对他摇头，道："不会啊，你是什么样，我便爱慕什么样。"

他看我的眸色深了几许，轻声对我说道："或许我已不择手段地去做了些事，你看不明白，还当我是很好的人。或许，我本就不似你想象中的那个人。”

我赶忙搬出前几日酸秀才在话本上写的词，认真地对他说道："或许我也不似你想象中的那个人，其实我贤惠能干、勤俭持家，我们那片地儿的男孩子都抢着要我。"

他沉默片刻，忽地勾起唇角笑出了声，转过头去不再看我，叹气道："花官，我今日对你说的话，你听懂了几成？"

此时我嘴里还叼着糖饼，一门心思分成了两门，至于听懂几成，我也不好意思说其实我压根儿什么都没听懂。

幸好我的脸皮够厚，能硬着头皮瞎掰出来一些："嗯……我懂了一些，就是……过年了，你今日带我来见你的父母，是不是说明你会娶我？"

对，我可真是个小机灵鬼儿。这一把反杀打得他措手不及，顺便解决了我的终身大事。

"你想太多了。"他斜睨着我，勾起唇角轻声说道，"不过，姑且当你今日懂了十成。"

姑且……我其实懂的尚不足一成。

还有，我想太多了？我怎么就想太多了？我闷闷不乐地低垂下眉眼，正欲好好想一想他今日说的那些富有哲理的话究竟是什么意思，便见他一边起身一边掸着衣角的雪。

我三两下吃掉手中的糖饼，帮他拎起包袱，麻溜地起身："景弦，我们要回去了吗？"

"嗯。"他接过我手里的包袱，掏出一个小红布包，"这个给你。"

我拿到手里摸了摸，预感里面是铜板，心中不解，望向他。

"你今日给我行了大礼，我若不给你压岁钱，好像说是要折寿。"他抬起手戳了下我的鼻尖，得来我呼痛一声，他眸中生出笑意，"明年就别再给我拜年了。"

我登时窘迫得不知说什么好，闷声对他说道："你与我同辈，却和我说什么拜年不拜年的……你放心吧，明年我十五，已经不兴给人拜年要压岁钱了。"

此话一出，我恍惚反应过来，今年是我第一次收到压岁钱，也是最后一次了。我心中难免生出落寞之感。

他漠然，并不顾及我是否落寞，似是随口回我："及笄之后不拜年，就可以拜别的了。"

"拜什么？"我睁大眼睛，追着他问。

他默然，定定地瞧了我一眼，转身向前跨了一大步，头也不回地说道："拜神之类的。"

于是，离开他的每一年，我都会和容先生去庙中拜神，祈求上苍保佑他平安顺遂。

那是我认为离某些我向往的东西最近的一次。可惜有些东西，若是当时不明白，以后再想去明白，就不会觉得是那么一回事了。

总爱把我说的故事当作话本听的阿笙小妹妹曾经问过我：会不会存在这么一回事，其实是我当年误会了。

她若不这么说，我心里兴许好过一些。她若是这么说，那我当时未免离开得太冤枉，这些年也未免过得太冤枉。

说来，终究已过去这么多年，误不误会有何所谓。从前我听不懂的，经年此去，便教我不敢再懂。我曾妄自揣度过，无论冤枉与否，都只赠我一场无疾而终。

换作你，你还要再去揣度不成？

所谓事实，不就是没有过程，唯看结局的吗？

所以对我来说，事实就是，我心悦他的那些年里惶惶不可终日，他也没有跟我说过让我不要惶惶，到头来世事艰阻，无疾而终，又奈谁何。

兴许以我现在有文化的心智再回过头细想，他说的许多东西我都能了悟一些。只是我已没那么好的兴致再去揣度当年了。

凭他如今这般已教我招架不住。

寄人篱下不是长久之计，整日里被他随意的一两句话撩拨得春心再起也不是长久之计。我只期望容先生能快些回信，让我住去陈府。

　　这个愿望在次日晌午实现。云安昨晚下了一夜的雪，雪后初晴，陈府的管家带着几个小厮亲自驾着镶金马车来接我。

　　柳州与云安的距离还是有一些的，任那信鸽飞断了翅膀，也不应当只消得一天就能跑个来回。真要快到这个地步的话，云安和柳州双方都没什么面子了。

　　陈府管家告诉我说，并非容先生来信，而是淳三爷亲自担保，要我快去陈府任教。他强调，请我在任教期间住进陈府，以便辅导两个孩子刻苦学习。且一来一回舟车劳顿，绝不能苦了教书育人的我。

　　他一口一个教育，一口一个学习。若不是了解小春燕的为人，我险些快被他这番大义凛然的发言感动得落泪。

　　不过，如此甚好。

　　在此之前，我们谁都没有得到任何消息，景弦自然也没有。

　　我瞧他神情不豫，想来是因为没有被商量，而是直接被我告知。

　　此时我应当对他这两日的收留表示感谢，可我见他看着我的模样不像是准备好了要接受我的感谢。幸好我也还没在心里打好感谢词的底稿。

　　他凝视着我的模样，更像是要一把抓住我的手臂，问我是否真的要去。

　　别问我是怎么知道的。他此时的的确确正抓着我的手臂问我。

　　反正他也说要去陈府任教，我认为自己住不住在他的府邸不是什么大不了的事。况且，马车已在门外，人家陈管家来这一趟不容易，总要带点儿什么回去，譬如我。

　　我真的要去。这两日我充分认识到了与他同住一个屋檐下的弊端。那就是我的心总是不听使唤。

　　"这两日在府中，我有哪里对你不好吗？"他的声音飘浮在空中，轻细得如尘埃，虚无缥缈，"为什么要走？"

　　恍惚间，我以为他是在问我六年前为什么要走。因为他在我的梦中就问过数次。唯有此刻他与我梦中人形影重叠。

　　但我晓得他应当不关心我那时为何要走，为何要放弃他，又为何没能做到"我会一直在"的承诺。

"因为……"我此时此刻觉得小春燕那蹩脚的理由该死地好用,"一来一回舟车劳顿。"

之所以说这个理由蹩脚,是因为我昨日去过一趟陈府,深知走个来回也不过半个时辰。

他看我的眼神仿佛在质问我这么刁钻又敷衍的回答究竟是为哪般。

我瑟缩了下脖子,仿佛在回答他:你看走眼了,我一直不似你想象中的那般,我其实就是这么敷衍的一个人。

他不知道的是我对自己一直很敷衍,只不过那些年里对他从不敷衍罢了。

好吧,我今天站在这里,还是做不到对你敷衍。

我认真地同他解释道:"你在云安也待不了多久,我一个人在你的府邸住着难免有些孤独。"倘若我再鲜活闹腾些,便会与他开玩笑再多说一句"这个理由您看看合适了吗"。

"孤独……"他的手松了些许,我能感觉到他的指尖在轻颤。

凛冽的风声过耳,我依稀听见他无措地呢喃着:"我也很怕它。"

语毕,他总算放开了我。看来这个理由很合适。他因不想我孤独而放开手。我料他对孤独也深有体会,才能感同身受。

孤独,果真是人人都害怕的东西。他此时落寞的神情告诉我,这些年里,他吃尽了孤独的苦。而我作为与他重逢的故人,不仅不安慰他,还走得干干脆脆。

不过我实在不明白,来回才半个时辰而已,若是想同我叙旧,坐着马车来找我也不失为一个好办法。而且他说过会去陈府教弹琴、作画的。

终归不是再也不相见,不晓得他方才听到消息那一瞬为何第一反应是紧握住了我的手。

从前我每日跑去解语楼找他,一来一回同样花费将近半个时辰。

想来上天还是很眷顾我,冥冥之中安排我也体验一回被他亲自找上门的感觉。我果真不虚此行,目前来说,了断尘缘的路还算圆满。想到此处,我哀叹了一声，希望他不要听见。

见他与我再无话可说，我抱着小包袱转身要爬上马车。

"我送你。"他似平静下来了，对我说道，"明日我会来找你，我们一起任教。"

我一愣，直言说道："其实我原本想的是，我们任教是不是应该分个单双比较好？"

我垂眸间，正对上他渐渐紧握的手。

我不敢再多言。说多是错，我从前常因说多惹他生气，如今好像还是这样。上天，我究竟怎样才能讨他欢心一回？

"你不必送我了，外面冷得慌。"我低声拒绝了他的好意，扭头钻进马车里。

双辕滚走，马车发出寂寞的吱嘎声。两壁上的帘子被风刮起，我心惶惶，不自觉地转头回望，看见他还站在原地，目送我。

他一身白衣好似与苍茫大地融为一体。许久，我见他忽然蹲下身，缓缓捧起一把雪，掩住自己的脸。

我想起孤傲的红梅。梅骨被风雪摧折时，仍十分不舍它枝头坠落的细雪。

我将脑袋倚在车壁上，想到当年抱着一去不回的决心离开云安时的事，想着想着，也就睡了过去。

分明是睡了过去，眼角那滴泪还是多情得令我心惊。

我睡着了，却还能感受到一滴眼泪从我脸颊滑过时留下的痕迹，你说可笑不可笑。

我觉得很可笑，竟流着泪笑了起来。

好吧，我根本没有睡着。

毕竟我不过是去个来回半个时辰的地方，矫情成这样，也不知还能惹谁心疼。

只是看着他如我梦中才会出现的那般凝望我远去的模样，我隐约明白了些东西，明白了这两日我不敢想的那些东西。

兴许阿笙小妹妹说得没错，当年真是我误会了。我这些年过得太冤枉。

　　可在他有了妻室之后，上天又告诉我是我误会了。他须得是有那么一点点情分在里头，而今才会待我不错。那情分大概不多，但若当年我乘胜追击，兴许也就成得明明白白了。

　　我此刻不知应不应该怨自己那时太过蠢笨。

　　上天当真结结实实地赠了我一场无疾而终，使我了断尘缘的路圆满了，我很感谢它。

　　马车外风声喧嚣，这回我是真的睡了过去，再清醒时，耳畔传来的是谁在拨弄算盘珠子的声音。

　　这个声音我很熟悉，自我十五岁起，便十分喜欢撑着下巴看酸秀才帮敏敏姐姐算她店里的那些糊涂账。

　　"噼啪、噼啪——"

　　算盘珠子被酸秀才拨响。

　　他坐在桥边一棵柳树下，面前摆着一沓厚厚的账本。圆滚滚的黑色珠子在他指尖上蹿下跳，敏敏姐姐撑着一把芙蓉花伞，立在一旁似懂非懂地点头。

　　春风拂过柳梢，催落绵绵柳絮，隔壁学堂里的稚子吟诵出慢慢悠悠的读书声，于耳畔缓流。

　　我和小春燕趴在桥头上啃梨，远远地瞧着他们，周遭是富有生机的青翠之色。

　　年初，敏敏姐姐开了一家花伞店，生意不算太好，勉强不会亏。

　　寻常她编好花伞后，就会来找酸秀才作画题字，并将账本和算盘一道拿来，让酸秀才帮她核对账目的同时也教一教她如何准确且高超地拨弄算盘珠子。

　　她学这拨弄算盘珠子至今已有四个月，还没学会。我已经猜到，她与我当年在景弦手底下学琴比起来，不遑多让。

　　至于她为什么要开这家花伞店，也要从年初说起。

　　敏敏家里给她找了一门亲事，远在金岭。听说那户人家和敏敏家有些亲戚关系，不过该关系归于远房，他们寻常不怎么联系。

那是个有房有田的殷实人家，唯有一点不太好，男方是个鳏夫。我不太懂"鳏夫"是什么，但我觉得对方家境再惨，应当也惨不过我陆大哥。可敏敏那个傻姑娘依旧爱陆大哥爱惨了。

敏敏姐姐一时间陷入被七大姑八大姨催婚并逼婚的怪圈，她很惆怅，专门跑来花神庙里问我该怎么办。

我摇着头，同样惆怅地告诉她：是这样的，因为我是孤儿，压根儿就没有人会逼婚，所以实在不知道该怎么办。我倒是希望景弦能逼我，但你看目前这也是没有苗头的事情。

她的泪花瞬间被我催了出来。我顿时惊慌失措，为了显示我也同样悲伤让她心里稍有些慰藉，只好吸着鼻子准备陪她一起哭。

我俩的多愁善感成功地扰醒了平日里雷打不动的小春燕。

他翻过身坐起来，向敏敏姐姐提出了开个小店暂时自食其力以逃脱被摆布命运的办法。

这个办法很有道理。敏敏姐姐的父母只不过希望她后半生有个着落，不被人戳着脊梁骨说嫁不出去。倘若敏敏姐姐自己找到了着落，有好容貌又有好本事，问题就将迎刃而解。

只不过，寻常大多数人都是做了寡妇才会去开店，不知道她愿不愿意。

敏敏姐姐为了酸秀才当然什么都愿意。

于是，敏敏姐姐用了小春燕的鬼主意，绝食三日抗婚，在与她爹娘僵持不下时将开店的想法和盘托出。因她饿晕过去昏迷两日成功地吓住了她的爹娘，便从他们手里拿到了一间小铺子。

那个时候的我并不知道，酸秀才在此之前已劝过她数次。他说："敏敏，你嫁了吧。别再等我。"

说来说去，敏敏姐姐的爹娘和她都没什么错，算起来敏敏姐姐还要更叛逆些。但我晓得，喜欢一个人，就是不断地为他叛逆。她已经为酸秀才做到了极致。

只是不知后来故事结束时，敏敏姐姐再想起这些的时候会不会后悔。

现在她倒还是万事心甘情愿，至少我和小春燕趴在桥头看到的是这样。

敏敏姐姐说她不会算账，但我分明经常在店里看见她背着酸秀才把算盘珠子拨得噼啪响。姐姐果然浑身都是戏。

我认为那是敏敏姐姐有借口去找酸秀才的一种手段。我为她的聪颖而惊叹。

当然，这个手段也十分值得我去借鉴与学习。

想来我不会的东西那么多，完全没有必要去找，我浑身上下都是借口。譬如，我头一次为自己不会写字感到异常庆幸。

丢了梨核，拂过垂柳，我将自己和景弦未来三天要做的事情安排得清清楚楚。

他在指点几个小乐师弹琴。我同他说了我的想法后，他一边按住小乐师的弦重新拨弄，一边残忍地拒绝了我："教你一次太费事了。"

我承认我不太聪明，但《离亭宴》或许是个意外。毕竟我相信人各有所长，我不可能在各个领域都没天赋得整整齐齐。

他觉得八成就是整整齐齐，并说："但凡你能找出一个你擅长的东西，我便教你写字。"

缠住他、哄骗他，甚至死磕到底，都是我这五年来练就的本事。我问他这算不算我擅长的。

他沉默许久。我料他无言以对。

隔桌的一个小乐师弹错了音，他走过去蹲在小乐师身边，手把手教导。我追着他问："这样是不是就算你答应了？那我们什么时候开始？需不需要我准备些什么？"

那个小乐师看了我一眼，鼓起腮帮朝景弦露出"她的问题真多"的表情。

景弦接收到小乐师的表情，竟垂眸浅浅一笑。我看得清清楚楚，不可置信地睁大眼：须知他当年教我弹琴的时候可不是这副温柔模样的。

"你太闹腾了。"他敛起笑意，转过头看我。

好吧，我讪讪地闭嘴，躲在一边静静地等了小半个时辰，他才将他的徒弟们搁在一边，想起了我。

他铺开一张写过词曲的废纸，递给我一杆毛笔，自己也拿了一杆。我搬来椅子坐在他身旁，尽力学他握笔的姿势。

毛笔是正经的毛笔，纸也是正经的纸，唯有我的心和手统统不正经。我的一颗心全挂在他身上。

说来羞涩，我一双手也在他身上。

他垂眸盯住我抱着他手臂的一双手，抬眸漠然说道：“你这样抓着我，我怎么写？”

我很不好意思地松开他，盯着桌案上的纸，沉默了片刻后说道：“我今天要学‘景弦’这两个字。”

他提笔的手腕滞了滞，随即落笔，道：“先学自己的名字。”

我想以我的精力和悟性来看，每日学写两个字已是极限，倘若学了“花官”，未来三天都不必再学别的了。于是我固执地说：“我的名字我会写一些。我要学写你的名字。”

他低头凝视我片刻，没有再纠结于此。

当他将这两个字清清楚楚地写出来的那一刻，我有些后悔。似乎他方才写的“花官”二字要简单许多。

“景弦……”我悄声对他说道，“既然这样的话，我觉得还是学好‘花官’这两个字吧。”

“既然哪样的话？”他抓住我话中的漏洞，面无表情地问我。

既然你的名字这么难写的话。我顿了顿：“既然你方才坚持要我学‘花官’的话。”

他将纸挪到我面前，漠然说道：“我现在不坚持了。”

我抓着笔，心情有些许复杂。刁难，这是刁难。面对心上人的刁难，要迎刁而上。

我蘸了蘸墨，埋头一笔一画地模仿。字我是写过的，我送他的书封上就写着，只是对不对的问题。

我写出来的笔画越来越难看，房间里的气氛压抑得紧。这个时候就需要我没话找话来救救场了：“你平日里都看些什么书？怎么会的字这么多？我觉得你的字都写得很好看。你是怎么写得这么好看的？”

"你的确太闹腾了。"他默了默，忽轻声道，"我其实，本不喜欢闹腾的女子……"

我总不能立时为他变得温婉贤淑。我想我唯一能为他做的就是闭嘴。

"平日看《策论》。"他忽然说道。

我瞄他一眼，问："那你看话本吗？"

他摇头，似是觉得那玩意儿十分侮辱他这个有些学识的文人。

这样的话，我们的共同语言又少了一个。为了不让我们的对话卡死，我怯声对他说道："你可以听我讲，听着听着就喜欢了。"

他偏头瞧我，道："你倒是讲一个出来。"

我被噎了一下，搜刮尽脑子里所有的通俗话本，愣是一个故事也讲不出口。原来酸秀才这个职业这般不好做，这么多年我怕是小看了他。

"那你讲给我听吧，我是愿意听的。"我虚心地同他说道。

他似是叹了口气，我察觉到他被扰得心烦："我不喜欢读话本，更不喜欢给人讲。"

好吧，对话还是被卡死了。想我们的确没什么共同语言可讲，唯我总是痴缠，可留他一二。

"以及，"他盯着我手底下那张纸上洇开的墨迹，幽幽说道，"你若半日内学不会写我的名字，我以后便不理你了。"

他的声音越过数年，还回荡在我的耳畔。我手底的墨再次洇开，浸透纸背。寒风入窗，使人生出些许凉意来。

"姐姐，这个'景弦'是谁呀？"

女童稚嫩的声音拽了我一把，我蓦然惊醒低头看去，笔下赫然是他的名字，无知无觉间。

身旁两个小娃正趴在桌边托着下巴瞧我。一如当年，我和小春燕趴在桥头望着敏敏姐姐那样。

"你小小年纪，怎生认得这么多字？"我一时感慨，悠悠叹气，揉皱了那晕墨的纸，丢到一边去。

　　两个小娃瞧着我的动作，仍睁大眼睛瞧我，偏头不解。

　　我微微浅笑，道："想知道这个人啊，那你们先告诉我，晌午我来时，打着算盘从马厩后边走过去的人又是谁？为什么我去拜见你们爹娘的时候，没看见那人？"

提笔书姓　第九曲

彼时我方从马车里钻出来，算盘珠子的声音渐行渐远，待我循着那声音转过头时，便只在拐角处见到一道背影。

与我昨日在月亮门处所见的那道背影别无二致。

身形佝偻，瘦骨嶙峋。

想来那是个上了年纪不得人照顾的中年人，饱经风霜，沉疴已久。我见那黛青色的长袄已翻出灰白的棉花。青黑的长发一缕缕耷拉在肩背上，系带绑不住，它任风吹起，翻飞出一片虚影。

他拖着残喘的身躯，独自走在这片冰天雪地里。算盘珠子脆生生地响，周遭一片寂静。我料他虽身在陈府，却应无人问津。

这样的背影，我幼时常常在桥洞里看见。那些人都裹着一件棉衣，在寒风中瑟瑟发抖，却不愿意改变现状，只愿浑噩度日。

酸秀才和我说，他们都是些孤苦无依的人，自己没什么本事。到底值不值得同情，谁也说不清。

他常教导我，年纪小虽然可以没本事，但不能失了志气，免得养成习惯。等大一些了，就不要去要饭了，有手有脚，随意做些什么都比伸手讨要施舍好些。

每当我重重点头时，酸秀才看我的眼神都十分复杂。如今想来，那时候的酸秀才已如他所言，失了年少志气，养成没本事的习惯了。

不晓得在陈府这一方天地里的是什么人。那个人，总让我想起酸秀才怅惘时叹息的那句："我其实常常害怕自己多年以后，走过半生，仍旧踽踽独行。落得个和桥洞下那些生人同样的下场。"

彼时敏敏姐姐是怎么说的？她说："有我在的话，你不必独行。"

她说得不错，至少我看到的那些年里，敏敏姐姐都让酸秀才过得不像是独身一人。饶是只送些鸡蛋，酸秀才终归没有饿过肚子。可我明白，他不能总吃敏敏姐姐的鸡蛋。

不知道他如今去了何处，是否拾回了年少志气，又是否仍旧独身一人。

"那是我们府上的账房先生，不常出门的。"小少爷托着下巴，摇头晃脑地说道，"喜欢念诗。"

小小姐点头道："喜欢给我和哥哥讲话本。"

我默然一笑。真好，如今喜欢给人讲话本的人越来越少了。我常梦回当年说书天，敏敏姐姐抱着我听酸秀才讲话本的时候。年少无愁，岁月温柔。

"他整日里都抱着算盘和话本，有外人来的时候都不会出门的。"小少爷压低声音，悄悄和我说，"上一个管家说他脑子多半有问题，让我们别和他玩儿。可我觉得他不像有毛病的人，他对我们很好。"

小小姐附和地点点头，道："我娘其实也早就找了另一个账房先生了。"

莫名地，这些话用稚子童真无忧的声音说出来，煞是割喉诛心。

"那为什么还留他在这里？"我一边研墨一边问道。

"不知道，好像是不能赶他走。"小小姐摇头，面露古怪，"嗯……他也不愿意出去见人。对，反正不能赶他走。"

好生奇怪。

唯有一点我想得通透，那原来的管家定是没少欺负这账房先生，否则怎会与一双天真无邪的稚儿胡言乱语。

人心果然叵测。那账房先生分明已是个风烛残年之人，讨个活口罢了，至少殃及不了管家的地位，何苦为难。

我想我是上年纪了，见不得这等悲伤的人，也听不得悲伤的故事。可面前这两个小童此时却央着我讲我那悲伤的故事，概因他们十分好奇，被我舞弄墨水洇开的"景弦"是谁。

好吧，我姑且简单地介绍一下："他是个长得过分好看的人，过几日会来教你们弹琴。我先把他的名字写出来让你们提前认识认识。"

苍白无力，失望至极。

小少爷露出了遗憾的表情，小小姐却兴致勃勃地问我："有淳府的三哥哥好看吗？我觉得三哥哥是天底下最好看的人。"她说的是小春燕。

我十分惊奇，她小小年纪认字多就罢了，怎的比我当年春心萌动得还要早。再者，她小小年纪见过天底下几个人。

想到这里，我心里难免怅惘。十岁的我又见过几个人？便觉得景弦是天下最好看的了。也就那么一晃眼，我将十三年的注都押在了他身上。

"到底谁更好看？"小姑娘皱着眉头催促我。

"应当是……"这个问题该死地难，我总不好在别人面前说她的心上人没有我的好看吧。待我折中一番后，说道："应当是各有千秋。你过几日看了就知道了。"

"那景弦会讲话本吗？"小姑娘睁大眼睛，无比骄傲，"三哥哥就常会来家里给我们讲话本。"

"不会，他不喜欢。"这我倒是能斩钉截铁地回答。

"那你会吗？"小少爷适时的插话让我一时无言。

因为我也不晓得自己会不会。从前我倒是常给阿笙小妹妹讲，不过讲的都是关于自己的话本，想来旁人是不爱听的。

在柳州的那六年里，我因当年对着景弦讲不出话本一事，自我反思过数次。这也就为我后来常与小阿笙上街听说书积攒话本奠定了基础。

故事我有的是，竹舍的房间里，厚厚一沓。讲不讲得出，就且看那些年里被酸秀才熏陶过的造化了。

"明日我姑且讲一讲……"想了想，为免明日讲得太差丢人，我又加了一句，"但你们须知，在你们这个年纪，正是要好好看书写字的，不能沉迷于话本。那里面好多话都是骗人的，信不得。我亲自吃过话本的亏，不会哄你们。"

为免明日我讲得太差，我须得先给自己找个台阶。台阶是正儿八经的台阶，但我的确没哄他们。我这亏吃了十三年，逐日渐噎。

其实我心里想的是，等明日正式教习了，两位小童应当会被学习的重担压得喘不过气，什么话本，统统忘到一边去。

然而我万万没有想到，两位小童的精力和记忆都如出一辙地好。

我方教完《千字文》起篇的十六字，正打算喝口茶歇息片刻，再为他们书写其中难解之字。这茶还没喝上一口，他们便缠了过来。

话本，要听话本。他们记得明明白白。昨晚的山珍海味都不能使他们忘却。

压根儿不似我当年，饶是才啃过饼子不过三刻，也总会忘记自己啃过。

当然，我还是很能理解自己的，做乞丐这行的，都记不住自己今日究竟有没有吃过饭。没有什么家常便饭，饿就是家常便饭。

两位小童的生活过于富足，于是闲暇时间便拿来记这些。

或许也有一部分原因，是我昨日没给他们布置功课。容先生教我时，常这样对我说。

总之，我现在口干舌燥，讲不出话本，也拿他们这两个小磨人精毫无办法。

"我来给你们讲。"这声音像被春风软化的冰碴。

我一怔，心蓦地跳漏了一拍，好似走在雪地里忽然一脚踩空，陷入绵软的雪坑中。

昨日他以雪敷面和目送我的场景仍历历在目。情分，情分，他与我曾有些许情分。我的心勃勃鼓动，疯狂地扩张，又极致地压抑，愈渐窒息。

最终，我也只敢轻声说道："景弦，辰时方过，你来得太早。"

送他来房间的陈府下人被他挥手遣走。他解下银色大氅，拂落了点点细雪，道："我来找你。"

"大哥哥，你就是来教我们弹琴的先生吗？"小小姐兴冲冲地从我腿上跳下去，带着她哥哥一起扑到景弦面前，望着他的脸仔细看，"好……

好看……"

景弦蹲下身，揉着她的脑袋，道："我是来给你们讲话本的先生。"

"姐姐说你不喜欢讲话本的。"小小姐眨着天真的大眼睛，转头就卖了我，"她说你不爱看那些。"

我发誓：饶是我记性再差，关乎他的一切，我也记得大致无差。他的的确确说过，我清清楚楚地记得。

场面一度让我难堪，我沉默了片刻，为我和景弦一并找了个台阶下："许是我记错……"

"你没有记错。"景弦捏着小姑娘的脸蛋，低声与我说道，"是我错了。"

我不明白，他口中说的"错"是否偏指话本一事。

小姑娘十分中意景弦的容貌，暂时将她的三哥哥抛却一边，抱着景弦的脖子央求他抱。我有点儿嫉妒，却也不好和一个小姑娘赌气，更不好表现出来自己还在乎得要命。

令我感到吃惊的是，景弦并没有抱起她这个软乎乎的小姑娘，只哄她回来坐好。

因他要讲话本，两位小童兴奋地拉着他的袖子，围着他好一阵叽叽喳喳。

我感到有些抱歉："他们有些闹腾……大概是因为太喜欢你了，见你生得好看。你不要介意。"

"无事。"我见他拿起茶杯的手有些僵硬，不知是否被寒意侵的，他的声音微微嘶哑，"我就喜欢闹腾的。"

默然。我缓缓捂住心口，压住怦怦乱跳的心，抬眸望他。

天可怜见，请你真的公平地见一见。那些年我见他生得好看而喜欢他的时候，他可全然不是这么说的。

我不禁冥思苦想，当年我没能有出息地在半日内学会写他的名字时，他是怎么对我的。

但其实我想要先说明一点，这两个字也不能说是我没有学会。严格来说，只是那字写出来有些许难看，不入人眼。

"可你须得知道，你常常因想不起笔画而写不出来。不严格来说，便是没有学会。"他挑着碗里的面，斜睨我道。

"那我们为什么不能按照严格说的算呢？"我抓着笔认真且费解地和他探讨，并时不时瞟向他碗里的面。我还没有吃午饭。

"严格算的话，我便不必再理你。"他将面碗挪了过去，不让我瞟，"你何时写好我的姓，何时让你吃。"

可怜我日日给他送鸡蛋，如今他竟连一口面都舍不得接济我。这倒也罢了，看一眼也不行。

我搓了搓脸颊，有些不明白自己为何要专程来找他使自己受苦受难："我觉得你的名，要比姓好写一些。我先写好'弦'不行吗？"

他似是想颔首，略滞片刻又摇头，转头凝视着我说道："不行，姓更重要。"

"景"更重要。

午时三刻的景是春风愈渐暖融，一抹新绿轻拂我面。

我坐在天桥柳树下，托住下巴，一杆毛笔涂抹着我的侧脸，墨意悠悠间，听见隔壁学堂里的稚子们念道："被酒莫惊春睡重，赌书消得泼茶香，当时只道是寻常。"①

当时只道是寻常，不明白，好饿。我揉了揉肚子，盯着纸面上歪七扭八的"景"字，难过得想要就地睡了去。

"小花，你究竟是在纸上写字，还是要在你的脸上写？"酸秀才收拾了话本，从天桥走下来，笑着对我说道。

我吸了吸鼻子，捧着腮帮子看他，道："陆大哥，戚将军和刘夫人的故事讲完了吗？"

"第一场讲完啦。"他摇头叹气，走到我面前坐下纠正我，"不是'刘'夫人，是戚夫人，嫁了人就随夫姓了。傻孩子，你今日新学了几个字？"

我很不好意思地同他说道："一个。但这个字很难。"我倔强地辩解。

他瞅了一眼我的纸，笑着说："这有什么难？等你认识的字多了，这样

---

① 出自纳兰性德《浣溪沙·谁念西风独自凉》。

的就微不足道了。"顿了顿，他忽又垂下眸，轻声说道，"见识得多了，以往沾沾自喜的东西也统统微不足道了。"

彼时我不懂他说的这些，我始终相信，陆大哥是个见多识广的。他这么说，也是因为经历过太多，所以再回过头来看才会觉得微不足道。

可我后来与他重逢时恍然明白，他的确经历太多，但不是什么大风大浪，不过是经历了太多平庸事。因为平庸，所以发现自己曾经沾沾自喜的东西本就微不足道。

而今的我只是搁下笔，追问道："你昨日同我讲戚将军年少志气时，也讲到了'沾沾自喜'四个字。那究竟是什么样的东西会让人沾沾自喜？陆大哥，你沾沾自喜的又是什么？"

如果是寻常刚讲完话本，正当口干舌燥的时候，陆大哥一定不愿意同我开个小讲堂。许是今日这个问题提得非常好，直击他内心，他竟倒来两盏茶，递与我一盏。

读书声渐消，春风微凉。我有预感，这是个不太快活的故事。

酸秀才摩挲杯口许久，才缓缓开口说道："我年少志气是'书尽天下悲妄事，笔题江山风流诗'。前半生我顺遂得出奇，三岁吟诗，五岁作词，七岁出口成章，十三岁称才曰秀，羡煞同窗。那就是我沾沾自喜的东西。可之后我饮墨苦读二十载，怎得如今也只是个吟吟诗、说说书的秀才？"

我听不太懂，费解地望着他。

他忽地一笑，有些许自嘲："想来是终究少了'挥毫万字、一饮千盅'的气魄，撑不起'天下'二字。那两字太重，轻易说不得。如今也只得甘于平庸。认栽，认栽。"

彼时的我并不认识容先生这等文学大家。在我心里，酸秀才已是个极了不起的人。我听他说"书尽天下悲妄事"，心里想的便是这个句子听起来就十分厉害罢了。

"小花，你要记得，那些甘于平庸的男人，一定不值得你托付终身。"他忽然温柔地弯唇一笑，像被春风吹起的柳条一样好看。只是那柳条这样一弯，想必很疼。

我对这场小讲堂的印象到这里便结束了。后头他还说了些什么，我已记不太清。但我始终记得他说："莫要将自己托付给甘于平庸的男人。他可以平庸，但不可以甘于平庸。这样的男人，便教他余生孤苦地过吧。"

可我想的是，不管景弦甘不甘于平庸，往后余生我也不要他孤苦地过。

你看，他们这些大男人和我们小女人想的总是不一样。我就觉得，在一起和不在一起哪有那么多的条条框框，唯有我喜不喜欢他、他喜不喜欢我二事见真章。

就好比我手里的"景"字，被练了好几个时辰也依旧站不端正。此时若要按照景弦说的条条框框来，让我写不好别去找他，那我们之间岂不就凉了？

所以现在我还是十分厚脸皮地摸到解语楼去找他了。

"所以，你告诉我你回去这两个时辰，就听你陆大哥讲了评书？"他问我的时候，声音很轻，眉头皱得很紧，想来不是太满意我这个学生的学习态度。

我暗暗地打好了腹稿，转手卖了酸秀才："陆大哥非要讲的，拦都拦不住……我也刚好有那么点儿想听。"

他沉默许久。我料他此时应对我生出些许不耐烦。毕竟缠着他教的是我，不认真练习的也是我。

不过，我来缠着他教写字本就是为了和他同处一室，他倒好，却叫我回去自己练……不知是多么不愿意与我待在一堆。

"花官，"他低声唤我，按在弦上的手微握，"我一直想问，你究竟喜欢我什么？"

我为人十分实诚，又生怕他说一句"你喜欢我什么，我即刻改"，慌忙接道："大概是你这张脸吧。"

他的指尖微滞，眉蹙得更紧，眸色也深了。想来他是觉得，这张脸好像即刻也改不成。

我一时因自己的机智回答沾沾自喜，却听他问道："你可知年华终将老去？"

"我知道。"我将手里的纸折好揣在怀里，认真地说，"不过等到老去时，想必我已习惯了喜欢你。"

待我说完时，他愣怔住了，抬眸看我须臾，又垂眸抿住了唇。唇畔有一丝极不明显的笑意。我不晓得究竟在笑什么。

我唯恐他将我的一腔情意当作笑话，低声与他说道："景弦，我会学敏敏姐姐，一直等你。"

我的这腔真心可谓至死不渝，连自己都感动了几分，他竟只是沉默地盯着手下的琴弦。他那琴是比我要好看些，我认。

"……其实不必。"

我的心空荡荡的，游离神魂之外，蓦然听见声音，一时没反应过来是谁在说话。待我将心实实地放回来，才晓得是他的声音。

他对我说，不必。不必等他。

这可怎么接。我是被拒绝习惯了的，只是此刻还有点儿要脸地难堪。

"那，我考虑考虑……等到岁数再看看还有没有别的生得好看的。"我挠了挠后脑勺儿，一边给自己找台阶下，一边嗫嚅道。

他一度缄默，重重地拧眉。

我仍不要脸地贴上去，将怀里折好的纸又扯出来在桌上铺平，搬来椅子坐在他身旁："现在我们接着学，好不好？我会认真学的。等一会儿学完了我再去找些东西吃。"

"你以后不要四处去讨东西来吃了。"他似不耐烦，又似烦躁，总之，最后竟哑声与我直言道，"我看不惯作践自己的人……我希望你不要这样。"

我心里惊得发凉，两颊却烫得出奇，像忽然被鱼刺噎住，哽在喉头难以发声。

是，他说过许多次，我总作践自己。可我为了他心甘情愿地作践自己。不为了他，我虽心不甘情不愿，又有什么别的办法呢？

难道我没有和他自我介绍过？我父母双亡，自小流浪，从未有人教过我要如何做才能被人看得起。但我这几年为了迎合他，已用尽全力让人看得起了。

我什么本事都没有，却能自己挣些银钱，还能上交给他察看，传出去也还是有些了不起的，至少写出来也能算作我平生的重大事迹。

"你……"我捏紧那张写满他姓氏的纸，不愿与他计较，"那我早些回去，买些饼子吃。还有这个，我回去再练练。"

我抽身推开长桌，转头就跑，忽觉手腕一紧，凉意习习。

他猛地抓住我，又松开些许，沉默了片刻后轻声说道："明日记得过来，把你练的字拿给我看。"

我觉得手腕被他抓得生疼，心里有些生气。我也不清楚，我究竟是因为他抓疼我了生气，还是因为他方才压根儿不理解我生气。

"明日小春燕和我约好了要去给陆大哥捧场，我们还要去陪敏敏姐姐看病，她染了风寒。"我解释道，"晚一些，还有空的话我再把练的字拿来。"

事实上我想说，晚一些等我消气了再来看你。

不过此时想来，我当时说什么都无所谓。反正最后我还不是带着字去找他了。

只是那字依旧难看得要命，比面前两位小童写的还要难以入目许多。

我拿出严师的神采，道："你们须得多练一练，闲暇时不得再听话本了。等什么时候把起篇前八个字写好，才能听下一回。好了，先生还要赶着回府，你们别缠着他了。"

"可先生还没有教我们弹琴呀。"小小姐十分遗憾，"先生，你这么快就要走了吗？"

景弦摇头，抚摩着墙角的琴，道："谁说我要走了？"他抬眸看向我，轻声说道，"我还没有待够。"

修长的指尖轻拂过琴弦，情浓乐起，铮铮不休。他还没有正式开始弹，随意拨弄便已然扰乱我心。

他的声音像裹着雪，轻细又绵长："我已经……许久未在人前弹琴了。"

撒谎，与我重逢那日，他分明是抱着琴回来的。不在人前，难道在鬼神前？兴许就是这么个说法。我收回说他撒谎的话。

反正我倒是许久未听他弹琴了。他垂眸拨弦的样子，还刻在我记忆深处。

他于墙角坐定，身侧晴雪潋滟，眉梢眼角堆砌起脉脉流淌的温柔，抬手按弦，一指抛，尾音颤。恍若初见时惊为天人的模样。

他与我记忆中的那个景弦可以随意交叠出虚空的影子。我不知那虚影是因我看得太过入神，思绪拉扯出来的，还是因为我的眼睛被酸水填满，看恍了眼，也许是兼有。

我惆怅地叹了口气，那酸意回溯，倒流进心里。我捂住胸口，压好。

他弹的是《离亭宴》。我微蹙起眉。倘若我没有听错，他弹的《离亭宴》与我弹的版本一模一样。可是在我看来不应该一样。他弹出来的，应当有几个音是别致的才对。

只是他弹这曲时我实在年幼，记不清那些错了的音应当弹成什么样。

曾经他不惜挨手板也要弹错那几个音，如今为何不再那样弹了？我想起了小春燕给我的信。

一曲听罢，陈府小小姐正式宣布成为景弦的追随者。她与我一般，看中了景弦的好皮囊。是，我现在也觉得景弦生得越来越好看了。

小小姐她很有眼光。但她须知道，押注这种事情，还是不要太早的好。

小小姐扑过去抱住景弦，景弦将她放在椅子上，她便用十个小手指在琴上一通乱拨，嘈杂的声音登时泛滥。

小少爷眨着大眼睛，不似妹妹那般肤浅，他透过现象看到了本质，望着景弦可怜巴巴地问："我们才第一天就要学这么难的吗？"

景弦似要摇头，小小姐却从椅子上跳下来，拉起景弦的手笑着说："好啊好啊，这样我学不会的话，就能天天缠着先生了。"

小小年纪，在手段上倒是与我别无二致地有悟性。我抬起眸，堪堪对上景弦的视线。他凝视着我，不知要表达什么，终是什么也没说。

他蹲下身，安慰似的拍了拍小小姐的脑袋，道："才入门，还是学些简单的吧。你放心，"他一顿，抬眸看我，"我会天天来让你缠着的。"

他这么宠孩子，我都瞧不过去了几分。

"先生住在哪里？我也会常常去找你。"小小姐急忙问道。

与我想的不一致，他没有说他的府邸："汜阳，就是皇都。"

"那……有点儿远呀。"小小姐被劝退，嗫嚅道，"你天天来回跑好辛苦的。"

他垂下眸说："没关系。我如今正值心甘情愿作践自己的时候，辛苦些也无所谓。"

我这个人是很记仇的，他从前说我作践自己说得那样不留余地。而今他也说作践自己，我一颗魔鬼心竟该死地快慰，快慰到泛起疼来。

"哎呀，你没戏，天天来哥哥也不会喜欢你的，你还太小了。"小少爷看不过眼，拍着小小姐的脑袋，问景弦，"哥哥多少岁啦？"

景弦浅笑了下，道："再过两个月，就二十六了。"

"你看，就说你不合适了，哥哥大你多少你心里没数吗？"小少爷噘起嘴巴，转头看向我。

我心中有种不好的预感。小少爷证明了这个预感是正确的，问："那姐姐今年多少岁啦？"

上天，我作为一个上了年纪的老姑娘，能不能不要再在心上人面前这么丢人了。

"我……不值当说的岁数了。"我话锋一转，皱着眉头低声说教，"你须得记住，出门在外不可以问姑娘家的年龄，不礼貌的。"

小少爷捧着脸颊，有些羞愧，却不解地问："可是，为什么不值当说呢？"

他的问题太多了，句句戳心窝子，我一个都不想回答。

可鉴于景弦在，我须得起好良好表率。

我想了想该如何应付这等童真，片刻后悉心教导道："认为自己正当大好年龄的值当说，不正当的便不值得说了。"

小少爷似懂非懂地点头，睁着一双清澈的眼睛望着我，问："姐姐觉得自己没有正当大好年龄？那多少岁是大好年龄？十？十一？十二？十三……"

小少爷算数不错，显摆下来应当能数到一百。但我只希望他能立即闭嘴。

蓦地，他不再数了，道："十七？到十七吧，姐姐？你今年十七？"

我心惊得发颤，一时之间无言以对。他说得没错，一点儿也没错。十岁到十七岁，刚刚好。那是我的大好年龄，是我的青春。

继而推知，我后来的岁月，学了琴棋书画、诗词歌赋，却统统都不值当说。

"要比十七岁大六岁。"我轻声回他，认真说道，"你掰着手指头好好算一算，这是功课，明日要交的。"

果然还是"功课"两个字起得到威慑作用，他不再闹了，鼓了鼓腮帮子，坐在小板凳上掰手指去了。

沉默，沉默。

气氛被搅得该死地尴尬，我不晓得是不是只有我一个人尴尬。反正景弦也没跟我说话。他若是也尴尬我心里能稍微平衡一些。

我稍抬眸，偷偷看他一眼，才发现他也正瞧着我，不过比我要光明正大得多。

"先生，你冷吗？"小小姐握住景弦的手。她的声音使我清醒了几分。

景弦摇头，颔首回她一笑。

"先生……先生笑起来好好看……"小小姐羞涩地拽着他的衣角，笑得眉眼弯弯。小甜心总是对他笑，想来已把他的心给焐热许多。

"好看？我也上了些年纪了。"他对小小姐说完，缓缓走到桌前，离我不过一桌之隔，随意拿起一本曲谱，也不知究竟是在问谁，"我这张脸，如今还长得好看吗？"

我低头佯装看书，希望他这个问题能跳过我。想来不需要人人都回答一遍他好看这个事实。

"好看啊，我觉得好看啊。"小小姐果不其然是个小甜心，抢着回答。

"姐姐昨天也说好看啊。"小少爷果不其然是个小魔鬼，转手就卖了我。

我故作坦然，抬眸看他。他看我的眼神里，惶惑与揣测，兼有许多。

好似霎时间陷入迷离梦境，我也看不明白他。料想是为了我们能互相看得明白一些，琴学后他专门留下来跟我一起用午膳，促进我们之间的交流。

我其实一点儿也不愿意跟他吃饭，跟他一起我是吃不饱的，概因我在他面前吃得实在太做作。这一点我心里也很清楚。

但那盘红烧肉瞧着实在诱人，我不自觉地伸出筷子想夹一块到碗里，偏偏伸出手就撞上了他的筷子。

他停住不动，抬眸瞧我，隐隐有些别的情绪在里头，但终究是一动不动地等着。我猜他有点儿介意我筷子上的口水撞上了他的。

幸好我不太介意，但也不好意思让他介意太久，于是赶忙撤回了筷子。却见他垂下眸，眉间微蹙。

我默默埋头吃白米饭，决定暂时不去夹红烧肉，生怕再次招惹到他的筷子。

待米饭吃了过半，我才又伸出手。我的运气该死地背，与他的筷子在装红烧肉的盘子里再次狭路相逢。

这回我反应得十分迅速，夹起红烧肉就退。他却一把夹住了我的筷子，强势地制止了我的动作。

我心说，一块红烧肉而已，至于吗？我手里的筷子都要被他掰断了。想必在他眼里，我的筷子它本质上就不是筷子。或许是块被重新焊住的铁才这么耐掰。

反正他夹得很紧，我都能感觉到他的手臂在颤抖。

"景弦……"我低声唤他，他从容地看着我，忽地嘴角露出一丝浅笑。我无语地看着那盘菜，好半晌才嗫嚅道："我想吃一块肉。"

他松开手，低声问我："我今日弹的《离亭宴》，有没有什么地方让你觉得想要问问清楚？"

容先生教过我，倘若你正疑惑的东西被当事人亲口提起，一般来说有两种可能：要么，他反应过来漏了蛛丝马迹，想要试探你是否看出；要么，他本就是为了让你知道，才让你有迹可循。

我不晓得景弦是哪一种。

我抿住筷子斟酌许久，决定跟他挑明白，抬眸时却见他看着我的筷子，神情微妙。

我没有在意，只问："……是你今日弹错，还是你往日弹错？"

"是我往日有意弹错。"他没有丝毫犹豫，像是一早就备好了答案，轻声对我说，"错音固然好听，却是叛将府上歌姬所作振军曲中的一段。此曲名为《逆天》，其中最为玄妙的便是我往日弹错的那几处转音。所以，你第一次与我说错的比正确的更好听时，我很惊讶，却又觉得好笑。"

我此时也很惊讶，但不觉得好笑。这句话翻译过来便是：我知道你是瞎掰的，所以并不想理你。

看，这不就说得通他为何只顾着擦琴，根本不愿意和我多说话了吗。可怜我当时还以为他会因此将我引为知己。

说实话，以我的心智不该明白过来他说的是何意，也不该刨根究底，可因为是他，我便总想更了解、更明白一点儿。虽然过去的那些年，我从未明白过。正是没有明白过，方教我直到昨日才了悟一些往日情分。

"那你当年为何要……"我不敢再说，怯声问道，"那是要杀头的。"

他沉默了片刻，说道："不会杀我。"他一顿，垂下眸没再看我，我见他的双拳握得很紧，挣扎许久后才哑声对我说道，"因为若有人注意到，我就可以说那是我师父教我的了……解语楼人人皆知，为《离亭宴》署名的是我师父，唯有寥寥几位主顾知道那是我写的，可那又怎样。"

这是我今年听过的最颠覆的故事。

我消化了片刻，蹙眉说道："可是没有人知道这个典故，也无人问你。你师父后来也做官去了。"

"正因为没有人问我，所以我寄信给师父，告诉他吏部尚书常来云安春风阁狎玩之事。他若要去弹《离亭宴》献艺，必然会弹我改过之后更妙一些的。"他眸色沉沉，"唯有一点我没有料到，吏部尚书竟也听不出典故，还赐他做了官。不过，他一旦去了朝堂，就危险了。"

原来他当年坐在琴房里摩挲他师父的玉佩，是在谋算这些。而非我所言，是在想念他的师父。我虽不知他与他师父有何过节儿，但想来这些也统统与我无关了。

我咽了口唾沫，默默将红烧肉咬进口中，吃完才总结道："原来你当年想的竟都是这些复杂的……难怪不愿意和我一起玩儿，想来是我心智太幼稚了，只配玩些泥巴。"

他抬眸看向我，异常费解："你，听我说了之后，想到的就只有这些？"

"啊，对啊。"我也同样费解地望着他，"你没被杀头不就好了吗？"

他凝视我的眼神很烫，比我口中的红烧肉还要烫，眸光炯亮。

"你是这么想的？"他好似松了口气，唇畔漾起一丝笑，期待地看着我。

我啃着红烧肉有些不知所措，片刻后低声说道："嗯。反正你心思如何，似乎也不关我的事……"我不太明白他为何专程与我坦诚这些，但我知道这其实不关我的事。

他不算计我就好了，我还不想死。我还没有看够他，只是不明白没被我看够的他为何忽然又皱起了眉，将筷子捏得很紧。

这顿饭几乎是我一个人在吃，他连嘴都没再张开一下。走出门时我很想问他一句不吃饿不饿，但一想到以往他不喜欢我总在他耳边问些废话，便不敢问了。

直到路过一处门扉老旧的偏房，我驻足凝望时，他问我："怎么了？"

怎么了？我不知道。

许是那紧闭古门的景象，与我回忆中的某段故事相合。

那扇老旧的门，一个三顾不入的人，还有无数次的转身。院前梨树下飘落一地粉白，风也在为他挽留。

"陆大哥，你倒是进去呀？敏敏姐姐病了好久了，等着你去看呢。"

我站在梨花树下，拉住酸秀才的衣角，不要他走。

酸秀才的衣角被我捏皱，侧缝处的针线封它不住，生生被我拽开，露出春衣里薄薄的灰色棉花。我以为酸秀才的衣服会比我的更紧实一些，没想到也一样不经事。

我赔不起便只能略感抱歉地望着他："我……我给你缝一缝吧……"虽然我不会女红，但好歹聪明地晓得针线该怎么用。

酸秀才始终皱着的眉没有舒展，轻轻对我摇了摇头，却望着那梨树后紧闭的门。我知道他应当不是不想进去。

可我实在不知道要怎么做才能哄他进门。这几日接连下暴雨，门前的梨花盛开后就要凋零了。

"敏敏姐姐！陆大哥来啦！专程来看你啦！"不知从哪里冒出一个小春燕，猛地拽住酸秀才，朝门内大吼大叫，转头又对面露窘迫的酸秀才说道，"陆大哥快进去吧，别让敏敏姐姐以为我骗她呢！"

他可真是个人才，聪明极了。我仰望着小春燕，对他的行为予以肯定。

酸秀才的脸红一阵白一阵，瞧着小春燕的眼神怨气满满："你……"

我在一旁认认真真地劝道："陆大哥，敏敏姐姐都病了一个月了，每天都问我你怎么没去看她。她很挂念你的，挂念着要送你鸡蛋。"

酸秀才冷不防被我逗笑，脸上窘迫之色少了些许，进而敛起笑意，沉吟许久："可是我……什么都没带，就这么空手……"

小春燕打断他，催促道："哎呀，陆大哥，你什么都不用带，多和敏敏姐姐说几句话，兴许明天她的病就好了。"

是这么个理。就好比我每次饿的时候多想一想景弦，就不饿了。好吧，我开玩笑的，还是会饿，不过都能忍受了。

我们推门进去的时候，敏敏姐姐的娘亲仍坐在床边絮絮地与她说金岭那户人家多么好。

她只是眼也不眨地望着帐顶，目光呆滞，静静地听着，不反驳也不回应。她的面色苍白，灵魂也像在渐次苍白。

挂在墙上的画像被风吹起一角，惹我去看，看那墨色的敏敏也渐次苍白，不再鲜妍。

那时候我分不清，敏敏姐姐等着酸秀才究竟是因为爱，还是因为执念。后来我分清的时候，也已离开景弦许多年了。那是因为爱。

敏敏姐姐的娘亲很讨厌酸秀才，不知道是不是因为他穷酸。其实我觉得酸秀才比起我来过得还算可以，但她娘亲好似没有太讨厌我。

她只是在看到我和小春燕的时候会砢碜我们两句："咱们家改去开善堂罢了。"

还好，令我心理平衡的是，她看到酸秀才的时候话都不愿意多说两句，鼻孔朝天，翻了个白眼后又推了他一把，险些要将他踹出去。

敏敏姐姐几乎是从床上滚下来阻止她娘亲的行为的。

我赶忙跑过去要扶起敏敏姐姐，小春燕拽了我一把。唉，我就差那么一步，总之没能扶住她。我很遗憾，眼睁睁地瞧着她跌在酸秀才身旁。酸秀才将她接住了，她就半坐在他脚边，浑身的力量都承于他那一双手。

她咬紧干裂的唇，拉着他衣角的手愈渐颤抖。从前敏敏姐姐教我背"欲说还休、欲说还休，却道天凉好个秋"①，我总爱背成"欲说还休、欲说还休，欲语泪先流②"。

她欲语泪先流之后，说了这三天以来的第一句话。她哽咽着，咬牙切齿地说："你终于舍得来看我了！"声音像炸得焦煳的饼子，不再像婉转的黄莺，成了只飞不动的乌鸦。

许是看不惯敏敏姐姐这般气若游丝的模样，酸秀才的眼角也变得猩红。大概这样大家都哭一哭的话，敏敏姐姐这个哭得最惨的就会平衡许多。

"你好好喝药，好好养病……"酸秀才的声音连飞不动的乌鸦都不如，"好好休息，好好吃饭……"

他这算什么探病，说的又是些什么。

我就快要听不下去了，小春燕却说，当一个人太想说、想说的太多，又怕说错太多的时候，便不知从何说起了，只好胡言乱语。

我似懂非懂，不敢轻易去打扰，但我害怕酸秀才这么荒废时间地数下去。好好这样，好好那样，什么时候才会停？

"敏敏，你该找个好人家，嫁出去……好好地过日子。"他说完了。我瞧见他喉结滑动，像是在咽一颗难吞难吐的煤球。

敏敏姐姐浑身发抖，深深吸了好几口气，就像是吸了一颗煤球，那口气提不上来。我很讨厌横亘在他们之间的煤球，让人难受。

她的脸没有一丝血色，脆弱得随意使点儿力就能被摧折。我看着很心疼。我明白，那是因为一腔热血都倒回了心里，供养着那颗勃勃跳动的心。

---

① 出自辛弃疾《丑奴儿·书博山道中壁》。
② 出自李清照《武陵春·风住尘香花已尽》。

其实还好。你看她抚摩着酸秀才的鬓角，又去抚摩他的衣角，温柔地说："你的衣裳破了，我给你补补吧……补一补就好。"

饶是我在心里替陆大哥答应了千百遍，也抵不过他一句不用。他皱起眉，轻轻摇头道："不用。敏敏，不用，不值得，不应当的。"

他执拗地一连用了四个不。不晓得是不是像一把把刀子在敏敏姐姐的心上戳，否则敏敏为什么捂住心口话都说不出来。

受他不住，敏敏姐姐狠狠剜了他一眼，张口咬在他的手背上。我瞧那一口极狠，酸秀才痛得拧眉头。敏敏姐姐仿佛用尽了所有力气，牙齿都在打战。口水和着泪水，在他的掌心开花。

我想这么多年了，陆大哥终究拗不过敏敏姐姐，姐姐对付陆大哥向来很有办法。唯独摸不到让他娶她的办法，只这一点儿遗憾，便要这辈子都遗憾。

最终陆大哥还是乖顺地坐在床边，让敏敏姐姐缝补那破口子。敏敏姐姐的手法很娴熟，上回给我缝补丁只用了小半刻就好了。不知她为什么今日给陆大哥缝了小半个时辰，我的腿站得有些发麻，她却还一针一线、一针一线……

周遭安静得好似能看得见针孔。

难怪酸秀才不要我给他缝，我那般手起刀落，根本不似敏敏姐姐这般温柔。她温柔得就快要陷入这昏黄的油灯里了。一辈子禁锢其中，哀婉叹息，挣扎不出也不愿意挣扎出来。

彼时我希望她能在油灯里漂泊，让枯萎的心多徜徉一会儿。哪怕孤独，也不要被封存于囹圄。

悄无声息地，小春燕拉着我一起走出去。我们就在台阶上，与风雨对坐，消磨尤愁等黄昏。

小春燕难得与我同时安静下来，想来我俩向来是要么他闹，要么我闹，今日都托着下巴不说话，一副思考哲学的神情。我是学他，不知他在想些什么。

后来黄昏时他告诉我说，他在想，倘若我有一日也落得个像敏敏姐姐一般的下场，该如何是好。

"不怕你耗尽一腔孤勇祭出所有的欢喜,就怕你一腔孤勇耗尽之后还是爱他。来来去去,反反复复。该如何是好,如何是好啊。"

听不懂。我情愿他不要说这样悲伤的话,而是说些充满希望的话。譬如酸秀才和敏敏姐姐一年抱俩,再譬如我就不同些,我和景弦一年抱仨之类的。

他斜睨着我笑,笑我傻。我愿意当个傻子,让身边所有人都笑起来。

"吱嘎"声惊醒了沉迷于黄昏的我们。我清清楚楚地看见小春燕在一瞬间敛起了笑,他站起身拉住想要借过的酸秀才。

"方才我一直在想一件事。"

什么?以为我和敏敏姐姐最终会一样惨这件事也要说给陆大哥听一听吗?我竖起耳朵,仔细听。

小春燕轻声说道:"陆大哥,你娶了敏敏姐姐吧。我给你找好活儿干,保你们衣食无忧,平安顺遂。"

谁都没有再说话。不知是不是错觉,我好像听到敏敏姐姐在门内吹灭烛火的声音。是的,天黑了,该回家了。

小春燕带着我走在黑漆漆的烂泥巴路上,我们始终跟在酸秀才身后。我问小春燕这是在干什么,他说在等一个答案。

可惜酸秀才只是去快要收摊的小贩那里买了三个茶叶蛋,转头给了我们两个,劝我们快些回花神庙。小春燕接过茶叶蛋,让我捧在手里焐手,别的什么都没说。

我们依旧紧跟着他,料想小春燕是要与他死磕到底。

我以为酸秀才会回天桥睡觉,毕竟外面很冷,这个时候睡觉应当会安稳且舒服。可他没有,他拐过桥下垂柳,缓缓往小巷子走去。

深烙在我记忆中的那条巷子里遍地花伞,未见伞开,先闻铃动。阵阵风铃声敲打着春夜冷雨,一声一撞,一撞一声,雨声被撞得残破不整,细密而悲伤。我猜很痛,被撞的雨很痛,不然我还能说什么。

他穿进巷间,弯下腰,捡起一把把被吹落的花伞。花伞挂在敏敏姐姐的店门前,倒开着正在旋转。酸秀才将捡好的伞全都放在墙角,轻轻拍了拍,低声说道:"明日我再来看你。"那声音和着檐角的风铃声,我不知是不是听错了。

转过身时，他递了一把给我们，我赶忙接住，小春燕却猛地夺下扔在地上，道："不要。"

我以为他们在说花伞，后来与容先生学了断桥残雪才反应过来确实是在说"伞"。我太傻了，那时什么都不懂，除了傻和傻得开心之外几乎一无是处。

酸秀才无奈地将伞捡起来，硬塞到小春燕手中，用力握住，哑声道："答案已经给你了。如果你明白，就不要再跟了。"

他们的神仙对话让我这个小蠢蛋费解了许久，不知道为什么小春燕牵着我走了。后来他告诉我"酸秀才真的不喜欢敏敏"。我至今深信不疑。

耳畔铃动。

"走吧。"恍惚间，我已分不清这句话是小春燕牵我离开小巷子时说的，还是如今景弦对我说的。

待我回过神时，已走到紧掩的古门面前，抚摩门上岁月的凹痕。门前有一树梨花，花瓣飞起来，跟着风转。我的视线不自觉地随着粉白飘荡。

"丁零——"

我微微睁大双眼。耳畔铃随风动。我的眼前，花伞遍地，烂漫迷离。

风寒祸起 第十曲

"景弦……景弦，你快看，看那边，是不是我眼花了？"我听见自己急急呼唤景弦的声音。倘若景弦也在，便不应当是迷离空梦。

我的手被紧紧握住，暖意包裹，他大概不知道我为何慌张，道："我在。我看到了，不是你眼花。那边有很多伞，还有风铃。"

他平静地对我说出这个事实。我心神俱荡，生怕眼前的景象稍纵即逝，匆忙朝那片花伞奔去。

老门的檐角有"朵朵"花伞倒挂，伞柄垂缀着简单的风铃。风雪渐盛，它们疯狂旋转，漾起翩翩雪绒，铃声渐远。被风刮乱的花伞从远处朝我奔来，滚至脚边，簇拥着我。我站在浪浪伞海中，顿觉如梦似幻。

那伞浪后好似有一个人影，身躯佝偻，埋着头慌张地捡地上那些被吹散的伞。他的青丝随着系带翻飞在空中，像是寒风泣泪时落下的痕迹。

那是陈府闲置的账房先生。他那身翻出棉花的衣裳可以与我和小春燕当年穿的相较量，我不会认错。他穿梭在风雪中的背影我也不会认错。因为那给我的印象太过深刻。

看到他我总是想起桥洞下那些被酸秀才称为"甘于平庸"的人。那是酸秀才最瞧不起又最同情的人，也是他最不想成为的人。

我低头帮账房先生捡起脚边的伞，伞面开出叠叠的石榴花来，如同揉皱的红巾。我翻手时无意看到上面题的字。

"——待浮花、浪蕊都尽，伴君幽独。"我心惶惶戚戚又惶惶，不禁念念有声。

字迹清瘦，像站立不稳、容色憔悴的老人。不似我以往见过的任何令我印象深刻的字迹。

"这位先生，"我急迫地上前一步，将手里的伞递过去，指着伞面上的字脱口而出，"请问……"

他伸出干枯的手要接我手中的伞，听到我的声音后缓缓抬起头来，错愕地望着我，面色霎时惨白。

我听见自己喉头一哽，如同吞下一颗刚从火堆里取出的煤球，蓦然窒息。冰刀蹚那火海，再戳进心口，霎时间冒出血泡。

景弦及时地扶住了我，我才没有径直跌坐进雪地里。想来我如今的身子已受不得这浸骨裂心的寒。

瘦骨嶙峋，苟延残喘。面前的人是谁啊。

我目眦欲裂的模样想必很丑。不似当年在他面前托着下巴拿起笔笑闹的自己，他也不像当年站在云台上神采飞扬地讲着牛郎织女的他。

当年一别，我果真只走了六年？许是我太蠢笨记错了年份。白云苍狗，海枯石烂，其实我与他都已垂垂老矣。

"小花……"我依旧极不喜欢这个称呼。他望着我却忽然笑起来，眼角的褶皱像是伴君幽独的石榴花："你长高了。"

好久没有人这样唤过我了。许是风雪迷了眼，我忽而泪眼婆娑。

有一点我要说明，我这个受苦受难的小衰蛋捡吃捡喝将自己拉扯大已是不易，实在没有厚积薄发的力量于身高上蓄力再长一长。

十七岁之后我没再长过。若他挺直背脊瞧我，就会发现我和当年一样矮。

敏敏姐姐当年对酸秀才说："只要我还在这里，就不会让你踽踽独行。鸡蛋也不会缺了你的。"可见鸡蛋的重要性，多吃一吃是真的很补身体，至少不会让人弯腰驼背吧。

景弦的妻子会督促他吃鸡蛋，敏敏姐姐走了之后，就没人督促陆大哥继续吃下去了吗？我很费解。他为什么不照顾好自己？

还有伞上的字，他为什么写得如此颓丧？当然了，我觉得人的字迹也是会随着岁月流逝而产生变化的。譬如我那从前的狗爬字演化为如今的字体，也经历了好一番血的磋磨。

"你……"景弦紧紧地扶着我，承受了我的全部重量。我想我此时应当争气，好歹凭借自己的努力说出一句话来："陆大哥，你……"

说不出，我仍旧说不出。

他为什么会变成这样？他这六年有没有好好吃鸡蛋？他为什么不照顾好自己？还有，他为什么要将花伞和风铃挂在檐角？为什么要在伞上题"伴君幽独"？

可惜的是一个个问题都被嵌在喉咙里吐不出来。

他蓦地轻笑，将我手中的伞拿了去。他垂首开伞时，我见他鬓边有丝丝银白，不晓得是不是有雪落在了头上的缘故。

他将伞撑开，挡在头顶，周身映出一片浅红。静默许久，他对我说道："小花，坚强一点儿。"

我们重逢后除却寒暄，他对我说的第一句话是"小花，坚强一点儿"。他是在对我说，还是在对自己说？

"许久不见了，我们去屋里坐一会儿。我那里有炭火。你们俩怎么到这里来了，同我说说。"他的声音听着就很坚强。

门内热乎，许是阻塞了风雪，但一点儿也不见光亮通透。

我不明白他为什么将自己困在这般逼仄的空间里。景弦后来告诉我说，许是心死了太久，便不喜欢见到光，让自己知道还活着。不如关上门窗，就让自己误以为自己已经死了吧。

他说得轻描淡写，既深沉又从容，我不懂他为何了解得这般清楚。

"轰"的一声，火苗簇起。

"我加些炭，你们随便坐。"酸秀才在离我不远处平静地说着，声音苍老得像干枯的树枝被踩出裂响。

此时此刻，就着火苗，我瞧见景弦那双熠熠的眸子正注视着我，我在他眼中看到了自己。我心想，何其有幸啊。

可是酸秀才的眼中又有谁，谁的眼中又有他呢？我转过身时看见他正坐在小板凳上，拿长长的铁钳拨动火堆，火堆里噼啪作响。

他的手边静静地躺着一个刚剥开壳子的鸡蛋。他放下铁钳，顺手拿起鸡蛋，吃得很急，像是还在长身体。

若不是场合不适宜，我还想告诉他，其实没有人和他抢的。我和景弦这些年鸡蛋吃得不少了。

"喀喀……"他终是被呛住，景弦快我一步，上前去拍他的背。我赶忙四处找水，在他的咳嗽声中，看清了书桌上的茶杯。花纹与他当年说书时用的那一盏极似。

只是这个茶杯缺了个口，无法修补，但勉强能用。

茶壶中的水是凉的。我递到酸秀才嘴边时忍不住哭了。

我坚强不了。陆大哥，我一点儿也坚强不了。

我觉得多年前的深巷和门，三顾不入，被风吹起的花伞和风铃，还有那句"明日我还会来看你"，甚至那些被拒绝的鸡蛋，都有了新的解释。

不是他们错过，是他放弃了而已。

"酸秀才是真的不喜欢敏敏姐姐。"小春燕对我说的话还回荡在脑海里。可怜小春燕早就看透，反过来骗我。我看透之后一点儿也坚强不了。

许是怕我坚强不了，所以小春燕才骗了我这么多年。我竟傻到相信他说的鬼话。那时候我以为自己傻且傻得开心就好了，可为何如今想起那些傻傻的往事，一桩桩一件件，一点儿也不觉得开心？只剩悲伤。

"哭什么？"酸秀才喝顺了气，皱起眉瞧着蹲在他脚边的我，"觉得我过得太惨？哈哈，可比我在天桥下好得多呢。我说我如今腰缠万贯你可信？真的，你不信的话，去问小春燕。他这个小子呢，当年吃了我那么多鸡蛋，如今每月孝敬我些银两也是应该的，是不是？"

是，我信。小春燕履行了他当年的诺言，帮陆大哥找到了好活儿。陈府的管家欺负陆大哥，小春燕帮陆大哥辞退了他。小春燕常来陈府给小小姐讲话本，是为了陪陆大哥。

我都信。酸秀才终于变成了自己曾经憎恶且害怕成为的样子，如桥洞下的生人模样，浑噩度日，甘于平庸。

那么他究竟是如今才甘于平庸，还是一早就甘于平庸？年少志气一朝丧尽，是哪一朝？他的天下悲安事呢？他的江山风流诗呢？

他为什么不娶敏敏姐姐呢？那一年里，他与敏敏姐姐在码头看过的夕阳，又算什么呢？

那天的夕阳真红啊。

敏敏姐姐的风寒反反复复，大夫说应是落下了病根，别无他法，只能好好养着。自三个月前大夫摇着头说了这话以后，敏敏的爹娘就再不准她外出去找酸秀才了。

须知不准归不准，做不做也还是从心。我始终相信，敏敏姐姐的病情应当随着她见酸秀才的次数增多而逐级递减的。

敏敏姐姐和酸秀才坐在码头看夕阳，我一个人坐在夕阳下面看着他们。

寻常上天好歹还会给我匹配一个小春燕吧，今日他不知去了哪里。我觉得就我一人在大型成双成对的现场这般干望着他们实在是有点儿不舒服。

夕阳圆圆的、矮矮的，被水托在水面上，染红了云彩和长河。别人眼里一定还有其他模样，说不准在敏敏姐姐眼中就是个爱心。只是我觉得那像个饼子，大概是因为饿了。我就日常饿，它就日常像饼。

让孤身一人的我望着成双成对的场景好残酷，让饥饿的我望着夕阳饼子也好残酷。

我只好看着那些纵然平庸却为了生计忙碌的人，他们来来往往，自己也不知道在做些什么。河上漂泊的船只更不知要开往何处，反正永远都在漂泊就对了。

"我曾经教导小花，不要将自己托付给甘于平庸的男人。"

我忽然从酸秀才的口中听见了自己的名字，饶是我再不想看到他们成对的模样，也还是忍不住愣愣地抬起头。

酸秀才望着夕阳，平静地对敏敏说道："我十分喜欢那个说出'书尽天下悲妄事，笔题江山风流诗'的少年。只可惜，我已摸不准他还在不在世上。相识十多载，我好像很久没给他写过信了。"

我似懂非懂。年初他给我开小讲堂的时候可不是这么说的，说这话的难道不是他吗？文人的世界真奇妙，拐个弯又抹个角。

我抠着码头的石板，因为自己没有文化而酸溜溜的。

若非我后来遇到了容先生，我对酸秀才的印象会一直停留在吞吞吐吐、酸不溜秋上。容先生告诉我，文人的拐弯抹角叫作九曲回肠。越是缱绻反复，越是直说不得。

而今，我并不打算留在这里听他们九曲回肠。毕竟那个令我九曲的人还在解语楼里，令我回肠的饼子也还在小贩的手里。

饼子和景弦比起来稍逊一筹，我抹开裤腿儿往解语楼跑。当然，没钱也在一定程度上限制了我的选择。

不料我跑得太过跳脱，正面撞上了一辆奢侈镀金的马车。若不是常年躲避打手扎进琴房使我身姿还算敏捷，我险些就要命丧于马蹄子底。料想花神娘娘不愿意她的座前小官死得这么窝囊，万幸、万幸。

翻身滚出马蹄底时，我不慎被马车角挂破了衣襟，还没来得及惋惜敏敏姐姐刚为我缝补好的补丁，又听见马儿在我脑袋边长嘶一声。

我躺在地上按住胸口，望着血红的天空愣了两个弹指，惊魂未定。

"哪儿来的乞丐不长眼！"

魂魄猛然被抓回，我赶忙从地上爬起来，道："对不起，我方才跑得太快，没有……"

"晦气！呸！"

我不晓得落到我手臂上的是口痰还是唾沫。反正我不能也不敢吐回去。好歹也是一户有钱人家，家丁无数，我要是吐回去之后被打了怎么办。

其实我心里有一点儿不明白，有钱人家不应该出些像景弦这样矜贵的翩翩公子吗？

这些有钱人坐着镀金的马车，受人仰望，反倒还不如我这个乞丐懂礼貌。

他们至少也该给我道个歉说不好意思撞了你，我就说没关系我还可以站起来。这样之后再呸我一口，纵然会有些突然，我也认了。

我捡起地上被人用过的油纸，默默地擦干净手臂，捂紧被刮破的衣襟站起来。好歹我也是个姑娘家，该注意的还是得注意一点儿。

兴许是我起得太慢惹恼了他们，马车帘子被撩起来，里面传出声音："还没滚吗？！"

马车里坐着的是个尖酸瘦削的中年男人，嘴脸要比旁边站着的方才呸我那人稍微好那么一些。

呸我的人皱起眉头，道："赶快滚，别挡我们老爷的道儿！等着讹钱不成？！"

我好不容易站起来，听及此不可思议地望着他们。这个操作我是很想学的，他们不打我我就学。

"臭乞丐，你瞧瞧自己那副贪婪的穷酸样！"

不好意思，我收回不能吐回去的话。大概是和小春燕混得太久，我忍不了，我还是得吐回去。

我顾不得破开的衣襟，撸起裤脚，朝他脸上吐了口水，没待他反应过来，转身猛地扎进人群，撒丫子往解语楼跑。身后传来那人的叫嚣声，催促着我一路狂奔。

扎进解语楼的时候我的一颗心还怦怦直跳，继而捂紧襟口喘气。天晓得我做了什么解气的事，成功地为自己埋下祸患。如今我只可惜这衣服破了。嗯，要景弦亲手缝才能好。

我抛下刚刚遇见的一切人和事，一心想要冲上楼找景弦。他今日难得地没有给我留门学写字，这事颇为奇怪。

"景弦！"我敲门喊他，没有人答应。片刻后，我听见里边传来窸窣的声音，感到十分好奇。我早已养成窥他门缝的习惯，悄悄地瞧上一眼——

"砰！"不待我瞧见什么，门猛地被拉开，他站在正中间睨着我。他的脸上有些许潮红，额间还有一层薄薄的汗。

偷窥被逮个正着，我颇觉窘迫，不过我见他此时的神情似乎也挺窘迫。

我俩沉默了半晌，我先问道："景弦，你方才在做什么呀？为什么不应我？”

“……睡觉。”他就站在门中央，面无表情，没有让我进去的意思。

“哦……”不知为何，我心生几分尴尬，硬着头皮说出来意，“我想说，我刚刚差点儿就被马车撞了，划破了衣服。不过你不用担心，做乞丐这一行的，衣服它经常说破就破，反正我没有受伤……只是我女红不好，你……你能不能帮我缝一下？”

“你觉得，”他顿了顿，微觑起眸子，有些匪夷所思地盯着我，“我的女红像是很好？”

我鼓起腮帮子，松开自己的衣襟，低头示意他看，随即理直气壮地说：“可我破在这里，自己不好缝啊。”

他好半晌没有回应。

待我抬起头时才发现他的视线正落在我的衣襟口，若我没有看错，他此时的面色应当比刚刚更红一些。

不晓得为何，他嗓子上的喉结滑了滑，继而移开了视线。他欲言又止多次后终是低声对我说道：“……自己脱下来缝。”

“我就这么一件衣裳，脱了岂不是脱光了？我是正经庙里的姑娘，”顿了顿，我追着他猛盯他绯红的脸，坚持将自己的话说完，“脱了就不正经了。还有景弦，你脸红什么？刚刚出来就是这个样子，你是睡觉的时候做噩梦了吗？”

他沉默了须臾，转过头来俯首凝视我，道：“差不多。我梦到一些较为可怕的事情。还好，后来我觉得也有些许可爱，便没那么怕了。”

我听得似懂非懂，恍惚着点头：“那……”

“你先在外面等着，一会儿我让你进来，你再进来。”他平静地说完，转身就将门半关上。他应当是晓得我向来听他的话，不敢自己随意进去。

可是，我估摸着上天是这么安排的：需要让我每隔一段时间忤逆他一回，这样我与他以后夫妻生活才公平。所以，当他转身方过几个弹指，我便瞟到拐角处有几名打手正朝这边走来。倒吸一口凉气后，我猛地推开门跳进去，又利落地将门关上。

"砰"的一声，似是惊着了景弦。我见他慌忙反手将被子翻过来盖住床榻，皱起眉看我。

我挠了挠后脑勺儿，没注意掩住衣襟，朝他跑过去，道："外面有打手。我都这么大了，你总不好看着我还被揍吧。"

他的视线无意间瞟过我的衣襟口，又移开，低声说道："先把你的衣襟捂上。"

我乖顺地捂住襟口，瞟了一眼被他用一只手压住的被褥。他盯着我，我再瞟一眼。他的眉头蹙得再紧些，盯着我。我又瞟了一眼。

好了，瞟过三眼的东西，我知道自己是真的十分好奇了。

所以，他藏着什么东西不让我看。

我指着他的手，直愣愣地问："你压着被子做什么？"

"不关你的事。一些我的私物。"他的神情有那么一点儿故作从容，被我看破。

我盯着他的脸，越发好奇床上有什么东西，问："景弦，你没有撒谎吧？你是不是骗我的？什么私物那么私，我来这么多年了没见你藏过呀？"

"你不是要缝衣裳吗？"他挑眉问我，"针线呢？"

他竟不想让我知道那个东西到了刻意引开话题的地步。

我想，他大概是尿床了吧。小春燕也尿过床的，不妨事，我不会嫌弃他的。倘若真是这样的话，我再追问下去不仅十分没有礼貌，还会让他尴尬。

上天，像我这样体贴的姑娘当真不多了。他须得抓紧时间发现我的好。

于是我顺着他的话说道："针线没有带来，我以为你会有。"

"……你以为我一个男人会有针线？"他皱起眉盯着我，"我在你心目中究竟是个什么人……娘娘腔吗？"

我被噎了一下，默然摇头。我不明白他为何角度这般刁钻地问我他在我心目中男人不男人。

其实我有点儿不明白界限在哪儿：怎样才算作男人？怎样又算作娘娘腔？

小春燕那样的应该是娘娘腔吧。他总和我这样的姑娘家玩儿。

景弦这样不喜欢和我玩儿的应该很有男子气概了。

"嗯……你在我心目中很男人。但我还是想要你帮我缝补衣裳。"我睁大眼睛认认真真地告诉他,但得到了他的拒绝。

我觉得他似乎有点儿生气。好吧,我总是莫名其妙地惹他生气,还得不到合理的解释。这让我一颗小甜心皱巴巴的。

至今我也不知道他在床上藏了什么,也不明白他为什么不帮我缝补衣裳。

就像此时此刻,我不明白他为什么会在腰间摸出针线包一样,莫名其妙。他看着也不像娘娘腔啊……他这六年究竟是如何被他的妻子调教的。

上天,我好想学。

说出来大家可能不信,我粗略地瞟了一眼,见他的针线包里竟有三种颜色的线。

原本我与他出门时,酸秀才分与我们许多土产,他拎了满手。这般幽暗无光的地方,我见酸秀才生一回火实在不大方便,便伸手摸进景弦的腰包拿他所说的火折子。彼时的我还是满心悲凉的,尚且沉浸在与酸秀才重逢的伤感之中。

但我如今再想悲伤回去也不是什么容易事了。气氛有些许尴尬。对于他一个大男人随身携带针线包这件事,我持有的态度是沉默。沉默地想着他是不是如自己当年所言变成了个娘娘腔。

当然了,我宁愿相信他还是个正常的男人,这一切都源自他妻子的调教,令他总能随时随地给我惊喜。

沉默了片刻,我慢吞吞地将针线包塞回他腰间。

在他炯炯的目光下,我眼睛眨也不眨地望着他,字斟句酌后措好了辞:"……挺好的。"上天,我就只能措出这个水平吗?我是否好歹该多客套一句"黛青颜色的线更好看"云云。

他错愕地凝视着我,似是没有料到我看到针线包后会是这个反应。我也料不到他为何在我做出反应后错愕。好像他携带针线包是什么理所应当的事情一样。

我顺利地摸出火折子，酸秀才没有推托，只是看着我与他欲言又止，最终也只是浅笑着说了一句："顺心走。"

他当年，应当是没有顺心走。

我们沉默地走在雪中，他撑起从酸秀才那里拿走的花伞，遮住绵绵絮雪，与我并肩。

我其实很想问问他，他的妻子究竟是怎么做到的。让他这样一个当年在我险些跪地苦求下依旧不愿意高抬贵手帮我缝衣的人，变成了行走的针线包。

倘若可以，时机适当时能不能也让我开一下眼？毕竟我很难想象，如今心机深沉的景大人如敏敏姐姐一般贤惠温柔地缝补衣裳该是什么神仙场景。

我稍抬眸觑他，他此时面沉如霜。我便忍住了，没提出这个请求。

此时夕阳正盛，我觉得身体舒适了些。不知不觉间，我们竟在酸秀才那间屋子里待了整个下午。那样阴暗潮湿的地方令我气闷，他却待得十分从容。他仿佛也习惯了这般环境，或是一直这样习惯着。

他一手拎着花生之类的坚果，一手打着伞，我伸手想分担一些，被他避开了。正在此时，不远处传来阵阵狗吠，在苍茫的雪中显得尤为奸恶。果然就在我们拐过墙角时看到了滴着口水、龇着獠牙的它。棕黑色的毛湿漉漉地沾着雪水，它凶狠地撕咬着脚边的一块白布。

记忆里的恐惧猛地被犬吠声勾起，我承认自己现在有些想尿裤子。幸好当年他尿床的时候我没有嫌弃过他，否则今日还不知道谁笑话谁。

景弦皱起眉说："别怕，我们走快些就好。"我也是这么想的，可腿脚正发着抖不大听我使唤。

脚腕被咬过的那处隐隐发痒，我甚至想蹲下蜷缩成团好好地挠上一挠，挠得血肉模糊才好舒缓我心底强烈的痒意。

那条狗没有给我缓过来走快些的时间，甚至没给我蹲下的时间，它流着口水、龇着獠牙嗷嗷地叫着，和着大雪朝我冲来。

它朝我疯跑过来的那一刻，我惊慌呼救，只能抓起地上的雪团拼命打它。

我怕不是天生一副招狗体质，想来上辈子应当十恶不赦，今生才落得个被狗追着咬的下场！

当我眼前晃过棕黑色的狗影时，我人已经跌坐在地上。那条狗咬住我的衣袖后不知怎么就在半空中拐了弯。我拼命扯出衣袖团缩起来，蹬着腿向后疾退，耳边是窸窣的雪落声。

刀光闪了下我的眼，瞬间埋入吠犬的口中。

我向后一撑，被手压住的花生惊得我浑身一抖。我生怕身后还有一只狗！赶忙回头看了一眼！没有……没有……幸好没有。花神娘娘还是很仗义的，隔几年来那么一条磨炼我的心智就好。

不知道是不是我听错，一声惨烈的呜咽和着雪风砸向我。

当我再次转头看过去时，景弦的手臂已成血红。他的手穿进野狗的口，那把刀的刀尖从它的颈背穿出来。一刀毙命。他抽出手后又利落地割断了它的咽喉，没有丝毫犹豫。血水浸透他素白的衣袖，也流淌在雪地中，格外鲜艳。

"有没有伤到哪里？"他将匕首插在雪中，在我面前蹲下身焦急地问道。

我摇头，直愣愣地盯紧那条野狗。脑子里威风的记忆好似被换洗了一番。雪中的鲜红的确比记忆中的灰雨湿地更令人印象深刻。

好半晌，我才转移视线，垂眸看着他的手臂，道："你……"

"我也没受伤。"他抬起我的手臂，我痛得一颤，原来是那晚被包扎的割伤裂开了，渗出了血。袖子的缝角处也被咬得开了线。这件衣裙还是六年前随容先生离开时她赠我的，意义重大。

当然，我的确也为自己买不起新衣裳的贫穷寻了个合理的解释。唯有回去换上仅有的一件换洗衣裳，将这件认认真真地缝补牢实才可解我无衣可穿的尴尬。

不做乞丐六年，我再次体验到了没钱寸步难行的感觉。

"你还有换洗的衣裳吗？"他一边捡撒落的花生等坚果一边问我。

我笃定地点头："有一件。"

他微蹙起眉，我料他险些就要将"为何惨成这样"脱口而出，却硬生生压下了，待捡完坚果才对我说道："我那里刚好有几件，明日给你送来。"

刚好？他在说什么？他在云安的府邸里放着女装？他放女装做什么？不，我不能这么想。他在我心目中的形象一直是真男人。我应笃定衣服是他夫人的，否则按照我的想法来的话，未免太过惊悚。

"我第一个月的银子尚且没有拿到手，你好歹等我还上一点儿，让我心里有个安慰之后再让我继续烧钱欠债。否则，"我抓着头发说道，"我入……入不敷出啊。"

他愣了愣，沉吟了会儿对我说道："其实我觉得没多大差别。以你目前的月银，就算还我一点儿，和五百两比起来，你心里仍旧很难有安慰。不过你要是觉得会好些，那便依你。"

"……"

我很感谢他。

"不过，你这件衣裳得赶紧缝补好，不然没的穿了。"他拎上花生等坚果，捡起伞，示意我跟着他走。

我想到他腰间的针线包，但不太好开口问他借。我怕说出来会伤他的自尊心。

可当我们回到教读的书房后，他主动把针线包拿了出来，并让我选个颜色。

与他真挚的眼神相接片刻，我选了银白色，道："你先出去吧，我脱下来自己缝。你的针我也借用一下。"

他接过银白的线，淡然问道："你的女红不是不好吗？"

难道你一个大男人的女红就很好吗？我盯了他片刻，低头说道："现在还可以。"

"这么冷的天不必脱了，省得麻烦。"他拎起我的袖子打量片刻，"只是断了几根线，破得不多，十针之内。我帮你缝了便是。"

他说的话竟有些许专业。我认为这几年应当是他妻子在外打拼，而他在家里打理内务。这么一想我竟觉得他妻子至今未归这件事就说得通了。我究竟是个什么魔鬼。

愣怔之间，他已在我身旁蹲下，微觑着眼睛觑那针孔，将银白色线穿过打上结。他翻过我的袖子，手起刀落般地快、准、稳。

他缝补得未免太过专业。六年不见，他越发富有神秘气息。我知道，我此时看他的眼神一定很复杂。

几个眨眼间，他已将我的袖子补得漂漂亮亮的，还抬眼冲我笑，娴熟得令人心疼。

我捏着袖子，迟疑地道谢。

我还沉浸在连篇的臆想之中，忽听他在我身旁轻声问道："记忆深刻吗？"

我微皱了下眉，不解地望着他。他的眼底一如酸秀才的房间那般阴冷潮湿，是我窥视不了的深渊，亦使我胸闷气短。

他一边收拾针线，一边在指尖摩挲轻拈，翘起的嘴角像是方才那把刀头微铗沾了血的匕首，问："那只野狗的死状，给你留下的记忆深刻吗？"

我一怔，他的声音不容置疑，我亦照实点头。

雪地的白、匕首的白、素衣的白，都衬得鲜血极红，像瞠目直视艳阳般烙印在脑海里。

可他事后的关切又让我觉得并不可怕。我想，看见野狗的那一瞬间我想起了掰断犬骨的小春燕，而如今若再看见野狗，我当先想起的是淋漓的鲜血、苍茫的大雪和刺穿野狗咽喉的景弦。

"那就好。"他垂下眸，从容地将针线包放回腰间，再瞧我时眸光越深，"记忆深刻就好。以后再遇到恶犬，便只应记得我……"

我不明白他是将话断在了这里，还是当真落下了半句。

反正他眸中阴霾扫尽，浅笑起来，又补了一句："便只应记得我这般，有对付它的勇气。"

他将句子这样断，我是挑不出错的。唯有一颗心为我挑出些错，似懂非懂地疾跳起来。

印象中，我被敏敏姐姐传染上风寒那次，也有过这般类似的情形。

许是我为了照顾风寒反复的敏敏姐姐常往她家中跑的缘故，她的爹娘近日里瞧我顺眼了许多。毕竟腊月里还如我这般顽强地行走在冷风中来看望病友的好姑娘不多了。

这是个好兆头，预示着他们往后再吃饭的时候，我不必故作不饿先行一步。

果不其然，今日我被准允与敏敏姐姐分食一碗撒了翠色葱花的清汤面。她的娘亲为我多拿了一双筷子。

敏敏姐姐不大喜欢吃面，只挑了两口便都给了我。她愈渐消沉，想来如今什么都不喜欢了，只喜欢酸秀才。她每日唯一的精神食粮便是有关于酸秀才的音信。

我一边吃着面，一边给她灌输精神食粮。不觉天已大黑，临出门时我打了个喷嚏，敏敏姐姐将她的棉衣裹在我身上，悉心嘱咐我跑慢些。

十五岁的尾巴了，她还当我是个小孩子。后来我想明白，是敏敏姐姐一直以为岁月走得很慢。

想来因为上次与马车对撞的遭遇令我难以忘怀，跑出深巷后我刻意放慢脚步。

路过桥洞时，一阵寒风兜头灌来，我鼻痒，又打了一个喷嚏。打喷嚏的声音使耳边别的声音都朦胧了些许，我隐约听到有人在说话："初春三月……"

我循着声转头看去，昏暗的桥洞旁，破旧木门正敞着，冷风猎猎狂灌，兜满那人的衣袖。借着一盏幽黄的灯笼，我才看清那人是酸秀才。

站在酸秀才对面的便是提灯笼的人，看穿着打扮像是大户人家的小厮。

饶是下人，也是富得流油的下人，酸秀才依旧对他毕恭毕敬。这大概是我们穷人的惯性。我哈着气呼热了双手才小跑过去，然后站在小厮不远处。

离得近了些我才发现，小厮衣服上的花纹与好几个月前撞我那辆马车旁随侍的有些相像。我心惴惴，裹紧了我的小棉袄。

酸秀才觑了我一眼示意我稍等片刻。他与小厮拱手拜别，手里还捏着一张方方正正的东西。

小厮转头时瞧见了我，约莫是想起了话本里那些穿得破破烂烂的女鬼，他的面容登时惨白，明显被骇住了，缓了缓才啐了一口转头走掉。

酸秀才望着小厮的背影轻叹一口气，捏紧东西，手上的青筋微起，一副忧心忡忡的模样。我望着他，问："陆大哥，你手里拿的是什么？"

"一张请帖。邻城有户富绅过五十大寿，开春请我去说书。"他低头看向我，盯着我香香的棉衣，没有挪开视线。

"那你叹气做什么？这是好事啊，有人专程来云安请你去说书，还是大户人家，一定可以赚很多银子！"我忽然又对他娶敏敏姐姐这件事燃起了希望。毕竟我始终相信，有了钱之后再谈感情应当会容易许多。

我一直以发家致富迎嫁景弦为人生的终极目标。这个世道教会我，发家致富之后，做什么都会容易得多。

"是几个月前他家老爷来云安游玩，偶然听我说了一回书，才定下的。我也不知为何叹气，心里有些不安，担忧会有什么事情发生。我总是这样……"他苦笑着摇头，收敛了情绪后又说道，"大户人家里的，看着比寻常人规矩太多，所以令我担忧；实则又比寻常人不规矩太多，所以也令我担忧。"

彼时我已有些明白何为"规矩太多"又"不规矩太多"。但无可奈何，有关权势的噩运一旦压来，我们终究无可奈何。

"阿嚏！"想到此处，我打出了今晚的第三个喷嚏。嗯，如今我大概可以确定，景弦想我了。

"你得风寒了。"酸秀才的良心一点儿也不觉得痛，揶揄地瞧着我绯红的脸，戳穿了我的心思，"想念你的人应当还在弹琴。快回去叫小春燕给你捣饬些姜来。他那般神通广大，让你喝上一口姜汤想必没有问题。"

我囫囵点头。又听他嘱咐道："这几日就别去敏敏家里了，以免你俩都加重病情。"

待我回到花神庙才反应过来酸秀才的话，应当是我跑得太勤，今日又与敏敏姐姐这个病人同吃了一碗面，被过了病气。

"燕爷什么不能弄来，姜汤而已。"小春燕听我说后，当即撸起袖子起身朝外走，"你自己拿火折子燃个柴堆，我去去就回。"

于是我就抽着鼻子团缩在角落里。那跳动的火苗说不定就像景弦想念我时的心。我这么想着就傻笑了起来。好吧，我开玩笑的。他大概不会想起我。我越来越喜欢跟自己开这般莫须有的玩笑了。

就像敏敏姐姐每天都十分想念酸秀才，酸秀才却没有得风寒一样。

约莫过了一刻钟，小春燕端着一碗姜汤从门边急匆匆地朝我跑来。他脚步奇快，身形奇稳。我暗地里思忖，他这么些年多打几场架果然有用，已然成了个优秀的练家子。

"好烫！好烫！你还傻愣着干什么？快起来接啊！"我恍然，原是被烫着了才跑得这么快。我收回我的夸奖。

姜汤很暖、微辣，我喝着有些难受。但一瞧见他指尖极为显眼的燎泡，我又感到很愧疚。于是次日与景弦说起时，我特意询问他这里有无烫伤药。

"小春燕这般为你送姜汤，小春燕那般为你添柴火，你今日三句不离小春燕，扰我弹琴了。既然你这么在意他，何不自己掏钱去买？"他按着弦，神情冷漠，"我这里没有。"

他许久不曾对我露出这般不耐烦的神色，我险些快要忘记他本是厌恶我的了。我不该将自己身边的琐碎杂事往他这里倒。

"那你好好弹琴，我不扰你了。"我使劲吸了吸因风寒而堵塞的鼻子，"我再去想一想办法。"

"等等。"他侧目，在我转身前喊住了我，却好半晌没有说话。

我站得笔直又乖巧，满眼希冀地瞧着他。

他从抽屉中拿出一小包黄油纸裹住的东西，带着浓重的草药味，我闻着便几度作呕。他伸手递给我，道："上回得风寒，还剩下半包没吃。我床角有药罐和火炉，你打水来将它煮了。喝了再走。"

我欣喜地接过，朝他床边看去，一眼便瞧见依偎在纱幔后的红泥火炉和药罐子。

那药罐笨重，须得我用两只手才能勉强抱起，待我慢吞吞地将它挪到空地处，两手已有些发酸。

我一边甩着胳膊，一边看他认真拨弦的模样，道："我在这里煮药，你不怕被熏着吗？我担心扰着你弹琴。"

"不会。"他回答得从容，断了我的后顾之忧。

红泥上火光悠悠，他递了份曲谱，示意我当蒲扇用。不消片刻，我蹲得双脚发麻，搬来小板凳看顾着。汤药轻叹，逐渐氤氲起白浪。

窗外一缕斜阳穿透尘埃，白浪循着光温柔起舞。

熬药是个技术活儿，让我苦守大半个下午。琴房的苦味越发浓重，我隐约瞧见他的眉微微蹙起，越发搞不懂他为何要让我在他房间里熬药。虽说不必回去反倒能与他同处一室其实很合我的心意。

"差不多了。"他忽道。原来他也看顾着时辰。

我愉悦地揭开盖子，又懊丧地盖了回去。劝退，我被劝退。

天可怜见，我这般甜蜜蜜的人为什么要被安排喝这么苦的药？那苦涩在我揭开盖子的一刹那仿佛已钻进我四肢百骸，浸入骨髓，苦得我立刻作呕。景弦，我劝你善良。

"怎么了？"他停下拨弦的动作，转过头看我，"苦？"

我点头，皱起眉，道："是不是应该搭配一些白糖之类的？我大概了解你为何会剩下半包了。"

"白糖影响药性。"他凝视着我，"你若想风寒快些好，便一口喝下去，不要犹豫。"

他的眼神里有逼迫的意味。我这个善解人意的姑娘明白，大概是方才的药味苦重，扰了他弹琴，我若不喝下去，便白扰他一趟。

我舀上一碗，搁置在脚边，道："有些烫，我缓一缓再喝。"

"莫缓太久，凉了更苦。"可他此时眼角带笑的神情分明是在说"多缓一会儿，更苦才好"。

我双目微睁，不可置信地看着他。什么意思？药是他递给我的，如今他一副等着看笑话的神情是什么意思？随着年龄的逐渐增长，他的良心是越来越感觉不到痛了。

我这个小可怜虫蜷缩着身子，苦巴巴地紧盯着药碗，不再看他。

药碗上的白浪像是引我陷入深渊的魔爪，一勾一缠，逐渐诡异。

鬼使神差地，我端起药碗，屏住呼吸一口闷进肚里。我满嘴苦涩，苦味好似打通了堵塞的鼻子，我闻到药碗里残留的味道，俯身作呕。我撒开腿跑到窗台，张嘴呼吸着微甜的空气才觉得好受些许。

"苦，才长记性。再得风寒时捧起药来，当想起我……今日给你灌下去的这碗药。"景弦垂眸抚琴，从容与我说道，"想着想着，手里的药便也被衬得不那么苦了。一劳永逸。"

往后的许多年，我总逃不过被那半包苦药支配的恐惧。如他所言，但凡得了风寒，便能想起他琴房里绵延的白浪、苦涩的汤药，以及他那句话。

云外青鸟

第十一曲

一如现在，往后再遇到恶犬，我也当逃不过被血刀支配的恐惧。

其实我有些许疑惑，为何偌大的陈府会出现野狗，又为何野狗的脚边会落着白布。就像我此时回顾当年，亦想不通透他为何留我饮下半包苦药。

同样意味深长的笑，同样模棱两可的断句。我无法细想，想不出来。

或许我的心已为我想过一些，才令我此时苦闷烦躁。他与我的故人之谊，我与他的情分纠葛，我俩究竟如何才能做到近疏得宜，我又如何摒弃杂念。至于他的妻子……他当真有一位出门在外的妻子？重逢寥寥几日，我愈渐想不明白。倘若在六年前就好了，纵然没有资格，我一颗鲜活的心也当允我去问一问。

至少不必如我现在。

如我现在，只敢托住下巴望着窗外，看那薄薄的一层云雾被风吹去，如白浪般滔滔。我希望白浪里能忽然飞出一只青鸟，传来遥不可及的云外信，只教我一人看明白我想要的答案。

蕊官说我这个人忒喜欢冥想，能凭借丰富的想象力揣度的，就坚决不开动生锈的小脑瓜。她总结得十分到位。容先生说我并非生来如此。许是我曾经碰过太多次烈焰，往后就算只遇见烛火芯子，也不敢再伸手了，倒不如看着烛火燃尽，想它究竟是烫手的，还是不烫手的。

她温柔地抚摩着我的头，教导我说："待到烛火燃尽，饶是你想清楚了它究竟烫手还是不烫手，也没什么意义了。若是因为太痛就连伸手的勇气都没有，那人生还有什么意趣？花官，过去的就让它过去吧，你还是你，只是被石头绊住了脚，自己不想挪开。"

嗯，她总结得也很有道理，是我不想挪开。我上了年纪，执意去挪的话恐怕会闪着腰，等我去买把铁锹再说吧。

我已在房间内静坐太久。久到想不起景弦是何时离去的。窗外有洁白的信鸽拍打着翅膀从陈府上空飞过，扯出一道浅白色的痕迹。

半个时辰后，我收到了景弦派人给我送来的信。说是从柳州来的，容先生给我的回信。

我没急着拆开，因我被附赠的另一封信吸去了目光。"花妹亲启"几个字写得娟秀小巧，比四年前那封灵动太多。我一颗心急急地跳起来，预感将要与她再见。

那个在信的末尾满心悲凉地告诉我"此去金岭，再难相见，花妹珍重"的敏敏姐姐，这几年是否过得顺遂如意？

应当是如意。想来她的字是近几年她的夫君握着她的手一笔一画教好的。我做证，这极有可能，概因四年前她寄给我的信中还是与我不相上下的狗爬字。

稍好一些的是彼时她的字能为她哀鸣，情绪尽露，满纸悲凉绝望。而我那时候的字尚在容先生的磨炼之中，依旧是惨烈到悲不悲凉另说，但求别错的水平。

拆开信封，整整三页。她说她近日又染了风寒，夫君偕她游山玩水祛除病气，其间也许会路过云安，望我亦回乡一叙。

这封书信通篇介绍风土人情与各地美食，我看得口水都快要出来了。咽了几下才发现，她字里行间竟有些文采斐然，颇有酸秀才当年文绉绉的调调。说实话，我被吓了一大跳。

唯有信末尾几句让我觉得是她："出嫁前没有与他道别，如今四年过去，当年发生的那些早该被淡忘了吧？终究和他相识一场，若我再见到他，希望他能坦然与我别过，至少送个船，填补下四年前的遗憾便也都罢了。"

我又何尝不是，我与街坊四邻道别了个遍，甚至连年少时一起争食的狗都没放过，却唯独没有与那个最重要的人道别。

也唯有不与之道别这一点和敏敏姐姐相同了。她那句"相识一场"与"也都罢了"是那么淡然。成了家之后真就能淡忘了吗？当年发生的一切便只有一句"相识一场"。挣扎在情海中沉浮那么久，就只有一句"也都罢了"。

我若有敏敏姐姐这个境界，也不至于到现在还九盼望着莫须有的青鸟。失败，太失败了。追心爱之人的年份我比不过敏敏姐姐，追求时期所用的计策手段又比不过她，这许多年放下一切从头再起的本事还比不过。

我这样的，当年究竟谁给的勇气去追那么好看的男人。我就该守着小春燕老实巴交地过，以他的义气也不会亏待我。你看，这样的话，我种下一个小春燕，长大之后不就直接收获了一个好看的男人吗？

只是放不下他，放不下我执着过的那个人。若从头来一遍，我还是会被那个生得比花魁还好看的男孩儿迷倒。纵然已知道结果。

我低头笑笑，末了瞧见落款日期，推算一番后估摸着她近日便可至云安，只是不知具体时日。

她一早便寄出了这封信，只是我来了云安，信被积压在柳州，容先生找到时机才一同送来。

随容先生的信封一起来的是一小枝红梅。幽幽淡香，覆了信笺满纸，不会太浓，亦不会太淡。我想起我在给她寄去的信中问道：故人重逢，如何疏近得宜？

她没有在回信中提及此事。但这一小枝红梅已教我想到当年寒夜中，她用二两银子买下我手里那枝红梅时说的话："幽香过盛便不稀罕了。这世间之事恰如其分最好。"

恰如其分最好。我的位分大抵是云安的过客，我做个过客就好。可容先生没有教我怎么管住自己的心只做个过客。

而当务之急是，我这个过客该不该将敏敏姐姐近日要回云安的事情告诉一心沉迷于假装自己已经死去的酸秀才？

这个问题一直伴随着我，直至次日给两位小童教课。小小姐今日扎着小鬏鬏，她的哥哥喜欢去扯她的小鬏鬏，然后哈哈大笑。我想起幼时我和小春燕也如他们这般……对，不如问问小春燕。

只是小春燕还在督察期间，我若要问他，必先通过景弦。景弦今日怎么还不来？我皱起眉望向窗外，已近黄昏。

"姐姐，你在等昨天那个哥哥吗？"小小姐托着下巴趴在桌上，笑得十分明媚，"好巧，我也在等他。他怎么还不来呀？我字都写不下去了。"她一副找到情敌后惺惺相惜的模样。

她跟我笑得这么甜，想来是年纪还小，不懂得"心上人一般来说不便与人分享"的道理。

我捋了一把她的小鬏鬏，道："快快去写字，你爱慕的哥哥不喜欢不会写字的姑娘。你若要和他长长久久，总得寻点儿共同乐子不是？琴棋书画一个也别落下……好好学。"我也不晓得，这句话是说给她听的，还是说给六年前的我听的。

"先生来啦！"想必我好不容易憋出来劝导她的字一个也没听进去，她挣脱开我捋辫子的手便朝门口方褪下银氅的景弦跑去。

我回头正好看见小小姐窝在景弦怀里，摸他掌心的物件，道："大哥哥，这个是给我带的吗？好漂亮的鹤！"

他拍了拍小小姐的头，压弯了她的辫子，道："这是青鸟，会传云外信的青鸟。"

我心口一震，提笔的手抖了下，一滴墨点在纸面上，将"情"字晕开。

"昨晚有急事，回了汜阳一趟。上回与你说起的琉璃青鸟便是此物。"他眉眼仍有未化去的风霜，双眸熬得通红，此时正摊开掌心，对我浅笑，"买来送给你玩。"

晶莹剔透的琉璃，通透润泽。青鸟于飞，双翅柔展，目中一点儿未消的雪，如泪盈眶。

小小姐可怜巴巴地望着他。不，准确说来，是可怜巴巴地望着他手中的琉璃青鸟。我想我这般上了年纪的人，实在不好和她个小姑娘争什么玩物。

"她想要的话，就送给她吧。"我低头揉了晕墨的纸，随口回道，"我都快要大她二十岁了，还和她一个四五岁的小姑娘赌气不成？我又不是小姑娘。"

此话出口，我隐约觉得似曾听过，抬眸看向他。他脸上的笑意如冰雪消融般消失无踪。

我望着他，斟酌片刻后轻声说道："我的意思是，我也不是当年那个蛮不讲理的姑娘家了。这几年我学着豁达了许多，且我在柳州的竹舍中有许多这样的小玩意儿，实在不必和一个小姑娘争。"

好半晌静谧无声，屋内的气氛莫名萧索。冷风灌进来，我打了个哆嗦。就见他转身关上窗，背对着我沉默了许久。待他再转过身来时，神情已恢复如初。

他蹲下身，将琉璃青鸟交给小小姐，浅笑道："要去谢谢姐姐，这是她送给你的。"顿了顿，他又补充道，"要郑重地谢。"

于是，小小姐为了表示对我的感谢，决定带我和景弦去桥头新开的一家糖饼铺子，并掏她和哥哥的小腰包给我们买糖饼吃，企图用感谢我来掩饰她想吃糖饼的事实。

就在我估量着她今日进食多少甜点时，景弦已欣然应允。好吧，我也好久没有吃过云安的糖饼了。

然而世事极力证明，糖饼它没那么容易让我们吃到。

"桥头好多人。"我远远望着桥边挤满的人群，微皱起眉。

景弦随意拉住身旁跑过的人问那头的情况。

那人说道："说是有一对夫妻今早就在那里卖治风寒的良药呢。他们带着个两岁的小闺女，能说会道的，跟说书的似的，可会吆喝了！"

"小闺女？什么小闺女？"小少爷两眼放光，欣然抓着小小姐，"你跟我一起去看看！顺便把糖饼买回来！"

小小姐眉头一皱，一句"不同意"没能说出口就被带走了。我生怕他们出什么事，赶忙跟上。

"不必担心，我让人跟着他们的。"景弦拉回我，又松开，顿了须臾，才轻声问道，"出来时小少爷偷偷对我说，方才在房间里……你在等我？"

我停下脚步看向他，有些迟疑。

他眸光微灼，似有些许力度。他好像在期待着什么，满眼希冀地凝视着我。

好吧，虽然我的要求会扰他公事，让他徇私枉法非我所愿，但此时唯有他能帮到我。我怅惘地叹了口气，颔首说道："是。因为我想和你商量，我想见一见小春燕。"

是否真如我所见，他眸中的希冀逐渐消散，继而被阴霾笼罩，沉沉地不可直视，问："你等我，只是为了见小春燕？"他的声音很轻，语调中透露着他偏执地不相信。

他偏执的反问教我不知如何回答。因为我知道他分明听得一清二楚，却又为何要反问我。

就在我二人僵持不下时，远远一道轻唤从桥头传来。

"咕咕，你跑慢点儿，娘跟不上了——"

好似有什么清脆的物件在我耳畔轻敲出"丁零"一声，撞乱我心。我沉醉在那声音中，浸入回忆。唯有浸入回忆逃避现实，方可化解我与他此时的僵局。

"花官，你跑慢点儿，我……我快要跟不上了！"

那温柔的声音削开风雪，春意渐来。三月杨柳拂面，依稀有"丁零丁零"的岁月声，声声翘盼。

我吹着暖暖的和风，转头焦急催促："敏敏姐姐，你快些！再赶不到，陆大哥的船就要开走了！"

酸秀才被邀去邻城富户家中说书贺寿，辰时出发。我拉着敏敏姐姐险些跑断了腿，小春燕却不知去向。以我对他的了解，许是藏在哪处好地酣睡。不过说起来，他近日愈发靠不住，紧要时常找不见人。

唉，莫不是我日日找景弦玩耍，与他的感情淡了？我与小春燕的亲情这般经不起我和别人的爱情磋磨的吗？匪夷所思。岂非真如酸秀才话本上讲的那栏：有些人生来就是为了与你相忘于江湖。我不愿意和他这般。

不过我想，我已和许多人这般。那些给我送过食物后来又无缘无故揍我的人，那些给我送过冬衣后来走在街上又吐我口痰的人，其中也包括从前和我争食后来死掉的那几条狗。

我想他们那些人，善良的时候是真善良，也是一时兴起的善良，等转过头不认得我这张千篇一律的乞丐脸了，就会因我丑恶肮脏而揍我，也会因我下贱碍眼吐我口痰。

论起"相忘于江湖"，我心里已码出些谱：狗可以，小春燕不可以；饼子可以，景弦不可以。景弦和小春燕在我心里"相忘于江湖"的可能性远远比不上狗和饼子。

提着一篮子鸡蛋追在我身后的敏敏姐姐也不可以。想着想着，我再次停下脚步回头等她，想帮她提篮子。她执拗地要自己提。

好吧，幸好我腿脚够快，终究带着敏敏姐姐在辰时前一刻赶到了。

朝阳升起，淡淡的金光铺在河面上，波光粼粼。码头上来往的行人不太多，我远远地盯着酸秀才和敏敏姐姐。

之所以不过去，是因为不敢。与酸秀才站在一起的，是富绅家里的管事，也是那日吐我痰的人。我深深地记得他尖酸的脸和刻薄的话。

昨晚在解语楼里，我还看到了那个富绅。他与管事站在一起，蔑视所有人，当然也包括我。他们为何能嚣张地蔑视别人呢？因为有钱。

老鸨巴巴地凑过去，带着一堆穿得花红柳绿的姑娘。我看姑娘们笑得甚是开怀，没好意思打扰，怯怯地溜进了景弦的房间。

转身关门时，我堪堪与那尖酸管事的视线对上，他皱起眉不知是不是认出了我这个朝他吐口水的小衰蛋。我当然也没有蠢到干等着他盯着我这张脸想个明白，迅速地关上了门。

今晨起来我仍心有余悸，幸好去给景弦送鸡蛋时他无意间碰到了我的手，我才觉得心情美妙了一些。可此时望见那管事戏猴一般的脸，我还是厌了。

别过去了，过去就是讨打。他一定还记得我。早知他会邀请酸秀才去邻城说书，我便不吐他了。

由此可见，千万不要和我学什么话本里的睚眦必报，那都是骗人的，被报过的人兜兜转转间说不准就再次狭路相逢。

但他看敏敏姐姐的眼神有些许恶心……我认为吐了他那一遭也很值。

敏敏姐姐将鸡蛋递过去时，酸秀才犹未接，那管事笑得嘴角的口水都快流出来了，抢步上前帮酸秀才接住，还趁机摸了一把敏敏姐姐的手背！

敏敏姐姐吓得立即缩手，我也跟着喉头一紧。我看见酸秀才皱起眉，握住敏敏姐姐的手将她拉到一边，低声对她说了什么。敏敏姐姐点点头，随即朝我面前这棵柳树走来。我猜到酸秀才是催促她离开。

她一步三回头，恋恋不舍。朝阳的霞光淋在柳树上，潋滟如画。敏敏姐姐的目光被它吸引，便攀折下一根柳条，又转身跑了回去，将它塞到正跨步上船的酸秀才手中。

酸秀才有些无奈，终是收下，随即又说了一句话。

待到我和敏敏姐姐回去时，她告诉我，酸秀才说的是："自己照顾好自己，我要不了多久就回来了。"

因一句叮嘱的话，敏敏姐姐甜得心眼子冒泡，在我身旁反复打量着她那只被酸秀才无意间握了一下的手。

我瞧那手分明就与原来别无二致，不晓得有什么好看的。还是我的手好看，今早被景弦碰了一下，我觉得它能开出花儿来。

我把敏敏姐姐送船的事告诉了景弦。他正尝试着拨弄琴弦，拨弄一会儿，停下来写些什么东西，又拨弄一会儿，再停下来写。总之一如既往地没空搭理我。

"景弦，你在写什么东西？"我今早来给他送鸡蛋的时候他就在写，彼时我看他那白纸上唯有一句，此时还在写，却也只有三句。我不禁怀疑，我送一趟船的时间他究竟在作甚。

他侧目看我，又收回了视线，在琴弦上拨弄了几个音，问我："这样好听……"顿了顿，又拨了另一段音，"还是这样好听？或者……"他又拨了下，挑眉问，"这个？"

太学术了吧，饶是我学完了《离亭宴》也还是听不出这样跟那样的音有什么太大的区别，斟酌片刻，我慢吞吞说道："大家都很有特色。"你的挑眉最有特色。

他转头看向我，盯了须臾。我抬眸直迎他的目光。料他此时定然对我无语，甚至很有可能在心里嘲笑我。

你看，他这不就笑出来了吗。他的眉梢眼角，尽是笑意。这般还不够，他垂眸提笔，拿笔杆子轻抵住唇畔，企图遮住他扬起的嘴角，说道："我在作曲子，一首很重要的曲子。要卖出去的。"

"哦……"我盯着他嘴角的笑，不禁也跟着一起笑起来。好吧，他开心就好了，我回答得傻点儿好像也没什么关系。顿了顿，我继续问："你近日很缺银子吗？我……我身上刚好有三个铜板，是昨晚卖花环挣来的。"

我摸了摸我的小荷包，掏出三枚铜板，统统放到他的面前。

但他好像不稀罕，看都没看一眼，只是嘲弄地瞧着我，依旧维持着笔杆子抵住唇畔浅笑的动作，道："你那几个铜板怕是不够。"

"那要多少才够？"我摸起三个铜板，在手心数了又数，没变多。

我沮丧地抬起头，皱着眉问道："你要拿银子做什么？我可以帮你问敏敏姐姐先借一些的。是很重要的事情吗？"

他收回视线，接着抚琴，道："我不想现在告诉你。"

"……"

我被噎了一下，好吧。

半晌静默后，他才轻声补充了一句："到时候你就知道了。"

我点点头，接住他扔出的话头："那你要卖给谁呢？如果你找不到买主的话，我可以帮你问问小春燕！他混得可好了，应该知道许多……"

"不需要。"他神色蓦地沉下，打断我的话后稍顿了一会儿，漠然对我说道，"已有人付了定金。"

他冷漠的神情十分可怖。随着他年纪的增长，他的冷漠越发骇人，让我有些不敢接近。我瑟缩着脖子，低头抠那铜板的眼子玩儿。我没敢说话，也不敢走。

想来是我害怕的神情太过明显，他反应过来我本没什么错处，于是大发慈悲地解释了句："我的意思是……我要做的这件事和小春燕没有任何关系，所以不需要他的帮助。"

我慢吞吞地抬起头望向他。

我明显瞧见他将手按在弦上，没有拨动，也没有看我，好似滞住。我露出小心翼翼且带着些懊恼的神情。

我想是不是我吵着他作曲了？他弹错了编好的谱，或者是忘记了编好的词，抑或不知道下一步该怎么弹。灵感这玩意儿，的确很磨人的，不应该被扰。

善解人意如我，赶忙起身告辞："哦，说起他，我好几日没有看见他了，最近要见他一面越发不容易。这样，你今日好好作曲，我回去找一找他，顺便拿铜板买几棵白菜煮汤来喝，他前些时间吵着要喝汤的。"

不知是不是我听错了，景弦似是冷笑了一声。随后，他的声音止住了我的脚步："看来你与他的日子过得甚是惬意。煮煮白菜汤，看看星星，走街串巷散散步。正当谈婚论嫁的年纪里，你与他没什么银子，所以不需要谈婚论嫁，便将小日子先过上，是吗？"

我一时语塞。他总是能将我撑得哑口无言，偏生细想下来他的话又没什么错处。

唯有一点让我觉得他这么说很过分，道："我没想和他谈婚论嫁，他也没有要和我谈婚论嫁。你明明知道我爱慕的是你，还这样诬蔑我和他……很过分。"我皱起眉，特意摆出一副教育小孩子的口吻，"我很生气，很不喜欢这样的你。"

想来他是第一次被我这个爱慕者教育，面子上有些许磨不开，因此才那样紧地握住琴弦。琴弦仿佛在下一刻就要绷断。他面色沉沉，好似起了怒意，看得我喉头心口俱是一紧。

我害怕他怒极揍我，厌我已让我肝肠寸断，若再揍我，我怕自己会承受不起，毕竟那将是身心两重的伤害。

思及此，我赶忙咽了咽口水，重新说道："就是……就是你以后不许这样说就好了，我……我原谅你了……我不生气了。你也原谅我吧，我不会说话，说出来的话不好听，但是没有恶意。只是你那么说确实很过分……"

他好半晌没有说话，闭上双眼，蹙起眉头，也不知在想什么，或是平息。

我轻轻戳了戳他的手臂，轻声说道："我煮好白菜汤也给你端些来，倘若喝了我的白菜汤，咱们刚才的事就一笔勾销好不好？"

他没有搭理我。我等了他约莫半刻钟，手指还戳着他的手臂，站在那里像个傻子。

待我转身要走时，他却抓住了我的手指，道："我不喝白菜汤。我作曲子缺个磨墨的人，给你三个铜板，你帮我磨一会儿墨。磨完墨，方才的事就与我一笔勾销。你也不许记着。"

可我直至今日站在桥头，还将此事记得清清楚楚，不晓得他忘了没有。大概是因为他说的那句"到时候你就知道了"，让我一直惦念在心。到什么时候，告诉我什么，他至今也没有说。想来这件事情他忘得一干二净了。

愣怔之中，我察觉到被谁撞了下腿。柔柔的力道，软绵绵的、小小的。

"哎呀！"紧接着，稚嫩的童声送入耳畔，将我唤醒回神。

我低下头看去，一团雪白的小不点儿摔倒在地。我一惊，赶忙蹲身去抱，却已有一双手臂伸来，迅速将她抱起，道："咕咕，没事吧？让你跑慢些的，你怎么不听娘的话？"

"亲亲，不疼……"

我窥见我的心底正春暖花开，潺潺的溪水滋润着四肢百骸，浑身都被注入仿若新生的活力。

望着她顾盼生辉的杏眸，我迟疑着不知该说什么，或者说，我激动得不知说什么。待她转头看向我的那一刻，我方憋出一句："我才收到你寄给我的信……敏敏姐姐。"

她眸中如有璀璨星河，瞬间溢满，待讶然轻笑时，一颗星子从眼眶跌落。

岁月只在她眉间凿下不深不浅的刻痕，她一定常蹙眉。敏敏姐姐绾起妇人髻，她的丈夫体贴温柔，女儿活泼可爱。她过得幸福美满，但常蹙眉。

她应该是要来牵我的手，似我幼时那般，不过怀里抱着一个小缠人精，只好哭笑不得地蹙起眉。

哭笑不得，我注意到了，分别这么六年，大家都心有灵犀地学会了哭笑不得。这是个默契的巧合，以后我有空了要让酸秀才写进话本的。

敏敏姐姐深吸了一口气，又浅浅呼出。她偏头笑道："你回来了？"她的问候竟有些生硬。

我估摸着是因为分别太久，她和现在这个温柔娴静的我处不来。看来我不做个自我介绍是不行了。

我握住她女儿咕咕的小手，咕咕没有闹，朝我傻笑。一如当年，我朝着敏敏姐姐傻笑。若我不说，谁知道我现在的傻笑其实就是在做自我介绍。

"是，我回来了。"当年那些人齐聚一堂，其中也包括我。

敏敏姐姐辨我眉目，又稍侧目去辨景弦眉目，忽垂眸一笑。恰似当年年少。我也不晓得她笑什么，只隐约听见她半嗔痴半呢喃："还能纠缠着，多好呀。"

那声音太轻，我不确信是否真的听得明明白白。但见她抬眸时揉了揉咕咕的小手，笑着逗咕咕，满眸溢彩，道："你说是不是？"

咕咕十分配合地说："是！"纵然她并不知道自己娘亲说了什么。毕竟我也不知道。

"你们要在这里待多久？"酝酿起来的悲伤是否去得太快，敏敏姐姐搅乱了我的心绪，却又巧妙地转移了话题。她笑得太过明媚，仿佛方才消沉呢喃的人不是她："对了，你回来做什么的？来找景弦？"

我赶忙摇头，道："不是，不是来找他的。"一顿，我侧目觑了景弦一眼，他神色应是如常，我才接着说道，"我回来当陈府两个小童的教习先生，年末才能回去。"

敏敏姐姐颔首，看向景弦。她像是想问景弦些什么，却碍于我在，最终没有问出口。你看，我都看得出来，她碍于我在才没有问出口。是否太伤人了些？他们什么时候有了我不能听的事情了？

我正纳闷，只见敏敏姐姐狡黠一笑，我心底升起不好的预感。

果然，她在下一刻将我的预感坐实："你四年前给我寄信的时候，不是说你的好友，那个叫蕊官的，给你介绍夫君吗？你的夫君没有陪你来云安吗？"

万幸我还没有吃上糖饼，我此时被口水噎得满脸通红的模样想必十分滑稽。

我不明白她为何将我们信上那般丢脸的内容搬到台面上来说。不，准确地说是当着景弦的面说。

"吹……吹了……不是，其实不是，蕊官她逗我玩的。"我急忙解释，"那是她的文友，和我们一起听戏吃饭，蕊官逗我才说撮合我们的。"

敏敏姐姐笑了，满怀期待地轻声问道："那为什么吹了？为何没有撮合成？"

我如实答道："那个人好像嫌我太傻。以为是个痴呆……"

"扑哧。"我确信这笑声是从我身侧传来的。

我不可置信地转头看向景弦，脸颊发起烫来。他什么意思？是否应该先礼貌地憋一下，等看不着我的时候再笑？

"转眼你就不见了，原来是跑来这里。"

我听见有个沉稳的声音从不远处传来，再转回头看去时，一个男子正好走到面前。他穿着黛蓝色的夹袄，抱着包袱。原先在桥头上的人逐渐散开。

"我遇见故人闲聊了几句。夫君，这是我常和你提起的，我的妹妹花官。"敏敏姐姐笑着回头，将咕咕送到男子手中，"这一个是……"

她说的是景弦，一时不知该如何介绍。

男子笑着问："莫非是妹夫？"

"不是的。"我十分淡定地摇头，"是很多年的老朋友。"

我的话音落下不久，身侧的人亦拱手说道："景弦。"

男子讶然一瞬，很快敛起神色。想必他从敏敏姐姐的口中听过这个名字。稍作一顿，他轻笑道："敏敏，想必你还有好些话要同他们说，我先带咕咕回客栈。"

敏敏点头叮嘱道："晚上我兴许不回去吃晚饭，咕咕要吃鸡蛋的话，你记得像我那样，把煮好的蛋黄和蛋清挑在碗里剁稀了，掺点儿热水再喂给她，别让她噎着了。晚上莫给她读话本太晚，明日还要早起。"

我想许是"鸡蛋和话本"这两个词伴随敏敏姐姐太久了，在她往后余生与它们都脱不掉干系。是咕咕要吃鸡蛋、听话本，还是她愿意给咕咕喂、讲给咕咕听，我不太清楚。

我望着男子离开的背影，心里默认他是个善解人意的男人。我的要求也不高，以后就按照善解人意的找就好了。倘若我能忘掉景弦这个不善解人意的男人的话。

"花官，今晚有空吗？我们找个地方聚一聚吧。"敏敏姐姐温柔地笑，眉头竟微蹙起来，"我做排骨汤请你们喝。有肉有酒才好，让小春燕带上他们家的好酒。最好……再请个人来给我们讲故事。你说呢？"

她眸光坦然，如她信中那般"往事随风"的模样。她或许只是执着于填补四年前的遗憾。或许吧。

我很明白她的意思。就看景弦明不明白了，他若稍微善解人意一些，就通融一下，将小春燕借我。一个晚上又做不成什么通敌造反的事情。

"嗯。"他答应了我。我亦点头。

敏敏姐姐蹙起的眉头这才舒展开来。她抬眸看向我，又看向景弦，气氛谜一样地沉默了。我能感受到敏敏有许多私房话想和我说。

"我去找小少爷他们，时辰差不多了，该带他们回去了。你们聊吧。"他果真善解人意。

敏敏姐姐也这么认为。

周遭流风溯雪，白茫茫一片。我好像听见她轻咳的声音。

我俩倚着枯了的柳树相对无言。不知她想到了什么，抑或是有冷风打过，她忽然弯下腰，剧烈咳嗽起来。

她咳得眼角猩红，看起来很难受。我轻拍着她的背，皱起眉，以为轻声问出来就不会被听到。

"落下的病根，好不了了，对吗？你们卖治疗风寒的良药，你却还在咳嗽。有时候我也不是太傻。敏敏姐姐……你过得好不好？"

"我过得很好，只是回忆起来……"她揪紧心口的衣服，直起背，"还会有些许疼痛。"

"些许？"我认为自己这个小衰蛋疼痛得不止些许，"我以后也会努力和你一样，些许就好。"

她忽然紧紧握住我的手，欲言时又埋头咳嗽，咳得双目通红，还固执地对我说道："不，不一样，不要和我一样。花官，你听我说，他来找过你，就在你走之后……你能想象，他为了知道你的下落，找过我、找过陆大哥、找过小春燕。每个人都告诉他你走了，你不要他了。他就像死了一样，在大雨里躺了两个时辰，直到天黑……"

"敏敏姐姐。"我发现自己竟淡定得出奇，冷静地打断她，又木讷地看着她，放空了自己。

我大概有些惶惑，又有些看得很明白："我能想象。可那都是过去的事了。想必他那时躺在雨中，心里想的都是从前的花官，是六年前愿意为他赴汤蹈火的花官。你明白吗？"

她蹙起眉，如我一般惶惑。

"我能感觉到他在弥补我，所以我明白若我当年不走，许是能和他成得明明白白。我刻在花神庙里的婚宴名单也许就能有用武之地了。可是，走了就是走了，纵然我已走了九十九步，还差一步修成正果，可我终究是走了啊。况且你知道的，当年那般境地，我不走的话，也活不下去。"

我觉得我此时同她讲道理的模样就像个偷穿大人鞋子的小屁孩儿。她应当想不到，我这般傻得会被人觉得是个痴呆的人，竟能讲出这些话。

她怅惘地叹了口气，道："可你们重逢了，有什么不能释怀，重新开始？最后一步你现在走，不也一样？"

"啊，你说得也对。有点儿可惜的是，他好像有妻子。当然，我说的是好像。他对我种种的好，我也不确定他有没有。我现在脸皮这般薄，没勇气去问他。我甚至不敢让他知道，我还在乎他。我还是好喜欢他，还是会脸红心跳。看见他，我还会在心底笑得很傻。"我拈着枯枝，装模作样地叹气。

她咳起来，想说什么。我料她被自己的咳嗽打断后，不知如何对我说。

我拍着她的背，淡然说道："我今年二十三，已不喜欢蹦蹦跳跳地走路，不喜欢吃饭吃得十一分饱，不喜欢写歪七扭八的字，不敢随时向他表明爱意，不敢在他身边闹腾，不敢跟他奢求什么，太多啦。最重要的是，我不知自己还有无精力为他赴汤蹈火，奋不顾身。

"他当时躺在雨中想的，和他现在念在情分上照顾的、挂念的都是已经死去的花官。从前我那样，他说不喜欢。现在我不再那样，他又喜欢那样的我了。你看他这个人，就不能喜欢一下他面前的我吗？因为他可能并不喜欢面前的我，所以最后一步我就不走了吧。

"我有时候还是很生气，八成是因为他没有喜欢我，而我又受了天大的委屈。反正很想有人为我出气，或者我能气一气他，让他心里也如我一般难受。

"想必你也有过这样的感受：自己单方面喜欢着喜欢着，一颗心就变成魔鬼了。"

我真是个人才，怕不是跟小春燕混得太久，这么富含哲理的话都说得出来。如小春燕所说，他们搞思想研究的要领就是：仔细想那些话不会觉得错，但说出来又实在不知自己在说什么。

嗯，我今日就有这个境界了。

晚上吃饭时，我将这件事告诉了姗姗来迟的小春燕。他夸我的确得了他几分真传。

原以为他来得足够晚，没承想待菜上齐整了酸秀才还没来。

"你真的告诉陆大哥了吗？"我一边盛饭一边问小春燕。

他默然点头，看了眼同样沉默的敏敏姐姐。

我们的这家小酒楼被三爷豪气地包场，稍显冷清。

他俩都闷声不响，我也不好意思说自己饿。我望向门口，昏黄烛灯的映衬下，微有影动。

不会是陆大哥吧，那人的背挺得那样直。

"吱嘎——"

木门摇曳成声，我觑见敏敏姐姐的手臂颤了下。而后低声咳嗽起来，头也埋了下去。我重复下午的动作，为她拍背。

"我来晚了，抱歉。"

简单的几个字，轻哑不可闻。我最近的耳朵是越来越好了。

来人竟真的是陆大哥。我最近的眼神是越来越不好了。

可我瞧得清楚，他今日换了一身干净的新衣，青丝束得齐齐整整，就连束带也是深沉的新色。

"陆大哥快坐吧，就等你了。"小春燕起身，笑着招呼他，"我今日带了上等陈酿，家中轻易不拿出来的。"

四方桌，酸秀才坐在我对面，敏敏姐姐的右手边，如"伴君幽独"那晚一模一样的方位。

"是吗？"酸秀才也笑了，"我今日可以喝酒？你不是管着我，让我别喝吗？"

我不懂他为何不看一眼敏敏姐姐，但我听出了他声音中的喑哑。我也不懂敏敏为何埋着头不看一眼酸秀才，但我感受到了她咳得浑身俱颤。

"今日我们四人能重聚，高兴喝就喝，管不得那么多了。"小春燕挥手批准，豪气地倒酒，"来，来，一人一碗，杯子太俗。"

我拦下敏敏姐姐那碗，道："姐姐染了风寒，便不喝了吧。"脱口之后，我又笑了。记忆中那晚的我们与今夜的我们，尽数颠倒。

"没关系，六年了，我们能聚齐多不容易。"敏敏姐姐的咳嗽稍缓，直起身来，浅笑说，"管不得那么多了。"

她话落，无人应和。不知这话触动了我们哪根心弦。

我不舍得让重聚的时光浪费在沉默中，慢吞吞地举起酒碗。

"为我们今夜再聚……"逝去的青春；

"为我们故地重逢……"埋汰的岁月；

"为我们情谊不变……"错过的一切；

"为我们有酒有肉有故人……"那年那夜那时雪，"干了。"

我想，那些说不出口的弦外之音，就让它们消融在酒里，印刻在心里吧。

岁月堆叠在一起，窗外大雪也堆叠在一起，屋内昏黄的烛火、我们四人斑驳的影子、浸入身心的冷意统统堆叠在一起，入了酒中。

一碗喝罢，我们竟都默契地没有说话，纷纷挺直背脊坐着。

我默然打量着大家。大家的泪花儿都包在了眼眶里，我若不包一包似乎就显得不合群了。当我决定包一包时，发现周遭一切都模糊起来了，眨了下眼才得清明。

敏敏姐姐忽然利落地抹了泪，起身盛汤，道："这是我傍晚煮的排骨汤，你们尝尝看我这些年在金岭厨艺有没有退步。"

她将第一碗汤递给酸秀才，对他说了重逢后的第一句话："尝一尝，还是当年的味道吗？"

酸秀才点头，却迟迟没有接。我想，他那双干枯的手怎么好意思伸出去。好半晌，他终于伸手接住了汤碗，抬眼看向敏敏姐姐，道："……谢谢。"

待我和小春燕接汤碗时，敏敏姐姐已没有气力亲自打汤。好吧，事实是拢共就四个人，她就只给酸秀才打了汤。

小春燕盛汤递给我，道："你多吃点儿肉，你看你瘦成什么样了。"

瘦啊，是吃得太少才瘦吗？我摇头。是心苦才瘦，大家都挺瘦的。

后来我隐约记得，我喝得太多，趴在桌上，一声声唤着："小春燕，小春燕……你给我们念诗背词吧。要背那种有点儿格调的。不要打油诗。然后我们来玩飞花令。今年……今年我可以比过你们了，我学了好多好多诗词，没在怕的。来，小春燕，你先来，然后就到我！"

静默半晌，我睁开一只眼看向他。他同样趴在桌上醉醺醺地笑着，慢悠悠地念道："待……待浮花、浪蕊都尽，伴……伴君幽独……"

太狠了。

我沉默了片刻，十分无辜地号啕大哭。

许是我学艺不精，"独"这个字起不了头。这首词也起不了头。孤独更起不了余生的头。总归一句话——"坚强一点儿"。

大家都醉了。睡眼迷蒙之中，我隐约看到有人敲响了酒楼的门。是下午那个鳏夫，不对，现在他是敏敏姐姐的夫君了。

他来接敏敏姐姐，半哄半抱。他们走时，小春燕推醒了醉得好似糜烂了的酸秀才，因为敏敏姐姐有话和他说。

　　只有这一句，她最想说的，能支撑她将意识残留至今的，也是她在信中与我打了整篇幌子，藏在末尾的那句。

　　"我只是路过这里罢了。明早就乘船离开，你若是有空的话，便来送一送我吧。"

　　我听不见酸秀才的回答，亦不知他有没有回答。我恍惚看见敏敏姐姐将什么东西放在了他的怀中。

　　我睡了过去，沉入梦中，或是沉入回忆。

　　回忆里，酸秀才一去好几个月，一封书信也无。夏秋交界，河畔芦苇疯长。

　　我和敏敏姐姐每日闲来无事时便喜欢坐在码头望着河面上来往的船只，唯恐错看陆大哥回程那艘。

　　芦苇飘荡，我一抖机灵，想到花神庙里的稻草铺已然陈旧，便和小春燕商量借两把镰刀去割芦苇，制个新铺。

　　我们分明约好在白露这日一同出行，却不见他人影。其实我已许久不曾在花神庙的夜晚里见过他。这个新铺制好了也当是我一人睡。

　　我不晓得他在忙什么，更不晓得他每日去了什么地方。难得见上一面，他也不如往常那般吊儿郎当了。我觉得他不太开心。

　　他前日与我说的话莫名其妙。他说："唯愿你永世自在，无拘无束。我的自在日子就要结束了，往后若不常见到我，也别忘了我。咱俩一条命，你活得自在，就当是我活得自在了。"

　　我觉得这就是他不愿意来帮我割芦苇制新铺的托词。他的弦外之音八成是"咱俩一条命，你在割芦苇，就当是我在割芦苇了"。你看，明明白白的。我如今也是个听得出话里深意的机灵鬼儿了。

　　镰刀霍霍，我挽着裤脚，赤脚踩在河畔浅塘，被漫天飞絮呛得打了好几个喷嚏，敏敏姐姐坐在岸边笑话我。

　　我抱着大束芦苇刚要爬上岸，被一个喷嚏呛得没有站稳，脚下一滑就向后倒去，跌入夕阳中，溅起金红的水花和泥浆。

"哎哟！哎哟哟！"这痞贱的声音不是我发出来的，"哈哈哈……你笑死我了！"

忽然听见小春燕猖狂的笑声，我一惊，立马从水中爬起来，趴在岸边望过去。

果然就瞧见他不知从何处款步而来，嘴角还挂着被夕阳余晖牵住的笑。他一只手甩着裤腰带，一只手抱着一个黄油纸袋子。

走了没两步他就随意地蹬飞了自己的鞋子，赤足来到岸边，在我趴着的岸边蹲下，将黄油纸递到我手里，笑道："拿着。"

我接过纸袋，低头一看，见里面是热腾腾的糕点，立即掏了一块出来啃，囫囵说道："你怎么又来了？我还以为你不来的。"

顿了顿，我侧目绕过他，看到他身后约莫十步远的地方，站着四五个身着统一府卫服饰的男人，正在往这边瞧。那模样竟有些凶神恶煞。

小春燕顺着我的视线看过去，我从侧面瞧见他的眉头皱了起来。

正待我要问那些人是谁的时候，他忽然悠悠地捡起被自己蹬飞的鞋子，递了一只给我，笑道："我不过是偷了几块他们家的糕点，他们就一路跟着我过来，烦都烦死了。喏，拿着鞋子，帮我扔他们。"

"你偷他们的糕点还要打他们？"我十分惊奇。敏敏姐姐也察觉到那些人，从另一边跑过来询问。

小春燕不仅蛮不讲理，还理直气壮："啊，对啊。好歹我是带给你吃的，你吃都吃了，若不将他们赶走，是想被他们打？"

听及此，我觉得他的强词夺理都变得很有道理，接住他给我的鞋子，咬牙使劲扔过去。可惜没砸到。

那几人低声絮语一阵，恶狠狠地瞪着我，我戾得将脑袋埋了下去，又抬眼去看小春燕。他还在吭哧地笑。

紧接着，小春燕慢悠悠地敛起笑意，站起身，突然，他狠狠一掷，另一只鞋被砸了过去，只听他扯着嗓子凶巴巴地喊："喂，老子叫你们别站那么近，还不滚远些！"

"小春燕，"我踩在水里矮他一大截，只好拉他裤脚，待他转过身来我才怯声问他，"你这样嚣张不会被他们揍吗？"

他挑眉说道："你看他们像揍得过我的？"

他们不仅像揍不过小春燕的，还像根本不敢和小春燕犟嘴的，让滚远些就真的滚远了。

他们那么四五个五大三粗的男人，居然没有一个人敢和小春燕杠上两句。一点儿都不似常和小春燕斗嘴吵架的我，我瞧不起他们。

我咬着糕点正琢磨这件事，忽见小春燕挽起裤脚，没等我反应过来，"扑通"一声，泥浆和水花沾了我满身，包括我拿在手边啃的糕点。

"哈哈哈……"他弯腰从水里捞起一把泥往我身上砸。

我牢牢地在离他两步远的地方站定，坚持要啃完手里沾了泥星子的糕点再跟他闹。可待我啃完，他却不跟我闹了，拿起镰刀跑到深处去割芦苇了。

我将油纸袋子递给敏敏，团了一大把泥浆在手里，追过去跳到他背上，把泥团糊进他的衣服里。风水轮流转，我用泥巴挤着他的脸，继而放声嘲笑。他用胳肢窝夹住我的腿不放我下来，也笑着说："行啊你，快给我抠出来，信不信我把你丢水里去？"

他背着我在水里转了好几圈，作势要丢。头晕眼花之际，我好像看见夕阳那头有一艘大船缓缓驶来，船头站着一个青衣人，像几月不归的酸秀才。

"哎……"我拍小春燕的肩，"停下！停下！你看那里！我看见陆大哥了！陆大哥回来了！敏敏姐姐，陆大哥回来了！"

我料他们太矮，被高高的芦苇挡住了视线，唯有我一人是骑在小春燕背上的，在芦苇丛中冒出小半个身子。我兴奋地朝酸秀才招手："陆大哥——"

待他的船靠岸时，我们三人已整齐划一地在码头站好。与他一道下来的还有十多个人，他们簇拥着一个油光满面的富绅和他的管事。那是与我相撞的马车的主人。

对，我险些忘了，酸秀才就是被他们邀请去邻城说书的。

我心惶惶，莫名不安，缩在小春燕身后，拿手心的泥巴将自己的脸抹得教人辨识不清才勉强放下些心。

小春燕侧过身觑了我一眼，狐疑地挑眉，我缩了缩脖子。富绅就从我身侧走过，没有看到我。当我直起背时，堪堪对上管事的双眼。天可怜见，我听到自己的呼吸窒了一瞬，赶忙埋下头揪住了小春燕的衣角。他将我一挡，神色从容地截断我的视线。

待我再抬起头时，富绅和管事已带着一群人扬长而去，不知去往何处。

面前只剩酸秀才和敏敏姐姐。

"为什么去了这么久？你说你很快就回来的。"敏敏蹙起眉，望向富绅的方向，轻声问，"那些人怎么又来了？"

酸秀才轻叹："说来话长，咱们找个僻静的地方听我解释。"

大概是为了帮我用芦苇制新铺，他们一致将这个僻静的地方选在我和小春燕住的花神庙。

从酸秀才的口中，我明白了这件事的首尾。

说是富绅过五十大寿时他的小妾作妖，生出事端，气着了富绅的夫人。夫人是个睚眦必报的小心眼儿，于是打算也气一气富绅。她当场扣下了酸秀才，让其每日去房中为她说书。就这么说了好几个月，酸秀才的嘴皮子和脑浆子都要熬干了。

终于，富绅受不了这个夫人，决定暂时离开邻城一段时间，以求眼不见为净。当然，他顺便带走了酸秀才，让夫人一颗想听说书的心不能得逞。这样的话，他夫人就听不了下回分解，一定教她抓心挠肝似的难受。

太阴损，富绅这一招太阴损。须知我就常常因惦念着酸秀才的下一回而整晚睡不着觉。

小春燕却觉得，与其说是为了气那正房夫人，不如说是富绅对那些小妾腻了，打算来云安重新物色几个好看的姑娘带回去。这么说的话，我觉得也很有道理。

"终归他们应当会在云安长住一段时间。"酸秀才似想到些什么，看向敏敏姐姐，面露担忧，"上回我见那管事对你起歹意，他当是个色坏。你寻常还得注意些，避开他们的人。"

我啃着没有吃完的糕点，为敏敏的美貌感到担忧，为自己的丑陋感到庆幸。

小春燕斜睨着我，道："还有你，也当避开他们。你方才做什么缩成那个模样？"

说来话也长，我将此事说与他们听后，大家都一致为我作死的行为好一阵唏嘘。

"要我说……敏敏，你还是早些嫁出去，有夫家照应着安全些，也不会遭人觊觎。我去邻城的这段时间，你该嫁了的。"酸秀才一言出口，庙中俱静，唯剩火堆里的噼啪声。

大家诡异地沉默了半晌，我忍不住轻声说道："陆大哥，敏敏姐姐这几个月一直在码头……呜。"一张湿巾帕捂住了我的脸。

小春燕使劲儿按压巾帕，道："好好擦擦，别说话。"

气氛似乎被调和了些。我清楚地听见，敏敏姐姐从芦苇铺上爬起来的窸窣声，伴随而来的是她温柔又清冷的声音："只要我还在这里，还给你送鸡蛋，就说明我心里还落个你。我的确该嫁了，可谁教我还在这里呢。"

他们一前一后无声离去。

我仍旧能感受到那张在我脸上的巾帕和那只大掌的热度。温柔的水浸润着我的皮肤，噼啪声穿透尘埃。我忽然有一瞬间想要抽空自己，就用这样被蒙住眼睛的姿势天长地久。

许多瞧着便劳心劳身的感情，总是让人感同身受。那些拒绝痴心的人，不是无情无义的人，也不是冷血残忍的人，可偏生就是我们焐不热的人。这是我追景弦这么多年和敏敏姐姐一起得出的结论。

"小春燕，有时候我会很想打陆大哥，往死里揍的那种。当然了，我是说我揍得过的话。"我沉默了片刻，抠着手指又谨慎地问道，"我是个坏人吗？陆大哥明明对我们那么好。"

"你若将人的界限以'好坏'分之，那便是以'与你的关系远近'分之。别说你了，连我都想打他。"小春燕拿下巾帕，放进热水中烫着。

他盯着热水中倒映的火光，眸中一片清明通透。

就是如此，他说出了我此生都不会忘记的话。

"你眼中所谓的好人，便是对自己来说与你关系较近的人。反之亦然。但你要知道，两人之间的关系不会永远不变，那么，人也不可能永远是好或是坏。不过单对我来说，你永远不是坏人。

"你想揍陆大哥，我也想。我不光想揍他，更想揍景弦。他们对我来说，有时就是坏人。所有欺负你的人、欺负敏敏姐姐的人、欺负陆大哥的人，我都想揍。

"可总有好人会拦着我。譬如，我想揍陆大哥，敏敏姐姐会愿意吗？我想揍景弦，你会乐意吗？不会，对不对？那你们对他们来说，就是好人。"

我似懂非懂，惶惑摇头，道："我不明白。"

"不明白罢了。"小春燕捞起巾帕，绞得半干后递给我，"你只要知道，我当与你同生共死，你何时不再拦我，我何时帮你揍那个欺负你的人。当你不再拦我的时候，就会知道做景弦眼前的坏人是何感觉。只有一丝快意，却有些许懊丧、满心怨恨、无尽疼痛……你会发现，做情字的坏人比做好人更难受。"

彼时我斩钉截铁地回答他："不会，我不会让你打他的。我要做他眼前的好人。"

他屈膝盘腿，撑着下颌浅笑着睨我，道："罢了。反正需要我打他了，你便吱一声。有时候，为自己夺下那一丝快意，就算难受也值了。"

后来我逐渐明白他说的这些话是何意。求而不得太久，心里总会积存些怨气，只是寻常被爱意压得稳稳的，才要在他面前做尽好事。

可最怕的是好事做尽仍旧求而不得，那一颗魔鬼心便会蠢蠢欲动。

重起轻落

第十二曲

　　我望着忽然被风吹起的帐帘，没有蠢蠢欲动的那种魔鬼心，只有全身起鸡皮疙瘩的那种冷。我裹紧热乎的锦被，看着房间，也搞不太清楚这是什么地方。

　　我也不太能记得起是如何从酒楼到这里的。方才还沉在梦里，而今酒意过去，我脑中混沌如泥。

　　喉咙发痒，我捞紧锦被将自己裹成一个粽子，准备下床倒上一杯水。我踩着不知为何在我脚上却又不合我脚的鞋子，趿拉到茶桌边去。那杯子刚被我翻出来，我便听到一声似有若无的叹息。

　　"谁？谁在那里？"慌忙抬眸间我堪堪对上一双清亮的眼睛，我骇得倒吸一口凉气，手中茶杯"砰"的一声砸落在铺着锦布的茶桌上。

　　那人背对着窗外的灯火，教我看不清脸。可我那颗心已明白地告诉我那是谁。

　　"我吵到你了吗？"他从灯火晕出的轮廓里朝我走来，五官逐渐明晰。雪衣赤足，青丝泻下，湿漉漉的尚在滴水。他的手中拿着素白巾帕，想来原本是在绞发。

　　我看见他没有穿鞋，心中顿时升起不太美妙的预感。

　　他很快将我的预感落实，浅笑着睨我的双足，道："你穿了我的鞋子。"

我下意识地缩了缩脚，将双足藏在锦被里，道："……我以为是我的，因为我刚刚在床上躺着的时候它们就在我脚上。"

"说出来也许会让你有些尴尬。"他的唇角抿着淡淡的笑意，双眸紧盯着我，"那是我的床。"

"……"

暴击。昨晚的酒好像倒流上来。天可怜见，我此时只想掘地三尺将自己埋起来。

我的花神娘娘，为什么他的床上会睡了一个我？

他仿佛看破了我的心事，解释道："这里是客栈。你昨晚喝多了，我便将你带到这里。半夜时你非要钻进我的房间，我没办法，只好让你睡。鞋子是你非要穿的，床也是你非要睡的，我的头发也是你吐脏的。"

"……"

雷霆暴击。我的尴尬险些就要溢出嘴角。当我反应过来时已经晚了，溢出嘴角的不是尴尬，而是昨夜的酒。我俯身呕吐，吐了一地腥水。

他倒了杯茶，蹲在我身侧，递到我唇畔，道："你昨晚醉得太厉害，在我面前撒酒疯。"

"……"

装个晕吧。一句"哎哟，人家头好晕"想来是能把他活活硌硬死。他先被我硌硬死，我再殉情，让他的夫人自个儿玩去吧。我真是个魔鬼。

"不过，你撒酒疯的模样……倒与当年别无二致。"他的声音逐渐喑哑，说到尾字时已几近无声，"花官，你还是你……终归是自己的模样。"

我不知自己究竟还是不是自己的模样，但我知道，倘若我将酒疯撒得真与那晚别无二致，我就完了。想到这里我竟发起抖来，瑟缩着身子，几乎要将自己整个淹没在被子里。

心在空荡荡的身体里怦怦跳个不停，唤我清醒，也唤我忆起最想要遗忘的事情。我没有接那杯茶，好半晌才憋出一句话来："……抱歉，无意冒犯你。"

他似笑了声，听着有些苦，不知是不是因为他手中捧着的苦茶氤氲了他的话："你是说昨晚……还是在说那晚？"

我的心惊得发凉，猛抬眼看向他，看到他炯亮的双眸，我霎时因羞愧迅速埋头不敢再看他。我的心底开出荆棘花来，瞬间刺入五脏六腑，疼得我顷刻酸了眼角。

重逢几日来我俩处得太过和谐，我始终没有料到，他会当着我的面再提起那件事，还挑得这么明白。

"景弦……"我一开口将自己也吓了一跳，喑哑得厉害，但我依旧坚强地说了下去，"我现在觉得好多了，你快去休息吧，好像……好像天快要亮了。"

我力求自己以"润物细无声"①的方式赶他离开。但他好像并没有被我润通透，依旧蹲在原处，端着茶杯等我去接。

我低头盯了一会儿那杯茶，伸手接住时触碰到了他的手指。无意的接触让我的神思在那晚游荡了一会儿。那晚太冷，冷得好似有一盆凉水当头将我浇醒，当我回过神转头看向窗边时，东方既白。

"花官，六年太长了……"他将话头摁住，没有再继续往下说。想来是他回忆起了那晚我的冷，还算有点儿良心地觉得他也说不下去了吧。

顿了许久，他说道："敏敏姐姐今早会乘船离开。你昨晚睡过去前反复叮嘱，让我提醒你的。"

是，我记得。我记得，景弦记得，抱着一把布伞敲响我房门的小春燕也记得。却不知最应当记得的那个人他记不记得。

小春燕说酸秀才昨晚喝醉后执意要去桥洞下睡，喝多了的小春燕真是个狠人，迷迷糊糊，便由着他去了。今晨他去找却没见着人影。

"别担心，或许他已经去码头见敏敏姐姐了也说不定。"小春燕将布伞递给我，"总想着要送点儿什么。我从天桥回来时看到有人在卖伞，想来想去，还是它比较有意义。但'伞'的寓意不太好，所以我买了'布伞'。你来题上敏敏的名字。"

在我的印象中，她从来没有告诉过我和小春燕她姓什么。

---

① 出自杜甫《春夜喜雨》。

"就写'敏'吧。"小春燕提笔蘸墨，递到我手里，轻声说道，"姓有什么所谓，反正从此以后，她应当随那个鳏夫的姓了。"

我握笔的手微微一颤，一滴墨落在布伞上，为我起笔。景弦告诉我，那滴墨起得刚刚好，起头重。

而当我远远瞧见孤零零地站在朝霞下、安静地等着我们的敏敏姐姐时，忍不住在心里添上一句：落脚也是真轻。

那个人竟还没有来。

敏敏姐姐的丈夫和女儿都已在船上了，她一人站在柳树边，攀折早已没有绿意的柳枝。如当年一般娇俏。

我们走过去时，她转头瞧见了我们，巧笑嫣然，经年如故。

我走到敏敏姐姐面前，将布伞送进她怀里，握紧她的手，道："唯愿不散。"

她怔了一下，笑出了一滴眼泪来，随即将用柳条编好的花环戴在我的头上，柔声说道："方才等你们的时候，随手编来打发时间的，没有花可以装点，你可不要嫌弃。"

我以为这是她赠我的东西，直到她从包袱里拿出一个小布团塞给我，道："这是我晨起时做了一早上的枣泥糕，我记得你以前最爱吃这个。我分好块儿了，你记得一会儿给小春燕和景弦分一点儿，一起尝尝。"

这个才是送我们的。那么，柳条是要送给谁的？

我想，原本她折下的柳条并不是要拿来编成花环的。那个人到底怎么回事呢？

难不成他睡过了头？难不成当真忘记了昨晚敏敏亲口对他说的话？这么一想，我倒宁愿他是睡过了头。

整整一个时辰，敏敏和我们坐在岸边，望着朝霞闲聊。告别到最后，我们几个人险些就要无话可说了。她还在等他跑来见她一面，所以在故意拖延时间。哪怕在这么尴尬的境地，他也还是没有来。

一个时辰，足够让冬日的艳阳将光芒洒满大地，柳树却在寒风中被疯狂摧残。

"敏敏，我们该走了。"她的丈夫抱着咕咕从船舱中走出来，柔声催促。

我瞧见敏敏姐姐的眼帘微垂，方才与我讲风土人情的神采顿时荡然无存。她站起来，望着被细雪铺满的路。我很明白她那种一眼望不到尽头的感觉。曾经我也奔走在黑暗中，一眼望不到尽头。

她朝她的丈夫走去，望着他面露愧色。

"再等一会儿……就一会儿，让我和我的执念、青春、过去，统统告个别吧。"敏敏姐姐忽然明媚地笑起来，望着她的夫君，迎着艳阳，哽咽道，"我和夫君还有一辈子，和他就只剩下这一时半刻了。我只希望能再多等一刻，再做一回无忧无愁的少女，纵然被夫君嘲笑不守妇道，我也不想再留下任何遗憾了。"

"敏敏……"男子似是叹了口气，伸手抚平了她的眉心，沉吟许久后才说道，"我与咕咕允你再等一刻。但你得答应我，往后便不要再蹙眉了。"

后来景弦告诉我，男人对感情，大多时候都在克制。男子温柔抚摩她眉心的模样，让我感受到了他的克制。

一刻钟的时间，我也望着那条铺满雪的路："景弦，你说陆大哥会来吗？"我问的是未知的人，但我冥冥之中相信，他能明白酸秀才是怎么想的。他知道酸秀才会不会来。

"总会来的。"他这样说道。

太傻了，我们四个太傻了，干站在那里，什么话都不说，越等越失望，越等越绝望。活生生将一刻钟等成了一辈子那么漫长。

这一刻钟她换来了什么呢？余生不再蹙眉。幸福至极，却又仅此而已。

她乘船离去之前，托我带一句话给酸秀才。我的指尖拂过她被寒风吹得冰凉的泪，坚强地同她道别。

船舶远去，风声猎猎。静谧太久，我不确定自己是不是听到了迟来的脚步声。

我听见那个在这一瞬间令我憎恶至极的声音在呐喊，在嘶吼，在咆哮："敏敏——敏敏——"

我目眦欲裂，几乎是手脚并用爬到岸边，道："敏敏姐姐！你回头看一眼！你快回头看一眼！你回头啊！"若非景弦和小春燕将我拉住，我险些跌入河中。

酸秀才拿着鸡蛋朝敏敏姐姐远去的船只招手呐喊的模样，如天下所有痴妄人一般，滑稽可笑，又催我泪下。

敏敏姐姐，你回个头吧。

我望着艳阳边远去的船舶，满心悲凉。终究是造化弄人。她再也回不了头了。

我咬紧牙关，从地上爬了起来，深吸了好几口气，眼泪还是很不争气地掉了下来。

仔细想一想，我不能独自流泪悲伤，道："她让我转告你，照顾好自己，她再也不会回来了。"我没想过，对酸秀才说出这句话的我心理会如此扭曲。我的心里有一丝说不出的快意。

我睨着他，看他忽然被寒风摧弯了腰，佝偻的身躯唯有倚靠着柳树才勉强站得稳，我仿佛报复得逞。我做了敏敏姐姐的好人，酸秀才的坏人。小春燕说得没什么不对，为了那一丝快意，心底的难受好像都值得了。

涟漪还在泛，艳阳的光还在蔓延，水面却已平静了。

"敏敏——敏敏——"他再怎么喊都无济于事。

我望着远方，声声唤她："敏敏姐姐……"我知道，我再怎么喊同样无济于事。

据说人在声嘶力竭之时喊出的声音自己是听不见的。唯有心能听到，还为此痛得狂跳。我也不知道自己在痛什么，为她逝去的青春，为她不能完满的遗憾，抑或是为自己的过往。

"既然有情分，为什么不说出来，为什么不娶她，为什么让她等你……"我这个魔鬼一把揪住酸秀才的衣领，逐渐放肆，咬牙切齿地说，"你说六年太长了……你凭什么说六年太长了？为什么要耗尽她的青春？你知道人有几个六年吗？！你知道人又有几个七年吗？！"

我已分不清自己在对谁说，也已分不清我口中说的是谁，恍恍惚惚。我看着别人的故事，流着自己的眼泪。我叹着别人的无疾而终，哭的是自己的青春。

到头来都是一句：既然有情分，为什么？

酸秀才为什么不捡回他的年少志气呢？为什么不再为了他喜欢的人努力一把呢？为什么要甘于平庸呢？

景弦又是为什么呢？

我看见景弦满目猩红地凝视着像魔鬼的我。我想现在自己号啕大哭的模样很丑、很傻。实在很对不起被我揉皱的衣领。我松开手，瑟缩着身子抱作一团。我也同样害怕这样的自己，可心底又该死地有快意。

我的眼前晃过一片虚影。

"这一拳，还你六年前打我的！"抬眸那刻，小春燕那拳已经落在了景弦身上。我竟只是木讷地望着他们，自己都觉得不可思议。小春燕总是很懂我，我还没有开口，他便已急着为我出气了。

景弦大概也懂我，也想为我出气，所以没有还手。他远远地与我对视片刻，又看向小春燕，挨了第二拳。

我听见自己没出息的抽泣声，也听见小春燕的质问："从前我别无所求，生生把她捧到你手里，你却从未珍惜……为什么？！"

对啊，这也是我想不明白的问题。从前我以为是因为他那时对我没有情分，如今我却想不明白了。我看见他挨了第三拳。

小春燕咬字很重，像是自己受了泼天的委屈，道："她跟我生死同命，从前我为了让她开心，亦为了让自己开心，才将她捧到你面前。而今我却不这般想了，既然你照顾不好她，那不如我来。我只想要她顺心，所以我要亲自照顾她……也必须亲自照顾她。"

我看见景弦面无波澜地擦了擦嘴角的血丝，道："所以，昨晚有官兵传召让我面圣，是你的手笔？"

"是。后悔中止监察放我出来了？"小春燕挑眉冷笑，"你身为副都御史，滥用职权，私自派兵监察淳府，而今又拖延面圣时间，想来罪行不小。"

景弦的手微握紧，随即也冷笑道："你被监察期间，还派人去汜阳查我的身份，甚至和外界取得联系。我若上报此事，你以为你就能被从轻发落？"

"你上报试试，看花官和我同住在淳府会不会也被牵连。景弦，多谢你教我这招。我说过，你监察淳府的这笔账，我会算回来。"

小春燕朝他笑得邪肆又得意，转过头将我扶起，道："花官，我们回家了。"

我瞧见原本面无波澜的景弦眉头紧皱，双眸猩红地紧盯着我。时间好似回到了我离开他的府邸去往陈府那日。

说来惹人笑，我竟觉得心底一边疼痛到窒息，一边又快意到疯癫，混混沌沌好似快要成魔。

跟他走吧，我希望我的快意能多停留一会儿。这些年，我太难受了。

唯愿扭曲成魔，肆意去闹一闹，倘若我成魔，当年被困在那个伸手不见五指的地方时也不会那般无助。

我已在这间伸手不见五指的黑屋中独自枯守一整夜，此时天还没亮，外边黑漆漆的。我不敢睡，睁着一双眼睛审视屋内。

其实比起几个时辰前刚被丢进来时，我已平静许多。毕竟这期间没有任何一个人来看望过我，我想也应当没有任何一个人在外间找我。这么想着，我一颗惊恐求救的心就逐渐凉了下来。凉着凉着自然也就平静了。

黑屋中唯有一盏豆油灯，照亮那些已出现尸斑的女尸和我。顶天了再加上那些吱吱叫的老鼠。

天可怜见，我收回我不怕鬼的大话还不成吗。这些女尸来演绎鬼的话实在太过逼真。我心疼地抱住倒霉的自己，靠在窗边，求外边打发一点儿微弱的月光。

起先我拍过门窗，并没有人搭理我。我叫过、嚷过、哭喊过，被一个长得凶神恶煞的小厮拽着头发生生拖行五步远。好了，好了，够了。放过我，我不喊了，您快去忙别的还不成吗。

我抱腿倚墙，腹中咕咕作响，纵然很饿，但这里只有那些女尸生前吃过的馊掉的冷饭。本来我一个乞丐不应该嫌弃，可想一想我还是吃不下去。我担忧吃了这顿，下一个跟那堆女尸排排坐的就是自己。

我是怎么来到这个伸手不见五指的地方的呢？这要从来此处的前一晚说起。

春寒料峭，我一路和小春燕撒欢跑到解语楼。他说他要离开几天，会有三四天都见不到我。对此我表示很沉痛，但我奔进解语楼的双腿却好像丝毫不沉重。

无风无雨又皓月当空的夜晚，他竟亲自将我送到解语楼。我心里有些不妙的预感。因此，踏进门后我又转头看了他一眼，见他被两个府卫打扮的人亲自迎走。

那府卫的打扮好像与上回我们用鞋子砸的几个人一模一样。

难道小春燕得罪了什么达官贵人，被找上麻烦？我心惴惴，赶忙跑过去想要拦住他们。当我跑进人群时他们竟已不见踪影，唯有一辆奢华的马车从我身旁驶过。

应当不是我眼花。我将此事告诉景弦，希望他能帮我想一想办法，他一边作曲一边分析道："许是就坐在那辆马车里。"

"……"

我认为景弦的心智主要体现在礼乐方面，逻辑推理上稍差一些。小春燕是等同我的贫民，就算是欠债被人找上麻烦，也没有坐马车去见债主的道理。

我叹了口气，低头见他仍在作那首曲子。他这曲子都作了大半年了。我实在想不通究竟是个什么价值的东西才需要他如此认真对待，去卖个惊人的高价出来。

可能我还是太嫩了，全然不懂他们搞艺术的人对于创作这件事精益求精的态度。

我问他这首曲子什么时候能完成，他答道："就这两日了。"

"那到时候可以先弹给我听吗？"我满怀期待地望着他。

他的指尖抚上琴弦，道："现在就可以。"

"现在？"我正讶然，他已开始拨弄琴弦，随着起调在耳畔扩散，我忙道，"现在我有些担心小春燕，就不久待了，想去找一找他。我过来就是跟你说一声的。"

　　他没有停下抚琴的动作，琴声潺如溪水，清空了周遭嘈杂，这些嘈杂中当然也包括我的声音。既然他这般沉浸在艺术的世界，我也只得自己默默退下。

　　他没有挽留我。后来我回想这一刻时才晓得，这是我离开云安之前，最后一次与他正常交流。须知后头那次我已不再正常了。但这最后一次正常交流，他并没有回应我。

　　心里会有些遗憾，若我早知道自己会离开他，便应当留下来，将那首新作的曲子听完再走。每每梦回此时，我都会对梦中的那个我说：听完再走吧，花官，走出那扇门，以后就无缘听得见了。

　　可我梦中那个花官也如本人一般固执，不听不听，偏是不听。

　　少女还是太年轻，须知错过此刻，就会后悔一辈子。好吧，大概是因为梦中的我并不能想象出来他耗费半年心血作出的曲子该是怎样的，所以只好给自己留个面子，草草编个收场，赶紧结束这场梦。

　　我推开这扇推了七年的门，莫名地很想再回头看一眼他弹琴的模样。他仍惊为天人，令我欢喜。只可惜他的眉眼不像七年前那般认真又平静。他皱着眉，眼底似有惊涛骇浪。这般汹涌。

　　转身关门，我从门缝中窥他，他却没有转头看我。话本里说的心有灵犀果然都是骗人的。关上门的那一瞬，我的眼皮子开始狂跳。

　　我昨晚没有睡好。不对，我长这么大，哪有几回是睡好过的。

　　没等我想明白眼皮子的问题，我已转弯走至楼梯后，因光线被楼梯遮挡，我踏入一片阴影，黑暗中，我察觉有双奸猾又贪婪的眼睛在不停地转悠，紧接着，一堵枯树干似的墙正朝外走，刚好是迎着我的方向。

　　我下意识后退，退至阴影之外，那枯树墙也走出阴影，露出了他的脸——凹瘦刻薄，却又油光满面，极标准的尖酸富人模样。他是与我相撞的马车的主人，那个邻城富绅。我咽了口口水。

　　他嫌恶地睨着我，眉头紧紧皱起，我退无可退，被栏杆绊住脚，我"哎哟"一声跌倒在地。恰好有路过的嫖客搂着好看的姑娘，踩在我的手指上。我呼痛的可怜样子成功地取悦了富绅。他嘲讽我，哼笑出声。

我料他日理万机，应当没有认出我来，一颗悬着的心顿时落下些许。我将身体蜷缩在一起，尽量降低存在感，看着富绅带领一干小厮走进大堂，逐渐离我远去，我才缓好颤抖的双腿，赶忙爬起来要逃。

转头猝然间一张脸就出现在我面前，骇得我背脊一凉，惊叫后退的同时，鸡皮疙瘩疯起。

"原来是你这个吐老子口水的死丫头片子！老子就说怎么越瞧越觉得眼熟！"一直跟随富绅的管事尖酸的猴脸就在我面前，他咬牙切齿朝我冷笑的模样，让我的胳膊上爬满了陡立的汗毛。

"还躲?！"随着他一声低斥，我不敢躲了，拔腿就跑。

胳膊被一把拽住，道："这账没算呢，你就想跑？"他掐紧我胳膊上所剩无几的肉，"你看我像是那么好打发的人?！"

我妄图呼救，被人从后面捂住嘴，连同鼻息一起堵住，险些让我窒息。我害怕得发抖，心里祈求他吐回来之后就能放过我，可我看他的面相不像是能和我想到一块儿去的人。

何必跟我一个乞丐计较呢？不要跟我一个低贱的乞丐计较。我什么都没有，却还要被人计较来计较去。

好吧，我心里明白，正因为我什么都没有，才会被计较来计较去。但凡有些什么，哪怕只是个平民户籍，都不会被计较成这样。所有人都在欺凌弱小，弱小的人欺凌更弱小的，无一例外。

那些有钱的，却又不得不对更有钱的低声下气的人，最是受不得底层贱民的侮辱。我受过太多冷眼，这一点我其实比谁都明白。

管事也并不只是因为我吐了他口水才要报复我。看见曾经羞辱过自己的弱小被自己踩在脚下的感觉，看似变态，实属寻常。

我知道他不会轻易放过我，可我也知道，只要逆来顺受让他消气就好的道理。所以我不敢动，只愿他能快些出完气放开我。因为我已经快要喘不上气了。

不仅因为被手臂捂住的鼻孔和嘴，也因为被周围人的冷漠堵住的心。这里面甚至有几个熟面孔，他们竟都等着看我遭报应。

"去给老爷回话，就说我身体不适，今儿个就不陪他挑姑娘了。"管事侧身对手下说，又转过头对我身后的人说，"把她给我弄房里去。吐老子口水是吧？你敢吐老子口水……去，再提壶开水来。"

他说得轻描淡写，我却险些因眼睛瞪得太大将自己的眼眶绷烂。我不敢再一动不动地等他撒完气，因为是个有点儿脑子的人都知道，等他撒完气我兴许就没命了。

乱抓，蹬腿，摇头，扭身，能挣扎的动作我统统做了个遍。不行，不行，挣扎不开。我被四个男人拖进房间，他们拽住我的头发将我压在地上，用白布塞住我的嘴，我的四肢也被他们的脚踩住，稳稳固定好。

我快要被吓得晕过去，鼻子带不上气，冷汗热汗齐发，我急得呼哧呼哧大喘。

管事果真拎着开水朝我走来，我听见自己隆隆的心跳声，一声践踏着一声。

"管家，暗室里那些女人还没法子处理，咱还在外头，别又给弄死了，大庭广众的……回头不好收场。"

我听见有人对管家低语，那一瞬如获重生的感觉反倒使我热泪盈眶。我望着那壶开水，哽咽着咬紧了口中的白布，惊恐得浑身发烫。

他在考量。

"扫兴玩意儿。"最终，管事狠瞪我一眼，随手扔掉了水壶。水壶没有落在我身上，却在我耳边发出"砰"的一声脆响，溅起的大朵水花落在我肩膀上。我听见自己一瞬间的呜咽，拼命想翻身避让，手脚却被踩得死死的，动弹不得。

一盆凉水倒在身上，冰得我在料峭的寒意中打了个激灵，没待反应，脸上被人蒙上一块巾帕，我听见管事猖狂的笑。

我的脸逐渐被巾帕缚紧，挤压到快变形时眼睛被迫睁开一条缝隙，看见巾帕上交织的密密麻麻的线，线与线交错的地方有疏密相同的洞。我能透过细小的洞看见管事丑恶的嘴脸和天花板上一重重黑色的影子。他们的影子。

没有窒息。我还有意识时，他收回手。我不敢去听他紧接着又下了什么命令，唯紧闭双眼将自己笼罩在无尽的寒意中。

他们朝我吐了口水，不解气，又泼了洗脚水，还不解气。耳边一阵嘈杂，我睁开眼时看见有人开始解裤子，我吓得没出息地用后脑勺儿撞地。他们若是聪明点儿应该能反应过来我在磕头，可他们太愚蠢。

幸好，幸好不是我想的那样。也对，他们怎么可能看得上我一个臭乞丐的身子。带着热意的液体淋在我脚上，我都不敢去想那是什么东西。好像所有人都在唾弃我。唾弃我这个乞丐。

后来我眼前一黑，被装进麻袋里。眼前再亮起的时候，又被推进另一片黑暗的天地。那个伸手不见五指的地方，我被成排的女尸以及她们死去的惨状吓得双腿一软跪在门边，我拍门疾呼，痛哭流涕。

当然，如我所说，没有任何人来救我，我在那里坐到了天亮。

小春燕说他很后悔当时没能把自己屋里的墙砸了好赶来救我。我表示我也很后悔没能把小黑屋的墙砸了好赶去帮他砸墙。

他忽地勾起唇角笑了，一只手掌抚着我的头，道："那边我帮你告了两日假，你好好收拾心情，何时心情舒畅了，何时再去任教。睡在陈府始终是客，睡在我这里就到了家。你的房间就在我隔壁，我会让婢女守在门外，屋内给你点上暗灯。如果仍然害怕，就来隔壁找我，跟我睡。"

我讶然地望着他。这件事说起来有些不好意思，我十七岁那年并不注意繁文缛节，跟小春燕两个向来是不分你我，一张卧铺也是睡过的。后来容先生才告诉我，及笄后的女子一般都会分一分你我。

今年我已二十三岁，他还能说出"一起睡"这种话，分明是故意逗我玩。

"那晚已经过去六年，我也独自睡过六年的觉了，你放心去做自己的事情就好。"

这是实话，我独自睡了六年的觉，早已习惯了那些女尸死后的惨状夜夜浮现在我脑海的情形。我不怕鬼，只是会清晰地记得一切，彷徨惊恐，而后又抱着"我还活着"这等幸运安然入睡。

兴许那几夜发生的所有事就是上天冥冥之中赐予我的劫数。我不可能永远都是一个活在自己编织的美梦里的乞丐，我总要学会吞噬自己的恐惧和悲伤，学会舔舐自己的伤口，抱着我仍旧活着的侥幸继续生存。

毕竟那些排排坐的女尸里终究没有多一个我。我还能活着，幸甚至哉。

夜色愈深，风动树摇。晚间的山珍海味吃得我有些撑，我坐在房间里，一边喝着山楂茶消食，一边翻看珍藏的书籍。

风声太吵，有些扰我，我关上门窗，顺便抵御严寒。我将烛台摆在窗边，使得我握笔的右手落下的影子能向右边倾斜，不会妨碍我看字。

忽然一阵疾风横擦窗扇而过，将我紧闭的窗轰然拉开，"砰"的一声撞在墙面上，来回翻覆。风灭了我放在窗台上的灯后又"哐当"一声将窗扣合。

顷刻间隔绝了雨疏风骤，唯剩一室幽闭。

陡然幽静的房间就像那夜的暗房，窗边有走廊上透进来的淡淡的光，就像那晚偷偷赐我的月光一般。

我借助幽光环视屋内，仍旧在墙边看见了衣衫不整的她们。她们满身尸斑，正在抠瓷碗中的馊饭吃，嘴角缀着点点黑红色的鲜血，似乎感知到了我的目光，纷纷转过头来看我。

这一幕我常见。太寻常了，寻常到我再见到她们早就不会哭闹，不会叫嚷，只平静地等着逐渐加快的心跳恢复正常的节奏，等着急促的呼吸平复规律，等着酸涩的眼睛、鼻子褪去红衣。

若再过几年，我应当还能走上前跟她们打个招呼。怕什么，届时就是晤面过无数次的老朋友了。我姑且将这个算作一种自我突破。我听小阿笙背佛经听了这么多年，虽没有什么大的长进，但还是能逐步突破一下自我的。

待我将她们驱逐出境，外间的风雨也缓缓停住。我应当再点上一盏烛灯，伴我翻书。我借着光摸索抽屉里的火折子，随后起身，扶着方才她们倚过的墙面走向窗边。几步远被我生生走出无尽感，她们倚过的墙和坐过的地让我的脚底和手心像是生出了毛。

我好不容易拿起烛台，门被敲响。我尚未开口，门便被人推开："花官？"

是小春燕的声音。

"嗯。"我点点头，吹燃了火折子，"我在点蜡烛。方才我的光被偷走了。"

他似是松了一口气，问："难怪我见你房里黑漆漆的。你没被吓着吧？"

我摇头说道："没有。我只是在想如何让我的光不被偷走。外边的风这么大，灯罩似乎都不太管用了。我看书喜暗，只需一盏灯，用不着点满。可这样很容易被吹灭。"

"那还不简单。"小春燕挑起唇角朝我笑，"我让人给你捉些萤火虫来，放在锦囊里，挂一些在你的笔架上，够你看书就成。这样的话，光就不会被偷走了。"

我也笑着说："但是，这样的光隔几日就都会死去呀。"

一经脱口，我的脑海中猝然钻出些细碎的话语，绕来绕去都是景弦的声音。我从中挑出令我霎时澎湃的那一句来，当场愣怔住。隐约间，有一股暖融融的疼意在心底蔓延，直至四肢百骸，最终涌至喉口。

"死了再捉便是，它日复一日地死去，我便日复一日地抓来。反正也不是什么难事。"小春燕随口说道，"你从前常抓的，还不知道这玩意儿多得是吗。"

日复一日地死去，日复一日地抓来。我忽然想起景弦今日看我的眼神，那眼角猩红却又拼命克制的模样。

光它总是日复一日地死去，又总是被不同的人日复一日地抓走，只为拼凑一个希望。

"你一身清白，何苦蹚我这摊浑水？"究竟谁是浑水？我自诩浑水多年，难不成是反过来的？我是否真的有资格去认真地想一想，一直以来，究竟谁是谁的光？

"要不要去仔细想清楚谁是光"这件事竟让我一直思考到了次日下午，我蹲在荷塘边顾影自怜许久，抬眸时看见枯萎的荷花，凋敝如枯骨，塘内的浑水映照着残景，令人悲悯。

昨夜风过之后，今日一片晴好，一缕缕阳光渗透浑水，竟生潋滟。

我走回亭内，小春燕倒了杯茶递与我，道："是不是很奇怪，我府中处处奢侈，却有这一方浑水枯枝的荷塘。"

我颔首静等他解释。

他摩挲着茶杯，慢悠悠说道："我在一本书上看到，万物依照规律生长，无须刻意护佑，亦能自发地生生不息。只要浑水还没烂透，日光就能将它盘活。那是一种渗入浑水的精与髓中的暖意，是无限生的希望。"

他说的话总是很有道理，教我信服。我略一思忖，问他："那究竟是光照向了你池塘里的浑水，还是浑水为了得活，不断地追逐着光呢？"

"你如今问的问题，也是越来越刁钻了。"他笑了，却未被我的问题难倒，"那要看光和水究竟是谁心之所向。不过我认为，光可以随心所欲地选择追逐之物，浑水却唯有追逐着光这一条路可活。若没了它的光，它将永堕黑暗，不如死去，成为一摊死水。"

我心神俱震，一时哑言。景弦看到我离他而去时的眼神再次浮现在脑海中。陈府那次，昨日那次。

我想起他在去过酸秀才的住处后告诉我的话："许是心死了太久，就不愿意见到光，让自己知道还活着。不如关上门窗，让自己误以为已经死了吧。"

彼时我不明白他为何能将酸秀才的心思揣度得这般清楚，而今好像似懂非懂一些。他也这般关上门窗，让自己死去过。

小春燕在我眼前晃了晃手，挑眉问道："怎么，被我惊人的言论震慑住了？"

我点头抿茶，默然。视线落在从不远处小跑过来的小厮身上。

小厮颔首施礼，道："三爷，苏府的二公子苏瑜前来拜访。"

苏瑜，景弦的好友。我还记得他，不知他为何会来此，我心里隐约有些令我忐忑的预感。

小春燕没有回应小厮，而是先看向了我。我亦抬眸看向他。他说："拜访我还是拜访谁？我最讨厌虚伪的人，更何况这个人跟的主子我本就讨厌。不见。"

他说这话的时候一直凝视着我。我面无表情，只低头喝茶，将自己的半张脸都掩在茶杯后面。

小厮得令，腿跑得很快。我望着他远去的背影，心底忽生出一些失落。好吧，我承认，我很想知道他是来做什么的，但是小春燕没有给我知道的机会。他大概希望我拿出昨日的魔鬼心态，从此之后与景弦老死不相往来。

"想见？"小春燕似叹了口气。

我沉吟许久，久到那小厮竟然去而复返。我万万没有料到。

"三爷，苏公子不肯走，让小的把这个东西呈上来，说是……"小厮递上一方巴掌大小的匣子，"请三爷过目之后再决定要不要见他。"

小春燕觑了那小厮一眼，随即冷笑一声，叫来别的属下，道："淳府家规，上至掌家人，下至家仆，受贿者一律罚十棍，家仆、奴婢受十棍后赶出府门。你不会是新来的吧？"

我稍反应了下才明白：若不是收了苏瑜的银子，小厮怎么会去而复返？三爷是主子，说一不二，说了不见又岂有讨价还价的道理。

那小厮被拖下去时一直在喊饶命，我无暇顾及他的去留，也无法插手淳府的规矩，一颗心只好放在那方匣子里。是什么东西？我私心甚重，双手已朝那锁扣去了。

活扣，翻手便能打开。我看见一张浅黄色的纸被折叠起来，静静躺在匣底。不知为何，我的心越跳越快，仿佛蹦到了嗓子眼儿，直到我将纸拿起打开，才重新落回实处。

我盯着单薄的纸页，微微怔住，愣愣出神。

回溯入梦之前，我恍惚听到小春燕在身旁吩咐下人："去，把苏瑜叫进来。"

小春燕的声音随着我沉沉的梦逐渐远去，我梦见自己穿林拂叶，来到一片清幽竹林，一位温柔的妇人正拿着剪刀拾掇舍前的红梅，浅笑着看我。我想那是我的花神娘娘，温柔风雅。总有一日她会再眷顾于我。

我已枯坐到天明，难得有些光亮使我安稳，才就此小睡过去。而今迷糊之中，我被人一脚踹醒，伴随而来的是冰冷刺骨的馊水。

我闻到腥味，一边急切地抹开脸上的菜叶，一边低头作呕，被人趁势揪住头发摁倒在地。我的额头磕在石砖上，顷刻间肿痛难当。

我的头皮被拽得发麻，那只手的主人却在放肆地笑，道："在这种地方你都能睡得着？换作别的姑娘早吓得花枝乱颤了。果然是个乞丐，没皮没脸。"

　　说起来您可能贵人多忘事，昨晚我也花枝乱颤了，但您揪住我的头发生拖了好几步，自此我才被您吓退不敢多颤。

　　我若不是个姑娘家，为何连挣扎都做不到。

　　在我脑袋上蹂磨的臭脚丫子从何而来？我这个姑娘家拿迟钝的脑子想个废话的工夫就被换了个法子羞辱。

　　他将那碗女尸吃剩下的馊饭用手挖出来捧到我嘴边，硬塞给我吃。我若敢有丝毫反抗，脑袋上的脚便踩得更凶狠，像要摁出我的脑浆来才肯罢休。

　　同样生而为人，分他个三六九等已经很过分了，我们这样九等的人却还要被其他九等人欺辱，这究竟是哪个天定下的道理。我也在努力地活着，纵使用卑微的方式、微末的力量，也不该被人瞧不起，更不应该被人随意鱼肉。

　　或许花神娘娘是为了奖励我想明白了这个道理，才让我看见不远处落着一块石砖。

　　我砸痛了他踩在我头上的赤裸的脚，连着自己的脑袋。这个过程很艰辛，我也没有料到自己这般能干。胆识过人到了一种不把自己的脑袋当头的地步。

　　只不过同样是痛，他跳脚痛呼的时候我却顾不上自己晕晕乎乎的脑袋，拔腿冲出门，慌忙逃跑。跨出门的那一刻，我浑身都在颤抖，磕磕绊绊地当一个绝地求生的无头苍蝇。

　　我不愿意和暗房中的女尸排排坐，那将永远见不到景弦。若是这样的话，他应该也会有一丁点儿想念我。

　　"小杂种竟然敢砸我！来人！跟我追！"

　　凶神恶煞们在我身后喊打喊杀，一路追至热闹的长街，我除了狂奔之外，没有任何余力和他们叫板。

　　我拉住路人，求他们帮帮忙。面对他们冷漠的眼神，我硬着头皮苦求："救救我……"帮帮忙吧。我的脑袋好像在流血，他们再不帮忙我或许会因为失血过多而死。

　　我告诉一位慈眉善目的妇人，那群追着我跑的都是坏人，求她帮帮忙，却被她推开，并勒令我不要弄脏她新买的衣裳。我拉住一位正笑语晏晏的小哥，求他救救我，却被他推倒在地啐了口口水，这回我不敢再吐回去。

"救救我……"我无助地拽紧一个大汉，因为我觉得他的络腮胡子有些许可爱，"后面那些都是坏人，他们要抓我回去，在一间小黑屋里欺负我……"

"滚开！信不信揍你？"可爱的络腮胡子一只手就能将我拍在地上。

我是个乞丐，但也是个普通的姑娘家。可惜他们并未将我当人看，又如何会将我当姑娘家看？他们的慈眉善目和笑语晏晏，甚至是可爱都好像在告诉我：傻孩子，这世上的人哪里分什么好坏。

好歹我也是这条长街生养大的，自封个长街娇女都不过分，可身为长街娇女的我竟得不到任何有血有肉的人援手相助。我活得真失败。若我还能平安活到回花神庙，定要好好反省一番。

我趴在地上回望一眼，那些追我的人好似长着青面獠牙般狰狞，如果落在他们口中，就会被嗜血啖肉得连渣都不剩。

我想过往衙门里跑，可那在长街之外，凭借我两条细腿儿想必没等跑到就凉了。我想过去找景弦，可我如今这副邋遢模样，想必会遭他嫌恶厌弃，说我又在作践自己。我想去找酸秀才，可他又能帮到我什么？小春燕……我还记得他对我说将会有三四天互不相见。

一朵梨花抚过我的鼻头，早晨的馊水使它狼狈地黏在我的脸上。我朝梨花小巷跑去，这已耗费掉我所有气力，我将希望寄托于我掌心狠狠拍响的木门上。

"敏敏姐姐……敏敏姐姐救我！救救我！"

门开得很快，我双腿抖得发软，猝然趴倒在地，几乎是爬进她家后院。她扶我不及，焦急询问我为何成了这般模样。好的，好的，你别急，我讲给你听。讲完我就要晕过去了，脑袋上的血要记得帮我止一止……

迷迷糊糊中，我被热浪包裹，周身暖意融融。我在盛满热水的浴桶中，一阵凉风袭来，手臂警惕地起满鸡皮疙瘩，令我寒战不已。

"什么?！"热气被惊语拂起，我彻底清醒，听见门外妇人急声说道，"别的你不用说那么多，你就说她亲眼在那屋子里看到尸体还能活得成?！不被灭口才怪！不管她有多可怜，你都给我尽快把她打发出去！万一牵连到我们家来……"

原来如此。难怪我已经逃出来了还被那么多人追赶。我以为他们只是想逮我回去继续羞辱我，并等着那个管事回来羞辱我。不好意思，误会你们了，原来你们是想要灭我的口。

很抱歉。说来有些不好意思，我不是故意看到那么多尸体，也不是自己情愿去那个地方的。我被迫接受羞辱，被迫进麻袋，又被迫到的那里，尸体也是被迫看见的。

我不想知道那么多龌龊事，到头来知道了却还要被灭口。上天，这究竟是什么理？

上天捏着胡须告诉我，有钱就是道理。那像我这样的人岂不是一辈子都占不了理？真实。

我抱紧双臂，将自己浸在热水中。下沉，下沉，再下沉……直至热意没过头顶，才足够安全。

脑袋果然被砸破了，在热水的浸润下它在刺痛，包扎在上面的布条亲吻着我的头发，给予我安慰。

我果然很是好哄，被安慰了一会儿竟觉得好受许多。我爬出浴桶，穿上敏敏姐姐为我准备好的干净衣裳，穿戴时仍能听见她们在外边争论。

"报官？！我的傻姑娘，你别天真了！官府从来都是和有钱人狼狈为奸的，你去报官说不定还会害了她！这年头有几个不贪的好官？更何况，那富绅都敢在宅子里弄死人，你去报官能有多大用处？！听娘的，她留在这里也是连累我们，赶紧让她走！"

我打开门，似是吓了她们一大跳。我无意吓她们，抱歉地扯开嘴角笑。

她们看着我沉默良久。

气氛一时有些尴尬，我敛起难看的笑容，低声说道："刚刚我看了看，脑袋只是破了些皮，纱布被打湿了我就拆了。景弦让我今日记得去找他的，我先走了。"

"花官！"敏敏姐姐想要拦住我，被她娘亲拦住。我一瞬想要她拦住我，一瞬又想要她娘亲拦住她，纠结来纠结去，仍是走出了门。

那些人亲眼看着我进的巷子，想必会守在巷口等我出来。我还算有些聪明地走了正门。

如今收拾打扮干净，不再那么狼狈，我想我应该去找景弦，他比我聪明，一定可以帮我想出些办法来。我昨晚的奇遇好歹能让我在他面前卖一卖惨。

我很害怕富绅和管事今日也会在大堂里挑选侍妾，于是特意走了后门，用杂货间旁边的梯子爬上楼，直奔景弦的房间。

房门没关，我深吸一口气，憋回了所有恐惧和辛酸，抱着无限希望冲进去："景……"那一眼，我先对上的是管事那张狰狞尖酸的脸。

他正眉眼带笑地说完一句令我如坠深渊的话："老爷放心，昨晚我已经给您挑好了侍妾，就在咱府上看着呢。"听到声响，他转过头来看向门口的我。

我目之所及，依次是富绅刻薄的脸，景弦唇畔的浅笑。

浑身血液倒流，我腿软到一屁股坐在地上，景弦转头看见我，反倒蹙起了眉，敛起笑意。我一个字都不敢多说，只看见管事眯起狠戾的眼睛，震惊讶然，却又意味深长地紧盯着我。

我听见自己的心跳声快到极致，听见自己咽了下口中的唾液，听见自己屏住的呼吸错呼出一声，已带有颤音。

"对……对不起……我……我……我走错门了……"我落荒而逃，夺门而出时回头深深看了景弦一眼。他的眉皱得更紧，起身想要喊住我，欲言又止后任由我跑掉。

我抱头鼠窜的模样落在周遭人眼中想必就是个笑话。谁知我此时正在逃离一场死亡游戏。有钱人的游戏。

不知撞到了谁，我张皇道歉："对不起，对不起！"

"要死啊你，跑那么快？！"我抬眸觑了一眼，老鸨一改怒容，撩着帕子笑嗔，"唉哟，这不是那个小乞丐吗？今日收拾齐整了，来见景弦的？"

我摇头欲逃，她又一把拉住我，意味深长地说道："哟，跑什么呀？你这卖身契都不在我这儿了，如今还怕我不成？"

我张皇失措，登时心口焦涩，方才那丑恶管事对富绅说的话浮现在我的脑海，如当头霹雳。我被打入冰冷的地狱，不得翻身。

　　眼泪弹到手背上溅成花，将我惊醒，我抬头扫到栏杆处有小厮模样的人在四处张望，似是在找人。我不敢再多等一刻，冲出大门，奔着黑夜而去。

　　世事无常。我站在夜色之中不知所措。凄风冷雨，我不知该往何处去，亦不知该如何脱身苦海。最后只能逆风奔跑，悲戚哀鸣。

　　道路长，蜿蜒而下，我的眼前一片黑暗。我在静默与绝望中，奔向无尽深渊。

花开成景

第十三曲

　　一望无尽的黑暗终会过去，我拂开云翳看见的是被细雪栖满的梅枝和梅枝后的苏瑜。他肃然走来，在我们面前站定，颔首施礼，举止恭谨。

　　我垂眸，将视线落在手中的纸契上。那是前几日我被他从解语楼赎出来时的卖身契。这让我想到六年前令我陷入黑暗的那一张，不知在何处。

　　"开个价，"小春燕挑起眉，"我要这张卖身契。"

　　很奇怪的是，我手里这张卖身契并未标明价码。

　　苏瑜浅笑道："景大人回汜阳前吩咐过，这张卖身契既然落到了花官姑娘手中，便不会再收回。三爷无须破费。"

　　我想也是这样。因为倘若我再不要脸一些，而今将它撕了也是可以的。由此我就无债一身轻。

　　小春燕却和我想的不同，他起身走到苏瑜面前，道："卖身契归她是景弦的意思，我为她还清她欠的也是我心甘情愿，一码归一码。你开个价，拿钱走人。"

　　人的底气很大一部分都是钱财撑着的。倘若是我站在小春燕那个位置，恐怕只能对苏瑜说出一句"你替我好好谢谢景弦"或者"谢谢您亲自来这一趟，您请慢走"。

　　小春燕为我撑住了底气，令我不必感谢景弦给的恩赐，下回见到他时可以稍微有些骨气。但我深知，我在景弦面前没有骨气的大部分原因并不是钱的事。

我抬眸看向苏瑜，他没有生怯，反倒游刃有余地接腔："三爷说笑，这卖身契是景大人买下来的，要开价也该问景大人。苏瑜可做不了主。"

"他如今身在汜阳，苏二公子这番话是想要刁难谁啊？"我看见小春燕摩挲指尖，这是他不悦的前兆，"你最好不要在我这里说废话。"

听完小春燕的话，苏瑜竟没有立刻跪下来磕头认错，而是朝我拱手施礼，郑重地对我说道："待今日受刑完毕后，景大人一刻也不会在汜阳停留。酉时……不，最晚酉时，就会在府中等你。姑娘若不来，大人便会一直等。"

稍作一顿，他又直起身，看向小春燕，礼貌地一笑，道："届时三爷若想寻人去问价，就方便许多了。"

我明白景弦心思叵测，苏瑜来这一趟说的话都是他教的，他能揣测小春燕为我问价这件事，就能让苏瑜借机告诉我他在府中等我这件事。

可饶是我知道他心思叵测，一切都是有意安排，但我最在意的仍是他。我的眉头皱巴巴的，心也皱巴巴的，问："他受刑了……受什么刑？严重吗？"

我问得嗫嚅不清，以为没谁能听见，却教小春燕侧过头来深深凝视我。

"姑娘要是想知道，须得亲口去问。"我明白苏瑜是故意留下悬念惹我心忧。我自小最恨酸秀才说书分个一、二、三章的，留下悬念，令我心底被猫爪子挠啊挠的。这一回那猫爪子挠得很厉害，我很痛。

他拜别小春燕和我后，转身离去。

他走了两步后，似是抬头看见了在枝头漾荡的红梅，又停下来，转头笑着补了一句："淳府的红梅开得甚好。对了，大人还说，他父母墓前的红梅也开了，须得去清扫落红。只愿今年还能和姑娘一起，前往祭拜。"

我承认自己此时十分没有出息地心神俱荡，一百分没有出息地想去。景弦总能轻而易举地攻陷我的心房，动摇我这将欲踏出又踟蹰不前的最后一步。

我望着荷塘里追逐着光的一池浑水，心有戚戚。

难耐此时寂寥，小春燕亦有所感："红梅绽开，今晚花神庙里举办了庙会，我带你去玩。"

我颔首应"好"。

酉时出府，我一步一踟蹰，频频望向小春燕，像是在给他某种暗示。但具体来说这个暗示是什么，自己都不太清楚。

他没有带我去离他的府邸很近的那一处花神庙，反而去了以往我俩住的旧庙，道："不知你回来后是否来看过这里……我常常不忍来看。"

这里破败已久，墙面布满裂口，蛛网遍布。

我站在门口，望着蒙尘已久的花神像，以及像前的半只残烛，想要进去将它点亮。

一个路过的老大爷拦住我，道："姑娘慎重，这里破成这样，随时都有可能坍塌成废墟，危及性命的。"

"不是说这里留着是因为可以给那些难民避一避的吗？"我清楚地记得，景弦是这样给我解释的，忍不住生出疑惑，"难道没有人进来过？"

小春燕摸着我的头，浅笑说道："你以为是我们那会儿，现在的难民过的日子可比我们那时好太多了。来住的乞丐有是有，但本地的难民哪里还需要住这种破庙。"

老大爷也跟着说道："可不是，太常寺少卿景大人常常请命来云安救济难民，那些乞丐哪还有吃不饱穿不暖的？近几年云安的难民房越修越多，谁还住在这破庙里？别处来的乞丐还差不多。"

我此时的心情难以言喻，抬头望向庙顶，当年那处漏风漏雨，而今依旧。我还记得那处砖瓦落下来砸破了我的头，以及我满头血和景弦说的那番大义凛然的话。

我尚未通透，又听老大爷絮叨："不对，除了别处的乞丐，景大人也常来。我住这儿对面许多年啦，他来过多少次我都晓得。前些天大晚上的他还在里头弹琴，搞得人心惶惶，都以为闹鬼了。"

便将心事付瑶琴。我想起多年前，景弦在我耳畔，一边浅浅呼吸着，一边教我这句诗。有些好似冰块的东西在一瞬间龟裂瓦解，发出"咔咔"的声响。

白鬼是他，便将心事付瑶琴的也是他，肝肠寸断相思成疾的仍是他。有些东西，好像不需要我妄自揣度，便被捧到心口上来，教我不得不去那么想。想他相思的人究竟是谁。

是不是我。

"我想，大人住这破庙，兴许是懒得被仇家烦。"老大爷的话太现实，一把将我从风花雪月的思绪中剥离出来。

"他有仇家？"我想起上回刺杀他的那些人。

老大爷眯着眼回忆了下，同我说道："我倒是知道几桩。就说前几年邻城的那户富商。那家子人也狠，在自己府里处理女尸，被上门拜访的大人撞见，你说巧不巧？"

"邻城？"我感觉得到自己的声音正细微颤抖，"女尸？"

若如我所想那般，他近些年可有为自己做些什么？我从不敢想，到如今却不自觉地去想；从不敢自作多情，到如今却不自觉地自作多情。

那些细枝末节涌上我心头，惹我蹙了眉头，那些风花雪月拂过我眉头，又入了我心头。

"可不是。大人自述，他上门是去谢恩的，哪晓得会撞见这种事，当即行大义把人押下，那富户和管事都死在大人手里，被处以极刑，连个尸骨都没落下。几条余孽组了一窝人，年年惹是生非，就等着大人来云安趁机行刺。回回来，大人都被惹烦了。"

许是外边天太凉，我的手脚顷刻间冷如冰，被冻在原地，挪不开。我顾不得去想他为何会自述上门谢恩，我更希望能立即想通透，他上门究竟是有意，还是无心。

我想知道更多，所以站在最后的关隘彷徨。有足够多的疑问让我迈出那步，但也有我至今也解不开的一题告诉我，别往前走。

"花官，我们走吧。"小春燕的声音向来通透，带着大彻大悟的明晰清朗。

华灯初上，我的心早已被风花雪月带走，无暇去看被小春燕捏在手中的灯谜何解。

他却俯身一笑，提起小贩处的笔，在纸上写下四个字。

小春燕将写着谜底的字条放在我手心。待我去看后，他轻声呢喃："是'别无所求'。"

耳畔是小贩夸赞叫好的声音，嘈杂不成调，随风荡漾而去。

我盯着字条上龙飞凤舞的四个字，愣了好半晌。

字条被寒风卷去，我默然将自己的手看了须臾，回过头望向小春燕，皱起眉来轻声问道："你在给我的信上写过一句'从前别无所求，而今势在必得'那是何意？"

小春燕垂眸，眼睛眨也不眨地瞧着我。那双能看透一切的眸子溢彩生光。

车水马龙，满街的光怪陆离都在他眼中，自成斑驳。

他忽然轻笑，缓缓对我说道："从前要你欢喜，愿望未得，如今也想要你欢喜，势在必得。无论是从前还是现在，唯愿你能求得你要，满心欢喜。从本质上来说，与我说'别无所求'无甚区别。"

"一个意思？"我拧起眉，轻声喃喃。

"本就是一个意思。不管再过多少年，这句话再怎么变，都只不过是愿你欢喜罢了。就好像我从前对你好，因为你是花官，往后我仍旧会对你好，还是因为你是花官。岁月会改变许多，一句话的表达方式、一个人的喜好性情，但变来变去，这句话要表达的意思始终不会变，这个人也还是这个人。我是这样觉得的，他定然也是这样觉得。你始终是你。"

"我知道你有很多问题想弄清楚。我方才解答的，是你在此刻之前最难解的问题。剩下的，在此刻之后你便只能去问他了。"他凝视着我浅笑，浩瀚星辰尽入眼眸，星子洒落出来，落在我的手背。

我低头看了一眼，听见他在我头顶轻声说道："还有一刻才过酉时。从这里到他的府邸，只需一刻。朝着这条路，一直跑下去就到了。"

我心跳个不停，慌忙地乱撞着胸腔。周遭风雪卷了灯火，在我面前明明灭灭，推着我往他所指的方向看去。

是东边。那是太阳会升起的方向。

许是我眼眶逼仄，顷刻下起雨来。

道路长，蜿蜒而上，我的眼前灯火阑珊。我在喧闹与繁华中，奔向他。

我穿梭在人群之中，记忆溯回那夜，直至前路重叠。

那一夜，我仍像现在这样不顾一切地往前跑。风雨蹭过我的身体，寸寸浸透衣衫。

心以为我会无休无止地跑下去，直到一辆马车与我擦肩而过。它使我顿住脚步，回头望去。

这辆马车我识得，昨晚小春燕消失在解语楼门口时，它就从我身边驶过。

景弦说小春燕或许就坐在马车里。此时此刻绝望无助的我别无选择，唯有抱着这一丝希望。

我几乎是不要性命地拦截下马车，马夫勒马时被我骇住，骂了一声，马儿也同样惊嘶而起。

"小春燕？"我试探着走近，满眸希冀，"小春燕，是你吗？你在不在里面？"

"大胆！"一柄白刀横在我身前，执刀人是名府卫，横眉冷对于我，"马车里坐的是淳府二小姐，没你的什么小春燕！快滚！"

"淳府？"我皱紧眉，偏头想看进车帘内。

忽地，帘子被一只纤细白皙的手撩起。我与马车里的女子四目相对。她生得明艳动人。此刻别有深意地看着我，须臾后才收回视线，放下帘子。

我听见她下令让府卫收刀。紧接着，马车绕过我从身旁驶过。我不知该如何是好，这是我最后一丝希望。

默然在雨中立了片刻，我转身跟着她的马车跑去。

不知跑了多久，我全身气力几乎用尽。唯有双腿还扯着自己向前，紧跟住马车，不敢放弃。

赫然有"淳府"两个镶金的大字出现在我眼前时，我鼻尖微微酸涩，头皮发麻。

那马车停在门口，女子走出来时回望了我一眼，淡声说道："把她赶走便是。"

她声音清冷，转身进府时不带丝毫犹豫。

府卫踹我时也不带丝毫犹豫。那女子分明说的是将我赶走，不是踹走。

现在的人年纪轻轻的为何戾气这般深重？我只是想问清小春燕是否真的在里面而已，我只想见他一面，求他帮我想想办法。

我只是不想去给地狱里的人做妾，整日被黑暗折磨，直至不得好死。

可是我此时却只能蜷缩在冰凉的地上，伸手不得，只愿"希望"这个东西它能自己走到我面前，抚摩着我的脑袋安慰一句"别怕"。

半晌，府门又开。我听见声响，抬眸看去，仍是方才那个女子。

她看见趴在地上的我，微蹙起了眉。她立在我身前，睨着我，道："我说将她赶走，谁让你们动手动脚的？"

稍作一顿，她对我说道："你不必在这里浪费时间，就算你要找的人在里面，也不会来见你。快走吧，别让我说第二遍。"

我的指甲抠住地面，望着女子逐渐远去的背影。我的希望就快被此时的冷风剪碎，零落成低贱的泥。

"小春燕，你在不在里面？你救救我！我没有办法了……"我吸了吸鼻子，催发我所剩无几的力气，喊道，"我不想去给别人做妾！我不想死……可我不知道怎么办！你听得见我说话吗？小春燕！！"

"住嘴！"女子低声呵斥，转过头来蹲身在我面前，我抬眸正好可以看见她蹙起的眉，她凝视着我，斥道，"你可知这里是什么地方，敢这般大吼大叫？这里只有淳雁卿，没有小春燕。那是我三弟，不是你的小春燕。"

淳雁卿？她的三弟？

是我没有睡醒吗？不对，今日我还没有睡过。清晨休息了片刻也早被馊水泼得清醒了。

我的脑子顷刻间沉入一潭黑水，闷得我发蒙。我闭上眼是一片漆黑，睁开眼仍是。不仅漆黑，还无比涩眼。黑水无孔不入，钻进我的鼻子，将我逼得窒息。我好像被灌入沉重的铅，在黑水中下坠……

我当然知道这里是什么地方。云安的金窟——淳府。但我不知道，为什么从小和我一起长大的小春燕忽然成了淳府的三少爷，成了高不可攀的人。

未等我将她的话消化干净，她忽然又压低声音，对我说道："你最好快些离开这里，免得被我父亲知道，将你给……总之，三弟现在被父亲罚禁足，没办法来见你。我可以帮你带话给他，你若想见他，明日辰时在后门等着我们，我尽力一试。不过我想，以父亲对他的约束，就算你们见了面，他也帮不了你什么。我很想帮你，但……也是有心无力。"

许是我涕泗交流还绝望着的模样太傻，她竟亲自伸出手帮我将鼻涕眼泪揩去。

我咬紧拳头不让自己哭出声，怯怯地望着她。

她似是怅惘地叹了一口气，轻声对我说道："我常听他说起你，花官。还有，谢谢你幼时为他挨的那顿打。"

挨打？是，我为他挨过一次毒打。那是我自不与狗争食以来，第一次被毒打。

那顿毒打令我懂事以来头一回品尝到绝望的滋味，不是很好，却不及这次。

我不明白，为什么所有人都在我绝望的时候变得遥不可及。有时候我也想当那遥不可及的人，可我没那银子去摆身份地位上的遥不可及，不如在别处浪迹天涯，谁也不见。

我已记不清自己是如何离开淳府的。

游荡、游荡，直到周遭灯火尽灭，寂寂长街唯剩我一人独自徘徊。

街边的酒肆正闭门熄灯，我几乎掐着那门缝挤进去。

我的身上剩下一点儿散碎银子，还有五个铜板，是敏敏姐姐塞到我荷包里的。

我倒出所有银子，买下十壶老酒。

酒是敏敏姐姐教我不要喝的，到头来我花着敏敏姐姐给的银子，买来诛心的烈酒，统统灌入腹中。

那是我这辈子做过最错的事，将自己推入无尽深渊，万劫不复。

我的喉咙似火燎烧，将我的苦楚点燃，拖着我朝解语楼跑去。因为子时已过，我要去找景弦。今日又是新的一天，我得去找他。尽管我不晓得现在的我去找他还有什么意义。

他在弹琴，又在弹琴，一直都在弹琴，何时与我说爱。

伴着缭绕在我周身的琴声，我跌跌撞撞地扑了过去，从背后将他紧紧抱住，亲昵地蹭着他的脖颈，拿出我最委屈的声音唤他："景弦……"

他的身子好像滞住，我忽然恶劣地笑起来。我知道他一直很讨厌我的触碰，被我这般偷袭似的抱住更是令他厌恶至极。但我觉得自己这般温顺地抱着他，应该也会有些许乖巧吧，些许就好。

我听不清他在说什么，零零散散的，唯有"酒气""喝醉"几个字眼入耳。我抱着他不撒手，是，我浑身酒气。我好像喝醉了，脑袋晕晕的，不甚清明。

他试图挣脱我，却被我越缠越紧，最后我抱着他轻声啜泣起来。希望所谓的女人的眼泪可以让他心软一些。

但是没有，他终是推开了我，将我按在椅子上。我看到他蹲在我面前，他的嘴巴在动，我却听不清他在说些什么。

你在说什么呀……为何眉头蹙得那样紧。

混沌时，他转身走出房间。我木讷地望着那扇门不知所措，心口凉透。

不知过了多久，我看见他端着一盆水进来，停在我身前。他浸湿巾帕，覆在我脸上。

那沾水的巾帕是冰冷的，我不想要，拼命挣扎着推开了。

我望着正漠然睨着我的景弦，自以为有些许可爱地和他撒娇："我不想要帕子……我好冷。我想抱你，我想要热乎乎的东西。你抱着我，我跟你一起睡觉……睡一觉起来，难过的事情就都没有了……好不好？"

他摇头，对我说着些什么。我听不到，耳畔有的只是外间嫖客的阵阵喝彩声。

"景弦……我不想去给那个坏人做妾……他们欺负我，我很害怕。"我把自己泼天的委屈都露出来给他看，淌出眼泪来逼他可怜我。

他没有可怜我，冲我摇头，对我不停地说啊，说啊……我不想听他的教诲，我就快要去给坏人做妾了，不想听他说。我不想离开他。

满腔热意催我站起身趴在他身上，我伸手剥他的衣服，哽咽道："你要了我吧……要了我，我就不用去做妾了……不要嫌弃我脏，我洗过澡的，我还换过衣裳……就是今天，没有隔着很多天……"

他不为所动。

我哭声渐惨，剥不动他的衣裳，只好一件件剥自己的衣裳。一件、两件……我没有衣服可脱了，他竟别过眼去不愿意看我。我想他还是很嫌弃我，可我没有别的办法了。

我看见他皱得紧紧的眉，心口撕裂般地疼着。我这样他竟不为所动。

我一只手还抓在他的腰带上，他想要推我，却不知该碰我哪里。我抱住他，把他往桌案上推。

他闭上眼，咬牙对我说着什么。我听不见，一心都放在他的衣服上。其实我不知道该做些什么，但幸好他的衣服还没脱，我可以从脱他的衣服开始，慢慢来。

可他仍旧不为所动。

我险些就要跪下来求他。

"景弦……你看看我，你看着我的眼睛，"我就快要发不出声音来，几乎无声地催促他，"你告诉我，你真的一点儿都不喜欢我吗？我们认识七年了，我每天给你送鸡蛋，每天来找你……你就一点儿都不心动吗？就算不心动，你也救救我好不好？我没有别的办法了，我不想死……我想和你在一起。我是有些傻，但我已经在努力变聪明，你不要嫌弃我，先将就一下，以后……以后我会好好照顾……"

我的话还没有说完。一盆凉水从我头顶浇下来，从头到脚，拂过我赤裸的身体，冰凉得好似将我埋入了大雪之中。

"清醒了吗？"

他冷漠的声音在我耳畔敲打着。

忽有寒风入室，我未着片缕的身体被冷水催得打战。

愣了一瞬后，我感受到全身的血液都在倒流向上，最后冲入脑中，使我的脑袋昏沉。我的喉咙酸涩至极，痛起来。

我慌忙地抓起地上的衣服囫囵套在身上，蹲在地上紧紧抱住自己，一手捏死衣襟使襟口将自己逼得逐步窒息，另一只手拽住头发，让头皮痛到我清醒。我彷徨无措，陷入急剧恐慌之中，好似溺死在空气中的尘埃，脱身不得。

我张开嘴，用发抖的牙齿紧咬住拳，压抑住了放声号啕的欲望。

我已缩成一小团，就在他脚边望着他。他眸中溢满怅然和失望。

我不敢再耽搁，也不敢再碍眼，拖着颤抖的身体踉跄着朝门口跑去。

他却反手紧紧地抓住我的手腕。我背对着他，埋下头不敢去探看他的神色，瑟缩着想避开与他的肢体接触。因为他此时触碰的地方滚烫，透过我的皮肤烧灼着，蔓延开来。

我独自忍受这痛苦好半响，他才对我说道："花官，不要再为了我作践自己。你好好冷静冷静……我不想再看见这样的你。等你明日清醒了就来找我，我有东西要给你。"

他松开手，放我走了。

后来我想起此刻。至此刻开始，一别六年，这样的遗憾，竟也不过就是他松开了手，我不回头地走。简单几个字，明明白白。

我在街上游走，坚强地咬紧牙关，坚强地考虑明日应去往何处，应如何躲避那些抓我的坏人，应怎样面对景弦。

然后我发现，我没有归处，我躲避不了，我羞于面对。

算了，我坚强不了了。

这许多年受过的苦都从眼中溢出来，和我身上的水、凉薄的雨，一起滴落在青石板上。我分不清楚现实与虚幻，它们全都沉寂在冰冷喧嚣的风中，离我远去。

连你们也不要我了。

我游离在现实和虚幻之外，不知在哪个无名街头就地躺下，颠沛流离。

我紧紧抓着没来得及系紧的外衣，咬牙死扛着冷风，不让它们兜进衣襟。

我哭得蜷缩在地，狼狈地一点点忘记方才荒唐的片段，又哭得坐起身来趴在膝上，将自己缩进外衣里，蒙住头羞愧不已。或者哭得跪在地上，我用头磕磨尖锐的石板，以此忘却心底的疼痛。

我知道，我此时的模样若被人瞧见，定会觉得我滑稽可笑。

直到有人轻声唤醒就快要哭死过去的我："花官？是你吗？"她的声音好生温柔，洗脱我浑身寒意。那一瞬我希望自己就溺死在这里，得到片刻安稳。

我抬起像核桃一样肿胀的眼，不争气的泪珠子还在串线似的掉。

黑暗之中，有位妇人浅笑着，朝我伸出了手。她的身后跟着一个提灯的女子，面若桃花。那稀薄无比的灯火霎时光芒万丈。

我想，是我的花神娘娘来接她的座前小官了。

我将追逐着我的希望而去，脱离苦难。

追逐着我的希望而去，追逐他。

府门大敞，灯火通明。我朝内院走去，竟无一人阻拦。我抬眼，一瞬入幻。有点点星光在咫尺之距不断缭绕，牵引我向前。我伸手触碰，落了一身璀璨。

那是从东厢扑来的萤火虫。

那边是景弦的房间，我从来没有去过，偶尔路过几次，也是匆匆避开。此番我径直走过去，没有退避。

遥遥看去，屋内烛火寂灭，须臾后有聚拢的萤火朝外发散，在空中飘摇起舞，驱逐孤独与僻静。

景弦的影子映在门窗上。我站在门口，伸手抚摩他的影子。有暖意回流到我的指尖，惹我心悸。

他拉开房门。我没有被吓到，或许我的心都拿去怦怦跳了，没空受惊。

我先看见的是他衣襟口处仍在渗血的鞭痕，再抬头和他的视线相接，又闻到他身上微醺的酒气。

他的眸子清亮，此时正炯炯地瞧着我。与他对视半晌无言，我稍侧视线，隐约看见墙上有一幅色彩鲜艳的画。

它引我步入房中，步入满室清辉，我急切地想一探究竟。我在画前站定。流萤扑画，将一名女子的面容映亮。

画上的女子眉目八分像我，剩下两分尤其像我，像六年前聒噪闹腾的我。

画上有八个字：心是荒州，你为绿野。

他的妻子面貌上有十分都像极了我，她就是我。我怦怦跳的心仿佛在一瞬间停住。一颗心酸胀得要命。但我不能死，我的心好不容易在此刻活了过来。

我承认，此时此刻我感受到了该死的酣畅。

景弦站在我身侧，与我并肩。他迟迟不开口，我亦不知说什么打破僵局。直到我被他抵在墙面的画上抚摩脸颊。

毫无羞耻心的我一点儿都不想反抗，只想好好看看他。看看他这六年都受了些什么相思苦。是否与我一样，每夜望着星星，将它们牵强附会成当初的模样。

"花官……"他在唤我的名字。

我的名字被他咬在唇畔也太好听了吧，我听得欲罢不能，拖着鼻音"嗯"地应声。

我被他禁锢在墙面与他之间狭小的一方天地里，鼻尖缭绕着他身上的酒味儿。

我听到他在我耳畔温柔地絮叨着。

"若我早知道求而不得这样痛苦，当年就会对你好一些。每日想到你当年为我做的那些事，就好心疼你。六年太长了，我很想念你。花官，我后悔了……我每日都在后悔，每日都在想念。生怕你再不见我，这辈子就让我孤苦伶仃、抱憾而终。"

逐渐暗哑的声音听得我心尖颤，欲说还休。此时此刻，我更愿意听他说，听他说一说他究竟有多爱我。

他的声音在我耳畔游走："花官，你喜欢我十三年，我亦没差你太多，但总是差一点儿……抵不平的，用我余生来补。好不好？"

好。我心里说好，嘴上却想说些别的。

"景弦，你太可恶了。就差一点儿……"我没能说下去，哽咽了一下，被他抵住额头厮磨。

耳鬓厮磨，他就这般开始跟我磨，我觉得痒，但痒得实在旖旎。

"不会就差一点儿。"他用鼻尖蹭我，哑声道，"还差一大截。离你彻底放下我还差好大一截……花官，你明明还喜欢我。很喜欢。"

他说得太对了，我还是很喜欢他。

　　我将袖中的纸契揉成团放到他衣襟里，使劲压住，委屈地埋怨："你不要我还你银子了吗？为什么不收好？"

　　我不好意思告诉他，我方才想说的是：就差一点儿，我这个穷鬼便要为了清空债务将它撕掉了。

　　我也不知道为什么自己出来时将这张纸契带在了身上。大概是有一点儿先见之明，或者是我的心一早就驱使着我过来找他。

　　"上面没有标价，你没发现吗？"他用下巴抵住我的额头，轻笑着，低声说道，"把你赎出来，我分文未花。澄娘一个子也不敢收我的。"

　　我不敢相信自己竟然分文不值这个事实。那他好意思让我还债？还什么债啊。他太浑蛋了。

　　"你太浑蛋了。"我捏起拳头打了他一下。听他呼痛一声，我又可怜巴巴地担忧他。

　　"你受刑严重吗？圣上罚你什么了？"

　　"皇恩浩荡，我倒也不算太惨。都察院行刑三十鞭，我生受了。"他的手落在我的脸上，微微发烫，声音愈渐喑哑不可闻，"只是罚俸两年，把景大人罚穷了，生怕养不起你……但我仔细一想，如今你没有以往能吃，一个不能吃的你我还是养得起的。"

　　我明白他说穷是在说笑。他这样心机深的浑蛋，肯定是个贪官，怎么可能被罚穷。

　　"你想养我，还把卖身契还给我……就不怕我将它撕了？然后你我互不相欠，我就一走了之……"是，我在撒娇，我在赌气，我承认自己现在的声音嗲得要命，我看不惯自己，心里又甜得发腻。

　　我十分鄙视此时此刻的自己。

　　他忽然轻笑起来。嘲笑我，肯定是在嘲笑我。被他抚摩着的脸越发滚烫，我低下头逃避他的视线。说出来他可能不信，我这六年不是这样矫揉造作的。

　　我听他在我耳畔轻声说道："你六年前的那张卖身契还在我手里。那是我花半年时间弄词作曲，拿给富绅卖了百两银子才买下来的。如今已翻倍到你还不起了。你休想与我互不相欠。"

我愣怔了许久。周遭太过静谧，唯有风声和萤火虫拍打翅膀的声音，悦耳动听，将我一颗心推向浪尖。

"你真的太可恶了。"我听清自己缱绻的娇音，委屈又可怜。

他的手在我腰间逐渐收紧，我有些痛，却被他的浑身酒气转移了注意力。

"我不喜欢酒。"因为它，我们错过了六年。

我抽噎着搂住他的脖子，轻声哀求道："景弦……你以后也不准再喝酒了，好不好？"

他几乎要哭给我看，双眼通红，眼尾微润。饶是这般，他仍凝视着我，真真切切地。我在他的双眸中找到了自己。他对我说道："好，再也不喝了。"

"花官啊……"他轻叹着，在我耳畔呼着热气，我感受到有什么滚烫的东西悄无声息地落在我的脸颊上，他悄声地对我说，"我想和你回到六年前那晚……若我早知道你会一去六年，我就不会拒绝你。我后悔了，我真的好后悔……没有你，我过得一点儿都不好，我差点儿就要死了，可那时你还是没有回来。"

他的声音中透着绝望，我能感受得到。因为那个东西我也感受过太多次了。

我抱紧他。我很愿意和他回到六年前那晚，重新再来。用抵死缠绵去暖化冰冷的记忆，最好能替代了去。

好像艳阳炙炙、云乱霞卷，顿时又天雷涌见、地火缱绻，我一时为他心动神摇，思绪漫漫，飘飘然落不到实处，恍恍惚惚。

我步步沦陷在他的柔情蜜意中，再也不想脱身。

直到清风拂衣，我感受到了凉意，才稍推开他些，抿住唇傻傻地望着他。

他的脸绯红，我想不是因为喝了太多酒。因为我觉得自己的脸也异常滚烫，想必颜色不亚于他。

没等我说什么，他再次欺我，一边吻我的唇，一边搂紧我的腰，往他的身上按去。

我感受到他掌心的热意。顷刻间，小春燕曾经教育过我的话以及他说过的那些烂俗故事使我开始浮想联翩。

我……我还是懂一些的。我立时绷直了身体，再次将他推开。

我当年在他面前脱光了衣服是女流氓，他如今这番做派也不比我差。他也是流氓。

可我没有要拒绝他，只是想回顾一下流程，以免过会儿对过程不熟影响发挥。

在他疑惑的眼神下，我问出了一个令我和他都有些尴尬的问题："要……要脱衣服了吗……"

我猜他此时一定想打我，但碍于刚和我重修旧好而拼命忍住了。

顿了好半晌，他低哑的嗓音缓缓流出一个"嗯"字，并问我："……你愿意吗？"

这是一个比幼时小春燕如厕时问"你愿意给我递张手纸吗"更难的问题。我得好好考虑考虑……好吧，其实我早就知道答案了。

我的心不容我考虑："我……愿意的。"

话音刚落，我感觉自己腾空而起，被他打横抱在了怀里。我抬眼时看见他分明的下颌线，我心怯怯。

他将我放在床中央，自己站在床边，然后一条腿跪在我身侧。他一边解衣带，一边牢牢地盯着我。我在他的逼视之下，有些害怕地开始脱衣。

一件、两件……我盘腿坐着，像个小老太太似的慢吞吞地跟他讲冬天穿得有些多，让他稍等。

他的喉结微微滚了滚，被我看见，还没等我问什么，他就单手扯开了自己的衣襟，欺身过来。

我被他堵住了唇，含混不清地说道："景弦，我的衣服还没脱完……"

他伸手捧起我的脸颊，轻拂过我脸侧的青丝，用低哑的声音对我说："等会儿它就没了，哪需要这般循序渐进……"

他怎么不按规矩办事。

刚刚说要脱衣的是他，现在说不必先脱的也是他。他怎么那么善变。若是今晚他不能将我教会，我明日就去找小春燕问清楚房事的流程。

不过，他说得好像是对的，不知不觉间，我的衣服就统统不见了……

"景……景弦……"我听见自己有气无力的声音，像被剪碎的清晨的鸟鸣，反正不像我这个破喉咙能发出的。

我怯怯地喊他："景弦……别……别……别……"

耳畔低语，是我梦寐；风月绵绵，是我梦寐；目之所及，亦是我梦寐。

目之所及是他皱起的眉、炯亮的眸、额边的汗、披散的青丝，以及颈间盘错的青筋。

我望着他，就像这几年望着竹舍外的星子。多少回渴盼推翻过往，从头再来，如今在这一刻实现，我竟然觉出几分不真切。

但景弦很快就用行动证明了这一刻的真。他的行动让我彻底清醒了。

有什么东西砸开了我做了那么多年的梦，我看到天边无数白色的星子都落入了云安的河流，掀起叠浪，溅起水花。温柔的水啊，承受着那一颗颗炙热星子的激烈冲击与坠落。它们破开过往繁复的梦，打碎一池幻影，追寻前路，孕育新生。

我不争气地哭出了声，委屈地说道："景弦……我们……我们为什么要这样？"我这个小衰蛋为什么要给自己找这种罪受？

"因为……"他的动作微微一顿，我看见他脖颈和额间交错的青筋，愣神间听到他用极轻的声音对我说，"不是你六年前先主动扑过来的吗？"

是，是我先扑过去的。所以我现在很感谢他在六年前放过了我，否则我认为自己挺不过十七岁的那一劫。

想到此，我又生受一劫，顿时轻哼出声。

"过程是有些疼。不过，"他停下来，抚过我的眉角，轻声细语地说，"心会被填满。"

这一路走来，披过荆、斩过棘，疼是疼，可最后你终于披上了月光，载满星辰，心底淌着云安的江流，怀里揣着儿时的清风，身边是年少时思慕的人，再无遗憾。

　　景弦这个名字是我的父亲为我取的。他是我最敬佩的人，从不为任何人摧眉折腰，除却我娘。我自小便羡慕父母的至死不渝。母亲爱父亲清贵儒雅，父亲慕母亲温婉贤淑。那都是骨子里的气质，终生无改。那么他们之间的情意就能一生不变。

　　直到她出现在我的生命中，傻乎乎地和我说她爱慕我的容貌。跌份到尘埃里的理由，让我实在不知她真心几何，也无法相信能与她携手白头。

　　此话暂且不提。因为我要从头讲起，从头那时，我还没有看上她，这个脏兮兮的小乞丐。

　　我出身富贵，许是骨子里的傲气教我一开始并不喜她的蓄意接近。何况她还那般死乞白赖，日日都来，说又不听，骂又于心不忍，打更是不可能，但她日夜不辍地扰我弹琴练曲，实在可恨。

　　不仅闹腾可恨，她的卑微与自贱都教我觉得可恨。父亲对我的教导根深蒂固，致使我从来看不起作践自己的人。

　　她年纪尚幼，什么都不会，只能伸手乞讨，我可以理解。可往后的许多年她一直如此，为了我轻易就卑微到泥地里去，为了讨口饭吃仍流浪街头烂事做尽，仍宿在漏风漏雨的花神庙里，仍不知道自己凭劳力挣钱养口。我私心里很瞧不起她。

可我也不知道从什么时候起，或许是她十一岁？十二岁？记不得是哪件事，让我开始一边瞧不起她，一边很心疼她。因为如她所言，她什么都不会，自小就是乞丐，习惯伸手讨饭的生活，习惯别人的接济。后来遇见我，为了不让我瞧不起她，她已足够努力地去挣钱，哪怕常常挨些莫须有的打。

从她嘴里吐出来的能将人听笑的傻话，竟字字诛我的心，惹我情动。是，我承认我很心疼她，为她什么都不会而悲哀，又为她喜欢上一个同样贫穷无为的我而悲哀。

我一直是泥，搅入澄澈的水中也会使它变混浊。年少矜贵优渥的生活早就没了，我清楚地知道这一点，所以也清楚地知道自己早已不在云端。

我的师父从快要断气的父亲手中将我买走，为了能快些将父亲安葬，那时师父只付了我足够买铁锹挖坟头的银钱，我便妥协了。

起先师父并不看重我，事实上他谁也不看重。他面上对我们和颜悦色，但当我们这群弟子挨打时却从未管顾。我想要翻身、想要出头就只能靠自己。待我将《离亭宴》作出来惹他惊艳时，他又虚伪地暗示我，他的名声比我的响亮太多，若是换个有名气的人为此曲署名，定能卖出更高的价。

人心就是这般伪善。我想起那把挖坟的铁锹，满心寒凉。好在我是个肮脏的人，做些肮脏的事也是应该的。于是我改了《离亭宴》的词曲，将词曲献给他，求他署名为我卖出高价。

之后的事你们都知道了。让我感到悲哀的是，那个小乞丐喜欢这样的人却不自知。在她眼里，我穿着白衣便圣洁无比；我每日弹琴练曲便是刻苦用功；我少言寡语便冷艳高贵。其实我是摊浑水。她清清白白，何苦来哉。

我本应看不起那样轻贱自己的人，本应不会喜欢上那样作践自己的女子。但当我在看到一块枣泥糕，第一反应是想拿给她的时候，我就知道大事不好了。我完了。

我开始不由自主地怜惜她每日吃不饱、穿不暖；会忍不住在弹琴时琢磨她这些年是如何过着乞讨的生活；会情不自禁地嫉妒那个日日陪在她身边的小春燕。甚至会在清晨很早起床，摆好琴，做出刻苦练琴的模样以维持我在她心目中圣洁的形象。然后我一边做作地弹着琴，一边期待着她的到来。

其实我没那么刻苦，尤其在当上首席乐师之后，我哪里还需要日夜练琴？哪里需要刻苦到每回她来都能恰好赶上我练琴？只不过在她面前，我只能弹琴。我总不可能把我干的别的事露给她看。既然她觉得我高贵圣洁，喜欢我的高贵圣洁，那我也愿意做出她喜欢的那个样子。

她真的很吵，可她坐在我身旁说的每句话我都犯贱地听得认认真真。

她不晓得的是，由于听她说话，我已弹错太多。尤其她说得兴起时，我听得也十分兴起，根本不晓得自己手里弹的是什么。我胡乱弹一气。反正她也听不懂，还很高兴地夸我弹得真好。

我除了暗自发笑，也不知如何回应。

从来没有过这种感觉。喜欢一个人的感觉。这已经不是心不心疼她的问题了。她惹我动心了，也动情了。

可是我不知该如何向她坦诚，她喜欢的那个我，不是真正的我。那只是她心里幻想出来的我。

我很卑劣。我不想顾及她究竟喜不喜欢本来的我，反正她说会一直陪在我身边，那我便先将她圈起来，冠上妻子之名。所以我带她去祭拜我的父母。

墓前有荡漾的红梅，朵朵都落在她头上，像是红盖头。我刻意递给她酒杯，让她摆放在我父母的墓前，与她同时叩首，同时起身。便当作天地为媒，高堂在前，红盖头、合卺酒。唯独差我们夫妻交拜。

先欠着吧。我故意欠了她许多东西，这样她心里记挂着，便不会轻易离我而去。我们来日方长，欠的许多我都会还上，只要她在我身旁。

她太单纯了，我有时候会为我装出来的圣洁、为我的卑劣感到可耻，不经意间我也提醒过她许多次。可她是怎么回答的？

我说："你一身清白，何苦蹚我这摊浑水？"

她说："不苦啊。有你在，我不苦啊。"

我说："你看清楚，若你有一日窥得我心，发现我并非如你初想时那样不染尘埃，你也许会心有成见，不再爱慕于我。"

她说："不会啊，你是什么样，我便爱慕什么样。"

我甚至说："或许，我本就不似你想象中的那个人。"

　　她却说："或许我也不似你想象中的那个人，其实我贤惠能干、勤俭持家，我们那片地儿的男孩子都抢着要我。"

　　好吧，你赢了。不论我说什么，你字字句句、无时无刻不在赢我的心。我很爱你，花官。你赢得太彻底，我沦陷了。

　　她惹得我动了真心，却又告诉我只是爱慕我的容貌。我不知该喜该忧。年华终会老去，她的喜欢究竟值几个钱。和我几乎就要压不住的爱意比起来，她爱慕我的容貌究竟又能守得几时？我很生气，却不敢拿她撒气，只得哭笑不得。

　　幸好，我问她懂了几成时，她回答我说："过年了，你今日带我来见你父母，是不是说明你会娶我？"

　　我认识她这么久，她倒是头一回这么聪明。是，我一定会娶你。所以我说："姑且当你今日懂了十成。"

　　回去后我仔细想过。其实我和她一样，只是她的卑微显露在外，我的卑微被我的傲骨藏在了心底而已。我也会在她面前卑微，卑微得抬不起头。我害怕失去她，也害怕她身边的小春燕事事先我一步，抢得她的心。

　　因为在我看来，她喜欢的那个高贵圣洁、容貌出色的人，其实很符合当时的小春燕，后来的淳雁卿。

　　我每每想起咬她的恶犬不是我赶跑的就无比懊恼。每每想起在风雨来时给予她怀抱和温暖的人是小春燕就无比嫉妒。每每想起她在我面前说到小春燕如何好时兴高采烈的样子，我就恨不得杀了那个男人。

　　我就是这么卑劣又肮脏的一个人，不是她喜欢的那个模样。

　　所以我不喜欢听她提到小春燕。她不是都和我拜过天地、跪过父母了吗？为什么要惦记着别的男人？为什么要在我面前说别的男人有多好？那时候我想不明白，我很害怕，她是不是发现我其实没有那么好，发现小春燕才是她喜欢的那个模样了？

　　她发现小春燕很好无可厚非，但她不能因此就去喜欢他，不喜欢我。因为是她先招惹我的，我心动了，为情所困，脱身不得。她不能去喜欢别人。

　　那段时间里，我沉浸在恐惧中，彷徨不知所措。所幸后来我想出了办法，可以让她成为我的人。当然，纵然我再卑劣，也不会在违背她意愿的情况下要她。我想到的是她的卖身契。为我过生辰时她将自己卖给了解语楼，那张卖身契还在老鸨手中。

我要那张纸契，我要她。我耗费半年心血作成一首词曲，将它卖给富绅，足卖了百两。只是我没有想到，也是那个富绅，无形中助我得到她，也在无形中使她离我远去。

倘若我早知道在她身上发生的那些事，我一定……一定！咬牙切齿地说，此时此刻，我悔不当初。

我记得那夜雨疏风骤，四月初六，她十七岁。

被她从背后抱住的我心神微荡，按着弦也不知在弹什么，还故作淡定地抚弄着。我闻到她身上的酒气，想到白日里她如小鹿受惊般逃离琴房时的眼神，忍不住怜惜地安抚她："别怕。"

我能感受到她的绝望，安慰她许多，但料想她一个字都没听进去。待她扑上来脱我的衣服时，我亦是欲拒还迎。本就是魔鬼的我想要遂她所愿，可平日里在她面前正直圣洁的我又拼命压制自己。

她见脱不了我的，便开始脱自己的。我从未想过她会如此荒唐。我以为这是我某一天忍受不了了才会干出来的事。她的身体被我一眼看了个遍，我瞬间燎烧起火。

可我若不阻止她，便要拉着她一起堕入地狱，教她知道我的本来面目，我究竟有多丧心病狂。因为我现在已经疯了，口干舌燥，却还装作正人君子。

她扑在我身上嘀咕着，我也快要听不清她在说什么。满脑子都是她纤细的腰肢和白皙的柔软。但我怕此时的干柴烈火烧起来会伤到她，会颠覆她的想象，明日清醒过来发现我其实不是她想要的那个人。我疯狂、肮脏、卑劣、不择手段……她会后悔与我做这种事。

无意中，我的手撑入了水盆中，丝丝凉意使我清明了几分。

我一只手按住她的头，另一只手举起木盆。水从我们的脑袋上淋下来，从头到脚。我陪她一起淋。希望这样的话她不会觉得太难过、太冷。而且，我想我也需要降降火。

"清醒了吗？"我还没清醒，一边忍受欲火焚身之苦，一边装作冷静自持的模样别过眼。

我见她囫囵穿上衣服，想要逃离。不知怎的，我心中有预感，好像会失去她，或者会出什么事。但她分明每日都来找我，分明常常夜半归去。

我拉紧她的手，想帮她系好外衣。可我感受到了她的瑟缩。她想逃离，想要歇歇气，因为她清醒过来了，想必是觉得羞愧，此时不敢面对我。

我都是怎么教她的……我希望她不要再为我作践自己。她这样乞怜似的求我要她，若我当真没有把持住，后悔的定是她。而我把持住了，羞愧难当的也是她。不论怎样，她都学不会这个道理。

"花官，不要再为我作践自己。你好好冷静冷静……我不想再看见这样的你。等你明日清醒了就来找我。我有东西要给你。"

我松开了她的手。

这一放手啊，就是六年。

辗转反侧，坐立难安，我没有睡着，洗了冷水澡后，换好了她爱看我穿的白裳，将琴摆好等着她来。

很早很早，外面的天都还黑着，我已坐在桌案前，一边留意外面的脚步声，一边想着昨晚那一幕幕荒唐事，心中汹涌澎湃，为她对我的爱已这般奋不顾身而欣喜若狂，又恨她总是为了追逐一个不堪的我而去作践自己。

让我说些什么好。这是我的荣幸，亦是她的不幸。因为我，她总是学不会挺起脊梁。

一个挺不起脊梁的、卑微怯懦的、闹腾的人，一个本应该是我最厌恶的乞丐。她真的很讨人厌，可我真的很喜欢。她在我身边讲蹩脚故事的样子，她费尽心思讨好我的样子，她被我撑得噎住的样子，她小小年纪拼了命地和我说喜欢我的样子，都让我爱惨了。

想到这里，我的嘴角抑制不住向上弯。望着窗外逐渐泛白的天，纵然今日还在下雨，我也觉得放晴了。我将她的卖身契拿出来，放在琴边。我已经能料到她知道这张纸契被我买下时欣喜的笑脸。

我等了许久。从天逐渐放亮到逐渐暗淡，已近黄昏。外面的雨越来越大。

昨晚那盆水太太狠了？她太伤心不想见我？或是太羞愧不敢见我？或是因此染上风寒？我赊了去祭拜父母那天的假，冒着雨去找她。

花神庙，不在。天桥，不在。我找不到小春燕，也找不到酸秀才。我跑到上回找到她的梨花小巷，敲响敏敏的门。

她红肿的眼让我一瞬间想到她和酸秀才的事，我始终相信他们会在一起，就像相信我和花官会在一起那样。那时我还无知无觉，以为敏敏哭的是自己。

"她在你这里吗？"我问敏敏。

她却对我冷笑，红着眼冷笑，道："不在，她累了，休息去了。"

我愣怔一瞬，稍微放心了些，道："她今日没有来找我，我以为她会在你这里。"

"她为何要日日去找你？"敏敏的声音为何哽咽，哽咽得让我心惊害怕。

"……"

但她说的是事实，只是我习惯了花官日日来找我。我也很喜欢她日日来找我，很喜欢自己等着她的感觉："她去哪里休息了？我去找她。"

敏敏竟哭着笑起来，我有些莫名地惊慌。她对我说道："景弦，她去别的地方休息了，你找不到的地方。若想知道，你可以去淳府问小春燕，看他愿不愿意告诉你……不，如今你应该尊称他一声三少爷。"

那一瞬间灌入我脑中的信息太多，我仿佛得到了报复一般被人捏紧了心脏，捏成血浆，又被丢在地上狠狠践踏。我头脑发热，喉咙发紧，朝她口中的淳府冲去。

心跳如鼓，耳畔是呼啸的风声，喧嚣又霸道。

我远远看见小春燕……不，这个时候应该叫他淳雁卿了。我远远看见他穿着一身锦裳立在淳府大门前，双眸猩红，望着一方挪不开眼。他在哽咽，无力地哽咽。

有什么东西顷刻间就破碎成渣，我慌了。我怕得浑身发抖，慌得失去理智。

"她去哪儿了……去哪儿了？去哪儿了?！"我在风中只听见了自己的

嘶吼声，紧紧拽住他的衣领。

他只是缓缓地淡漠地将视线落在我身上，布满血丝的眼中尽是恍然大悟后悲伤绝顶的笑意，道："原来如此，原来如此……景弦，原来你是在乎的……"最后几个字，几近无声，弥散在风中，让我狂躁不已。

"我也不知道她去哪儿了，或许是浪迹天涯，无处不去。"他这样对我说。

我揍了他，逼他告诉我。他没有还手，也没有告诉我。我宁愿他还手。

"景弦，她再也不会回来了，是你把她逼走的。她应该恨你，或者忘记你。"

这是他留给我的话。我逐渐疯狂，跌跌撞撞跑回小巷，再次拍响敏敏的门，咬牙切齿地问道："她去哪儿了？！"

敏敏平静地看着我，像看残了心的野兽，用那种可怜与憎恨的眼神，道："她去别的地方了，今早就不在云安了。"

"你觉得我会相信？！她身无分文，人生地不熟……"我知道，我此刻的心已相信她所言，只是不愿意承认。不愿意承认她真的放弃了我。

"景弦，她只是因为喜欢你才有些傻，但不是没脑子。身无分文可以再赚，人生地不熟也会认识新的人，渐渐熟起来。忘掉这里，忘掉令她伤心欲绝的一切。她的记忆可以被替代，她的心也可以被一些更重要的人填满。

"没有你存在，她便能快活许多。景弦，她不要你了。你该庆幸，她终于不想要你了。"

开春了。今年她十七岁。她缠了我整整七年，最后我弄丢了她。我躺在滂沱大雨中，望着被撕裂的乌云，一点点体会到她这七年里心逐日被销蚀的滋味。耳边回荡着那句令我窒息的话。

"景弦，她不要你了。"

"她在新的地方会认识新的人，经历新的事，把云安的一切忘得干干净净。其中也包括你。"

偏执如我，不论她想不想要我，我都要她。她的卖身契在我手里，她是我的人，休想逃。

我不相信她这辈子都不再回来。

她等了我七年，我便也等她七年。我给她七年的时间回来，她若不回来，我就去找她。不应当的，她不应当那么容易就放下我，哪怕我并不清楚除了容貌外她究竟看上了我什么。反正她没那么容易……没那么容易……

可为何我越是这般欺骗自己，越是觉得失去的滋味越来越浓，直至全都化入心口，绞痛成瘾。我深陷其中，难以自拔。

整整一个月，我坐在黑暗的琴房中，用逼仄的空间压迫痛到麻痹的自己，我感受到她的气息，如游丝般飘浮在空中，无处不在，如影随形，一寸寸销蚀我的骨头，使我日渐萎靡。可我不在乎，我紧闭门窗，将自己封锁在一隅之地，那一隅她常盘腿坐着一边笑闹一边听我弹琴的天地。

我耽于过去七年的一切，耽于那段她迎我拒的回忆，耽于她。就当我已经死去，化为灰烬。灰烬飘浮在空中与她的气息痴缠在一起。这一个月我如是过，才过了下去。

可我仅仅生熬了一个月就已成这般肝肠寸断的模样，剩下的年头……没有她，我该怎么活。

她给我讲过酸秀才所说的年少志气，也讲过酸秀才说甘于平庸的男人不能要，那些话与我父亲的教导不谋而合，这些全都催促着我振作。振作……振作……就算我去做了官，我去当了有钱人，我成了她希望我成为的模样，可是，没有她我要怎么振作啊。

这六年，我过得半死不活。

希望公务少一些多留点儿时间给我思念她。

希望我画的她经年不变。

希望捉来的萤火虫在木屋里多活几日。

希望我吃鸡蛋的时候她也在吃。

希望她下次来癸水时我就在她身边。

希望我选的红梅永远不死。

希望每个生辰都有她煮的难吃的面。

希望那块萤石还有机会让她看见。

希望没送出去的陶瓷麻雀能到她的手上。

希望上天让我为她杀一次恶犬。

希望她晓得我并没有甘于平庸。

希望她尝一尝苦药过后我随手奉上的糖。

希望亲手将那首曲子弹给她一人听。

希望把未兑现的诺言全都实现。

也希望每晚的星星都是她的模样。

还希望她能早些回来。我不想永远过着思她、思她、思她成疾的日子。

六年后的一月，我一如既往地坐在她曾待过的花神庙中弹琴思她，思她如狂。她曾说她家花神娘娘最是灵验，许是我的赤诚感动了花神娘娘，她将座前小官送了回来。那晚我与她重逢。我看见她，相思满溢。

"花官？花官！！"

聚散缘愁，
别来无恙

插曲二

今年是景弦和花官成亲的第三年。我收到景大人的邀请来皇城汜阳参加小包子的周岁宴。小包子今年两岁，是个肉嘟嘟的小子。大名景珩，小名闹闹。

我想闹闹这个小名取得也不是没有道理。他出生的时候把花官折腾得很惨，险些死过去。她要是死过去，景大人怕也活不下去，典型的一尸三命。

据我所知，景大人本不打算要孩子的，他觉得余生只要有花官就够了，不想再有别人掺和。开个玩笑，其实景大人和我说过，他私心里也很想要孩子，但花官身体不好，大夫说她若生孩子恐有性命之忧。

后来的事实证明大夫说得很对。

于是景大人采取了一些措施，不让花官怀孕。

彼时花官还十分天真地问嬷嬷，为什么和景大人在一张床上躺了三个月，肚子还没有动静。我想，景大人心里有数。

后来花官也不知从谁口中得知真相，很难过地不愿意和景大人说话。大概她也是气自己当年没有好好照顾身子，落下许多病根。

听他们家嬷嬷说，那三个月，花官拼了命地大吃大补，甚至写信给容先生求取养生之道。她很想有个孩子，想给景大人生个孩子，连我这个不常来他们家的人都看得出来。景大人自然也看得出来，可坚持不依从。他再也忍受不了离别。若是生离死别，他八成会疯。

景大人很顺着他的夫人，唯独在这件事上绝不退让。

就这么僵持了三个月，花官说寄给容先生的信还没有回音，所以她要亲自回柳州一趟，去容先生的书屋里求取滋补的偏方。听到"柳州"两个字，我猜景大人的心都颤了，坚持告假两个月陪她一起去。

他以为自己是在小酒楼里当杂役不成？一个身兼两职的朝廷官员，给皇帝打工的，告假？两个月？我看他副都御史和太常寺少卿的职位统统都不想要了。

花官为了不让他做出请假两个月的蠢事，终究没去柳州，但心里也为自己不能生孩子越发难过。她极想这世上能有个与自己有血缘关系的人。

景大人抵不过夫人的眼泪，寻了宫中太医看诊，又使了些谁都能知道唯独花官不能知道的过于阴损的手段，强行买下首席太医传家的护心丹。在太医的许可下，景大人在花官面前做了退让。

那颗护心丹果然是传家之物。花官生子当天，我正好在他们府中做客，亲眼瞧着景大人得知花官快死过去的消息时悲痛欲绝地冲进产房，然后又亲耳听见奶娃呱呱落地后的敞亮哭声。当我再见到景大人的时候，他的悲痛欲绝已变成喜极而泣。呵，男人，善变。

我猜，这个孩子将是他们此生唯一的孩子。以后不管花官有多想给闹闹添个弟弟妹妹，景大人都不会如她所愿了。

犹记去年周岁宴时，我与三爷两个人报喜而来，最后沦落到去给小包子当奶嬷嬷。

闹闹浑身的聪明阴损劲儿像景大人，活泼闹腾劲儿像花官，不太好带。

只希望今年景大人善良一些，莫只顾着抱着夫人你侬我侬，把一摊子烂事都丢给我们。尤其不要丢给我。

可景大人终究是闷骚的景大人。今年他甚至已暗自为我安排好了汜阳的院子，说是作为今日的补偿。

我想我须得和景大人说清楚，这不是院子不院子的问题，这应当是我身为一个未婚青年的尊严问题。说好的一群人的聚会，我和三爷却不能有姓名。

"你们府邸又不是没有丫鬟、嬷嬷，丢给我们算什么事儿？"我很不满。

"闹闹看到你和小春燕就不想要嬷嬷了，他好像更亲你们。"花官的这个理由竟然让我十分受用。我没出息地妥协了。

于是今年我和三爷又沦为了闹闹的奶嬷嬷。闹闹会说话了，虽然不能完全流畅地交流，但我们说的一些东西他隐约能听懂，他说的我们能明白。

由于容先生的到来，许多未被宴请的文学名士都纷纷不要脸地上门贺喜，前院热闹非凡。闹闹听到动静，也很想去前院凑热闹，但没他父亲的批准，我可不敢私自带他去。

三爷虽然对闹闹向来是以宠为上，从不管景大人吩咐了什么，但这回许是考虑到前院人多，觉得闹闹暂时不宜过去。

闹闹很难过，抽着小小的红鼻子，眼巴巴地望着我们。那满眼的泪水，看得我的心酥了一半。

饶是很难过，难过得都哭了，他仍然在小板凳上坐得笔直。据说这是景大人教的，我一猜就是他。花官可没这么丧心病狂，别人委屈哭了还要求他正襟危坐。

我瞧着他这般一边委屈得红了眼睛一边把小手放在膝盖上坐得笔直的模样实在有些好笑。他爹太丧心病狂了，我决定揭露他爹的蠢事为可怜的闹闹缓缓气。

不过这么些年，他爹做过的蠢事实在太多，待我坐下来要说时，竟不知该从何说起。

印象中最值得一说的，恐怕就是建在他府中溪畔的木屋和木屋中的萤火虫。说来大家也许不信，那木屋是景大人亲手搭建的，专门建来养萤火虫的。

那一车车木板被横街拖来的时候，我在他府中喝茶，他则在溪畔仿佛插秧般种植某种灌木，据说是要通过种植灌木培育萤火虫。我说你这么能耐那些建屋的木板怎么不从砍树开始搞？

后来我得知，那还真是他砍的。若我跟他抬个杠，险些就要说你这么能耐怎么不从种树开始搞？开个玩笑。

堂堂副都御史大人公事毕了后的日常是砍树和插秧，没想到吧。

当然，除了这两项体力劳动，他在闲暇时间自然还有其他娱乐活动。譬如画画。

起初他的画惨不忍睹，从中我可以看出他内心的疯狂。那是一幅被注入了灵魂的画。后来他学好画画之后，我逐渐看出他这半年画的究竟是什么。画中人是个貌美的女子，正托着下巴趴在桌上，满目星辰，灵气逼人。

"画像上的女子灵气逼人。"我不过这么笑着赞了一句，想拍他马屁，他却恶狠狠地瞪着我。难道我笑得太猥琐，他以为我觊觎这女子？

"好了，好了，我开个玩笑……"我赶忙补救，他睨我的眼神却更狠了。

"不是，我说开玩笑不是说她不好看，我的意思是……"求生欲使我立即机智得令人嫉妒，"我的意思是，她和你很登对。大人，这画上的女子和你很登对。"

他看我的眼神这才和善了一些。要知道，当时我离去世就差那么一点儿。

我与他的友谊八成靠我的求生欲维持着。像他这般除却那画上女子容不下任何人、事、物的一个人，却拿我苏瑜当朋友，可见我的求生欲有多强，说出来的话有多讨他欢心。

他的娱乐活动还有下厨。准确来说，这个娱乐活动是下面。

每年来贺他寿辰的人很多，但他从不办宴，只在傍晚买来长寿面。我的本意是与他分食，但在亲眼看见他将盐巴跟不要钱似的往锅里撒时，我决定就看着他吃也挺好的。

跟他说放多了他不听，我猜他是故意的。不晓得究竟是什么魔鬼一样的女子让他心甘情愿地遭这种罪，每年都来一遍，也不怕齁着。

除却娱乐活动，大人也有许多陶冶情操的文艺活动。譬如插花和看书。

他曾同我说过，他父母墓前正巧有一树红梅，冬日开花时坟头便落红，寓意不好。他想过将那棵树砍了，后来听风水师说恐会动此地气数才作罢。自打他父母去后，他便不喜欢红梅了。但有些不喜欢的，不是总会随着时间、别的事、别的人而转变为喜欢吗？

景大人的房间墙角，便插了许多红梅。他时常为它们剪枝，眉眼低垂时整个房间都泛着脉脉的温柔水光。文艺，真文艺。

故作文艺的下场便是本不会修枝的人将那红梅越修越短，这就好比给人修剪头发，怎么都不满意，最后剪完再看，剪过头了。死在他手下的红梅无数。更扯的是，他竟还找方泥地，将断枝的红梅插在里面，祈愿来年它能被救活，自己再长出来。

求求你了，文艺上的自我可以适当丢弃一些了。

好在多年的磨炼教他学会了如何剪好花枝。

本以为他在办公时必然是正常的。直到我发现了他常随身携带的一本书，在都察院办公时也喜欢摸出来看。有回我去都察院找他，看见他摆在桌上的书，决定瞅一眼，瞻仰下究竟是什么文字令他如此爱不释手。

而当我知道他看的是《千字文》时，我的尴尬都快要溢出整个都察院。最令我无法理解的是，他竟然还批注。《千字文》？稚子启蒙教育？批注？

"《千字文》……闹闹，也读。"闹闹突然打断我的话。他的语序不太对，但我能听明白，他是说他也在读《千字文》。

"闹闹，你这么小启蒙读《千字文》是应该的，你若是能认识上面的字就十分厉害，但是你爹都多大了，不需要看那种书的。"

闹闹抽着鼻子，仰起一张满是泪的小脸望着我和三爷。三爷默然地摸了摸他的脑袋，顿了片刻后才低声说道："好了，前院好像散了不少人，带你去找娘亲。"

三爷抱起闹闹往前院走去，我望了望他们的背影，又低头自顾自踱步，忍不住笑起来。

久别重逢这个东西，究竟是愁还是缘，谁也说不清楚。

此情漫漫，无关风月

　　身为淳府嫡次子，我自小被严加管教。从有一些自我意识开始，就过着别人教我做什么我就得做什么的日子。

　　我父母之间早已没了情意，相敬如宾就不错了，他俩都抱着这辈子将就着过的心思。我看在眼里，觉得实在无趣。

　　当明白他们的相敬如宾竟是父亲一手造成的时候，我寒意丛生。听说在我之前，母亲还怀过一个孩子，在腹中活到了两个月大。

　　淳府背后是个家族，云安的淳府不过是偌大家族的其中一支而已。家族宿敌施伎俩搞垮了父亲名下三家酒楼，又传谣说淳府正凝着鬼祟降龙之气，所以才使酒楼破产。坊间所谓鬼祟降龙之气，便暗指我母亲凝胎养孕之事。

　　族中长老担忧这个说法会为家族招致灾祸，于是向我家中发难，以表明忠贞态度。

　　大梁是皇帝的天下，鬼祟降龙，这说法岂止是招致灾祸，简直是把淳府往死里坑。

　　父亲当然知道是奸人飞语陷害，可家族利益至上，淳府至上。他领着府卫押下母亲，亲手给母亲强灌下落胎药，见了血，我那不知是哥哥还是姐姐的便没了。此事平息下来。

　　父亲说，会还母亲一个孩子。母亲那时已心灰意冷不想再要什么孩子了，但仍旧有了我。府里人便说，我是老爷和夫人莫名结合的产物。这个说法很有意思，我听着颇觉好笑，笑着笑着就觉得有些胸闷难受。

这件事说是父亲的错，好像也不是，覆巢之下无完卵的道理我彼时懂一些。说是母亲的错，又怎么可能，她不过是个从深闺中无忧无虑长大、相信了爱情才嫁过来的女人。那他们无意结合，却有了我，难道是我的错？

别人家的孩子，七岁说不定还在玩泥巴，我七岁就需要想这许多，弯弯绕绕的。越是去剖析，越是觉得这些事脏。

云安最肮脏的哪里是地上的淤泥，应当是淳府的人心。那时候的我并没有太过高深的觉悟，只是觉得脏。因此我清楚地知道，于我而言，无论人、事、物，我都喜欢干净纯粹的。

我脱掉一身繁复又虚伪的锦裳，赌气跑出淳府。淳府的人遍地找我，我藏在破旧的花神庙中，不愿意出去被他们发现。我饿得实在无法时，在泥地里滚出一身狼狈才跑了出去，偷拿几个小贩的包子糕点吃。

我吃完了包子仍觉得饿。走着走着，就在梨花小巷里遇见了正坐在小板凳上和一只大黄狗分食一块饼子的花官。

那是我第一次见她。她只穿了一条破破烂烂的裤子，上半身什么也没穿，幸好她上身脏得根本不需要穿什么，短碎的头发耷拉在耳朵边，随着她低头的动作覆在脸侧。她乖巧地坐在板凳上，用那小鸡崽子一般精瘦的手轻轻拍着大黄狗的头。

我走过去时，她下意识地被惊吓到，从板凳上跌了下去，半蒙半退道："别打我……"

大概是被附近流浪的打怕了，她以为我也是想要打她。我点头说："不打你。你给我分点儿你的饼子吃，我就不打你。"

那好办。她忽然笑起来，比我头顶上的太阳还要明媚。她把小板凳让给我，拍着大黄狗的头，跟我说："这个是我的朋友，我的饼子是它给我的。"

这姐们儿有点儿傻啊。我笑道："那是只狗，你怎么跟狗做朋友。"

她一脸蒙地望着我，很真诚地问："不能吗？"她顿了下，又对我说道，"啊，因为那些大孩子是不和我玩的，他们嫌我太小，不好玩。我也不想和他们玩，因为他们要打我。你还没有回答我，不能和狗做朋友吗？"

我反倒一怔。寻思了一会儿，好像没有什么理由说服她是不能的："能的。我刚刚说错了。"

紧接着，她给我介绍了这只大黄狗的由来，据说是巷子里的一户人家养的，养来看门。她经常去偷它的饭吃，被它发现之后就不得不和它打上一架。在今日之前，她的志向是有朝一日能取代它的地位，给这户人家看门，然后就有饭吃。

所谓不打不相识，她和它今日就在我的见证下成为好友。

于是，这条狗吃饼子的时候，她能光明正大地拿去一半。她将自己那一半又分成两半，唯恐分得不公平，比了又比。

她一只手拿着四分之一块饼递给我时，剩下的已经全都进了她的嘴里。我佩服。没有人要和她抢这个破饼子，油味儿这么重，还是从狗嘴里抠出来的，若不是实在太饿，我才不吃。

我自小受的规矩便是吃东西要细嚼慢咽，因此可以想见，我吃饼子的时候，她挂着两行鼻涕眼巴巴地望着我的可怜模样。她一边咽口水，一边催促我吃快些。说什么若是被别的大孩子或者大狗看见，可能会被抢。

这个道理我明白，可目前来说，我只觉得她的眼神才更像想要扑过来抢的那一个。

我大发慈悲地把没吃完的还给她。她高兴得手舞足蹈。半个拳头大小的破饼子，至于吗。我却忍不住随着她一起笑了。

那座破旧花神庙是我带她去的。外衣是我脱下来送给她穿的。名字也是我抬头看见花神娘娘时琢磨着取的。

无心插柳，这座花神庙成了她安身的家，这件外衣成了她仅有的两件衣裳之一，这个名字跟了她一辈子。

如她所言，这附近的大孩子确实不是什么好东西，常常来打她，抢她的东西吃，她与狗争食这些年挨了不少打。为了逞一时少年英雄气，我同她说，以后有我在，她不必再与狗争食，我也不会再让她被那些大孩子打。

其实彼时我心里清楚，过不了多久，我就会被抓回淳府。这些承诺我给得有些心虚。

直到那晚。

这样一个小小的瘦巴巴的人儿，还是很能激起本少爷的保护欲的。但我要说的不是我保护她的那些事，而是我高烧不退躺在石板地上时，她保护我的那件事。

那晚我高烧不退，她跑到老远的池塘里，拿荷叶给我打水来喝。本少爷都病成这个鬼样子了，那么脏的水怎么喝？我觉得自己以后有必要教她一些常识。心里这么想着，我的嘴已经往荷叶边凑去了。

怎么说呢，有人把一颗纯粹的真心捧到我面前来，我这个见惯了利益至上的小少爷好像一点儿都拒绝不了。

喂完水，她才将藏在怀里的一块枣泥糕拿出来，很小声地同我说："快吃吧，这是我刚刚去路边小摊求来的，那个哥哥只给了我一块。你生病了，今天可以吃多点儿，我也有些饿，咬一小口就好。你要吃快些，不然会有大孩子来抢的。"

两三日相处下来，她好像时时刻刻都在提醒我，会有人来抢我们的吃的，三句不离那些"大孩子""大狗"，我听得耳朵都快要生茧了。

但我想她常常挂在嘴边，也不是没有道理。

似乎为了验证她说的话，即刻便有三四个看起来十来岁的大孩子冲进了门，凶神恶煞地喊她："哎！把给他的东西拿过来！"

"快吃掉！"她急切地对我小声说道。

我皱起眉，不明所以间，只觉得喉咙被噎住。她竟为了那不值几个钱的糕点不被他们拿去，直接给我塞进了嘴巴里。

紧接着，那些狼崽子捡起庙外的柴棍子蜂拥而至，上来便薅起我的衣领，将我丢出去，挥棍要打。如今我明白，他们常来抢她的东西并不是为了吃，而是为了玩。

我头昏脑涨，没有还手之力，只好让她快跑。被利益熏陶太久的我甚至还想着，方才她将糕点放进我口中，是不是专门为了把这群狼崽子的注意力转移到我身上。我挨打了，她就可以幸免于难。

　　这么想太卑鄙，也确实是淳府的人应该有的想法。所以当我看见她扑过来抱住我、让那些棍子都落在她背上的时候，心底一股暖流瞬间化成无名之火。我拧紧眉头望她，她同样拧紧眉看着我，脸都揪成了一团。

　　她那么小的身板儿，挡是挡不完的。棍子插空落在我腿上时我尚且觉得受不住，险些疼出眼泪。她竟还咬牙忍着，紧紧地抱着我，我推都推不开。

　　等那些人走后，她才从我身上爬下来，然后趴在地上舔那荷叶上散落的水渍。舔了一会儿她抬起头看我，十分抱歉地对我说："对不起，我忘记你了，水被我舔完了……明天我再去给你打水，今晚跑不动了。"

　　我心里不知什么感受，酸酸胀胀的。我父亲教我的是，世间所谓的真心，在利益和荣誉面前不堪一击。可彼时彼刻，我却由衷地觉得，那些熏陶了我七八年的利益和荣誉，在她的真心面前不堪一击。

　　我好半晌挤出来一句："下回他们要吃的，给他们就是……我没那么容易饿的。"

　　"给了他们也是要挨打的，而且还会饿肚子，我给过的……"她很认真地告诉我，又很失落，顿了顿后，庆幸地笑道，"幸好你吃掉了，不会饿肚子，也没有被打。"

　　所以后来景弦为什么将她当作光一样的存在，原因我明白。有些人看起来很脏，却干净纯粹得好似一张白纸；有些人穿得光鲜靓丽，内心却肮脏得教人不忍直视。

　　有时候我会想，倘若中途景弦不出现，我与她或许会一直生活下去，待到她十五六岁待嫁之时，我将她娶进淳府，让她过上衣食无忧的日子。

　　可我私心里又觉得，衣食无忧的日子似乎不如我们一起相依为命的日子幸福快活。淳府太脏，不应当将她放进淳府。

　　这件事我考虑了许多年。我不知该不该娶她，把她接进淳府来。我很喜欢她，包含太多种喜欢。情爱与血亲并重，因此我自诩与她同命共生，唯愿她这辈子好，我便也觉得好。

　　若她不好，我便要她将余生都放心地托付给我，我亲自对她好。若有人对她好，她便去吧。

所以，我也会庆幸中途出现了景弦。她对景弦的爱慕替我做出了选择。

无论是那七年，还是六年后，只要她在我身边，与我亲近，我便沾惹了她的风月。然而无论是那七年，还是六年后，只要我将她送到那人面前，我与她便是无关风月。

我愿意留她的纯粹在我心底，无论有无妻室，一辈子都护好她在我心底的那份纯粹。因为只有护好了她的纯粹，才能守护好自己心上那一块纯粹之地。

淳府很脏，庆幸的是，我在淳府待了这么多年，心底始终有一片净土。如此说来，除了情爱与血亲，我还很感谢她。

浩渺相思，
一言三字

我许久没有回过云安了。我在汜阳待得无聊，今日归故，是夜恰逢庙会，长街通明，技人敲锣打鼓，舞龙舞狮。

要问我为何忽然偕夫带子归故土，得从几日前说起。

闹闹五岁，生得越发像景弦，一点儿也不像我。我致力于找到他身上除活泼闹腾以外与我相似的特点，以证明他真真切切是我含辛茹苦生下的，而不是景弦自个儿生下的。

然而五年过去，别的相似点不曾找到，他身上的活泼闹腾劲儿倒是不知怎的，随着时间流逝，慢慢磨没了。

好像没什么东西能勾起他的兴趣，他已不如一年前爱笑爱闹。

怎么会这样呢？我因得己所爱，逐渐找回当初爱笑的我，景弦每日瞧着我傻乎乎的劲头儿也变得爱笑许多。却不知闹闹小小年纪究竟是经历了什么了不得的大事，我整日里盯着他，难道他还能像我那时一样受了情伤？

作为负责任的家长，这个问题我和景弦严肃探讨过。景弦说："兴许是长大了，觉得空有一身似你一般的傻劲儿不太好，所以斟酌后还是决定朝我的气质靠近。毕竟人都很会趋利避害。"

我三天没有搭理他。

我要让他深刻认识到数落我是件多么错误的事情，于是抱着枕头被褥硬生生在客房里待了三夜。最后，景弦无耻地以带我回云安玩两日的美好条件引诱我原谅了他。

此番回到云安，既然撞上了庙会，我便打算抱着闹闹上街去玩，意在找回几分他作为孩子理应纯真质朴、无忧无虑的天性。

景弦从来不爱凑热闹，我体谅他公务繁重，说有侍从跟随即可，且云安这地界我自幼混，还有我不熟的吗。但他坚持跟我们来。我问他为何。

他说："近期拐卖案频发。"

我低头瞄了眼闹闹，保证道："有我在。"

他抱起闹闹，牵着我："正是因为有你在，我才担心闹闹看顾不过来。"

我不满他总是在开玩笑时明里暗里的嫌弃，我握起拳打他，他却抿着嘴笑。

闹闹趴在景弦的肩头，盯着我仔细看，并没有因为我们的打闹而展颜，反倒轻皱着小眉头，低声一"嗯"。

"怎么了？"景弦稍垂眼瞧他，语气不自觉地肃然起来。

闹闹沉默地摇头，闭上眼睛假寐。等走过一截路，他才又睁眼瞧我们。

他近期的反常使得我越发好奇，这感觉就像很多年前我听酸秀才说书，上回书说完了我须得等下回那样抓心挠肝。

我也曾因为过于好奇，私下威逼利诱闹闹说出他反常的原因，可这招景弦拿来对付我好使，我拿来对付闹闹就不好使。每每发问，闹闹便眨着一双噙满泪水的眼睛望着我，我这般母爱泛滥的人，怎么狠下心继续逼问。

偏生景弦也说："塞无益，疏为佳。他不愿意说，不必强求，慢慢疏导，等他愿意交代了，再细听无妨。"话里话外就是不愿意帮我解这抓心挠肝之苦的意思。

可他说得挑不出毛病，我只得压下了熊熊燃烧的好奇心之火。

今晚难得好氛围，我为了知道这小破孩儿究竟在想什么而表现得十分积极，挑着街边小贩手里的小玩意儿挨个儿问闹闹喜不喜欢。

"翡翠小葫芦、海龙王面具、玉石风铃，还有……你喜欢的剪纸，你看！剪的是一只小老虎！"

闹闹抬起眼皮望了我一会儿，噙了满眼的泪水又落下来。他终于把小脑袋搁在景弦的肩头不动了，脸上的肉被压瘪，整个人瞧着软趴趴的。

好半晌，他才用稚童独有的软糯声音委屈地说："娘亲，我想吃枣泥糕……"

我一时没反应过来，蒙了下："啊……好啊。"这是他沉闷了好几日后跟我们讲的第一句话，我决定回去之后认真记在小本子上。

旁边不远处就是一家卖糕饼的摊子，他拿着从景弦手里接过的一锭银子跑过去，买了枣泥糕，还主动吩咐小贩要用黄油纸包好。

我还在想他为何忽然想吃枣泥糕，就见他又拐去街对面，在两个坐在青石板台阶上的小乞丐面前蹲下，把黄油纸包递给了他们，低声说道："快吃吧。我爹爹、娘亲也最喜欢吃这个了。"

两名小乞丐有七八岁，童男童女，瞧着真有些像我和小春燕小时候。

突然出现在他们耳畔的声音让他们既错愕又害怕。

害怕这个我很明白，幼时总有些富贵人家的孩子恶劣地把包了蟑螂、蚂蚁的包子塞给我，看我感恩戴德地冲他们傻笑，一口一口吃掉，再害怕地吐出来，他们就拍手叫好。

那时恐怕只有小春燕能分辨出哪些援手是好意，哪些是不怀好意。

如今这些乞丐的戒备水准都被拔到这么高了吗？

我走过去，想帮闹闹。他却似乎不需要我的帮助，从黄油纸包里拿出枣泥糕，分成两半，自己先啃了一半，把另一半递过去，用稚气未脱的声音催促他们："可好吃了。凉了就不好吃了。"语气里还有几分景弦惯有的严肃。

两个小乞丐一愣，这才接过枣泥糕狼吞虎咽，笨拙地用含混不清的声音说着"谢谢"。

闹闹转头朝我跑过来，然后默默地牵起我的手，低着头晃了晃，用极失落的语气同我说："娘亲，我们走吧。"

我隐约明白了些什么，不知是否真如我所想。我看向景弦，他瞧着我亦有所感。

我们彼此默契地不说话，在这条街上继续逛了下去。它通往一条栽满梨树的幽静小巷。去年小春燕寄信来，说他已为陆大哥另择住处，就在这条小巷附近。

闹闹长这么大从未见过陆大哥。只因逢年过节我们领着闹闹归故拜访时陆大哥向来闭门不出，邀请他来府中做客更不可能。他平日里多在外奔波说书，小春燕都难得见到他一回人。

可我们从坊间听闻他说的书越发没有滋味，常常是一人对着一方天地、空白无物之处讲上一整日。情绪、语气都淡得像杯白开水。他偏生要做这个，也不知陷入什么魔障。

唯一的闹闹不在，我们刚好又得空拜访，询问过一二。

彼时他扶着身旁的桌子艰难地回答："因为不能死去，只能找个熟稔的生计好好活着。"

他倒像是释怀了一些，终归不想过得半死不活。我和景弦暗地里为他高兴，但我们也明白他终究走不出园圃。他讲着不再动情的书，就好比我现在回去当乞丐，或者我回到竹舍继续望星星。终归，不过是放肆地让苍白的灵魂漂泊在茫茫雪地里。

我轻叹一声，思绪被小巷中回荡着的一阵清脆风铃声拽回。

我抬眼看见满树梨花被风摇落，和着光一道落在树下那人的头发上。我辨别了会儿，确信他的白发又添了不知多少根。

他正弯腰铲土种花，听见脚步声也没说话。待我们三人走近，几只脚落到他的视线内，他方迟疑地望向我。我看得分明，他眸中充满希冀的光瞬间亮起又灭了。

须臾，他再望向我，用略哑的声音说："……来了啊。"稍顿，他缓缓垂眸看向闹闹。许是太久没有真切地与人打交道，他竟不确信地问："是……闹闹吗？"

景弦蹲下身，抱起闹闹半坐在自己的腿上，让他高了一些，方便他看陆大哥。

"是，快叫陆伯伯。"

"陆伯伯好。"闹闹探究地望着眼前这个有些驼背的人，又低头看他脚边刚松过的土。

陆大哥招呼我们进屋坐，像是想到什么，又窘迫地对我说："离家几月，还未打扫。家中灯烛也用尽了，须得先去买些来。"

离家归来不曾打扫，却专心捯饬门口的花草。我蹲下身，盯着栽进木盆里的迎春花看了会儿，又抬眸看向这一树树交错生长的白梨。

"我去买，你们先进去等我吧。"景弦与我商量，又向陆大哥颔首致意。

待他走后，闹闹方牵着我的手跟在陆大哥身后进了门。

我不忍拆穿他。这屋子里的床铺和小板凳并不似落满灰尘的模样，但除此外，的确灰尘遍布。想来他不是离家几月刚回，也并非家中灯烛用尽。他只是没有精力好好生活罢了。

闹闹端正地坐在小板凳上抠着袍角的花纹，陆大哥也垂头沉默。

我不想这气氛僵持着，说道："陆大哥，最近小春燕来看望你了吗？"

"嗯。"他的声音很轻，"说要给我在这附近找个茶楼，在那处说书凉快，总比在云安四处奔波风吹日晒要好。"

须知那是小春燕想，陆大哥若不想同样拗不过。没有蜡烛总有油灯，我起身找来，用火折子点亮，那一点儿星火将阴郁驱散了些："那……陆大哥，你肯去吗？"

坐在一旁的闹闹忽然不动声色地搬着小板凳靠到我身旁来，他趴在我膝头上，抱着我的腿，侧过脸去。不知他是在看陆大哥，等着听他回答，还是看着另一个小矮凳上的油灯，汲取这黑暗中仅有的光。

不知过了多久，景弦买灯烛回来，推开门那一霎透进来的光让陆大哥身形微颤。

他失笑，似是自嘲："去吧，日子总还要过。别担心我了，上回与你们怎么讲的……因为我没那气魄，不能死了去，总要好好活着。"

我不知这般称不上消极抑或积极的话被年幼的闹闹听去会作何想。说来，世人如他所言，似也皆是这般。因为不能去死，只得好好活着。但闹闹尚幼，悟不出这般道理，兴许会生颓意。

我不愿他消极待世，抬眸看景弦，打算与他商量，再待片刻便让我假借时辰之故先将闹闹带回去，于方才的论述上重新熏陶一番。

此时景弦刚关好门，端走仅有的油灯，点燃了一根蜡烛。我拿起火折子过去帮他。

他匀了几根蜡烛给我，示意我跟他去里屋换下灯罩里的烛台。

"闹闹几岁了？有五岁了吗？"

刚踏进里屋，纵使隔着一道门我也能听见陆大哥主动与闹闹闲聊。

闹闹的声音稚嫩，此时故作老成："上个月刚满五岁。"

"平时在家中喜欢做些什么呢？"陆大哥又问。

"看书写字。"闹闹回答。

"你人不大，却喜欢看书，真是难得。"他不知想了些什么，稍顿须臾方问，"为什么喜欢看书呢？"

"我爹说，读书可以明智通礼。"此言尚且规矩，然而接下来这句话，若不是我亲耳听见，很难相信是从闹闹口中说出的。他似是站了起来，不知到哪儿去。我和景弦只听见一阵窸窣的响声。我扒着门缝瞧了许久，才看见他迈着小短腿在房间里四处走，手里拿着崭新的火折子。他在点蜡烛。

他一边点一边说："明智通礼，就不会像你一般。"说得很有气魄，但无奈语调声音都有些稚嫩，再如何老成也像是装模作样。

景弦面无表情。唯有我关心陆大哥那颗本就脆弱不堪的心，此时听到一个五岁的稚童对他说出这番话，该多么受挫。

我犹豫着要不要出去，出去会不会越发折损陆大哥的面子，又该如何告诉闹闹这样跟长辈说话其实很不对。犹豫来犹豫去，时间流走。那厢又有了两人的声音。

"像我……这般？"陆大哥的声音有些哽。许多年前，那个姑娘的父母也对他说过几乎同样的话。

——若你真读了这些年的圣贤书，该是明智通礼的。你既明智通礼，就不会像你如今一般。

"像你这般庸人自扰，自陷囹圄。"我做证，这两个词前几日景弦刚教会他，是闹闹为数不多明白意思的复杂的词。此时拿出来让他显摆了一番学识，我这个当娘亲的竟生出几分自豪。

房内亮堂了许多，一排排烛灯在壁边和桌上亮起。

"我娘亲瞧着笨，也确实很笨，你要和她说你'因为不能死，所以要活着'，她听不出错，觉得没有错，当真了以后会时常这样想，会觉得世上所有人都这样想，又会想要不要让我这个五岁的小孩子也这样想。她想好多好多，最后会忘记她其实不是这样想的。"

我扒着门缝，委实愣怔住。虽说我确实不太聪明，但是他说出来就是让我觉得他从小欠了一点儿挨打方面的教育。等回去之后，我得给他灌输一下，本朝大文豪容先生家的亲传弟子你了解一下。怎么也不能让他看不起我。

我这么想着，眼角鼻尖涌上来一股莫名的酸涩。

"半年前，我们府里有讨人厌的小丫鬟悄悄跟我碎嘴，说我娘亲是在云安伸手要饭长大的，说她是街上谁看见都讨厌的小乞丐。你说是吗？"

看来我和景弦方才在街上的揣测并无差错。我只是不晓得闹闹竟是这样被告知实情。我无意瞒他，但这身份确实有些丢脸。我希望他长大一些再知道，那样能承受得住别人异样的眼光。

闹闹小小的身躯爬上一个小板凳，他踩在板凳上一根根地点蜡烛，道："后来我跟爹爹讲，他给我讲了好多故事。那么多故事，我脑袋小，记不住。可是我记得他说，我娘亲吃过好多苦，每一次都险些死去，但她没有死去，她挺过来了。

"因为，她从来不觉得人是因为不能死才要活着。她觉得，人明明是因为要好好活着，才不能死。"

眼前一片橘黄色的光一点点照进闹闹的眼眸，越发明亮清澈。

他一直背对着陆大哥，直到这句话说完。

他爬下凳子，拿抹布擦干净，收拾好之后将凳子搬回原位，坐在那里望着沉默的陆大哥，真挚地说："伯伯，我点了很多蜡烛，你这样弯着腰吹灭它们一定要很久吧。你看，不如不吹了，就让它们亮着。我有很多压岁钱，寄给你买蜡烛吧。只要我还在，蜡烛就不会缺了你的。"

只要我还在这里，鸡蛋就不会缺了你的，不会让你一人踽踽独行。

陆大哥滞涩，低头凝视着他。小小的、矮矮的人，曾经在他说书台下拱来拱去的明媚少女得其所爱，她的孩子都这么大了。五岁就饱读诗书，胸怀志气。像他当年一样，却不会像他后来一样。

好半晌，他忽然笑了。皲裂干枯的双手蒙住脸，被光映出亮泽的泪水从掌下流出。

他哭得声嘶力竭时一直低喃着，我隔着门没有听清他说了什么。

后来，闹闹在回去的路上，用极其稚嫩的声音对我复述："可是，很多年过去了，我还是好想念她……"

至此，很多年前我和小春燕追着问他要的答案，终于从他口中说出来了。

我不知什么感受。别人我犯不着再想，我心底在意的是闹闹方才那番话。

回到长街闹市，灯火通明。我停下脚步，慢慢蹲下来尽量平视他："闹闹……你会嫌弃我吗？"

闹闹沉默了许久，兴许是在思考该如何回答。半晌，他轻轻摇头，喃声道："我只是很失望。"

我心底微觉酸楚，头皮也有点儿发麻，嘴上还得打圆场，毕竟景弦站在旁边终归也看了我笑话。思及此，我低声说道："失望是应该的，我不如别的娘亲那样好……"

闹闹诧异地扫了我一眼，埋头补完后半句，补着补着就补出了哭腔："……我只是很失望，娘亲辛苦生下我，带我来到的这个地方到处都不是好人。他们不愿意帮娘亲，他们讨厌娘亲，他们还欺负娘亲。可是上次小春燕叔叔说，那些对娘亲不好的人，会对别的人好。他说我以后也会像那些人一样，对一些不认识的人不好，小春燕叔叔说人生来便是如此……"

这个道理小春燕幼年看透，后来教过我。但我不想闹闹这么小便像他那般想那许多。

"别人我管不着。"我摇头，执着地问，"我只管你，闹闹，你会嫌弃我吗？"

他憋了一晚上的威风，终于在此刻崩溃，朝我扑来时哭着跟我说："我很心疼你。"

好吧，今晚说我笨的那顿打他可以不用挨了。我吸了吸鼻子，抹了一脸眼泪，抬眼看见景弦站在一旁笑话我。我抱起闹闹瞥他，他跟上来，不笑了。

"我还道你为何丁点儿也不好奇闹闹最近的反常，原来是他早已找你问过这档子事了，你知道却不告诉我，还给他讲我以前丢脸的故事……"

"你以前的故事都挺丢脸的，我已经尽力挑了几个说出来稍显可爱活泼的故事维护你的形象了。"景弦想从我手中接过闹闹，闹闹却说要自己走，刚下地，他就被人挡住了去路。

我一边去看是谁，一边打了景弦，理所当然地说道："你回去接着跪搓衣板。"

拦路者是那两个小乞丐。

更矮一点儿的小乞丐看见景弦天生的冷脸，不禁有些害怕地缩了缩脖子，但还是磨磨蹭蹭地从怀里摸出来什么东西递给闹闹："蜻蜓，送你……"

一只杂草编的蜻蜓。

"我和哥哥刚刚编的……"小乞丐用脏兮兮的手背抹了抹鼻涕，"哥哥说要谢谢你的枣泥糕。"

小乞丐的眸子晶亮，真诚中露出几分胆怯。

闹闹伸手接过，把玩着看起来稍显笨拙的蜻蜓。

我蹲下身，捧着脸颊盯着蜻蜓看："嗯……小春燕也会编来着。我们去找他玩儿吧？"

却见景弦解下钱袋给了他们一人一锭银子，气定神闲地说道："我也会。天色不早了，明年再来找他玩儿吧。"

我瞧了他一眼，努嘴傻笑，牵起闹闹，道："走了。"

虽不知这世上有多少人是因生而生，亦不知多少人只因未去而生，但来此一遭，得见山河壮阔，天光浩渺，理应不虚此行，慢度余生。

野草菁菁，
生生不息

插曲五

"容先生，您说一说，什么是放下吧？"

彼时我方从云安被救到柳州，长夜心扉痛彻，漫漫难熬，非要躲在容先生的被窝里和她一道睡，蕊官醋我，便也挤在一处。

我问这话时，眼角的余光瞧见蕊官望着床角的香囊吊坠，容先生望着帐顶，而我望着窗外的星星。星星不曾回望谁，只是洒落在容先生的眼眸中，熠熠生光。

"曾经的我想过，倘若能够在时光中逆旅，我必然要回到令我午夜惊醒、时时屈指的那日杀掉自己，结束一切。后来的我却想，倘若能够回到过去，我为何非要恨，何不提前避开那些事，救下自己呢？原来是执念难消，冥顽不灵。"

我呢喃道："所以，放下便是从想回到过去杀掉自己，到想回到过去拯救自己。"

蕊官非要咬文嚼字："先生是说，放下是从想回到过去结束一切，到想回到过去避开祸端，从根源处消除执念。"

容先生一双手，一只抚摸着我的脑袋，一只抚摸着她的，温柔地对我们说："花官，蕊官，其实我也用了很长很长的时间才知道，放下是再也不去想'我要回到过去'这件事。"

那一刻，我与蕊官眼中再无其他，都灼灼望向了容先生。而容先生只是淡淡地望向窗外的星星。我料定，她必然是个有故事的人，甚至不逊色于我。

饶是容先生一再教导我们不要在背后讨论他人是非与过往，我和蕊官也还是常常背着容先生咬耳朵，只为了解开她身上那该死的令人着迷的神秘。

她姓容，字青野，号落雁居士。她同我们讲课的时候，我一度没忍住，问她："先生的名呢？"

"无名。"

"为何无名？"

容先生显然不打算告诉我们，半忽悠半胡诌似的随口说道："送给别人了。"

这东西怎么可能送人？如何送人？为何会送人？别人什么也不要，就要她的名字吗？

饶是我文化程度不高，也觉得离了大谱。蕊官文化程度高一点儿，她告诉我也没多离谱，或许那不是假的，有些谎话用玩笑似的方式说出来，看似胡诌，其实就是真的。

于是我和蕊官一度揣测，容先生年轻时必定也为情所伤，或许将名字送给了前尘中的自己，决定再也不拿起，也或许送给了情郎，决定将情爱留在那里，孑然一身离开。

毕竟市井里关于容先生的传说有很多，大半是她的爱情话本。我最叛逆的时候，甚至逐一拜读过，为她的爱情故事伤心流泪，一连好多天肿着眼睛用早膳，看向容先生的眼神中都充满了心疼，恨不能自己变成男人来照顾她一生一世。

直到容先生告诉我那些都是假的。我为自己情感被骗，又多哭了几天。

再到蕊官告诉我，我话本买贵了，天桥底下的便宜一半儿。

"再说了，你看的那几本我都买过，早知道你要看，我借给你。我有十来本呢，还有珍藏版，就是带图册的那种。"

她骄傲的样子又让我多哭了十来天。

这些珍藏话本里我印象最深的一则故事，要数容先生救子：戊戌年十月十二，情郎家中因某密切来往之朝臣落马，被连坐抄家，容先生在话本中是一个有妻儿老小的男子的外室。

笔者很有良心，好歹她是个有情有义的外室，她无视官兵警告，翻墙入院，硬生生从棍棒底下救出了只剩一口气的情郎的独子。

我记得这故事，不仅是因为他们将容先生写成外室太过离谱，还因为景弦告诉我，他家道中落那年正是戊戌年，他家中被抄那天正是十月十二。

原来所谓的救子，救的是尚在孩提的景弦。他父亲傲骨铮铮，怎么可能会有外室？他母亲清高孤僻，也不曾有密友。他只记得抄家那日自己被打得血肉模糊，奄奄一息，一个陌生女子从墙头翻进他家，与官兵周旋一个多时辰，护他平安后便离去了。

在得知容先生原就是那名女子后，景弦同我一起拜访了她。她只说那时自己性情还有些活泼，翻墙之举实属无奈。

我和景弦都受她恩惠，无以言表。

容先生去世的时候，六十七岁，毫无预兆。

我与景弦回柳州竹舍整理她的东西，蕊官见到我，同我抱头痛哭，自责没有照顾好容先生。我安慰她，说问过大夫了，先生是不慎坠楼而亡的，与她没有关系。

过了一会儿，我哭得比蕊官还惨，自责甚深，景弦和蕊官同样安慰我说，问过大夫了，先生是不慎坠楼而亡，与我没有关系。

我和蕊官在容先生的书房里找到了不少书信，有一封是近期未写完的。

"不必忧虑子女前程，各人自有造化，提醒儿女勿忘：'衣可赠尔蔽体，食可赠尔果腹，钱财可赠尔衣食无忧，然衣可碎食可毕，千金亦可散尽，君不以心立志，终为世所弃……'"后半段被雨水打湿，字看不大清。

我和蕊官就这样在容先生的书房里待了好几个月，为她整理遗物，沉溺在她的字句中，也沉溺在她离世的消息中。

景弦说我再这样下去，悲痛成瘾便难以愈合了。他让我学会放下。

我忽然就想起容先生说的话：放下就是不再想"我想回到过去"这件事。于是我又多悲痛了小半个月。

直到景弦拖我回云安，说为我找到一位容先生的故人，他有一个关于轮回的故事说与我听。

那位故人是位老人。

他说自己年轻的时候，有一个身穿青衣、衣角绣着菁草的年轻姑娘总喜欢抱着书本来他的小摊买饼。

而那条街上一直有个醉汉，接连几日游荡，逢人便会问一个很奇怪的问题："那些人都如何了？"

"你说，那人都如何了啊？"

"你说说呢？"

"你也说说。"

"没人见过他们吗？"

人人都道醉汉是疯子，闪躲避让，摆手逃开，也有爱戏弄他的人说"那些人啊，早都死了"。听到这个答案，醉汉终于想起什么，突然掩面而泣、以头抢地，仿佛那些人就死在了他面前一样。

只有那姑娘凑上去，用帕子擦拭他的脸颊，温柔地对他说话："我好像在哪里见过你，我翻墙那日，是你帮我望风的吗？你是被抄家的那户人的家仆？"

我诧异地望着景弦，想问什么，他朝我点点头。

老人说："家仆的家人早都死了，那年富商为朝臣所累，被没收家产，仆从也全数被遣散。家仆外出找工，他一家无依无靠的，没多久便被地头蛇打死了。

"那伙计去外地一年，回来的时候一看，妻儿都没啦！当然受不了，疯啦！"

我有些恍惚，道："那醉汉而今如何了，您知道吗？"

老人抬手指了指面前的长街，道："那醉汉啊，知道！你往前边走，直走，对，有个府邸看见没？很大那个，他不知道走了什么运数！如今家大业大，儿女双全呀！"

我思考片刻，诧异问道："陈府？"

老人拍大腿说道："对！"

有什么名为命运轮回的东西将一切连在了一起，我看向景弦，两人视线撞到一起，他忍不住朝我微微弯起嘴角。我微微蹙眉，眼泪不争气地流下来，又忽然笑了声。

原来有些东西真的是注定的。容先生救了家道中落的景弦，几年后又救了景家的家仆，又在几年后救了我。几年又几年，家仆改名换姓，陈府光耀，我因陈府缺家教先生，被容先生送往陈府，终与景弦重逢。

"那醉汉从见过小姑娘之后，就改了个女人的名字，"老人微微睁大眼睛，一副滑稽的模样，"哎哟！叫什么陈菁菁啊，陈菁菁！"

一块尖锐的石头撞在了我的心上，刺痛的感觉让我的笑与泪都顷刻凝滞。

菁。

野草菁菁的菁。

"为何无名？"

"送给别人了。"

那石头像碰开了我堵塞的记忆，我忽然就想起来这段对话。

原来她说"我将名字送人了"不是胡诌，不是什么风月话本，没有情郎，没有故人，只有一个在别人的故事里连主角都算不上的忠心耿耿的守门奴，一个对她来说陌生的人。只是一个需要她帮助的人。

她便义无反顾地帮了。

我仿佛亲眼见到了那一幕，青衣姑娘拿着手帕，一边为醉汉擦拭脸颊，一边对他说道："衣可赠尔蔽体，食可赠尔果腹，钱财可赠尔衣食无忧，然衣可碎食可毕，千金亦可散尽，君不以心立志，终为世所弃。于是今日以名赠尔，愿君清明世事——

"野草菁菁，生生不息。"

从此，她真的再也不用名，若有人相问，她也不曾大肆宣扬善举，只风轻云淡如实相告。

容先生年轻时到底经历了什么，对我来说似乎已不再重要，因为我想明白了，用"情爱"二字包裹她，太俗不可耐了。也因为此事，我终于放下了容先生已经去世这件事。

此后菁菁野草，生生不息的万物是她，救子的是她，赠名的是她，提灯花神也是她，所有我与世间不可斩断之情谊皆是她。

陈菁菁在祭拜她的时候，拿着酒杯立在坟前问："这次如何了？"这一次，他问的是赠名的往事。

我正想说点儿什么安慰他，走得近了，听见他自问自答："你且放心，我放得下了。"

听说后来他在柳州为容先生立了一座碑，题字千字长篇，落款时写：书尽此处，泣不成声，承蒙见教，切谢切谢。